KB219495

# 작은 아씨들

# 작은 아씨들

루이자 메이 올컷 지음 | 윤영춘(전 경희대 교수) 옮김

좋은 책 좋은 독자를 만드는 —

㈜신원문화사

# 차 례

# 작은 아씨들

# 천로역정 놀이

"크리스마스인데 아무런 선물도 없다니 크리스마스 같은 기분이 조금도 나지 않아."

방바닥 깔개 위에서 뒹굴고 있던 조가 투덜댔다.

"가난이란 참 진절머리나는 거야!"

메그는 자신의 낡은 옷을 보면서 탄식했다.

"예쁜 것을 많이 가지고 있는 여자애들도 있는데, 한쪽엔 아무것도 갖지 않은 애들이 있다니, 세상이란 참 불공평한 것 같아."

막내 에이미는 정말 화가 난다는 듯이 응석조로 말했다.

"그래도 우리에겐 아버지, 어머니도 계시고 자매들도 있잖아."

구석에서 베스가 만족한 듯이 말했다.

난롯불이 비치고 있고 네 소녀의 얼굴은 베스의 이야기로 순간 번뜩 빛나는 것 같았다. 그러자 조가 슬픈 듯이,

"그래도 아버지는 안 계시잖아. 앞으로도 당분간 돌아오시지

않을걸."

하고 말했기 때문에 모두의 얼굴은 다시 어두워졌다.

조는 특별히 '이제 결코 돌아오시지 않아'라고는 말하지 않았다. 그러나 모두 입 밖에 내지 않았지만 각자의 마음속에는 그런 생각들이 들어 있었다. 모두들 잠시 동안 입을 열지 않고 멀리 전쟁터에 계신 아버지를 생각했다.

메그가 아까와는 다른 어조로 말했다.

"엄마가 올해 크리스마스에 선물을 그만두자고 하신 것 말야, 올 겨울은 틀림없이 누구에게나 힘든 겨울이 될 것 같으니까 그러시는 거야. 게다가 군인들은 싸움터에서 고생하고 있는데, 우리가 그저 즐기기 위해 돈을 써서는 안 되잖아. 우리가 대단한 것은 할 수 없지만 아주 작은 희생이라면 참을 수 있을 거야. 그러니까 기꺼이 참아야만 해. 그래도 사실, 난 조금도 참을 수 있을 것 같지 않지만 말야."

메그의 말에 모두들 자기가 갖고 싶다고 생각하고 있는 갖가지 예쁜 것을 다시 한번 생각해 보면서 머리를 가로 저었다.

"그래도 우리가 쓰는 아주 적은 돈을 아낀다고 해서 그게 어떻게 된다는 거야? 우리가 갖고 있는 게 단지 일 달러씩밖에 안 되는데, 그걸 군대에 준다고 해서 대단한 보탬이 되는 것도 아니잖아. 난 엄마나 너희들에게서 아무것도 받지 않아도 좋아. 그저 내가 읽고 싶은 《안디인과 신트람》(독일 작가 후우케의 작품)을 사고 싶을 뿐이야. 예전부터 갖고 싶어 참을 수 없는걸."

조는 과연 책벌레다운 말을 했다.

"난 내 돈으로 새 악보를 사고 싶어."

10

베스가 들릴락말락한 아주 작은 소리로 한숨을 쉬면서 말했다.

"난 예쁜 상자에 든 페이퍼 표 색연필을 한 다스 갖고 싶어. 그건 정말 필요한 거야."

이번에는 에이미가 딱 잘라 말했다.

"엄마는 우리의 돈에 대해서 아무 말씀도 하지 않으셨어. 모든 걸 다 그만두라는 건 아닐 거야. 그러니까 우리 모두 자기가 갖고 싶은 걸 사자. 그리고 좀더 즐겁게 지내도록 해 보자. 그 정도는 해도 괜찮을 거야. 우리는 열심히 일했잖아."

조는 마치 사내아이처럼 구두 뒤꿈치로 장단을 맞추면서 큰소리로 말했다.

"나도 그래. 집에 있으면서 마음 푹 놓고 놀고 싶을 때도 거의 하루 종일 그 귀찮은 애들을 가르쳐야 하거든."

메그가 다시 불평스러운 어조로 돌아가 말했다.

"언니는 내 수고의 반도 안 될 거야. 어떻게 해 드려도 만족하지 않는 그 신경질적이고 귀찮은 할머니와 어디 한번 몇 시간이라도 집안에 틀어박혀 이리저리 쫓겨 다녀 보라고. 언제나 괴로움만 당한다니까. 끝내는 창 밖으로 뛰어내리든가 그렇지 않으면 와아, 하고 울음을 터뜨리고 싶을 정도야."

조가 말했다.

"글쎄, 그렇게 화내도 할 수 없는 일이지만 말이야. 접시를 닦거나 방을 치우는 일은 이 세상에서 제일 하기 싫은 일이야. 나도 진절머리가 나. 게다가 손이 굳어져 피아노 연습이 마음먹은 대로 되지 않거든."

베스는 그렇게 말하더니 이번에는 다른 사람들에게 들리도록 큰 한숨을 쉬고는 자신의 거칠어진 양손을 보았다.

"우리 자매 중에서 나만큼 괴로움을 당하는 사람도 없을 거야."

에이미가 큰소리로 말했다.

"언니들은 학교에 가지 않아도 되잖아. 학교에는 말야, 건방지고 보기 싫은 애가 있어서 공부를 훼방놓으면서 못살게 굴고, 옷을 보고는 비웃고, 아버지가 가난하다고 욕지거리를 만들고, 코 모양이 우습다고 그걸 갖고 다른 애들 앞에서 지껄이는걸."

"제조란 말은 우습군. 해댄다는 뜻이겠지. 그렇게 말하니까 어쩐지 아빠가 불쌍해진다."

조가 웃으면서 주의시켰다.

"나도 그 뜻은 잘 알고 있어. 그런 건 놀림감이 못 되잖아. 좋은 낱말을 사용해서 자기가 쓰는 용어를 다듬는 편이 좋아."

에이미는 토라져서 반박했다.

"서로 말다툼을 하다니 부질없는 일이야! 조, 우리가 어렸을 때 아빠가 없앤 돈이 지금 있었으면 좋겠다고 생각하지 않니? 정말 이런 걱정이 없다면 우리는 얼마나 행복하고 즐겁겠어!"

옛날 행복했을 때의 일을 기억하고 있는 메그가 말했다.

"언닌, 지난번 우리가 킹 씨와 그 아이들보다도 훨씬 행복하다고 말했잖아. 그 사람들은 돈이 있어도 일 년 내내 싸우고 불평만 하고 있다고 말이야."

"응, 그렇게 말했지. 베스, 지금도 역시 그렇게 생각하고는 있어. 하지만 우리는 일하지 않으면 안 돼. 그래도 모두들 재미있게 즐길 수 있으니까 다행이야. 조의 말처럼 '아주 유쾌한 사람들'

이니까."

"조도 그런 이상한 말을 쓰고 있잖아!"

에이미는 깔개 위에 다리를 뻗고 엎드려 있는 조에게 따지는 듯한 눈길을 보냈다. 그러자 조가 벌떡 일어나서 양손을 호주머니에 넣더니 휘파람을 불기 시작했다.

"조, 집어치워. 사내애들 같잖아!"

"사내애 같으니까 이렇게 하는 거야."

"난 버릇없고 숙녀답지 않은 여자는 아주 질색이야."

"나도 얌전한 척 새침하고, 깜찍한 소녀는 싫어!"

"작은 둥지에 있는 새들은 사이가 좋아."

언제나 중재역을 맡는 베스가 노래를 부르며 몹시 우스운 표정을 짓고 있었기 때문에 두 사람의 흥분된 목소리도 부드러워지고 이내 웃어 버렸다. 그래서 이 '말다툼'은 그쯤에서 끝났다.

"사실은 너희 둘 다 나빠."

메그는 언니다운 어조로 설교를 하기 시작했다.

"조세핀, 넌 이제 컸으니까 사내애들 같은 흉내는 그만두고 좀 더 예절 바르게 행동하지 않으면 안 돼. 아직 어릴 때는 그래도 괜찮았지만 이제는 성장했고 머리도 올렸으니까, 너도 이제 어린 숙녀라는 걸 잊지 말아야 해."

"난 숙녀 같은 건 안 해. 머리를 올리는 게 그런 거라면 난 스무 살까지 늘어뜨려 둘 테야."

조는 큰소리로 말하더니 헤어네트를 벗겨 밤색 머리칼을 확 풀어헤쳤다.

"난 어른이 되어야만 한다는 게 정말 싫어. 미스 마치라고 하며 긴 드레스를 입고 과꽃처럼 얌전을 빼야 한다니! 사내애들의 놀이나 일을 하는 것이 좋은데 계집애가 된다는 건 싫어! 사내애로 태어나지 못한 것이 분해 죽겠어. 요즘은 특히 더 그래. 아버지와 함께 나가서 싸움을 하고 싶어 참을 수가 없는데도 집 안에 틀어박혀 늙은 할머니처럼 뜨개질만 해야 하다니!"

조가 뜨고 있던 푸른 군용 양말을 힘껏 휘둘렀기 때문에 뜨개바늘이 맞부딪쳐 캐스터네츠처럼 딱딱 소리가 났다. 털실 뭉치는 방 저쪽까지 데굴데굴 굴러갔다.

"어머, 가엾은 조, 안됐어. 그러나 할 수 없잖아. 그럼 그저 이름만이라도 사내애처럼 해서 우리 오빠의 대역 정도로 참아 줘."

베스는 아무리 집안일을 해도 아직 부드러움이 가시지 않은 손으로 옆에 있는 조의 헝클어진 머리카락을 쓰다듬어 주었다.

"그리고 에이미, 넌 좀 시끄럽고 너무 딱딱해. 네가 점잔빼는 건 아직은 우스워. 자신이 조심하지 않으면 오래지 않아 점잔빼는 작은 속물같이 되어 버린단 말이야. 고상한 척하지 않을 때의 네 그 정숙하고 기품 있는 말씨가 난 좋아. 그렇지만 네가 쓰는 어처구니없는 말은 역시 조의 난폭한 말과 마찬가지로 싫어."

"조가 말괄량이고 에이미가 속물이라면 난 뭘까?"

베스는 자기도 설교의 대상이 되어 주었으면, 하고 그렇게 물었다.

"넌 귀여운 사람, 그저 그뿐이야."

메그가 상냥하게 말했는데 이 말에 아무도 반대할 사람은 없었다. 이 '생쥐 씨'는 집안의 모든 사람에게 귀염을 받고 있었기 때문이다.

독자 여러분이 '주인공들은 어떻게 생겼을까?' 하는 것을 알고 싶어할 것이기 때문에 여기서 잠깐 네 자매의 모습을 간단히 스케치해 보겠다.

밖에는 십이월의 눈이 펑펑 쏟아지고 집안에서는 난로가 바지직 소리를 내며 기분좋게 타고 있었다. 마침 자매들은 저녁 어스름녘에 난롯가에 둘러앉아 뜨개질을 하고 있는 참이었다. 주단은 색이 바랬으며 가구들도 아주 보잘것없었지만 참으로 아늑한 방이었다. 벽에는 아름다운 액자가 한두 개 걸려 있고, 책은 한쪽 구석을 꽉 채웠으며, 창가에는 국화와 크리스마스 장미꽃이 피어 있어서 한가로운 가정에 밝은 분위기를 채우고 있었다.

네 사람 중 가장 나이가 많은 메그는 열여섯 살이며 매우 아름다운 소녀였다. 통통하게 살이 쪘고 살갗은 희며 커다란 눈, 풍성하고 부드러운 다갈색 머리, 귀여운 입 언저리, 특히 희고 고운 손은 자신도 자랑으로 생각하고 있을 정도였다.

열다섯 살의 조는 키가 아주 크고 후리후리하며 갈색 피부였으므로 어딘가 모르게 작은 말 같았다. 조는 자신도 어쩔 수 없는 긴 손발을 좀 방해가 된다는 듯 주체스러워했다. 꼭 다문 입, 약간 우스운 모양의 코, 그리고 날카로운 잿빛 눈은 무엇이든 꿰뚫어볼 것 같은데, 때로는 세차게 보이기도 하고, 우스꽝스럽게도 보이며, 혹은 사려 깊은 것처럼 보이기도 했다. 그 길고 짙은 머리는 조가 지닌 유일한 아름다움이었는데, 보통 때는 방해가 되지 않도록 묶어서 헤어네트를 씌우고 있었다. 어깨가 둥글고 손발은 크며 자기가 입고 있는 옷에 신경쓰지 않는다는 태도를 하는 조는 자꾸 자라 성숙한 여인이 되어 가고 있는 게 자신이 생각하기에 못마땅하다는 것이 그녀 특유의 무뚝뚝함에 나타나 있었다.

모두가 베스라고 부르고 있는 엘리자베스는 장밋빛 볼, 매끄러운 머리, 빛나는 눈을 한 열세 살의 소녀로 부끄럼을 잘 타며, 소극적인 말씨, 그리고 언제나 변함없는 온화한 얼굴을 하고 있었다. 아버지는 베스를 '작은 고요 씨'라고 부르고 있었는데 그 별명은 베스에게 아주 잘 어울리는 것이었다. 베스는 자기만의 행복한 세계에 살고 있으며, 그곳에서 나오는 때가 있어도 자기가 믿고 사랑하고 있는 두세 사람밖에는 만나지 않았다.

그리고 에이미는 제일 나이가 어리지만 아주 소중한 사람이었다. 적어도 에이미 자신의 생각으로는 말이다. 흰 피부를 지녔고 파란 눈에 노란 머리칼이 구불구불 어깨에 늘어지고, 창백하고 호리호리하며 언제나 자기 행동에 신경을 쓰고 있는 어린 숙녀 같은 모습이었다.

이 네 자매가 각기 어떤 성격인가 하는 것은 이 이야기가 진행됨에 따라 여러분이 알게 될 것이다.

시계가 여섯 시를 알렸다. 베스는 난로 주위를 청소하고 나서 실내화를 한 켤레 따뜻하게 녹이려고 그곳에 놓았다. 어쩐지 이 낡은 신을 본 것이 소녀들에게 좋은 효과를 가져온 것 같았다. 어머니가 돌아온다는 표시로서 모두 그것을 고대하여 얼굴이 빛났기 때문이다. 메그는 설교를 집어치우고 램프를 켜고, 에이미는 누가 말하기 전에 안락의자에서 일어났으며, 조는 선 채로 실내화를 불길 가까이에 대면서 그래도 싫증난다고 하지는 않았다.

"이 신, 너무 낡았어. 엄마는 하나 새로 맞춰야겠어."

"난 내 돈으로 사 드리고 싶어."

베스가 말했다.

"안 돼, 내가 사 드릴 거야."

에이미가 외쳤다.

"아냐, 내가 제일 언니니까……."

메그가 말하려는데 그 말을 조가 딱 가로막았다.

"지금은 아빠가 안 계시니까 이 집안의 남자는 나야. 그러니까 내가 어머니에게 실내화를 사 드릴래. 아버지는 아버지가 부재중일 때 어머니를 소중히 해 드리라고 내게 말씀하셨거든."

"그럼 말야, 내게 좋은 생각이 있어."

베스가 나섰다.

"모두 다같이 엄마에게 크리스마스에 무엇인가 해 드리도록 하자. 우리들 것은 아무것도 하지 말고 말야."

"맞아, 너다운 좋은 생각이야! 무엇을 사 드릴까?"

조가 큰소리로 말했다.

모두들 진지한 얼굴로 잠시 생각을 했다. 잠시 후 메그는 자신의 예쁜 손을 보며 좋은 생각이 떠올랐다는 듯이 말했다.

"난 예쁜 장갑을 사 드리겠어."

"난 가장 좋은 군대용 슬리퍼."

조가 외쳤다.

"가장자리를 수놓은 손수건."

베스가 말했다.

"난 작은 향수 병으로 하겠어. 엄마는 그걸 좋아하고 또 그리

비싸지도 않을 거야. 그러면 남은 돈으로 색연필을 살 수 있어."

에이미는 쓸데없는 말까지 덧붙이며 얘기했다.

"그 선물을 어떤 식으로 드릴 거야?"

메그가 물었다.

"모두 테이블 위에 놓아 두고 어머니를 모셔 와서 꾸러미를 여시는 것을 지켜보는 거야. 그전 우리 생일날에 하던 것처럼 말이야."

조가 대답했다.

"난 그게 두려웠어. 내가 왕관을 쓰고 큰 의자에 앉아 있으면 모두들 내게 다가와서 키스와 함께 선물을 줄 때 말이야. 선물과 키스는 기쁘지만 선물을 열고 있으면 모두들 앉아 나만 빤히 바라보거든. 난 그게 싫었어."

베스는 차 시간에 내놓을 빵을 구우면서 동시에 자기 얼굴도 빨갛게 붉히고 있었다.

"어머니에게는 우리들이 서로에게 선물할 준비를 하는 것처럼 보이도록 해 두는 거야. 그리고 엄마를 깜짝 놀라게 하자. 내일 오후에 물건을 사러 가야겠어, 메그. 크리스마스 저녁은 우리들 연극만 해도 몹시 바쁠 테니까."

조는 두 손으로 뒷짐을 지고 고개를 높이 쳐들고 방 안을 왔다 갔다하고 있었다.

"난 이번을 끝으로 연극은 하지 않겠어. 이제 어른이 되었으니까 그런 건 할 수 없어."

메그는 아직 어린애처럼 '연극 놀이'를 재미있어 하면서도 이런 소리를 했다.

"그런 소릴 해도 언니는 틀림없이 그만두지 않을 거야. 머리를 늘어뜨리고 흰 가운을 걸치고 금종이로 보석을 만들어 붙인다면 말이지. 언니는 우리 집에서 가장 멋있는 여배우인걸. 언니가 빠진다면 그야말로 아무것도 안 되고 끝장이야."

조가 말하더니,

"오늘 저녁 연습을 하지 않으면 안 돼. 자, 이리 와요. 에이미, 기절하는 걸 해 봐. 그걸 할 때 넌 몹시 굳어지니까."

라며 에이미를 바라보았다.

"그래도 할 수 없잖아. 난 사람이 기절하는 장면 같은 것은 본 적이 없는걸. 난 얼굴이 새파랗게 질려 가지고 언니처럼 털썩 쓰러지는 건 싫단 말이야. 문제없이 할 수 있다면 선뜻 쓰러져 보이겠어. 그렇게 할 수 없다면 의자에 주저앉는 것처럼 품위 있게 보이도록 할 거야. 휴고가 정말 와서 날 권총으로 위협하다니, 난 싫어."

에이미는 반박했다. 에이미는 연극에 재능은 없지만 마침 몸이 작아서 극중 악한에게 납치되는 역에 알맞았기 때문에 이런 역을 맡겼다.

"이렇게 하는 거야. 두 손은 이렇게 맞잡고 방 안을 허둥거리며 미친 듯이 외치는 거야. 로데리고, 도와 줘요. 도와 주세요."

조는 정말 무서울 정도로 연극조의 목소리를 지르면서 시범을 해보였다.

에이미도 흉내를 내보았는데, 양손을 앞쪽으로 부자연스럽게 내밀고 마치 기계로 움직이고 있는 것처럼 몸을 푹 굽히는 것이었다. 게다가 에이미의 앗! 하는 목소리는 두려움과 고통 때문이라기보다는 몸이 핀으로 찔릴 때와 같은 소리였다. 조는 이래서는 가망없다는 듯이 신음소리를 냈고, 메그는 큰소리로 웃음을 터뜨렸다. 그리고 베스는 이 재미있는 장면에 정신을 팔다가 그만 빵을 태워 버리고 말았다.

"틀렸어! 글쎄, 뭐 그때가 되어 열심히 하는 도리밖엔 없겠어. 그렇지만 보고 있던 사람들이 웃는다고 해도 내 탓은 아니야. 자, 이번에는 메그 차례야."

이번에는 모든 것이 순조로웠다. 돈 페드로는 거칠게 반항하는 두 페이지에 걸친 대연설을 한 번도 거르지 않고 해치웠다. 마녀 베이가는 주전자에 넣고 푹 삶고 있는 두꺼비에게 굉장한 주문을 외웠는데 몸이 오싹할 만큼 기분 나쁜 것이었다. 로데리고는 자신을 묶고 있는 사슬을 완강하게 끊어 버리고, 휴고는 자신이 저지른 나쁜 일을 후회하며 독약을 마시고 신음하면서 핫, 핫! 하는 미친 듯한 소리를 지르면서 죽어갔다.

"지금까지 한 연극 중에서 이번 것이 제일 좋아."

메그는 말했다. 한편, 죽은 악한은 일어나서 팔을 어루만지고 있었다.

"조, 언니는 어떻게 이런 멋진 연극을 쓰고, 연기도 할 수 있는 거야? 정말 셰익스피어 같아!"

베스가 말했다. 언니들은 모든 일에 굉장한 재능을 지니고 있다고 그녀는 완전히 믿고 있었다.

"아니, 그렇지도 않아."

조는 겸손하게 대답했다.

"나도 오페라 비극 《마녀의 저주》가 좋아. 그래도 만약 뱅코

(셰익스피어의 《맥베스》에 나오는 인물. 마녀의 예언을 듣고 국왕을 죽여 왕위에 오른 맥베스에게 살해되었는데, 망령이 되어 그를 저주하고 마침내 파멸시킴)가 나오는 무대 밑에서 올라오는 장치가 있다면 맥베스를 하고 싶어. 난 항상 살인당하는 역을 하고 싶었거든. 내 눈앞에 보이는 것은 비수인가?"

조는 맥베스의 대사를 작은 소리로 외우고는 언젠가 본 비극 배우처럼 눈을 부릅뜨며 허공을 움켜잡는 흉내를 냈다.

"어머, 그건 빵 굽는 포크야. 빵을 꿰지 않고 어머니 신을 긁고 있지를 않나, 베스는 참 연극에 정신이 팔렸어!"

메그의 말에 일동은 와아 하고 웃음을 터뜨렸고 여기서 연극 연습은 끝이 났다.

"오, 모두들 즐거워하니 기분이 무척 좋은걸."

입구 쪽에서 나는 밝은 목소리에 배우도 관객도 일제히 그쪽을 향해 키가 크고 아주 상냥한 부인을 맞았다.

'자, 도와 줄까?' 하는 듯한 태도 또한 자매들에게는 매우 기쁘게 느껴졌다. 아름다운 차림은 아니었지만 품위 있는 여인으로서 자매들은 회색의 소매 없는 외투에다 구식 모자를 쓰고 있는 이 부인을 세상에서 가장 멋있는 어머니라고 생각하고 있었다.

"자, 오늘은 모두 어떻게 지냈니? 난 군인들에게 보낼 짐 상자를 꾸리느라고 몹시 바빴단다. 그래서 저녁 식사 때까지 돌아올 수 없었어. 베스, 누군가 손님이 왔니? 메그, 감기는 좀 어떠니? 조, 넌 몹시 피곤해 보이는구나. 이리로 와서 키스해 주렴."

자상하게 이것저것 물으면서 마치 부인은 젖은 신발을 벗고 따뜻한 실내화를 신고는, 안락의자에 앉아 에이미를 무릎 위로 끌어올리더니 분주했던 하루의 가장 즐거운 시간을 편히 쉬려고 했다.

소녀들은 제각기 여러모로 어머니를 기분 좋게 해 드리려고 열심이었다. 메그는 식탁 준비를 했다. 조는 도중에 부딪치는 것을 모두 떨어뜨리며 뒤집어엎기도 하고 쨍그랑거리면서 한 쌍의 나무 의자를 가져왔다. 베스는 객실과 부엌 사이를 얌전빼며 바쁘게 왔다갔다했다. 또 에이미는 팔짱을 끼고 앉은 채 모두에게 지시하고 있었다.

모두가 식탁 주위에 모이자 마치 부인은 새삼스럽게 기쁜 표정으로 말했다.

"저녁 식사가 끝나면 좋은 일이 있을 거란다."

잠시 밝은 미소가 한 줄기 빛처럼 모두의 얼굴에 떠올랐다. 베스는 자기가 빵을 가지고 있는 것도 모르고 손뼉을 쳤으며 조는 냅킨을 집어던지고 외쳤다.

"오, 편지! 편지야! 아버지 만세!"

"그래, 길고 아주 좋은 편지야. 아버지는 건강하시고 우리가 염려하는 것보다도 훨씬 수월하게 겨울을 지낼 수 있을 것 같다고 말씀하셨단다. 모두가 즐거운 크리스마스를 맞도록, 그리고 너희들에게 잘 말해 달라고 하시는 거야."

마치 부인은 보물이라도 품고 있는 것처럼 가슴의 호주머니를 가볍게 두드렸다.

"자, 서둘러서 저녁을 먹읍시다! 에이미! 그렇게 천천히 먹지 말고 빨리빨리 먹어 치워!"

큰소리로 외친 조는 빨리 편지가 보고 싶어 서둘다가 마시던

22

차에 목이 막히고 버터 바른 빵을 주단 위에 떨어뜨리고 말았다.

베스는 벌써 식사를 끝내고 가만히 구석으로 가 있었다. 그곳에서 다른 사람들의 식사가 끝나기를 기다리면서 도대체 어떤 편지일까 하고 앞으로의 즐거움을 상상하고 있었다.

"아버지는 군대에 들어갈 정도로 젊지도 않고 군인이 될 정도로 몸도 튼튼하지 못한데 종군 목사로 가시다니 너무 훌륭하신 것 같아."

메그가 애절한 목소리로 말했다.

"나도 군악대의 고수든가, 주보 담당이든가, 그렇지 않으면 간호사가 되어 가고 싶어. 그렇게 되면 아버지 곁에서 도와 드릴 수도 있는데……."

조는 신음하듯 말했다.

"아버진 언제 돌아오시는 거예요, 엄마?"

베스가 좀 떨리는 목소리로 물었다.

"앞으로 몇 달이라고 정확히 말할 수는 없어. 아프시지만 않는다면 자신이 할 수 있는 데까지 싸움터에 계시며 열심히 일하실 거야. 그러니까 일을 그만두고 빨리 돌아오시라고 조를 수는 없어. 자, 모두 이리로 와요. 편지를 읽을 테니까."

모두들 난로 옆으로 다가갔다. 큰 의자에 어머니가 앉고 그 앞에는 베스, 메그와 에이미는 의자의 양 옆, 그리고 조는 뒤에 섰다. 그곳에 있으면 만약 편지에 몹시 감동을 주는 대목이 있어도 다른 사람에게 감동한 모습을 보이지 않아도 되기 때문이다. 이런 내란(남북 전쟁을 말함)의 시대에는 대부분의 편지가 사람의 마음을 울리는 것으로서, 특히 아버지가 후방의 가정에 보내는 편지라면 더욱 그랬다. 짧은 편지 속에는 여러 가지 곤경과 위험에 부딪친 일들, 향수병에도 지지 않고 있다는 것 등이 쓰여 있었다. 밝고 희망에 찬 편지에서는 야영이나 진군 그리고 전쟁 상황에 관한 것 등이 눈앞에 보이듯이 전해졌다. 그리고 끝맺는 대목에 이르러서는 과연 아버지답게 집에 있는 딸들을 생각하는 따뜻한 정으로 넘쳐 있었다.

 딸들 모두에게 나의 사랑과 키스를 보내오. 나는 낮에는 그 애들을 생각하고, 밤에는 그 애들 모두를 위해 기도드리며, 항상 그 애들을 생각하는 것이 가장 큰 위안이라고 전해 줘요. 다시 만날 때까지의 일 년이라는 세월이 길게 느껴지지만 그 동안 우리들은 각자 열심히 일하고 있으니까 시간도 금방 지나갈 것이라 믿소. 이 비상시도 헛되이 보내서는 안 된다는 생각을 갖도록 내가 딸들에게 일러놓고 온 것은 모두 잘 기억하고 있으리라 생각하오. 어머니에게는 착한 자식이 될 것, 자기 임무는 충실히 수행할 것, 마음속에 있는 적과는 용감하게 싸울 것, 그리고 자신을 잘 극복해서 내가 돌아갔을 때에는 나의 작은 숙녀들이 더욱 성숙해지고, 더욱 자랑스럽게 여겨질 수 있게 되기를 기도드리오.

여기까지 읽었을 때 모두들 코끝이 저려 오는 것 같았고, 조는 그 코끝에서 커다란 눈물 방울이 떨어지는 것을 굳이 숨기려고 하지 않았다. 에이미는 자기의 머리 모양이 흐트러지는 것에 신경쓰면서도 어머니 어깨에 얼굴을 묻고 흐느껴 울면서 말했다.

"난 정말 버릇없이 굴었어! 그래도 아빠가 돌아오셨을 때 실망하시지 않게 더욱 착해지도록 노력하겠어요."

"우리 모두 열심히 해봐요."

메그가 말했다.

"난 자신의 몸차림에만 지나치게 신경을 쓰고 일하는 것을 싫어했어요. 앞으로는 될 수 있는 대로 그러지 않도록 노력하겠어요."

"나도 어떻게든 아버지가 '작은 숙녀'라고 부를 수 있는 여인이 되겠어요. 그리고 어디 딴 곳으로 나가고 싶다는 생각 따위는 집어치우고 집에서 자기 임무를 다하도록 하겠어요."

조는 집에서 신경질을 부리지 않는 것은 남부의 반란을 진압하는 것보다도 훨씬 어려운 일이라고 생각하며 말했다.

베스는 아무 말도 하지 않고 푸른 군용 양말로 눈물을 씻더니 지금 가장 가까이에 있는 임무를 조금이라도 빨리 수행하려고 전력을 다해 뜨기 시작했다. 그러나 그 얌전하고 작은 마음속에서는 일 년 후에 집으로 돌아오시는 기쁜 날까지 아버지의 바람에 어긋나지 않는 훌륭한 숙녀가 되어야겠다고 몇 번이고 다짐하고 있었다.

조가 말한 다음 잠시 조용하다가 마치 부인이 침묵을 깨고 다음과 같이 말했다.

"너희들이 아직 어렸을 때 《천로역정》의 흉내를 내며 논 것을 기억하고 있니? 짐 대신이라고 하며 내게 도구 자루를 짊어지게 하고, 모자와 지팡이와 감은 종이를 빌려 주고, '멸망의 도시'로 결정한 지하실에서부터 집안을 점점 여행하며 올라갔지. 마침내는 너희들이 예쁜 것을 있는 대로 죄다 모아 놓고 '천국의 도시'로 해 둔 집의 꼭대기에 이른다는 놀이를 하며 몹시들 기뻐했잖니."

"그거 재미있었어요. 특히 사자 곁을 지나기도 하고, 악마 아포리온과 싸우기도 하고, 도깨비가 있는 골짜기를 빠져나갈 때는……."

옛일을 떠올리며 조가 즐거워했다.

"난 짐이 떨어져서 아래층까지 굴러 내려간 대목이 제일 좋았어요."

메그가 말했다.

"내가 제일 좋아했던 대목은 꽃이랑 정자랑 갖가지 예쁜 물건을 놓아 둔 평평한 지붕 위로 나가서, 그 양지바른 곳에서 모두 나란히 늘어서서 유쾌하게 노래 불렀을 때예요."

베스는 그 재미있던 때가 다시 되돌아온 것처럼 미소를 띠면서 말했다.

"난 잘 기억하고 있진 못하지만, 그저 저 지하실과 어두컴컴한 입구가 무서웠던 것과 지붕 위에서 먹은 케이크와 우유가 언제나 맛있었던 것은 잊혀지지 않아요. 그런 놀이를 해도 우습지 않은 나이라면 지금이라도 다시 한 번 해 보고 싶어요."

에이미는 열두 살이라는 연령을 어른이라고 생각하고 어린애같은 놀이는 그만두겠다는 듯이 말했다.

"나이를 먹었다고 해서 우스울 건 조금도 없어. 우리가 제각기무엇이든 항상 하고 있는 일이 있으니까 말이야. 우리의 무거운짐은 바로 옆에 있고, 우리의 길은 눈앞에 계속되어 있으며, 선량

하고 행복해지기를 동경하는 마음은 온갖 어려움과 과오를 넘어서 진짜 천국의 도시인 편안함으로 이끌어 주는 안내역이 되는 셈이야. 너희 작은 순례자들이 다시 한 번 해 보면 어떨까? 놀이가 아니고 진심으로 말이야. 아버지가 돌아오실 때까지 어느 정도 갈 수 있을지, 어떨까?"

"어머, 그럴까요, 엄마? 우리 짐은 어디에 있죠?"

상상력이 다소 모자라는 에이미가 물었다.

"지금 너희들은 자기 짐 얘길 했어. 베스만을 제외하고 말이야. 베스에게는 짐이라는 게 없겠지."

어머니가 말했다.

"아니, 갖고 있어요. 내 짐은 접시와 총채, 좋은 피아노를 갖고 있는 사람을 부러워하는 것, 그리고 남들이 무서운 거예요."

베스의 짐이란 것은 이런 이상한 것이었기 때문에 모두들 웃음이 터질 것 같았다. 그러나 아무도 웃지 않았다. 베스의 기분을 상하게 하지 않으려 했기 때문이다.

"모두들 해봐요."

메그가 진지한 태도로 말했다.

"이건 그저 우리가 좋은 사람이 되려고 애쓰는 것을 바꾸어 말하는 것뿐이야. 《천로역정》의 이야기가 큰 도움이 될 거야. 좋은 사람이 되기란 아주 어려운 일이라서 자칫하면 잊어버리고 노력을 게을리하게 돼요."

"우리가 오늘 저녁 '절망의 늪'에 있었던 셈이에요. 그때 어머니가 오셔서 그 책에 있는 것처럼 '구원자'가 되어 끌어올려 주신 거예요. 우리도 예수님처럼 주의 사항을 적은 두루마리를 갖고 있어야겠어요. 참, 어떻게 하면 좋을까요?"

조는 자신의 임무를 다한다는 지극히 따분한 일에 조금은 로맨틱한 채색을 하는 공상을 하며 물었다.

"크리스마스 아침에 너희들 베개 밑을 봐. 그러면 그곳에 안내서가 놓여 있을 거야."

마치 부인은 그렇게 대답했다.

모두들 이 새로운 계획에 대해 이야기하고 있는 동안에 하녀 해너 할머니가 식탁을 치웠다. 그러고 나서 네 개의 작은 반짇고리가 나오고, 마치 백모님의 시트를 만드는 일에 각기 손에 든 바늘을 바쁘게 움직였다. 하기 싫은 바느질이었지만 오늘 밤은 아무도 불평하지 않았다. 모두들 조가 제의한 대로 긴 솔기를 네 부분으로 나눠 각기 유럽 · 아시아 · 아프리카 · 아메리카라고 이름 붙였다. 이렇게 해서 일은 매우 빨리 진척되었다. 특히 자기가 맡은 부분을 꿰매면서 각기 그 나라에 관해 이야기를 주고받으니 일이 더욱 잘 되었다.

아홉 시가 되었을 때 하던 일을 멈추고, 평상시처럼 잠자리에 들기 전에 다같이 노래를 불렀다. 낡은 피아노에서 훌륭한 음을 내는 것은 베스 외에는 아무도 할 수 없었다. 베스는 이제 누렇게 변색된 건반을 부드럽게 두드려서 모두가 부르는 아름다운 노래에 좋은 반주를 했다. 메그는 피리와 같은 목소리로 어머니와 함께 항상 이 작은 합창단을 이끌었다. 에이미는 귀뚜라미가 우는 것처럼 노래를 불렀고, 조는 자기 멋대로 멜로디를 이끌다가 언제나 엉뚱한 부분에서 틀렸기 때문에 아무리 슬픈 곡이라도 엉망으로 만들곤 했다.

이 합창은 네 사람이 매우 더듬거리면서 '반짝반짝 빛나는 작은 별이여' 하고 겨우 노래를 부를 무렵부터 계속해 왔기 때문에 이 집의 관례처럼 되었다. 그것도 어머니가 천성적으로 노래를 좋아했기 때문이다. 아침에 제일 먼저 들리는 것은 집안을 종달새처럼 노래부르며 돌아다니는 어머니의 목소리였고, 밤이 되어 제일 나중에 들리는 것도 역시 그 명랑한 목소리였다. 왜냐하면 소녀들이 성장했다고는 해도 귀에 익은 자장가를 즐겁게 듣는 것은 역시 아이들과 마찬가지였기 때문이다.

# 메리 크리스마스

크리스마스날 아침, 아직 어슴푸레한 새벽에 가장 먼저 눈을 뜬 것은 조였다. 조는 난로에 양말이 한 켤레도 걸려 있지 않았기 때문에 실망스러웠다. 캔디가 너무 가득 들어서 작은 양말이 떨어져 있었으므로 실망한 적이 있었는데 그때와 비슷한 기분이었다. 순간 지난번 어머니의 말을 상기하고 손을 베개 밑에 넣어 보니 작은 진홍색의 책이 꺼내졌다. 그것은 더욱 훌륭하게 살기 위한 도리를 가르치는 아름다운 옛 이야기, 즉 그리스도에 대해 쓴 《신약성서》였다. 오랜 여행을 하는 순례자에게는 참으로 좋은 안내서라고 생각했다.

조는 '메리 크리스마스'라고 하면서 메그를 깨우고 베개 밑에 무엇이 들어 있는지 보라고 했다. 거기에서는 녹색의 책이 나왔다. 안쪽에 같은 그림이 그려져 있고, 거기에 쓰여 있는 어머니의 짧은 이야기는 이 선물을 몹시 귀중한 것으로 느껴지게 했다. 곧

이어 베스도 에이미도 눈을 떴고 마찬가지로 베개 밑을 뒤져 각기 작은 책을 찾아냈다. 베스의 것은 짙은 잿빛, 에이미의 것은 푸른색이었다. 모두들 둘러앉아 책을 보면서 이야기를 하는 사이, 날은 밝아 오고 동녘 하늘은 장밋빛으로 물들고 있었다.

얼마간 허세를 부리기는 했지만 메그는 순수하고 신앙심 깊은 성격이었다. 그것이 어느 사이엔가 동생들에게도 전해졌고, 그중에서도 조는 깊은 감화를 받고 있었다. 조는 이 언니를 마음속으로 사랑하고 있었고 그녀의 상냥한 충고에도 잘 따랐다.

"이봐, 잠깐, 너희들."

메그는 진지한 어조로 머리가 흐트러진 채로 옆에 있는 동생에게서 방 저쪽에 있는 작은 나이트캡을 쓴 두 사람 쪽으로 눈길을 돌렸다.

"어머니가 이 책을 주신 것은 우리가 이 책을 잘 읽고, 이 책을 사랑하며, 속에 쓰여 있는 것을 명상하라는 뜻일 거야. 그러니까 이제부터 곧 읽기 시작해야 하지 않겠니. 그전에는 모두들 그런 것을 충실히 했어. 하지만 아버지가 계시지 않고 전쟁으로 인해 모두가 엉망이 된 후부터 우리도 여러 가지 것을 잊어버린 거야. 너희들은 자기가 좋을 대로 해도 상관없지만 난 이 책을 여기 테이블 위에 놓아 두고 매일 아침 일어나자마자 조금씩 읽을 작정이야. 틀림없이 내게 유익할 것이고 하루 종일 무언가 도움이 될 거야."

그렇게 말하고 메그는 자기의 새 책을 펴서 읽기 시작했다. 조는 메그의 어깨를 팔로 감싸고 뺨과 뺨을 맞대면서 함께 읽기 시작했는데, 항상 어딘가 들떠 있고 침착하지 못하던 표정이 놀랍게도 고요하게 바뀌었다.

"메그 언니는 훌륭해! 에이미, 이리 와! 우리도 언니들처럼 읽자. 어려운 곳은 내가 가르쳐 줄게. 우리 둘 다 이해하기 어려우면 언니들에게 물어 보자."

베스는 이 아름다운 책과 언니들의 태도에 몹시 감동받아 작은 소리로 말했다.

"정말 기뻐. 내 건 푸른색이야."

에이미가 좋아했다. 책장을 조용히 넘기고 있는 동안 방 안은 쥐죽은 듯이 고요했다. 겨울의 햇살이 어렴풋이 스며들어 네 사람의 번쩍번쩍 빛나는 머리카락과 진지한 얼굴에 크리스마스 인사라도 하는 듯이 비치고 있었다.

"어머니는 어디 계세요?"

삼십 분쯤 지나서 어머니에게 선물에 대한 인사를 하려고 조와 함께 이층에서 뛰어 내려온 메그는 해너에게 물었다.

"글쎄, 모르겠어요. 아까 어떤 불쌍한 사람이 무엇을 얻으러 왔는데, 어떤 상태인지 알아본다고 곧장 나가셨으니까요. 그런 사람에게 음식물이랑 옷가지랑 땔감까지 선뜻 내주시다니, 어머니 같은 분은 또다시 없을 거예요."

해너는 메그가 태어났을 때부터 이 집의 하녀로 있는 사람이라 아이들은 모두 하녀라기보다는 친구처럼 생각하고 있었다.

"곧 돌아오실 거예요. 그러니까 과자를 굽고, 모든 걸 빠짐없이 준비해 두세요."

메그는 선물이 있는 쪽을 보았다. 선물은 모두 바구니 속에 챙겨 소파 밑에 감추었는데 언제든 즉시 꺼낼 수 있게 되어 있었다.

"어머, 에이미의 향수 병은 어떻게 했어?"

그 작은 병이 보이지 않았기 때문에 메그가 다시 말했다.

"조금 전에 에이미가 가지고 갔어. 거기에 리본을 달고, 하고 싶은 말을 써 넣겠다고 말이야."

조는 새 슬리퍼를 좀더 부드럽게 하기 위해 그것을 신고 방 안에서 춤추듯이 돌면서 말했다.

"내 손수건 정말 멋있지? 해너가 빨아서 다림질을 해주고 이름은 내가 수를 놓았어."

베스는 자기가 애써서 수놓은, 좀 부자연스런 글자를 만족한 듯이 바라보았다.

"어머, 앤! 어떻게 됐나 봐. 'M · 마치'로 하지 않고 '어머니'로 해 버렸으니 우스워서……."

조는 그 한 장을 손에 들고 큰소리로 말했다.

"이상해? 난 그렇게 하는 편이 더 좋다고 생각했는데……. 왜냐하면 메그의 머리글자도 'M · M'이니까 말이야. 게다가 이건 엄마만 썼으면 하니까!"

베스는 난처한 얼굴로 말했다.

"응, 이대로 좋아. 아주 좋은 생각이야. 게다가 참 재치가 있어. 그렇게 하면 아무도 헷갈리지 않을 거야. 어머니도 틀림없이 기뻐하실 거야."

메그는 조에게는 약간 찡그린 얼굴을, 베스에게는 웃는 얼굴을 보이며 말했다.

"엄마가 오셔! 바구니를 빨리 숨겨, 빨리!"

문이 탕 하고 닫히는 소리가 나고 현관에서 발소리가 들리자 조가 허둥대며 말했다.

하지만 서둘러 들어온 사람은 에이미였다. 에이미는 언니들이 기다리고 있는 것을 보고는 좀 멋쩍은 얼굴을 했다.

"너 어디 갔었니, 뒤에 숨기는 건 뭐야?"

메그는 게으름뱅이 에이미가 이렇게 아침 일찍 모자와 외투를 걸치고 외출하고 돌아오는 것을 보고 깜짝 놀라서 물었다.

"내가 한 일 웃지 말아, 조! 때가 될 때까지 아무에게도 알리고 싶지 않았을 뿐이야. 사실은 향수 병을 큰 것으로 바꾸러 갔다 오는 길이야. 그래서 내가 가진 돈을 전부 써 버렸어. 이제 정말 버릇없는 짓은 그만두겠어."

에이미는 그렇게 말하면서 전에 샀던 싸구려 향수와 바꿔 온 아름다운 병을 내보였다. 그녀의 얼굴은 매우 진지하고 신중함에 차 있었으며, 자신의 버릇없음을 없애려고 몹시 애쓰고 있는 태도를 알 수 있었다. 메그는 그 기특함에 당장 에이미를 껴안았다. 조는,

"착한 애야."

라고 말하고, 베스는 창가로 뛰어가서 그 훌륭한 병을 장식하기 위해 가장 아름다운 크리스마스 장미를 가지고 왔다.

"난 오늘 아침 착한 사람이 되려고 그 책을 읽고 언니들과 얘기한 후에 내 선물이 부끄러워졌어. 그래서 일어나자마자 서둘러 모퉁이 가게까지 가서 이것과 바꿔 왔어. 난 잘했다고 생각해. 이번엔 내 선물이 제일 훌륭할 거야."

길가로 나 있는 문이 또 탕 하고 울렸다. 이번에는 어머니였다. 모두들 허둥대며 바구니를 소파 밑에 숨겼다. 그리고 소녀들은

빨리 아침 식사를 하고 싶어 식탁으로 모여들었다.

"메리 크리스마스, 어머니! 정말, 즐거워요! 그리고 주신 책 고마웠어요. 우리는 벌써 조금 읽었어요. 앞으로 매일 읽을 작정이에요."

네 사람은 일제히 말했다.

"메리 크리스마스! 모두들 벌써 읽기 시작했다니 기쁘구나. 앞으로도 계속 읽도록 하렴. 그런데 식탁에 앉기 전에 좀 할 얘기가 있단다. 여기서 그리 멀지 않은 곳에 갓난아기가 있는 한 불쌍한 여인이 있어. 여섯 명의 아이들은 한 침대에서 얼어붙을 것 같은 추위를 참고들 있지. 그 집에는 불기란 조금도 없고, 게다가 먹을 것도 없단다. 제일 위의 사내애가 와서 모두 굶고 추위에 떨고 있다는 거야. 그래서 생각한 건데, 너희들의 아침 식사를 그 사람들에게 선물로 주는 것이 어떨까?"

소녀들은 모두 한 시간 가까이나 아침 식사를 기다리고 있었기 때문에 여느 때보다도 배가 고팠다. 잠시 아무도 입을 열지 않았다. 그러나 그것도 잠깐이었다. 조가 힘차게 말했다.

"우리가 아침을 먹기 전에 어머니가 돌아오셔서 정말 다행이에요."

"나도 가서 불쌍한 아이들에게 무언가 나르는 시중을 하겠어요."

베스가 열심히 말했다.

"난 말이에요, 크림과 버터를 가지고 가겠어요."

에이미는 자기가 가장 좋아하는 것을 기특하게도 단념하며 말했다. 메그는 이미 과자와 모밀을 쌌고, 큰 쟁반에 빵을 담고 있었다.

"너희들이 틀림없이 그렇게 해주리라고 생각했어."

마치 부인은 만족한 듯 웃으면서 말했다.

"모두 가서 도와 주자. 그리고 돌아와서 아침 식사는 빵과 우유로 참고, 그 대신 저녁 식사 때 맛있는 것을 많이 먹기로 하자."

모두는 곧 준비를 끝내고 맛있는 음식을 나르는 행렬을 이루며 출발했다. 다행히도 아직 이른 아침이고 골목으로 지나갔기 때문에 이 일행을 보는 사람도 적었고, 이 이상한 행렬을 보고 웃는 사람도 없었다.

그곳은 초라하고 가구 하나 없는 비참한 방이었다. 유리창은 깨져 있고 불기도 없었으며 그저 누더기 같은 이불, 누워 있는 어머니, 계속 울고 있는 갓난아이, 그리고 한 장의 낡은 홑이불 밑에서 몸을 녹이려고 서로 몸을 맞붙인 창백하고 굶주린 아이들이 있을 뿐이었다.

소녀들이 들어가자 아이들은 그 큰 눈을 더 크게 뜨고 파래진 입술에 미소를 띠었다. 그 기뻐하는 모습이란······.

"오, 하느님! 천사들이 우리 집에 오셨군요!"

가엾은 어머니는 너무나도 기쁜 나머지 큰소리로 말했다.

"모자를 쓰고 긴 장갑을 낀 천사들이에요."

조의 농담에 모두가 웃었다. 얼마쯤 지나자 실제로 마음씨 착한 요정들이 거기서 일하고 있는 것같이 생각되었다. 땔나무를 가지고 온 해녀는 난로에 불을 피우고 깨진 유리창에 헌 모자와 자기 외투로 바람막이를 만들었다. 마치 부인은 그 집 어머니에게 차와 오트밀 죽을 갖다 주며 앞으로 할 수 있는 데까지 힘이 되어 주겠다고 위로했고, 마치 자기 자식이기나 한 것처럼 갓난 아이의 옷을 정성스럽게 갈아입혔다. 그 동안에 소녀들은 식탁에 음식물을 늘어놓고 아이들을 난로 주위에 앉힌 후 굶주린 작은 새들과 같은 아이들에게 음식을 집어 주었다. 아이들은 '이거 맛있어!', '천사 누나!'라고 외치면서 추위 때문에 보랏빛을 띤 손을 기분 좋은 난롯불에 녹이기도 했다.

소녀들은 지금까지 천사 누나라고 불린 일이 한 번도 없었기 때문에 몹시 기뻐했다. 그중에서도 조는 태어났을 때부터 인간은 선녀와 같은 존재라고 생각해 왔기 때문에 특히 기뻐했다. 비록 아무것도 먹지 않았지만 소녀들에게는 참으로 즐거운 아침 식사였다. 이 즐거운 정경을 뒤로 하고 그곳을 떠날 때, 자기 아침 식사를 남에게 주고 크리스마스의 아침을 빵과 우유만으로 떼워야 한 이 자매들만큼 명랑한 사람들은 그 도시에 아무도 없었을 것이다.

"이것이 내 몸보다도 이웃 사람을 사랑한다는 것이군요. 난 아주 좋은 경험이었다고 생각해요."

어머니는 이층에서 아까의 불쌍한 후멜 일가에게 줄 옷을 챙기고 있고, 자매들은 다같이 준비한 선물들을 꺼내고 있는 동안에 메그가 그렇게 말했다.

결코 화려한 것을 마련하지는 않았지만 네 개의 작은 꾸러미에는 넘치는 듯한 사랑이 담겨 있었다. 또 테이블 한가운데 놓여져 있는 빨간 장미와 흰 국화, 키 큰 덩굴풀을 꽂은 기다란 꽃병은 우아한 분위기를 풍겨 주었다.

"어머니가 오셔! 베스, 피아노를 쳐! 에이미, 문을 열어! 어머니를 위한 만세!"

조는 부산을 떨었고, 메그는 어머니를 자리로 안내하기 위해 방을 나갔다.

베스는 신나는 행진곡을 치고, 메그는 위엄을 갖추고 시종 역을 했다. 마치 부인은 이 뜻밖의 일에 깜짝 놀라며 몹시 감동한 모습이었다. 아이들이 주는 선물 각각에 달려 있는 짧은 문구를 읽으면서 눈에는 기쁨의 눈물이 가득 괴었다. 실내화는 곧 그곳에서 신고, 새 손수건은 에이미의 향수 향기가 잘 스며들게 뿌려 호주머니에 넣었다. 장미 한 송이를 가슴에 달고 좋은 장갑을 껴 보며,

"아주 꼭 맞는군."

하고 좋아했다.

떠들썩하게 웃으며 한동안 많은 이야기가 오고 갔다. 이렇게 순수하고 따뜻한 분위기가 이 집안의 신나는 행사를 아주 재미있게 하고 먼 훗날까지 즐거운 추억을 남겼다. 그리고 그들은 각자의 일을 다시 시작했다.

아침의 자선 행사에 많은 시간을 보낸 자매들은 그날의 나머지 시간 대부분은 밤 행사 준비로 보냈다. 모두들 아직 어렸기 때문에 자주 극장에 간 적이 없고, 집에서 하는 연극에 많은 비용을 들일 만큼 부자도 아니었기 때문에 소녀들은 가능한 한 머리를 썼다. 즉 '필요는 발명의 어머니'라는 말과 같이 무엇이든 필요한 것은 스스로 궁리해서 만들었다. 그렇게 해서 만든 것 중에서는 제법 잘 만들어진 것도 있었다. 예를 들면 보드지의 기타, 예

스러운 배 모양의 소스 통에 은종이를 씌워 만든 옛날 램프, 절인 반찬 만드는 공장에서 주워 온 양철로 장식을 해서 만든 아름다운 두루마리, 역시 같은 양철을 이용한 대갈못을 박은 갑옷, 등가구를 뒤집어엎어 사용하는 것 등은 언제나 하던 것으로서 문제가 없었다. 이렇게 해서 큰 방에는 갖가지 순진한 소동이 전개되고 있었다.

남자는 넣지 않기로 되어 있었다. 그래서 조가 남자 역을 하게 되었고 조 자신도 크게 만족했다. 어떤 남자 배우와 아는 사이라는 부인을, 조는 또 그 부인과 아는 사이라는 친구를 통해서 얻은 빨간 가죽의 부츠를 신고 좋아했다. 이 부츠와 오래된 펜싱 시합용 칼과 어떤 화가가 그림을 그릴 때 착용했다는 세로로 주름을 잡은 남자용 조끼는 조가 가장 소중히 여기는 물건들로서 이 세 가지는 모든 행사에 반드시 나왔다.

연극을 하는 사람 수가 적었으므로 두 사람의 주연 배우가 여러 가지 역을 겸하지 않으면 안 되었다. 그뿐만 아니라 그 두 사람은 세 가지 또는 네 가지 역의 대사를 외우고 각기 다른 의상을 입었다 벗었다 하며 무대 감독까지 했다. 어려운 일을 훌륭히 해낼 만큼의 자격을 분명히 갖추고 있는 셈이다. 이 일은 무엇을 외우기 위해서는 아주 좋은 훈련도 되는 유익한 놀이였다. 그런 일이라도 있으니 아무 하는 일 없이 혼자 멍청히 있든가, 보다 시시한 사귐 따위로 헛되이 보내게 될 많은 시간을 살릴 수 있었다.

크리스마스 밤에는 열두 명이나 되는 소녀가 극장의 고급 관람석으로 지정된 침대 위에 여러 줄로 앉아 푸른색과 노란색의 커튼 앞에 몹시 고대하는 듯한 태도로 앉아 있었다. 커튼 저쪽에서는 술렁이는 움직임과 서로 속삭이는 소리가 끊임없이 났다. 램프의 불꽃 연기가 조금씩 피어 오르고, 가끔 흥분을 잘하는 에이미의 쿡쿡 웃는 소리도 들렸다. 잠시 후 벨이 울리며 커튼이 양쪽으로 열리더니 마침내 오페라의 비극이 시작되었다.

연극의 배경으로 나오는 '어두운 숲'은 화분에 심은 두세 그루의 작은 나무와 바닥에 깐 녹색의 거친 나사지, 멀리 있는 동굴로 나타내고 있었다. 이 동굴은 횃대로 지붕을 만들고 주위의 벽은 거울이 붙은 장롱을 둘러 세워 만들었다. 그 속에는 한창 불이 피고 있는 작은 화로가 있고 그 위에는 까만 솥이 걸려 있었다. 그리고 한 나이 많은 마녀가 그곳에 웅크리고 있었다. 무대는 어두우며 화롯불의 환한 빛이 좋은 효과를 내고 있었다. 특히 마녀가 솥뚜껑을 열었을 때 진짜 김이 났으므로 더욱 실감이 났다.

처음의 흥분이 가실 때까지 잠시 사이가 있은 다음 악한인 휴고가 뽐내면서 등장했다. 허리에는 절그럭거리는 칼을 차고, 챙이 아래로 처진 모자를 썼으며, 까만 턱수염을 기르고, 소매 없는 기묘한 외투 차림에 부츠를 신고 있었다. 이 악한은 몹시 흥분한 모습으로 왔다갔다하다가 자기 이마를 치더니 별안간 거친 목소리로 노래 부르기 시작했다. 그것은 로데리고에 대한 미움과 자라에 대한 사랑, 그리고 로데리고를 죽이고 자라를 자기 것으로 만들려고 하는 마음속의 결심을 노래한 것이었다. 휴고는 가끔 감정이 격해져서 억제할 수 없게 되면 자기 본래의 큰 목소리로 외치는데 그것이 보고 있는 사람들에게 대단한 감동을 주었다. 휴고가 숨을 돌리기 위해 잠깐 멈추자 관객들에게서 박수가 일어났다. 관객의 갈채에는 이미 익숙해 있는 듯 휴고는 가볍게 인사

를 하고 이번에는 등걸이 쪽으로 살짝 다가가서,

"이봐, 네게 시킬 일이 있어!"

부하 헤이거에게 나오라고 명령했다.

그러자 메그가 나왔다. 잿빛 말의 털을 얼굴 언저리에 늘어뜨리고, 이상한 무늬가 있는 빨간색과 까만색이 뒤섞인 긴 외투를 입고, 지팡이를 쥐고 있었다. 휴고는 자라가 자기를 좋아하게 될 약과 로데리고의 목숨을 빼앗을 약이 필요하다고 말했다. 헤이거는 아름답고 극적인 멜로디로 두 약을 다 마련할 것을 약속하고, 사랑의 약을 가지고 올 요정을 부르기 시작했다.


오라, 오라, 이리로, 하늘의 요정

너희 집에서 빨리 오라!

장미에서 태어나 이슬을 마시며

사랑의 약을 마실 수 있는가?

신비한 속도로 갖고 오라.

내가 필요한 것은 사랑의 약

효능이 빠르고 아주 짙은

향기로운 냄새가 나게 해서 가지고 오라!


부드러운 음악이 울려 퍼지고 동굴 뒤에서 구름과 같은 흰 것을 걸친 작은 모습이 나타났다. 번쩍번쩍 빛나는 날개를 달고 금빛 머리를 했으며 머리에는 장미의 관을 쓰고 있었다. 그리고 마법의 지팡이를 휘두르면서 이런 노래를 불렀다.

자, 나는 왔다.
멀리 은빛 달 속
우리 집에서 왔다.
마법의 힘, 잡으세요.
잘 이용하여 쓰세요.
그렇지 않으면 곧 사라져요!

　이렇게 말하고 요정은 작은 금빛 병을 마녀의 발 밑에 떨어뜨리고 사라져 버렸다. 헤이거는 또 다른 노래를 불렀다. 그러자 이번에는 삼키는 듯한 소리에 보기 싫은 까만 작은 귀신이 나와서 까만 병을 휴고 옆으로 던지더니 듣기 싫은 목소리로 비웃는 듯 크게 웃으면서 사라졌다. 휴고는 감사의 노래를 부르고 두 가지 약을 구두 속에 넣더니 그곳을 떠났다. 한편 헤이거는 관객을 향해, 휴고는 과거에 자기 친구를 죽였기 때문에 자기는 휴고를 저주하고 있다. 따라서 휴고의 계획을 방해해서 보복할 작정이라고 털어놓았다. 거기에서 막이 내렸기 때문에 관객들은 잠시 쉬며 지금 본 연극의 좋은 대목에 대해 서로 이야기하면서 사탕을 먹었다.
　다음 막이 오를 때까지 탕, 탕, 탕, 하고 망치질하는 소리가 오랫동안 계속되었다. 한참을 기다린 후에야 막이 올랐지만 아주 멋진 무대 장치가 마련된 것을 보고 불평하는 사람은 없었다. 사실 그것은 놀라웠다. 탑 하나가 천장까지 솟아 있고 그 중간쯤에 있는 창에 램프가 켜져 있는 것이 보였다. 흰 커튼 뒤에는 푸르고 은빛의 아름다운 옷을 입은 자라가 로데리고를 기다리고 있었다.

로데리고는 긴 털을 꽂은 모자, 빨간 상의, 밤색 머리를 늘어뜨린 아름다운 차림으로 기타를 들고 구두를 신은 채 등장했다. 그리고 탑 밑에서 무릎을 꿇더니 안타까운 세레나데를 불렀다. 이어 자라가 노래로써 응답하고 그곳에서 도망칠 것을 승낙했다. 그 다음 이 극이 절정에 이른다. 로데리고는 다섯 계단짜리 줄사다리를 가지고 와서 창을 향해 던지고 자라더러 내려오라고 했다. 자라가 머뭇거리며 격자창으로 나와 로데리고의 어깨에 손을 짚고 휙 뛰어내리려고 하는 순간, 그만 긴 옷자락이 창에 걸렸다. 탑은 흔들흔들하며 앞으로 기울더니 쿵 쓰러져서 불운한 연인들은 그 무너진 조각 속에 묻혀 버렸다. 관객이 와아, 하고 외치는 것과 동시에 빨간 가죽 구두가 조각 속에서 튀어나왔고 이어서 금빛 머리가 나타나서 큰소리로,

"그래서 내가 뭐랬어! 봐, 내 말대로지!"

하고 말했다. 그러자 냉혹한 아버지 돈 페드로가 아주 침착한 모습으로 뛰어오더니 딸을 꺼내면서 빠른 말씨로 대사를 외웠다.

"웃지 말아! 아무 일도 없었던 것처럼 해!"

그리고 로데리고에게 격분함과 동시에 비웃음이 섞인 말씨로 그 왕국을 떠날 것을 명령했다. 로데리고는 탑이 자기 위로 쓰러졌기 때문에 분명히 깜짝 놀란 모습이었지만, 그럼에도 불구하고 이 노인에게 덤벼들며 조금도 움직이려 하지 않았다. 이 불굴의 태도를 보고 자라도 용기를 내서 역시 아버지에게 반항했다. 돈 페드로는 두 사람을 성 밑에 있는 지하 감옥에 가두라고 명령했다. 땅딸보 하인이 쇠사슬을 가지고 나와서 두 사람을 끌고 갔는데 몹시 무서워하고 있는 모습이어서, 분명히 자기가 해야 할 대

사를 까먹었다는 것을 알 수 있었다.

제 삼 막은 성안의 큰 대청, 그곳에 헤이거가 나타난다. 두 연인을 도망치게 하고 휴고를 해치우기 위해 온 것이다. 휴고의 발자국 소리에 몸을 숨긴 헤이거는 휴고가 그 두 가지 약을 각각 잔에 넣어서 하인에게,

"이것을 지하 감옥에 갇혀 있는 두 사람에게 갖다 줘. 그리고 내가 곧 간다고 이르게."

하고 명령하는 것을 지켜보았다. 하인이 휴고를 옆으로 데리고 가서 무언가 말하는 사이에 헤이거는 두 개의 잔을 독이 들어 있지 않은 잔과 바꿨다. 그리고 '부하'인 페르디난도가 바꾼 잔을 가지고 간 후 헤이거는 독이 든 잔을 휴고가 마시도록 다시 원위치에 갖다 놓았다. 휴고는 긴 노래를 부른 다음, 목이 말라 그 잔을 비우는 순간, 의식을 잃고 무엇을 움켜잡으려 하고 발을 구르면서 몹시 허우적거린 끝에 푹 쓰러져서 죽었다. 그 동안 헤이거는 이상한 힘과 아름다운 멜로디를 지닌 노래로써 휴고에게 모든 것이 자기가 꾸민 일이라는 사실을 알린다.

이 대목은 실로 가슴이 저리는 장면이었다. 단, 악한이 죽을 때 별안간 긴 머리카락이 앞으로 늘어졌기 때문에 좀 효과가 감소한 듯한 느낌이 있었다. 휴고는 막이 내리기 전에 그를 부르는 박수 소리에 아주 정중한 태도로 헤이거의 손을 잡고 나타났다. 헤이거의 노래가 다른 사람의 연기를 모두 합친 것보다도 더 훌륭하다고 생각했기 때문이다.

제 사 막은 로데리고가 남의 말을 듣고 자라에게 배반당했다고 생각해 절망한 나머지 칼로 자살하려는 대목이었다. 비수를 가슴

에 대는 순간 창 밑에서 들려오는 아름다운 목소리가 자라는 여전히 로데리고를 생각하는 마음에 변함이 없고, 현재 위험한 처지에 있으니 지금 가면 구할 수 있다는 것을 로데리고에게 전한다. 그리고 지하 감옥의 문을 열 수 있는 열쇠를 던져 준다. 로데리고는 너무나 기쁜 나머지 쇠사슬을 끊고 연인을 구출하기 위해 뛰어간다.

제 오 막은 자라와 아버지 돈 페드로가 다투는 장면부터 시작된다. 아버지는 딸에게 수도원으로 들어가라고 하지만, 자라는 싫다며 들으려 하지 않는다. 자라는 여러모로 애원한 끝에 아버지가 들어주지 않자 기절하려 할 때 로데리고가 뛰어들어 결혼을 신청한다. 돈 페드로는 로데리고가 가난하므로 승낙을 거절한다. 두 사람은 서로 소리지르며 맹렬한 몸짓을 하기도 했지만 타협이 이루어지지 않는다. 그래서 로데리고는 몹시 지쳐 있는 자라를 억지로 데려 가려고 한다. 그때 어딘가 침착하지 못한 하인이 들어와서 지금까지 마법으로 모습을 감추고 있었던 헤이거가 보내는 편지와 자루 하나를 전한다. 헤이거는 젊은 두 사람에게 아주 많은 재산을 양도하고 또 돈 페드로가 만약 두 사람을 행복하게 해주지 않으면 앞으로 무서운 불행이 닥쳐올 것이라고 알린다. 자루를 열자 많은 주석 동전이 무대 위에 쏟아지고 산더미같이 쌓여 번쩍번쩍 빛난다. 이것으로 '완고한 아버지'의 마음도 완전히 누그러져서 결혼을 승낙하고, 모두가 함께 부르는 밝은 합창이 되어, 연인들이 아주 로맨틱하고 아름다운 자세로 무릎을 꿇고 돈 페드로의 축복을 받는 데서 막이 내렸다.

와아, 하는 폭풍과 같은 갈채가 쏟아졌는데 그것이 별안간 그쳐 버렸다. '고급 좌석'으로 했던 어린이용 침대가 갑자기 탁 하고 접히며 열심이던 관객들을 가두었기 때문이다. 로데리고와 돈 페드로가 달려가서 그들을 무사하게 끄집어냈는데, 웃음이 터져 나와 말도 할 수 없을 정도였다. 흥분이 겨우 가라앉았을 때 해너가 와서 말했다.

"마님이 말씀하십니다. 아가씨들, 저녁 식사를 드시러 오시라고요."

이것은 지금 연극을 하고 있는 그들에게마저 뜻밖의 일이었다. 그리고 모두가 식탁을 보았을 때 한편으로는 기쁘고 또 한편으로는 놀라워 서로 마주 보았다. 아이들에게 맛있는 음식을 마련해 주는 일은 어머니가 자주 하던 것이었다. 그러나 이렇게 훌륭한 음식은 그 옛날 집이 유복할 무렵에도 전혀 없던 일이었다. 아이스크림이 나오고—그것도 분홍색과 흰색 두 종류의 접시에—게다가 케이크와 과일, 먹음직한 프랑스 봉봉, 그리고 테이블 한가운데에는 네 다발의 큰 온실화까지 놓여 있는 것이 아닌가!

네 사람은 이것을 보고 침을 삼켰다. 그리고 먼저 테이블을 훑어보고 나서 어머니를 보았다. 어머니는 아주 재미있어 하는 모습이었다.

"요정이 갖고 왔어요?"

에이미가 물었다.

"산타클로스야."

베스가 말했다.

"어머니야."

메그는 잿빛 턱수염과 흰 눈썹을 붙인 채였는데 제일 아름답게 웃고 있었다.

"마치 백모님이 별안간 상냥한 마음씨를 일으켜 이 음식을 보내신 거야."

조가 짐작이 간다는 것처럼 말했다.

"모두 맞히지 못했어. 로렌스 할아버지가 보내 주셨단다."

마치 부인이 대답했다.

"로렌스 도련님의 할아버지가? 글쎄, 어째서 이런 생각을 하셨을까? 우리는 그분과 친하지도 않은데!"

메그가 큰소리로 말했다.

"해너가 로렌스 댁 하녀에게 오늘 아침 너희들이 아침 식사를 불쌍한 사람들에게 주었다는 이야기를 했대. 그 이야기를 전해 들은 로렌스 씨가 몹시 감동을 받으셨나 봐. 로렌스 씨는 아주 옛날에 아버지와 가깝게 지낸 일이 있어. 그래서 오후에 정중한 편지를 보내고 오늘을 경축하는 표시로 아이들에게 보잘것없는 것이지만 선물을 해서 우정을 표하고 싶다고 하신 거야. 나로서도 거절할 수만은 없는 일이고. 그래서 너희들이 빵과 우유만으로 아침을 때웠기 때문에 오늘 저녁은 이런 맛있는 음식을 먹는 거란다."

"그 사내애가 그렇게 하도록 했을 거예요. 틀림없어요. 그 애는 아주 착한 애예요. 난 그와 사귀고 싶어요. 그쪽도 우리들과 사귀고 싶을 거예요. 그 애는 무척 수줍음이 많은 것 같아요. 그런데 메그 언니는 우리가 길에서 만나도 모르는 척 시치미를 떼야 하고 내가 말을 걸려고 해도 안 된다고 해요."

접시가 그들에게 차례로 돌려지는 동안에 조가 말했다. 아이스

크림은 오! 라든가 아! 라든가 하는 만족을 나타내는 소리와 함께 모두의 입 속에서 녹아 가고 있었다.

"옆의 큰 저택에 살고 계신 분들 말씀이죠?"

손님 중의 한 소녀가 말했다.

"우리 어머니는 로렌스 할아버지를 잘 아세요. 그 할아버지는 자존심이 아주 강하대요. 그래서 그 사내애도 이웃 아이들과 같이 놀게 하지 않는다고 해요. 말을 타거나 가정 교사와 같이 걸을 때가 아니면 그 손자를 밖에 내보내지도 않는다는군요. 그리고 공부를 굉장히 시킨대요. 한번은 우리 집으로 그 애를 부른 적이 있었는데 오지 않았어요. 여자애들과는 결코 말하지 않지만 아주 착한 애라고 엄마가 말씀하세요."

"우리 고양이가 한번은 그 집으로 갔는데 그 애가 안아다 주었어요. 울타리에 서서 잠시 얘기를 나누었는데 아주 재미있었어요. 크리켓(열한 명이 한 팀이 되어 나무 공을 방망이로 때려 기둥문을 쓰러뜨리는 게임으로 영국 특유의 전통 기예) 이야기랑 그 밖의 것도 말이에요. 한참 얘기하고 있는데 메그가 왔기 때문에 그냥 저쪽으로 가 버렸어요. 난 앞으로 그 애와 사귀려고 해요. 그쪽도 재미있게 놀고 싶어할 거예요. 틀림없이 그렇다고 생각해요."

조는 이렇게 말하며 확신했다.

"예의바른 것은 좋은 거야. 작은 신사같이 보이는걸. 그러니까 기회가 있으면 사귀는 것도 좋다고 난 생각해. 꽃은 그 애가 직접 가지고 왔어. 아까 너희들이 이층에서 하고 있는 것을 알고 있었다면 들어오라고 할걸 그랬지? 떠들썩하게 웃는 소리를 들으며 돌아갈 때 몹시 쓸쓸한 얼굴을 하고 있었거든. 자기에게는 그런 일이 아무것도 없기 때문일 거야."

"엄마가 그 애를 부르지 않은 것은 참 다행이에요!"

조는 자기 구두를 보면서 웃었다.

"그러나 언젠가는 그 사람에게도 우리 연극을 보여 줄 수 있을 거예요. 그러면 그 사람에게도 무슨 배역인가를 주도록 할래요. 그렇게 되면 얼마나 좋을까?"

"난 이런 아름다운 꽃다발을 본 적이 없어! 정말 아름다워!"

메그는 꽃다발에 끌려서 찬찬히 보고 있었다.

"그 꽃다발도 분명히 아름답지만 나는 베스의 장미가 더 좋구나."

마치 부인은 이렇게 말하고 벨트에 꽂은 시들어 가는 장미의 향기를 맡았다. 베스는 어머니에게 몸을 바짝 붙이며 작은 소리로 살그머니 말했다.

"내 꽃다발을 아버지에게 보낼 수 있다면 좋겠어요. 아버지는 싸움터에서 우리들처럼 즐거운 크리스마스를 보내지 못하실 텐데……."

# 로렌스 소년

"조! 조! 어디 있어?"

메그가 다락방으로 올라가는 계단 밑에서 불렀다.

"여기야!"

위쪽에서 쉰 목소리가 대답했다. 메그가 뛰어올라가 보니 동생
은 양지바른 창가에 놓인 낡은 삼각 소파에 앉아, 긴 털실 목도리
를 두르고 사과를 먹으면서, 《레드크리프의 상속자》(영국의 여류
작가 영이 쓴 비극 소설)라는 소설을 눈물을 흘려 가며 읽고 있는
중이었다. 이곳은 조가 매우 좋아하는 은신처였다. 조는 빨간 사
과 대여섯 개와 좋은 책을 가지고 이곳에 틀어박혀 조용함을 즐
기며, 그곳에 있으면서 조에게 두려움을 주지 않는 한 마리의 쥐
와 지내는 것을 아주 좋아했다. 메그가 들어오자 그 쥐인 '얌치
군'이 구멍 속으로 허둥대며 들어갔다. 조는 뺨에 흐르는 눈물을
닦고 무슨 일인가 하고 메그의 이야기를 기다렸다.

"좋은 소식이야! 이것 좀 봐! 가디너 부인으로부터 내일 저녁 파티에 오라는 정식 초대장이 왔어."

메그는 그 반가운 초대장을 흔들어 보이면서 소녀다운 흥분을 감추지 못하며 읽기 시작했다.

"'섣달 그믐날 밤, 우리 집에서 열리는 댄스 파티에 미스 마거릿과 미스 조세핀이 와 주시면 기쁘겠습니다. 미세스 가디너'라고 되어 있어. 어머닌 가도 좋다고 말씀하셔. 그런데 무얼 입고 가야 할까?"

"그런 거 물어도 소용없잖아? 포플린 옷을 입게 되겠지 뭐. 딴 것이 없으니까 말이야."

조는 사과를 한 입 가득 베어 문 채 대답했다.

"비단옷을 입었으면 좋으련만!"

메그는 한숨을 쉬면서 말했다.

"열여덟이 되면 비단옷을 입어도 좋다고 엄마가 말씀하셨어. 앞으로 이 년 남았어. 너무 기다려져."

"저 포플린도 비단처럼 보일 거야. 우리에게는 딱 안성맞춤이야. 그런데 어떡하지? 언니 것은 아주 새것처럼 보이지만 내 것은 불에 눌은 자리가 있고 찢어진 곳도 있는 걸 그대로 됐으니……. 눌은 건 보기 싫지? 그렇다고 그곳을 잘라 낼 수도 없고."

"될 수 있는 대로 꼼짝하지 않고 앉아서 뒤를 보이지 않도록 하는 거야. 앞쪽은 괜찮지? 난 머리에 새 리본을 달고 갈래. 그리고 어머니가 작은 진주 핀을 빌려 주신댔어. 무도화는 새 것이고, 장갑도 그 정도면 참을 수 있어. 내 마음에 들진 않지만 말이야."

"내 장갑은 레모네이드 얼룩이 져 있어. 그래도 새 것은 살 수 없겠지? 난 장갑을 끼지 않고 가야 할까 봐."

옷 같은 것에 결코 신경을 쓰지 않는 조가 말했다.

"장갑은 반드시 끼어야만 해. 그렇지 않으면 난 가지 않을래."

메그가 주장했다.

"장갑은 무엇보다도 중요해. 그것이 없으면 춤출 수가 없잖아. 네가 춤추지 않으면 나도 재미없을 거야."

"그러면 난 집에 꼼짝하지 않고 있겠어. 난 댄스 파티 같은 거 별로 좋아하지 않아. 그저 빙빙 돌아가다니 시시해. 혼자 뛰거나 하는 것이 더 재미있어."

"너무 비싸서 어머니에게 새 장갑을 사 달라고 조를 수도 없고…… 넌 좀 덜렁거려서 탈이야. 그런 것을 못쓰게 만들었을 때, 금년에는 다시 사 줄 수 없다고 어머니가 말씀하셨잖아. 어떻게 해결할 방법이 없을까?"

메그는 걱정스러운 듯 물었다.

"꾸깃꾸깃하게 손에 쥐고 있으면 어떨까? 그러면 장갑이 얼룩져 있는지 아무도 모를 테니까 말이야. 그렇게 하는 수밖에 없어. 그래, 참 좋은 생각이 났어! 멋있게 얼버무릴 수 있어. 우리 둘이서 한 사람이 각기 한 짝씩 좋은 것을 끼고 다른 한 손에는 나쁜 것을 쥐고 있는 거야. 그럼 어때?"

"네 손이 내 손보다 크잖아? 내 장갑이 늘어나 버릴 거야."

장갑에 몹시 신경을 쓰는 메그가 말했다.

"좋아. 난 장갑 없이 갈 테야. 남이 뭐라고 해도 난 상관없어."

조는 책을 집어들면서 외쳤다.

"그러면 좋아. 한 짝씩 끼고 가! 그러나 더럽혀선 안 돼. 그리고 얌전히 굴어야 해. 손을 뒤로 돌리거나 뚫어지게 쏘아보거나, '어머, 큰일이야!' 어쩌고 해선 안 돼. 알았지?"

"내 걱정은 조금도 하지 말아. 나도 할 수 있는 데까지 얌전히 굴 테니까. 실수하지 않도록 신경쓸 거야. 그러니까 언니는 빨리 가서 그 초대장의 답장이나 써 보내. 난 그 동안 책이나 마저 읽을 테니까."

메그는 다락방에서 나가 '기꺼이 방문하겠습니다'라는 답장을 쓰고, 입고 갈 옷을 꺼내 보았다. 그리고 하나밖에 없는 진짜 레이스로 주름 장식을 붙이면서 즐거운 콧노래를 불렀다. 한편 조는 그 책을 다 읽고 사과 네 개를 먹은 뒤, '얌치 군'과 장난치며 놀았다.

섣달 그믐날 밤, 객실에는 아무도 없었다. 왜냐하면 두 동생은 언니들 시중을 하고, 두 언니는 '파티에 가기 위한 치장'이라는 중대한 일에 열중해 있기 때문이었다. 몸치장은 간단했지만 계단을 뛰어올랐다 내렸다 하며, 웃고 떠드는 등 대단한 법석을 떨었다. 그러던 중 머리카락 타는 냄새가 심하게 집 안에 진동했다. 메그가 이마에 지진 머리를 늘어뜨리고 싶다고 해서 조가 종이 조각으로 만 머리를 뜨겁게 달군 머리 집게에 끼웠던 것이다.

"이렇게 연기가 나도 괜찮을까?"

침대 위에 앉아 있던 베스가 물었다.

"젖은 것이 마르기 때문이야."

조가 대답했다.

"아주 이상한 냄새야! 마치 깃털이 타는 것 같아."

에이미는 자기의 아름다운 머리카락을 쓰다듬으며 말했다.

"자, 이제 됐어, 종이를 벗기면 작은 곱슬머리가 나올 거야."

조는 머리 지지는 집게를 놓으면서 말했다.

그런데 종이를 벗기니까 작은 곱슬머리가 나타나기는커녕 머리카락과 종이가 한꺼번에 떨어졌다. 깜짝 놀란 이 서투른 미용사는 뜻하지 않은 변에 당황해서 메그 앞의 장롱 위에 눌어 버린 머리카락을 한줌이나 놓았다.

"어머, 이런! 너 어떻게 한 거야? 난 어떡해! 이게 뭐야! 내 머리, 너무해, 너무하단 말이야!"

메그는 울음섞인 소리를 내며 이마 언저리의 오글오글 타다 남은 머리를 어이없게 바라보았다.

"내가 하는 건 언제나 이래! 내게 부탁하지 않았더라면 좋았을 텐데. 난 모든 걸 망가뜨린단 말이야. 미안해, 머리 집게를 너무 달구었나 봐. 그래서 이렇게 망가지게 된 거야."

조는 몹시 면목없다는 듯이 눈물을 머금었다.

"망가진 거 조금도 없어, 약간 곱슬곱슬해진 것뿐이야. 리본을 달고 그 끝이 조금 이마에 내려오게 해. 그러면 요새 유행하는 모습처럼 될 거야. 모두들 그렇게 하고 있어."

에이미가 위로하듯 말했다.

"어설프게 멋부리려다가 벌받았어. 머리는 건드리지 않는 편이 좋았을걸."

메그가 투덜거리며 말했다.

"나도 그렇게 생각해. 그렇게도 매끄럽고 멋있었는데. 하지만 금방 자랄 거야."

베스는 옆으로 다가와서 키스하며 상심하고 있는 언니에게 위로의 말을 건넸다.

이 밖에 여러 가지 일이 있은 후에야 마침내 메그의 치장도 끝나고, 다시 온 집안 식구가 총출동해서 조의 머리를 매만지고 옷입기를 끝냈다. 두 소녀의 산뜻한 모습은 아주 좋았다. 메그는 은빛 띤 엷은 갈색 옷에 푸른색 벨벳의 리본을 매고 깃에다 진주 핀을 꽂았다. 조는 밤색 옷에 사내 것과 같은 빳빳한 린네르 칼라에 흰 국화를 두 송이 정도 꽂은 것이 유일한 장식이었다. 각기 좋은 장갑을 한 짝씩 끼고 더러워진 것은 손에 들었는데, 모두를 '간단해서 좋은 방법'이라고들 했다. 메그는 입 밖에는 내지 않았지만 하이힐 무도화가 너무 끼어서 발이 아팠다. 조는 머리에 꽂은 열아홉 개의 헤어핀이 똑바로 머리를 찌르려 했으므로 별로 기분이 좋지 않았다. 그러나 어쨌든, 아름답게 차리는 것이 제일이지 그렇지 않으면 죽는 편이 나을 것이다.

"그럼, 이제 잘 다녀오너라."

두 사람이 정장하고 집을 나서자 마치 부인이 말했다.

"밤참을 너무 많이 먹어선 안 된다. 열한 시까지는 돌아오도록 하고. 해너가 데리러 갈 거야."

출입구 문이 탕 하고 닫힌 다음 창에서 다시 큰소리가 났다.

"이봐, 너희들 둘 다 깨끗한 손수건을 갖고 가니?"

"네, 아주 깨끗해요. 메그는 향수까지 뿌렸어요."

조가 큰소리로 대답하고 웃으면서 걸었다.

"어머니는 우리가 지진으로 도망칠 때라도 저렇게 무언가를 물을 것임에 틀림없어."

"그것이 어머니의 귀족 취미의 하나겠지만 분명히 좋은 일이야. 왜냐하면 진짜 숙녀는 반드시 닦은 구두와 장갑과 손수건으로 알아볼 수 있거든."

자신도 여러 가지 자랑스러운 '귀족 취미'를 가지고 있는 메그가 말했다.

"자, 이제부터야. 조, 등의 탄 자국이 보이지 않도록 주의해야 해. 괜찮아? 내 머리 우습지 않아?"

가디너 부인의 집 화장실에서 다시 한참 동안 옷매무시를 점검하고 난 다음 메그가 말했다.

"난 틀림없이 잊어버릴 거야. 만약 내가 뭔가 실수를 저지르면 눈으로 알려 줘."

조는 칼라를 약간 비틀고 머리를 쓱 쓰다듬었다.

"안 돼, 눈짓하는 건 숙녀답지 않아. 만약 이상한 짓을 하고 있으면 내가 눈썹을 치킬게. 괜찮을 때는 머리를 끄덕이고. 자, 어깨를 쭉 펴고 숙녀답게 걷는 거야. 만약 누군가를 소개받아도 악수는 하지 말 것. 예의에 어긋나."

"그런 예절은 모두 어떻게 외웠어? 난 도저히 할 수 없을 것 같은데. 저 음악, 명랑하고 좋지?"

두 사람은 약간 두려움을 느끼면서 홀로 나아갔다. 파티 같은 데는 좀처럼 가 본 일이 없었기 때문에 오늘 저녁의 작은 모임은 집안끼리의 것이긴 했지만 두 소녀에게는 대단한 일이었다. 훌륭한 차림을 한 가디너 부인은 다정하게 이 두 소녀를 맞아 여섯 명의 딸 중 제일 큰딸 샐리에게 두 사람을 맡겼다. 메그는 샐리를 알고 있었기 때문에 곧 마음이 편해졌다.

그러나 조는 소녀들이 나누는 시시한 이야기에 흥미가 없었기 때문에 조심스럽게 벽에 기댄 채 서 있었으며, 꽃밭에 있는 망아지처럼 자기와는 어울리지 않는다는 것을 느꼈다. 대여섯 명의 사내애들이 방 저쪽에서 스케이트에 대한 이야기를 하고 있었다. 조도 그곳에 가서 같이 어울리고 싶어 견딜 수가 없었다. 스케이트는 조가 가장 좋아하는 것 중의 하나였다. 조는 자기가 바라는 것을 메그에게 신호로 알렸지만 눈썹이 놀랄 만큼 치켜졌기 때문에 움직일 수도 없었다. 아무도 조에게 이야기하러 오지 않았다. 그리고 가까이에 있던 소녀들의 무리도 한 사람, 한 사람 빠져나가 끝내는 조 혼자 남았다. 옷이 눌은 것을 보이면 안 되기 때문에 주위를 서성거릴 수도 없고 스스로 즐길 수도 없었다. 댄스가 시작되자 그저 쓸쓸하게 사람들을 응시하는 수밖에 없었다.

메그에게는 곧 상대가 생겼다. 그 딱딱한 구두가 아주 생기 있게 돌아갔기 때문에 신고 있는 본인이 아픔을 꾹 참고 미소짓고 있는 줄은 아무도 몰랐다. 조는 빨간 머리의 덩치 큰 청년이 자기가 있는 구석 쪽으로 오는 것을 보고 댄스를 하자고 청하면 곤란하다 싶어 커튼이 처져 있는 구석진 곳으로 슬쩍 들어갔다. 거기서 혼자 한가로이 엿보며 즐길 작정이었다. 그런데 공교롭게도 또 한 사람의 내성적인 사람이 그곳에 숨어 있었다. 커튼을 내린 순간, 조와 얼굴을 맞대고 선 사람은 그 '로렌스 소년'이 아닌가!

"어머, 난 아무도 없는 줄 알았어요!"

조는 말을 더듬으면서 그곳으로 뛰어들었을 때와 같이 재빨리 밖으로 나가려고 했다. 소년은 자기도 놀란 모습이었지만 미소지으며 붙임성 있게 말했다.

"신경쓰지 마세요. 괜찮다면 여기 있어 주세요."

"방해가 되지 않나요?"

"천만에요. 난 알고 있는 사람도 적고, 어쩐지 쑥스러워서 여기 들어와 있었던 겁니다."

"나도 그래요. 같이 있어도 될까요? 싫지 않다면."

소년은 다시 의자에 앉아 자기 댄스화를 내려다보고 있었는데, 이번에는 조가 정중하게 그리고 싹싹하게 말을 걸었다.

"댁을 전에 한 번 뵌 적이 있어요. 우리 집 가까이에 계시죠?"

"이웃입니다."

그렇게 말하며 소년은 웃음을 터뜨렸다. 소년이 고양이를 갖고 갔을 때 크리켓에 관한 이야기를 하며 마구 떠들던 조를 상기하고 지금 몹시 점잔빼고 있는 것이 우스웠기 때문이었다.

마음이 편해진 조도 같이 웃으면서 티없는 말투로 얘기했다.

"크리스마스에 좋은 선물을 보내 주셔서 정말 감사했어요. 집 안이 아주 즐거웠어요."

"할아버지가 보내신 겁니다."

"그래도 제안한 것은 그쪽이죠?"

"고양이는 어떻습니까, 미스 마치?"

소년은 정색을 하고 물었는데 그의 까만 눈은 장난기로 빛나고 있었다.

"네, 잘 있어요, 로렌스 씨. 그런데 난 미스 마치가 아니고 그냥 조라고 해요."

"나도 로렌스 씨가 아니라 그저 로리라고 합니다."

"로리 로렌스…… 꽤 묘한 이름이군요."

"사실은 디어 도어인데 그 이름이 싫어서요. 모두들 날 도어라고 하니까 말입니다. 그래서 모두에게 로리라고 부르도록 했어요."

"나도 내 이름을 아주 싫어해요. 너무 감상적이니까요! 모두들 조세핀이라고 하지 않고 조라고 해주었으면 좋겠어요. 모두가 도어라고 부르지 않게 하기 위해 어떻게 했어요?"

"때렸습니다."

"어머, 난 마치 백모님을 때릴 수는 없어요. 내가 참을 수밖에 없겠군요."

조는 체념의 한숨을 쉬었다.

"춤을 좋아하십니까, 미스 조?"

로리는 조라는 이름이 잘 어울린다고 생각하는 것 같았다.

"넓고 여유 있는 곳에서 모두가 법석댄다면 나도 좋아요. 그러나 이런 곳에서는 틀림없이 무엇을 뒤집어엎거나 남의 발등을 밟거나 어처구니없는 일을 저지를 거예요. 그래서 난 실수하지 않도록 조심하고 있고 메그 언니만 춤추고 있는 거예요. 댁은 춤을 추나요?"

"가끔은. 난 오랫동안 외국에 가 있었어요. 그래서 아직 사람들과 어울릴 기회가 별로 없었기 때문에 여기서는 어떻게 해야 하는 건지 잘 모르겠어요."

"외국에요? 그러면 그쪽 얘기를 해주시지 않겠어요? 난 여행하신 분의 얘기를 듣는 것을 아주 좋아해요."

로리는 무엇부터 시작해야 할지 난처한 모양이었으나 조가 아주 열심히 들었기 때문에 띄엄띄엄 이야기하기 시작했다. 베베이의 학교에서 있었던 일, 그 학교에서는 사내아이는 절대로 모자를 쓰지 않는다는 것, 호수에 많은 보트를 띄웠던 일, 그리고 휴일에 선생님과 함께 스위스의 여러 곳을 하이킹하던 일 등을 이야기했다.

"아, 나도 그런 곳에 가면 얼마나 좋을까!"

조가 말했다.

"파리에 가신 적 있어요?"

"지난 겨울은 파리에서 지냈는데……."

"프랑스어, 할 줄 아세요?"

"베베이의 학교에서는 프랑스어만 사용해요."

"무언가 말씀해 보세요! 난 읽을 수는 있어도 발음은 엉망이에요."

"케르농아 세트 윈느 마드모아젤 앙레파투플졸리?"

로리는 부드럽게 발음해 보였다.

"참 잘하시는군요! '저 예쁜 구두를 신은 아가씨의 이름은?' 그런 뜻이?"

"위 마드모아젤."

"내 언니 마거릿이에요. 아시죠? 예쁘죠?"

"네, 저분을 보면 독일 소녀가 생각납니다. 생기 있고 조용하며 춤출 때 품위가 있어요."

조는 이 소년이 아주 사내아이답게 언니를 칭찬했기 때문에 매우 기뻤다. 그래서 이 말을 메그에게 그대로 전하려고 마음속에 잘 간직해 두었다. 두 사람은 그곳에서 엿보며 여러 가지 비평도 하고 이야기를 나누었고, 그러는 동안에 마치 오랜 친구 사이처럼 느껴졌다. 로리의 수줍음도 오래지 않아 없어졌다. 조의 신사 같은 태도가 재미있었고 그런 태도가 소년의 마음을 편하게 해주었다. 조도 옷에 대한 것을 잊어버리고, 자기에게 눈썹을 치켜올리는 사람도 없었기 때문에 원래의 쾌활한 성격으로 되돌아갔다. 조는 '로렌스 소년'이 더욱 좋아져서 소년의 모습을 집에 있는 동생들에게 전하려고 몇 번이고 그에게 관찰의 눈길을 보냈다. 집은 물론이고 사촌 중에도 남자가 없었기 때문에 모두들 사내아이라는 것을 신기하게 생각하고 있었다.

'곱슬거리는 까만 머리, 갈색 피부, 크고 까만 눈, 준수한 코, 고른 이, 작은 손과 발, 나보다는 키가 크고, 젊은 애로서는 매우 예의바르고 꽤 재미있는 사람, 도대체 나이는 몇일까?'

조는 목구멍까지 나오는 질문들을 가까스로 억제하고 여느 때와 다른 방법으로 나이를 알아보려고 했다.

"저어, 이제 곧 대학에 들어가죠? 아주 맹공…… 아니, 맹렬히 공부하시고 계시겠군요?"

그렇게 말하는 조는 '맹공' 어쩌구하며 입 밖에 냈기 때문에 얼굴을 붉혔다. 로리는 싱긋 웃으며 약간 어깨를 으쓱거리면서 대답했다.

"앞으로 일, 이 년 뒤의 일인걸요. 어차피 열일곱이 되기 전에는 대학에 갈 수 없으니까요."

"그러면 아직 열다섯 살인가요?"

조는 틀림없이 열일곱은 되었을 것이라고 생각했던 그 키 큰 소년을 보면서 물었다.

"다음달로 열여섯이 됩니다."

"난 몹시 대학에 가고 싶은데 댁은 별로 가고 싶은 것 같지 않군요?"

"난 별로예요. 그저 한데 몰려서 법석댈 뿐이겠죠. 이 나라의 사내들이 하는 것도 싫습니다."

"그러면 무엇이 좋아요?"

"이탈리아에서 살며 내가 원하는 걸 하면서 놀고 싶어요."

조는 이 소년이 좋아하는 것이 무엇인지 묻고 싶었지만 로리가 눈살을 찌푸리며 험악한 표정을 지었기 때문에 화제를 바꾸었다. 그리고 발로 장단을 맞추면서 물어 보았다.

"멋진 폴카군요! 어때요, 가서 춤추지 않겠어요?"

"조도 간다면."

소년이 대답하고 정중히 머리를 숙였다.

"난 안 돼요. 춤추지 않겠다고 메그에게 말했어요. 그 이유는 요……."

조는 머뭇거리며 무슨 말을 해야 할지 갈피를 잡지 못하는 모습이었다.

"그 이유는?"

로리는 궁금한 듯 물었다.

"아무에게도 말하지 않겠죠?"

"말하지 않겠습니다!"

"저기, 난로 앞에 서서 불을 쬐다가 그만 옷을 태웠어요. 잘 기웠지만 역시 보일 거예요. 그래서 메그는 남이 보지 못하도록 꼼짝 말고 서 있으라고 했어요. 웃으셔도 할 수 없어요. 난 우스운 애니까요."

그러나 로리는 웃지 않았다. 그저 잠시 동안 눈을 아래로 떨구고 있었다. 그의 표정에 조는 당황했지만 곧 소년은 매우 상냥한 말씨로 말했다.

"괜찮아요. 한 가지 좋은 방법이 있어요. 저 바깥쪽에 긴 홀이 있는데 거기서는 마음껏 춤출 수 있어요. 게다가 아무도 보지 않을 테니까 자, 갑시다!"

조는 고맙다는 인사를 하고 그곳으로 갔다. 로리가 예쁜 진주빛 장갑을 끼고 있는 것을 보고 자기도 좋은 장갑을 두 짝 다 꼈으면 좋았을걸 하고 생각했다. 홀에는 아무도 없었기 때문에 둘이서 멋진 폴카를 출 수 있었다. 로리는 정말 춤을 잘 추었다. 조에게 독일 스텝을 가르쳐 주었는데, 뛰기도 하고 빙빙 돌기도 하며 몸의 움직임이 많았으므로 몹시 재미있었다. 음악이 끝나자 두 사람은 계단에 앉아 숨을 돌렸다. 로리는 하이델베르크의 대학 축제 이야기를 해주었다. 그때 메그가 동생을 찾으러 나왔다. 메그가 멀리서 손짓해 불렀기 때문에 조는 마지못해 언니를 따라 옆방으로 들어갔다. 거기서 메그는 소파에 앉아 한쪽 발을 부둥켜안았다.

"나 발을 삐었어. 그 성가신 하이힐 때문에 발목을 삐걱한 거야. 너무 아파서 일어설 수도 없는데, 돌아갈 때는 어떻게 하지?"

메그는 아파서 몸을 이리저리 흔들면서 말했다.

"그렇게 맞지 않는 구두로는 틀림없이 발이 상할 줄 알았다니까. 어떻게 하긴! 마차를 불러 돌아가든가 여기서 하룻밤 머무르든가 해야지 뭐. 달리 방법이 없잖아."

조는 메그의 아픈 복사뼈를 살살 쓰다듬으며 말했다.

"마차를 부르면 돈이 많이 들 거야. 그리고 마부를 데리러 갈 사람도 없는걸."

"내가 갔다 올게."

"안 돼! 벌써 아홉 시가 넘었고 밖은 어두워. 하지만 집이 꽉 차서 여기서 잘 수도 없어. 샐리의 방에도 두세 명의 손님이 머물고 있으니……. 괜찮아, 해너가 올 때까지 쉬었다가 어떻게든 힘을 내서 돌아갈래."

"로리한테 부탁해 볼까? 그러면 함께 돌아가 줄 거야."

조는 이 생각에 한숨 놓으면서 말했다.

"아니, 안 돼! 아무에게도 말하지 말고, 슬리퍼나 갖다 줘. 그리고 이 무도화는 다른 것들과 함께 간수해 둬. 난 이제 더는 춤출 수 없을 것 같아. 그리고 밤참이 끝나면 해너를 찾아봐. 해너가 오면 곧 알려 줘야 해."

"모두들 지금 밤참 먹으러 갈 참이야. 난 언니와 같이 여기 있겠어. 그러는 편이 낫겠어."

"아니, 넌 빨리 가서 커피를 갖다 줘. 난 너무 지쳐서 이제 움직일 수도 없을 정도야."

메그는 슬리퍼 신은 발을 잘 감추고 소파에 기댔다. 조는 식당 쪽으로 황급히 달려가다, 잘못하여 화분과 그릇들이 놓여 있는 방으로 들어가기도 하고, 가디너 부인이 혼자 무엇인가 먹고 있는 방을 열기도 하며 가까스로 식당을 찾았다. 그리고 테이블로 다가가 커피를 얻기는 했지만 허둥대다 그만 드레스 앞자락에 엎질러서 뒤의 태운 자국만큼이나 큰 얼룩을 만들고 말았다.

"정말, 난 왜 이리 덤벙거릴까!"

조는 짜증이 나서 큰소리로 외치고 메그의 장갑으로 커피 얼룩을 문질러 끝내는 그 장갑도 망쳐 버렸다.

"도와 드릴까요?"

다정한 목소리가 들려 돌아보니까, 로리가 한쪽 손에 커피가 든 컵을 들고 또 한 손에는 아이스크림 접시를 들고 서 있었다.

"메그 언니에게 커피를 갖다 주려고 했어요. 너무 지쳐 있어서요. 그런데 그만 누군가와 부딪쳐서 이 모양이 되었어요."

조는 얼룩진 스커트, 커피로 물든 장갑 등을 보면서 스스로 아주 한심하다는 듯한 얼굴을 하고 말했다.

"아, 그거 안되었군요! 지금 이걸 누구에게 줄까 하던 참인데, 언니에게 갖다 드릴까요?"

"어머, 고마워요! 언니가 있는 곳으로 안내하죠. 그 잔은 내가 들고 가지 않겠어요. 또 실수할 것 같아서요."

조는 앞장섰다. 로리는 숙녀를 대하는 데에 익숙한 듯이 작은 테이블을 메그 앞으로 끌어다 놓고, 조를 위해서 커피와 아이스크림을 또 가져다 주었다. 아주 정중한 태도였기 때문에 까다로운 메그까지도 '멋있는 도련님'이라고 했다. 세 사람이 격언이 붙어 있는 봉봉으로 흥겨워하고 있는 사이에 해녀가 나타났다. 메그는 아픈 것을 깜박하고 벌떡 일어나다 앗! 하고 소리지르며 조에게 기대야만 했다.

"쉿! 아무 말도 하지 마."

메그는 작은 목소리로 말하고 다음에 큰소리로,

"아무것도 아니에요. 발을 좀 삐었어요. 그뿐이에요."
라고 말하며 돌아갈 채비를 하기 위해 절룩거리면서 이층으로 올라갔다.

이층에서는 해너가 꾸짖었기 때문에 메그는 울고 조도 몹시 난처해졌다. 아무래도 자기 손으로 처리해야겠다고 생각한 조는 아래층으로 내려가 하인에게 마차를 불러 줄 수 있는지를 물었다. 그 하인은 이날만 고용되어 온 심부름꾼이었기 때문에 근처의 사정을 아무것도 몰랐다. 그때 로리가 다가와 마침 자기 마차가 왔으니까 그걸 사용하라고 했다.

"벌써 가시려고요? 조는 더 있다 가지 않겠어요?"

조는 적이 안심하면서도 그의 제의를 받아들여야 할지 어떨지 망설여졌다.

"난 항상 빨리 돌아가는 편이에요. 돌아가는 길도 같고 게다가 비까지 내리는 모양인데 같이 타고 가겠어요."

마침내 그렇게 하기로 하고 잠시 메그의 상태에 대하여 말한 뒤 조는 두 사람을 데리러 갔다. 해너는 고양이처럼 비를 몹시 싫어하기 때문에 두말하지 않았다. 그래서 일동은 멋있게 장식한 지붕이 달린 마차를 타고 신바람이 나서 귀족과 같은 기분으로 집으로 향했다. 로리는 마부석에 타고 있었다. 그래서 메그도 발을 올려놓은 채 편하게 갈 수 있었고, 오늘 저녁 파티에 대해 마음놓고 이야기할 수 있었다.

"나는 아주 재미있었어. 언니는?"

조는 머리를 더부룩하게 말아올려 편한 자세로 물었다.

"응, 나도 발을 삐기 전까지는 말이야. 샐리의 친구 애니 모파트가 내가 좋아졌다면서 다음에 샐리와 함께 일 주일쯤 묵을 예정으로 놀러 오라는 거야. 샐리는 봄에 오페라가 상연될 무렵 가겠대. 그러니까 어머니가 좋다고 허락하신다면 아주 재미있게 놀다 올 수 있어."

메그는 벌써 그때를 머리 속에 그리면서 떠들어댔다.

"언니, 내가 춤추기 싫어서 도망친 빨간 머리랑 춤추고 있던데, 그 사람 좋은 사람이야?"

"응, 아주 좋은 사람이야. 빨간색이 아니라 다갈색이었어. 아주 정중해서 기분이 좋았어."

"그 사람 스텝을 밟을 때마다 마치 경련을 일으킨 메뚜기 같던데. 로리하고 난 견디다 못해 웃음을 터뜨렸지 뭐야. 우리 웃음소리 들리지 않았어?"

"듣지 못했어. 하지만 그러면 안 돼. 너희들 거기 숨어서 무슨 얘기를 했니?"

조는 로리와 있었던 일을 재미있게 들려 주었고, 마침 이야기가 끝날 무렵 집에 도착했다. 로리에게 고맙다는 말을 하고,

"안녕히 주무세요."

작별 인사를 한 후, 두 사람은 가족들이 깨지 않도록 발소리를 죽이며 들어갔다. 그러나 문이 열리는 소리가 나더니 곧 두 개의 작은 나이트캡이 불쑥 일어나며 졸음 섞인, 그러나 열성적인 목소리로 외쳤다.

"파티는 어땠어? 응, 언니, 말해 줘!"

메그의 말에 의하면 '몹시 예의 바르지 못한 행위'였지만 조는 두 동생들을 위해 봉봉을 조금 남겨서 가지고 왔다. 동생들은 오

늘 밤 가장 재미있었던 일을 들은 뒤 곧 잠이 들었다.

"정말 파티에서 마차를 타고 돌아오고, 드레스를 입은 채 앉아서 남에게 시중을 받다니, 마치 훌륭한 귀부인이라도 된 기분이야."

조가 메그의 아픈 발을 아르니카 칼리로 치료해 주고 머리를 빗겨 주자 메그는 감격스러운 듯 그렇게 말했다.

"머리카락은 태우고, 낡은 드레스에, 장갑은 한 짝씩 끼고, 맞지 않는 무도화로 발목을 삐고 했지만 그만큼 즐겼다면 우리도 귀부인에 결코 뒤지지 않는다고 생각해."

조의 이야기는 분명히 옳았다.

# 무거운 짐

"각자의 짐을 짊어지고 살아간다는 것은 정말 어려운 일이야."

파티가 있던 다음날 아침, 메그는 한숨을 쉬면서 말했다. 이제 휴가도 끝나고 자기의 탐탁하지 않은 일상으로 돌아가야 하는 것이 어쩐지 내키지 않았다.

"난 일 년 내내 크리스마스라든가 십이월이었으면 좋겠어. 그러면 정말 재미있을 거야."

조는 지루한 듯 하품을 하면서 말했다.

"만약 그렇게 된다면 재미가 지금의 절반도 되지 않을걸. 하지만 난 맛있는 음식을 먹고 꽃다발을 받기도 하고, 파티에 참석했다가 마차로 집에 돌아오고, 푹 쉬면서 책이나 읽으며 일하지 않아도 된다면 아주 좋을 것 같아. 어쩐지 다른 사람이 된 것 같겠지. 나는 항상 그렇게 사는 애들이 부러워서 참을 수 없어. 사치스러운 생활이란 정말 좋은 거야."

메그는 낡은 옷 두 개 중 어느 쪽이 좀더 보기가 나은지 망설이면서 불평을 하고 있었다.

"글쎄, 우리가 그렇게 살 수 있을까? 그러니까 불평하는 것은 그만둬. 무거운 짐을 짊어지고 어머니처럼 명랑하게 살아가는 거야. 나는 마치 백모님이 진짜 '바다의 노인(《아라비안 나이트》의 선원 신밧드에 나오는 등장인물 중 없어서는 안 되는 노인 괴물)' 같아. 하지만 만약 불평을 하지 않고 업고 가는 법을 알게 되면, 저쪽이 등에서 떨어지든가 그렇지 않으면 훨씬 가벼워져서 조금도 힘들지 않으리라고 생각해."

조는 이런 생각이 들자 얼마간 쾌활해졌다. 그러나 메그의 기분은 좋아지지 않았다. 지금 가르치고 있는 킹 가(家)의 네 응석받이 녀석들 때문에 더욱더 답답한 기분이 들었다. 메그는 옷매무시를 매만지는 것도 귀찮아졌다.

"그 말썽꾸러기들 외에는 날 보아 줄 사람도 없고, 내가 아름답든 말든 관심을 가져 주는 사람이 아무도 없는데 멋을 부린들 무슨 소용이 있겠어."

메그는 서랍을 탕 닫고 중얼거렸다.

"재미있는 일도 어쩌다 있을 뿐, 매일같이 고되게 일하다가 나이가 들어 더럽고 보기 흉한 얼굴이 되면……. 그것도 내가 가난해서 다른 여자애들처럼 즐거운 생활을 할 수 없기 때문이야. 오, 따분하다, 따분해!"

메그는 그렇게 말하고, 뾰로통한 얼굴로 아래층으로 내려갔다. 그리고 아침 식탁에 앉아서도 기분이 좋지 않은 모양이었다. 메그뿐만 아니라 식구들 다 기분이 좋지 않아 보이고 무언가 불평을 하려는 듯했다.

베스는 머리가 아프다며 소파에 누워서 어미 고양이와 세 마리의 새끼 고양이로 기분을 풀려 하고 있었다. 에이미는 암기 공부가 잘 되지 않는 것과 자기 슬리퍼를 찾을 수 없는 것 때문에 초조해하고 있었고, 조는 연방 휘파람을 불며 몸차림을 하기 위해 옷장을 덜거덕거리고 있었다. 마치 부인은 곧 보내야 하는 편지에 몰두하느라 정신이 없었고, 해녀도 지난밤 늦게까지 일했기 때문에 오늘 아침은 기운이 없어 보였다.

"집안이 이처럼 울적한 것은 본 적이 없어!"

조는 잉크 병을 엎지르고 구두 끈을 양쪽 다 끊어 버린 데다가, 자기 모자 위에 털썩 앉아 버렸기 때문에 화를 내면서 그렇게 외쳤다.

"이 집에서 조 언니가 제일 기분이 나쁜가 봐!"

석판 위에서 산수 공부를 하던 에이미는 계속 답이 틀리자 눈물을 흘리고 있었다.

"베스, 너 이 보기 싫은 고양이를 모두 지하실로 쫓아 버리지 않으면 내가 물 속으로 던져 버리겠어."

새끼 고양이가 등으로 기어올라 마치 손이 미치지 않는 곳에 붙어 있는 밤송이 같았기 때문에 그것을 뿌리치려고 애쓰며 메그가 잔뜩 성이 나서 말했다.

조는 웃고, 베스는 그런 말 하지 말라고 하고, 에이미는 십 이의 일곱 배가 몇인지 몰라 울상이었다.

"모두들, 좀 조용히들 해! 이 편지를 어떻게든 오늘 아침 첫 우편으로 보내야 하는데, 너희들이 시끄럽게 굴기 때문에 나도 머리가 이상해질 것 같아."

마치 부인은 잘못 쓴 문구를 세 번씩이나 고치면서 말했다.

잠시 조용해졌을 때 해너가 요란한 소리를 내며 들어와 테이블 위에 두 개의 뜨거운 반달 모양의 파이를 놓고 다시 나갔다. 이 반달 모양의 파이는 해너가 아무리 바빠도, 아무리 언짢아도 잊지 않고 만들어 주었기 때문에 하나의 습관이 되어 있었다. 소녀들은 이것을 '머프'라고 이름지었다. 머프를 갖고 있지 않은 소녀들에게는 추운 아침에 뜨거운 파이를 손에 쥐는 것이 더할 나위 없는 큰 위안이었기 때문이다. 아침에 걸어가야 할 길은 멀고 추우며, 가엾게도 밖에는 특별한 점심도 없고, 두 시 전에 집으로 돌아오는 일이 좀처럼 없는 메그와 조를 위한 해너의 특별한 배려였다.

"자, 베스, 고양이들이랑 놀면서 두통 따위는 잊어버려. 어머니, 다녀오겠습니다. 오늘 아침에는 모두 악한이었지만, 얌전한 천사가 되어 돌아올게요. 자, 가요, 메그!"

조는 그렇게 말하고 어쩐지 《천로역정》 여행의 출발이 좋지 않다고 생각하면서 집을 나섰다.

두 소녀는 언제나 모퉁이를 돌 때 뒤를 돌아보았다. 어머니가 항상 창가에서 웃으며 손을 흔들어 주기 때문이다. 어쩐지 그것이 없으면 하루를 참고 보낼 수 없을 것 같았다. 두 소녀의 기분이 어떻든 어머니의 얼굴을 최후로 힐끗 보는 것은 마치 밝은 태양을 마주보는 것과 같은 것이었으니까.

"어머니께서 오늘 아침의 우리들에게는 키스를 해주지 말고 주먹을 휘두르는 편이 더 나았어. 왜냐하면 우리는 오늘 지금까지

한 번도 없었던 배은망덕한 무뢰한이었으니까."

조는 살이 에이는 듯한 바람을 맞으며 걷는 것을 작게나마 속죄라고 생각하고 추위를 감수하는 듯했다.

"그런 가혹한 말은 하지 마."

메그는 마치 세상을 싫어하는 수녀처럼 온통 수심이 가득한 얼굴로 말했다.

"난 힘 있고 조리에 맞는 말이 좋아. 그런 것은 의미 심장한 것이니까."

조는 모자가 바람에 휙 벗겨져 날아가려는 것을 허둥대고 누르면서 대답했다.

"네가 네 자신을 마음대로 부르는 건 상관없지만 난 악한도 부랑자도 아니야. 그런 식으로 불리는 것은 싫어."

"언니는 풀이 죽어 있어. 게다가 오늘은 확실히 기분이 좋지 않아. 일 년 내내 호화스럽게 지낼 수 없으니까 그렇겠지. 내가 돈을 많이 벌 때까지 기다려. 그러면 마차도, 아이스크림도, 하이힐이나 무도화도, 꽃다발도, 댄스 상대를 할 빨간 머리의 사내애도, 모두 마음껏 즐길 수 있도록 해줄게."

"어머, 조, 넌 참 우스운 소리를 다하는구나!"

메그는 조의 말이 터무니없다는 투였지만 약간 기분이 밝아진 것 같았다.

"나라는 사람이 있으니까 언니는 그나마 다행인 거야. 만약 내가 언니처럼 뚱해져 우울해한다면 우리는 둘 다 참을 수 없었을 거야. 고맙게도 난 항상 기분을 전환할 수 있는 우스운 것을 발견하잖아. 이제 투덜대지 말고 집에 돌아갈 때까지 명랑해지자. 언니는 착한 소녀니까."

조는 언니의 어깨를 격려하듯 탁 치고서 헤어졌다. 두 사람은 작고 따뜻한 파이를 가슴에 안은 채 각기 다른 길을 향하며 겨울의 추위나 힘든 일, 놀고 싶은 어린 소녀의 소망을 극복하고 밝은 기분이 되려고 마음먹었다.

아버지가 곤경에 처한 친구를 돕기 위해 자기 재산을 희생했을 때 위로 두 딸은 적어도 자기 생활비만이라도 벌게 해주었으면 좋겠다고 제의했다. 생활력, 근면, 독립심 등을 아이들에게 길러주기 위해, 언제든 너무 빠른 나이는 아니라고 생각한 부모는 그 제의를 승낙했고, 둘다 몹시 기뻐하며 일자리를 얻은 것이다.

메그는 아이들의 가정교사 자리를 구해 적지만 자기 힘으로 번 돈으로 대단한 부자가 된 것 같은 기분을 느꼈다. 스스로 말하고 있는 바와 같이 메그는 확실히 화려한 것을 좋아하는 성격이고 가난을 싫어했다. 메그는 동생들보다도 참을성이 없었다. 옛날에 훌륭한 집에서 아무런 부족함 없이 유복하고 즐겁게 지내던 시절을 아직 기억하고 있기 때문이었다. 남을 부러워하거나 불평하지 않도록 스스로 노력하고는 있지만 젊은 처녀가 아름다운 물건이나 재미있는 친구들, 여러 가지 취미, 그리고 화려한 생활을 동경하는 것은 전혀 무리가 아니었다.

그녀는 가정교사를 하고 있는 킹 씨 댁에서 매일같이 자기가 갖고 싶다고 생각하는 것을 눈으로 보고 있었다. 가르치고 있는 아이들의 누나들이 막 사교계로 나갔기 때문에 아름다운 무도복과 꽃다발을 자주 볼 수 있었고, 연극이나 음악회, 썰매 놀이, 그 밖의 여러 가지 재미있는 일에 대한 이야기를 듣고, 또한 자기에게는 너무 비싸다고 생각되는 것에 개의치 않고 돈을 마구 쓰는 것을 보았다. 메그는 불평하지는 않았지만 때로는 마음속으로 이 것은 불공평하다고 세상 사람들을 원망하고 싶은 생각도 들었다. 메그는 인생을 진정으로 행복하게 하는 혜택을 자기가 얼마나 많이 받고 있는지 아직 깨닫지 못하고 있었다.

조는 뜻밖에도 마치 백모님이 마음에 들어했다. 마치 백모님은 다리가 불편했기 때문에 자기 용무를 보아 줄 똑똑한 사람이 필요했다. 자식이 없는 노부인은 마치 가의 형편이 어려워졌을 때 자매 중의 하나를 양녀로 맞겠다고 제의했지만 그 호의를 거절당했기 때문에 몹시 화를 냈다. 그래서 이 부자 노부인이 재산을 나누는 유언장을 작성할 때, 마치 가의 사람들을 염두에 둘 것이라는 희망은 누구도 갖지 않았다. 애석한 일이라고 말한 친구도 있었다. 그러나 욕심이 없는 마치 부인은 이에 대해 그저 이렇게 말할 뿐이었다.

"우리는 돈이 산더미처럼 쌓여 있어도 딸들과 바꾸지 않을 겁니다. 부자든 가난하든 모두 같이 지내며 서로 행복을 나누고 싶어요."

백모님은 한동안 마치 가의 사람들을 상대하려 하지 않았다. 그런데 이따금 친구 집에서 조를 만나고 그 소탈한 얼굴과 무뚝뚝한 태도가 마음에 들었는지 와서 잔심부름을 도와 달라고 제의했다. 조로서는 달갑지 않은 친절이었다. 그러나 더 좋은 일자리도 없었기 때문에 그러기로 했는데, 뜻밖에 조는 이 화내기 잘하는 백모와 마음이 꽤 맞았던 것이다. 가끔 말썽이 일어나기도 하는데, 한번은 조가 잔뜩 화가 나서 돌아와서는 이제 더 이상 참을 수 없다고 딱 잘라 말한 적도 있었다. 그러나 마치 백모 쪽에서 먼저 마음이 풀어져 빨리 돌아오라고 사람을 보내 졸랐기 때문에 거절할 수 없었다. 조도 사실 마음속으로는 이 성급하고 신경질적인 백모님을 좋아하고 있었다.

사실 조의 마음을 끌었던 것은 마치 백부님이 돌아가신 후 마음대로 드나들 수 있는 먼지투성이에 거미줄이 쳐져 있는 큰 서고가 아니었을까 싶다. 조는 다정한 노인인 백부를 기억하고 있었다. 노인은 종종 큰 사전 따위로 철도나 다리를 만드는 것을 도와 주기도 하고, 라틴어 책에 있는 기묘한 그림에 대해 이야기를 들려 주기도 했다. 또한 거리에서 만났을 때에는 언제나 생강이 든 넓적한 케이크를 몇 개씩 사 주기도 했다. 어두컴컴한 먼지투성이의 방에는 높은 책장 위에서 눈을 부릅뜨고 노려보는 흉상이 있고, 기분 좋은 의자와 지구본이 놓여져 있었다. 무엇보다 좋은 것은 꽉 들어찬 많은 책인데, 조는 그 속을 마음대로 걸어다니며 서고를 천국처럼 즐길 수 있었다. 마치 백모님이 낮잠을 자거나 손님 접대로 바쁠 때에는 이 조용한 곳으로 와서 안락의자에 푹 파묻혀 쉬든가, 이야기, 역사, 여행기, 그림책 등을 열심히 읽었다. 그러나 이런 상태도 모든 행복한 것들이 그런 것처럼 오래 지속되지 못했다. 바로 소설의 가장 재미있는 대목이나 시의 가장 아름다운 구절, 또는 여행기에서 가장 스릴에 찬 모험에 이르렀을 때는,

"조세핀! 조세핀!"

하는 새된 목소리가 어김없이 들려왔기 때문이다. 그래서 그녀는 자기의 낙원을 떠나 실패에 실을 감거나, 삽살개를 씻겨 주거나,

벨섬(영국의 목사이며 신학자. 논쟁적인 저서를 많이 남겼음)의 수필을 한 시간 동안 계속해서 읽어 드리지 않으면 안 되었다.

조는 무언가 아주 멋진 일을 하고 싶다는 야심을 품고 있었다. 그 멋진 일이 어떤 것인지는 조 자신도 아직 잘 몰랐지만 시간이 흐르면 알 수 있을 것이라고 생각했다. 지금은 자기 마음대로 책을 읽거나, 뛰어다니거나, 말을 탈 수 없는 것이 가장 큰 고민이었다. 조는 성급한 성미에, 말하는 것이 신랄하고 침착성도 없었기 때문에 항상 실수를 했다. 그래서 지금까지의 조라는 소녀는 우스꽝스럽고, 또 슬픈 여러 가지 생각에 차 있었다. 그러나 마치 백모님에게서 받은 수입은 조에게 현실적으로 도움이 되었고, 게다가 자기 몫은 자기가 일해 번다는 생각이 일 년 내내 '조세핀!' 하고 불려도 기운을 되찾게 해주었다.

베스는 너무 수줍음이 많아 학교에 다니지 않았다. 얼마쯤 다니다가 너무 힘들어했기 때문에 끝내는 그만두고 집에서 아버지가 공부를 돌봐 주었다. 그러나 아버지가 전쟁터에 나가시고 어머니는 군인 원호회의 일에 전력하자 베스는 혼자 공부를 계속했다. 베스는 어리지만 집안일 돌보기를 좋아해서 해너를 도와 집안을 깨끗이 하려고 애썼다. 그렇다고 해서 어떤 보수를 바라는 일도 없이 그저 모두에게서 귀염받는 것으로 만족했다.

하루 종일을 적막하게 보낸다고 해서 그저 혼자 멍하니 있는 것은 아니었다. 베스의 작은 세계에는 공상이라는 친구가 가득 차 있었고 원래부터 일을 잘하는 성격이었다. 매일 아침 여섯 개의 인형을 안아다 옷을 입히는 일도 있었다. 베스는 아직 어린애다운 데가 있어서 인형과 노는 것을 좋아했는데, 이 인형들 중에 제대로 된 것과 예쁜 것은 하나도 없었다. 모두 베스가 맡기 전에는 임자 없는 것들이었다. 왜냐하면 언니들은 성장해서 인형이 필요없었고, 에이미는 낡거나 더러운 것을 싫어해서 베스에게 양보했기 때문이다. 그런 까닭에 베스는 이 인형들을 더욱 소중히 하고, 불구의 인형을 위해 병원을 만들어 모두 고쳐 주었다. 솜 속에 핀 따위를 꽂은 적은 한 번도 없었고, 아무리 보기 흉하다 하더라도 그냥 내팽겨쳐서 그 인형을 슬프게 하는 일도 없었다. 모두에게 빠짐없이 식사를 주고, 옷을 입히고, 귀여워해 주며 변함없는 애정을 주었다.

인형들 가운데 가장 많이 부서진 인형은 조의 것이었다. 여러 가지 고생 끝에 누더기 자루 속에 버려진 것을 베스가 구출하여 떠맡은 것이다. 까만 머리에 예쁘고 작은 모자를 씌우고 떨어진 손발은 모포로 싸서 가장 좋은 침대를 배당해 주었다. 이 인형에게 쏟는 베스의 아낌없는 애정에 대해 만약 누가 들었다면 설사 웃는다고 해도 마음속으로는 깊은 감동을 받을 것이다. 그 인형에게 베스는 꽃다발을 갖다 주고, 책을 읽어 주고, 좋은 공기를 쐬도록 품에 안고 밖으로 데리고 나갔다. 그리고 자장가를 불러 주고, 잠자리에 들기 전에는 반드시 키스하며 '잘 자, 아가' 하고 작은 목소리로 말했다.

베스에게도 다른 소녀들과 마찬가지로 여러 가지 고민이 있었다. 천사가 아닌 평범한 인간 여자 아이라 때로는 조의 말대로 '작은 슬픔을 탄식하는' 일이 있었다. 음악을 제대로 배울 수도 없고 또 좋은 피아노를 사 달라고 할 처지도 아니었기 때문이다. 음악을 몹시 좋아하는 베스는 혼자 삐걱삐걱 소리나는 낡은 피아노를 두드리며 참을성 있게 연습하고 있었다. 특별히 마치 백모님을 지목하는 것은 아니지만 아무래도 누군가가 도와 주지 않으면 안 될 것 같았다. 베스는 일을 하면서도 작은 종달새처럼 노래 불렀고 어머니나 언니들을 위해 피아노를 치면서도 결코 싫은 내색을 하지 않았다. 그리고 '언젠가 반드시 난 능숙해질 거야. 꾸준히 하면 말이야' 하고 밝게 말했다.

세상에는 베스와 같이 수줍어하고, 조용하고, 누가 부를 때까지 방구석에 앉아서 다른 사람들을 위해 헌신하며 살아가는 소녀가 많이 있다. 귀뚜라미가 울기를 그치고 그 사랑스러운 빛과 같은 모습이 조용함과 어두운 그림자만 남기고 사라지면 사람들은 비로소 그 소녀가 남모르게 바쳐 왔던 희생을 깨닫는다.

에이미는 만약 누가 가장 괴로운 일이 무엇이냐고 묻는다면, 즉시 '내 코'라고 대답할 것이다. 갓난아이 때 조가 실수로 에이미를 석탄광 속으로 떨어뜨린 일이 있었는데, 에이미는 자기 코가 이상한 모양이 된 것이 그 때문이라고 우겼다. 그 코는 가엾은 '페트리아'처럼 크지도 않고 빨갛지도 않다. 오히려 납작하기 때문에 아무리 힘있게 잡아당겨도 끝이 귀족적으로 오똑해지는 일은 없었다. 자신 외에 그 코에 관심을 가진 사람은 아무도 없었지만, 그녀는 그리스인처럼 멋있고 보기 좋은 코가 되지 않는 것을 몹시 탄식했고, 아름다운 코를 닥치는 대로 욕함으로써 스스로를 위로했다.

'작은 라파엘 씨'라는 언니들의 말대로 에이미는 그림을 아주 잘 그렸다. 꽃이나 요정을 그리기도 하고 이야기에 기묘한 삽화를 그리고 있을 때를 가장 즐거워했다. 에이미의 선생님들은 에이미가 산수 공부는 하지 않고 석판에 동물을 가득 그리거나, 지도책의 흰 공백에 지도를 그려 넣거나, 운이 나쁠 때는 아주 우스운 만화가 교과서 속에서 튀어나오거나 한다고 불평을 했다. 에이미는 공부는 중간이었지만 예의범절은 모두의 모범이 되었으므로 그럭저럭 꾸지람을 듣지 않고 지낼 수 있었다. 그리고 붙임성이 있고 별로 노력하지 않아도 모두를 즐겁게 해주는 재능이 있었기 때문에 친구들 사이에서 인기가 많았다. 작지만 품위 있는 태도는 모두가 매우 감탄했고, 여러 가지 재주를 갖고 있었기 때문에 모두의 사랑을 받았다. 그림 외에도 피아노는 열두 곡이나 칠 수 있고 크로셰 뜨개질도 할 수 있으며, 프랑스어는 삼 분의 이 이상 발음을 틀리지 않고 읽을 수 있었다. 그리고 '우리 아빠가 부자였을 때는 이렇게 했는데' 하고 슬픈 얼굴로 한탄하는 버릇은 상대방의 마음을 울리는 데가 있었다. 또 에이미가 사용하는 예의 기다란 말씨도 친구들은 '아주 품위 있다'고 생각했다.

에이미는 상당한 응석받이였다. 막내라서 모두에게 귀여움만 받았기 때문에 허영과 이기주의가 점점 더해 가고 있었다. 그러나 그 허영심에 찬물을 끼얹는 일이 한 가지 있었다. 그것은 사촌이 입던 옷을 물려 입어야 한다는 사실이었다. 사촌 플로렌스의 어머니는 멋을 조금도 모르는 여자라서 푸른 모자가 좋은데 빨간 모자를 써야 한다거나, 어울리지 않는 옷이나 잘 맞지 않는 묘한 장식이 붙은 에이프런 따위를 걸쳐야만 했으므로 에이미는 몹시 불만이었다. 모두 좋은 물건이고 잘 만들어졌으며 낡지도 않았지만 에이미의 예술적인 눈에는 몹시 보기 싫은 것으로 비쳐졌다. 특히 이번 겨울 교복은 칙칙한 보랏빛 바탕에 노란 물방울 무늬가 있고, 게다가 주름 장식도 전혀 없었다.

"우리 엄마는 내가 말썽부렸을 때에도 우리 반의 머레이어 파크스의 엄마처럼 옷을 찢거나 하지 않아서 다행이야."

에이미는 눈물을 글썽이며 메그에게 말했다.

"글쎄, 걔 엄마는 머레이어 파크스가 크게 잘못했을 때는 그 애의 옷을 찢어 놓아 무릎 위까지 보이게 하는 거야. 정말 질색이야. 그런 어처구니없는 일을 생각하면 납작코도, 보기 싫은 노란 무늬가 있는 보랏빛 옷도 참을 수 있어."

메그는 언제나 에이미의 이야기를 친절하게 들어 주고 충고를 해주기도 했다. 그리고 정반대의 성격이 오히려 어울리는지, 상냥한 베스의 상대는 조였다. 이 수줍은 소녀는 자기가 생각하고 있는 것을 단지 조에게만 털어놓았다. 덜렁거리는 조에게는 집안의 누구보다도 베스가 좋은 영향을 끼치고 있었다. 서로 사이가 좋은 위의 두 언니는 각각 동생을 한 사람씩 맡아 나름대로의 방법으로 보살폈다. 두 언니는 '어머니 놀이'라고 해서 어렸을 때 귀여워했던 인형들 대신에 젊은 여성이 지닌 모성 본능으로 동생들을 귀여워했다.

"누가 재미있는 이야기 하지 않을래? 오늘은 아주 우울했어. 재미있는 얘기를 듣고 싶어 견딜 수가 없는걸."

그날 저녁 모두 모여 바느질을 시작하기 전에 메그가 말했다.

"오늘 백모님 댁에서 좀 우스운 일이 있었어. 결국은 내가 이겼으니까 이 얘길할게."

이야기하기를 좋아하는 조가 먼저 말했다.

"난 언제 끝날지 모르는 벨섬의 책을 줄줄 읽어 드리고 있었어. 언제나 그렇게 천천히 읽어 드리면 백모님은 곧 잠드시거든. 그러면 그때부터 재미있는 책을 꺼내서 백모님이 깰 때까지 빠른 속도로 읽는 거야. 그런데 오늘은 나도 졸려서 아직 백모님이 꾸벅꾸벅하기 전에 그만 큰 하품을 해 버렸어. 백모님은 그 책이 한꺼번에 들어갈 수 있을 정도로 입을 크게 여는 것은 무슨 까닭이냐고 물었어. 난 '책을 입에 넣고 빨리 끝났으면 좋겠다고 생각했어요' 하고 될 수 있는 대로 부드럽게 대답했어. 그랬더니 할머니는 내 마음가짐이 나쁘다며 지루하게 설교를 한 다음 잠깐 눈을 붙일 테니까 똑바로 반성하라는 거야. 그럴 때의 백모님은 빨리 깨지 않거든. 그래서 백모님의 머리가 무거운 달리아꽃처럼 흔들리기 시작했을 때 난 곧장 《웨이크필드의 목사》(영국의 소설가 골드 스미드의 작품으로, 유머와 풍자가 유명한 소설)를 호주머니에서 꺼내서 한편으로는 소설 속의 목사를, 또 한편으로는 앞에 있는 백모님을 보면서 읽어 갔지. 그러다 그만 모두가 물 속으로 떨어지는 대목에서 깜빡 잊어버리고 큰소리로 웃고 말았어. 그 바람에 백모님은 잠을 깼어. 하지만 한숨 잔 뒤였기 때문에 기분이 좋으신지, '네가 그 유익한 벨셤보다도 좋아하는 시시한 책이 어떤 것인지 어디 한번 읽어 봐라' 하시는 거야. 그래서 난 열심히 읽었고, 아주머니도 마음에 드셨나 봐. '무슨 말을 하고 있는지 난 통 모르겠어. 다시 한 번 앞으로 돌아가서 읽어 줘' 글쎄 이러시는 거야. 그래서 다시 앞으로 돌아가서 읽기 시작했어. 그리고 목사 프림로즈 일가의 이야기를 될 수 있는 대로 재미있게 읽어 드렸지. 한번은 일부러 아주 재미있는 대목에서 잠시 그치고 '백모님, 시시하죠? 이제 그만둘까요?' 하고 부드럽게 물었어. 그랬더니 그때까지 손에서 미끄러져 떨어져 있던 뜨개질감을 얼른 주위 들고 안경 너머로 나를 노려보며 중얼거리는 듯한 말투로, '그 장(章)이 끝날 때까지 읽어. 쓸데없는 소린 그만두고' 하시는 거야."

"백모님도 재미있다고 말씀하셨어?"

메그가 물었다.

"그런 말 할 것 같아? 아무튼 먼저부터 읽던 벨섬은 그대로 내버려두게 되었어. 그런데 오후에 돌아올 때 깜박 잊고 두고 온 장갑을 가지러 되돌아가 보니 백모님이 글쎄 《웨이크필드의 목사》를 열심히 읽고 있는 거야. 그래서 이건 재미있게 되었다 생각하고 현관에서 혼자 뛰면서 웃었는데 그래도 모르시더라고. 백모님도 마음만 먹으면 하루하루를 얼마든지 유쾌하게 지내실 수 있는 거야. 난 백모님이 아무리 돈이 많아도 조금도 부럽지 않아. 부자도 가난한 사람들과 마찬가지로 많은 고민이 있더군."

조가 말했다.

"지금 생각났는데, 나도 할 얘기가 있어. 오늘 킹 씨 댁에서 한바탕 소동이 났어. 아마 그 집 큰아들이 무슨 큰일을 저질렀나봐. 그래서 아버지가 어딘가로 멀리 보내 버렸대. 부인의 우는 소리가 들려오고, 엘렌이나 그레이스는 내 옆을 지날 때 울어서 빨개진 눈을 보이지 않으려고 외면하며 지나갔어. 물론 난 아무 말도 듣지 못한 척했지만 몹시 안됐다고 생각했어. 우리에게는 나쁜 짓을 해서 가문의 명예를 더럽히는 남자 형제가 없는 게 정말 다행이야."

"난 학교에서 창피를 당하는 것이 나쁜 사내애의 행동보다도 더 참을 수 없는 것이라고 생각해."

에이미는 마치 자기가 아주 많은 경험을 쌓은 사람인 양 머리를 저으며 말했다.

"오늘 수지 퍼킨츠가 예쁘고 빨간 카나린 반지를 끼고 학교에 왔어. 난 그게 어찌나 탐이 나는지 내가 수지가 되었으면 좋겠다고 생각했어. 그런데 수지가 데이비스 선생님을 만화로 그렸는데, 코가 굉장히 크고, 등에는 혹이 달려 있었고, '여러분, 내 눈은 여러분을 잘 보고 있어요!' 라는 말이 풍선처럼 입에서 튀어나왔어. 우리가 너무 우스워서 막 웃었더니 별안간 선생님이 우리를 바라보고, '수지, 석판을 이리 가져 와요' 하고 말씀하시는 거야. 수지는 가슴이 철렁했지만 그래도 선생님에게로 갔어. 그 다음에 글쎄 선생님이 하신 일이란 참! 별안간 수지의 귀를 잡아당기더니 교단으로 끌고 가서 반 시간이나 그곳에 세워 두었어. 그것도 석판의 그림을 모두가 볼 수 있도록 들고 말이야."

"그러면 모두들 그 그림을 보고 웃었니?"

조는 그런 엉뚱한 장난을 재미있어 하면서 물었다.

"웃었냐고? 어림도 없어. 아무도 웃지 않았어. 모두 찬물을 끼얹은 듯 숨소리를 죽였고 수지는 엉엉 울었어. 그렇게 되니까 난 수지가 하나도 부럽지 않았어. 그런 일을 당하면 카나린 반지가 몇백만 개 있다 해도 전혀 행복하지 못할 거라 생각한걸. 그런 창피를 당한다면 난 도저히 참을 수 없을 거야."

그렇게 말하고 에이미는 자기가 품행이 좋다는 긍지와 맨 마지막 말을 단숨에 했다는 것에 만족하며 하던 일을 계속했다.

"난 오늘 아침에 좋은 광경을 봤어."

베스가 조의 뒤집힌 반짇고리를 바로하면서 말하기 시작했다.

"해너 대신에 생선 가게에 굴을 사러 갔는데 마침 그곳에 로렌스 할아버지가 와 계셨어. 그 할아버지는 내가 있다는 걸 몰랐어. 난 나무통 뒤에 있었으니까 말이야. 로렌스 씨는 가게 주인인 카터 씨와 줄곧 무언가 이야기하고 있었는데, 그때 불쌍한 여인이 청소 도구를 들고 나타나서 '청소를 해 드릴 테니 생선을 조금 주세요. 아이들에게 먹일 것이 없고 오늘 일감을 찾지 못해서요' 라고 하잖아. 가게 주인은 '바쁘니까 안 돼'라고 퉁명스럽게 말했어. 그래서 여인이 슬픈 얼굴을 하고 나가려는데 로렌스 씨가 지팡이의 구부러진 끝으로 큰 생선을 걸어서 여인에게 가져가라고 내밀지 않겠어! 여인은 매우 놀라는 한편 기뻐서 그것을 두 손으로 꽉 움켜쥐고 몇 번이고 고맙다는 인사를 했고, 로렌스 씨는 '자, 가서 요리하세요'라고 말씀하셨어. 여인은 급히 나갔지만 참으로 기쁜 것 같았어! 그 할아버지 좋은 사람이지? 여인이 크고 미끈한 생선을 가슴에 안고 가는 모습은 참 보기 좋았어. 그리고 로렌스 씨에게 '저 세상에 가면 틀림없이 좋은 보답으로 천국에서 행복하게 사시게 될 것입니다'라고 말했어."

모두들 베스의 이야기를 듣고 한바탕 웃은 다음 이번에는 어머니도 무엇이든 이야기하라고 했다. 잠시 생각하고 나서 어머니는 진지한 얼굴로 말했다.

"오늘 사무실에서 푸른 플란넬 상의를 재단하고 있을 때 문득 아버지 일이 생각났어. 만약 아버지에게 무슨 일이 일어난다면 우리는 얼마나 외롭고 허전할지……. 그런 생각을 하는 것은 어리석은 일 같지만 역시 마음이 쓰였어. 그때 한 노인이 의복 배급을 받기 위해 서류를 들고 찾아왔어. 그 노인이 내 옆의 의자에 앉아 기다리길래 내가 말을 걸었지. 몹시 초라하고, 지치고, 걱정스러운 모습이 마음에 걸렸거든. '군대에 들어가 있는 자식이 있습니까?' 하고 내가 물었지. '네, 있고 말고요. 넷 있었는데 둘은 전사했습니다. 하나는 포로로 잡혀 있고 또 하나는 지금 워싱턴의 병원에 입원해 있기 때문에 그리로 가려고 하고 있습니다.' 하고 노인은 조용히 말하는 거야. '그러면 나라를 위해 대단히 힘쓰셨군요.' 나는 연민이 존경으로 바뀌는 것을 느끼면서 그렇게 말했어. '뭐, 당연한 것입니다. 도움이 된다면 제가 가고 싶습니다만 그렇게 할 수 없기 때문에 자식들을 바친 것입니다. 전부를 바친 셈입니다.' 자식을 바친 것을 정말 기뻐하고 있는 듯한 노인의 말투에 내 자신이 부끄러워졌어. 오직 남편 한 사람만을 내보냈는데도 희생이 너무 크다고 생각했던 거야. 그런데 이 노인은 아낌없이 네 사람이나 내보낸 거야. 게다가 난 집에 나를 위로해 줄 딸들이 모두 있거든. 노인의 마지막 남은 아들은 멀리서 아마도 아버지와 영원히 이별하기 위해 '안녕히 계세요!'를 준비하며 기다리고 있을 거야. 내가 누리고 있는 많은 혜택을 생각하며 자신이 얼마나 풍부하고 행복한지를 깨달았어. 그래서 깨끗한 의복과 약간의 돈을 주면서 그 사람이 준 교훈에 감사했어."

"하나 더 얘기해 주세요, 어머니. 지금처럼 교훈이 담겨져 있는 이야기요. 지어낸 이야기가 아니고, 그다지 설교 냄새가 나지 않는다면 말이에요."

조금 사이를 두고 조가 말했다.

마치 부인은 싱긋 웃고 곧 이야기하기 시작했다. 지난 여러 해

동안 이 작은 딸들에게 많은 이야기를 들려 주었고 아이들이 얼마나 기뻐하는가를 잘 알고 있었다.

"옛날 어느 곳에 네 자매가 있었어. 먹을 것이나 입을 것이 풍족했고, 매일 즐거운 일도 많았고, 진심으로 사랑해 주는 친구와 부모님이 있었지. 그러나 이 네 자매는 자신들의 생활에 만족하는 일이 없었어."

여기서 네 딸들은 서로 잠깐 눈을 마주치더니 얼른 고개를 숙이고 바느질을 하던 손을 재빨리 움직이기 시작했다.

"이 소녀들은 선량한 사람이 되겠다고 몇 번이나 기특한 결심을 했지만 그런 결심을 계속 밀고 나가기란 몹시 힘들었어. '만약 이것만 있다면', '만약 그것만 할 수 있다면' 하고 말하는 거야. 그런 것들은 이미 갖고 있었고 실제로 자신이 유쾌한 일을 얼마든지 할 수 있다는 것을 잊고 말이지. 그래서 네 자매는 어떤 나이 많은 여인에게 자신을 행복하게 하기 위해서는 어떤 마법을 쓰는 것이 좋은가 하고 물어 보았어. 그러자 그 여인은 '당신에게 불만이 있을 때 자신이 받고 있는 혜택을 잘 생각해서 그것에 대해 감사하세요'라고 말했어."

여기서 조는 별안간 얼굴을 들었다. 뭐라고 말하려 했으나 이야기가 아직 끝나지 않은 것을 알고 생각을 바꾼 듯 다시 고개를 숙였다.

"소녀들은 영리했기 때문에 그 나이 많은 여인의 충고를 따르기로 했는데 그 효과가 놀라울 정도로 좋았어. 첫 번째 소녀는 아무리 돈이 많아도 수치와 슬픔을 없앨 수는 없다는 것을 알았고, 두 번째 소녀는 사람은 가난해도 젊음과 건강과 힘이 있으면 어떤 신경질적이고 몸이 쇠약해져서 자기 생활을 즐길 수 없는 할머니보다도 훨씬 행복하다는 것을 알았어. 세 번째 소녀는 저녁 식사 준비를 돕는 것은 귀찮지만 저녁 식사를 남에게 구걸하는 것은 더욱 괴로운 일이라는 것을 알았어. 그리고 마지막 소녀는 아무리 예쁜 카나린 반지라도 좋은 품행보다 가치가 없다는 것을 알았지. 그래서 이 네 사람은 불평을 그치고 지신들이 받고 있는 혜택에 감사하고 더 많은 혜택을 욕심내기보다는 지금 가진 것들을 잃지 않도록, 그런 혜택을 받기에 어울리는 인간이 되려는 생각에 일치했어. 그 네 사람이 앞으로 그 나이 많은 여인의 충고에 따른 것에 대해 실망하거나 애석해 하는 일이 없도록 난 기도드릴 거야."

"어머, 어머니. 우리가 한 이야기를 그렇게 이용해서 이야기가 아닌 설교를 하시다니, 너무해요."

메그가 큰소리로 항의했다.

"난 그런 설교가 좋아요. 아버지가 내게 자주 하시던 말씀이 떠올라요."

베스는 바늘을 조의 바늘 곁에 놓으면서 깊이 생각하는 듯 말했다.

"저도 다른 사람들처럼 불평을 하지 않고 앞으로 더욱 조심하겠어요. 수지가 한 큰 실수를 보고 그렇게 되어서는 안 되겠다는 것을 깨달았어요."

에이미는 도덕적인 말을 했다.

"우리에게는 그런 교훈이 필요했던 거야. 그러니까 항상 명심하고 있자. 만약 잊는 일이 있다면《톰 아저씨의 오두막》에 나오는 크로이처럼 어머니께서 '신의 자비를 생각해 봐!' 하고 말해 주세요."

끝으로 조가 말했다. 작은 교훈을 자매의 누구 못지않게 마음에 새겨 들은 조는 그런 설교로부터도 반드시 우스운 것을 찾아내지 않고는 배기지 못했다.

# 이웃 사람

"너 도대체 이제부터 무얼 할 작정이니, 조?"

어느 눈 오는 날 오후 메그가 물었다. 조가 장화를 신고 낡은 모자가 붙은 헐렁한 웃도리 차림에 한쪽 손에 빗자루, 또 한 손에는 삽을 들고 현관을 터벅터벅 지나갔기 때문이다.

"운동하러 밖에 나가는 거야."

조는 무엇인가 꾸미는 것처럼 눈을 빛내면서 대답했다.

"이런 날은 오전에 먼 곳을 왕복한 것만으로도 충분해. 밖은 너무 추워. 집에 있는 편이 좋아요. 나처럼 난로 옆에서 따뜻하게 눈에 젖지 않는 게 좋단 말이야."

메그는 몸을 흠칫 떨면서 말했다.

"염려 마! 하루 종일 집에 처박혀 있지는 못하겠어. 게다가 난 고양이가 아니니까 난로 옆에서 졸고 있기는 싫어. 난 모험이 좋아. 나가서 재미있는 것을 찾아올게."

메그는 거실로 돌아가 난롯불에 발을 쬐며 《아이반호》를 읽기 시작했다. 한편, 조는 씩씩하게 작은 길의 눈을 치우기 시작했다. 눈이 가벼웠으므로 빗자루만으로도 마당 주위의 길은 곧 깨끗해졌다. 해가 나면 베스가 다닐 수 있도록, 그리고 병든 인형을 바람 쐴 수 있도록 하기 위해서였다.

이 마당은 마치 가와 로렌스 가의 경계가 되고 있었다. 양쪽 집은 아직 전원미가 있는 교외에 있어서 주변에는 나무 숲이나 잔디가 있고 넓은 마당이 조용한 길에 접해 있었다. 낮은 생울타리가 두 집 대지의 경계선이 되었다. 한쪽에 있는 낡은 갈색집은 아무런 장식도 없고, 지금은 겨울이라 벽에 잎을 우거지게 하는 덩굴풀이나 주위에 피는 꽃도 없기 때문에 더욱 초라하게 보였다. 맞은쪽에 있는 석조 저택은 큰 마차와 손질이 잘된 정원에 온실이 있었다. 화려한 커튼 사이로 가끔 보이는 가구들은 모두 고급스럽고 사치스러워 보였다. 그러나 그 집은 어딘가 쓸쓸하고 생명이 없어 보였다. 잔디에서 뒹구는 아이의 모습도 볼 수 없고, 어머니 같은 얼굴이 창에 나타나 웃는 일도 없었기 때문이다. 노인과 손자 외에는 드나드는 사람도 좀처럼 볼 수 없었다.

조의 왕성한 공상으로는 이 훌륭한 집은 마법의 궁전으로서 아무도 모르는 놀라운 것과 깜짝 놀랄 물건들이 가득 숨겨져 있는 것 같았다. 조는 숨겨진 멋진 것들을 어떻게든 보고 싶었고 '로렌스 소년'과도 오래 전부터 가까이 사귀고 싶었다. 그 댄스 파티가 있은 후부터 조는 더욱 그런 생각이 일어나 그 소년과 친구가 될 수 있는 방법을 여러 가지로 생각하고 있었다. 최근에는 소년의 모습이 보이지 않았기 때문에 어딘가 딴 곳에 가 있는지도 모르겠다고 생각했는데, 며칠 전 이층 창에서 갈색 얼굴을 내밀고 마당에서 베스와 에이미가 눈장난을 하며 놀고 있는 것을 부러운 듯이 바라보고 있는 모습을 조가 발견했다.

'저 사람은 친구나 위안받을 것이 없어서 외로워하고 있는 거야.'

조는 혼자 중얼거렸다.

'할아버지란 사람은 손자에게 어떤 것이 좋은지도 모르고 그저 집에 혼자 틀어박혀 있도록 하는 거야. 저 사람에게는 함께 놀아 줄 유쾌한 친구들, 젊고 활발한 사람이 필요해. 저 집에 가서 할아버지에게 그렇게 얘기해 주고 싶어.'

이런 생각이 떠오르자 대담한 짓을 좋아하고, 언제나 엉뚱한 행동을 해서 메그를 질리게 하는 조는 혼자 싱글벙글했다. '저 집에 간다'는 계획은 항상 잊지 않고 있었다. 그래서 눈 오는 날 오후에 조는 어디까지 실행할 수 있는지 시험해 보기로 결심했다. 로렌스의 할아버지가 마차로 외출하는 것을 확인하고 뛰어나가 눈을 치우며 생울타리까지 가서 잠시 쉬면서 옆집을 정찰했다. 집 안은 쥐죽은 듯 고요했다. 창에는 전부 커튼이 내려져 있었고 하인들의 모습도 보이지 않았다. 인기척이라고는 이층 창에 까만 곱슬머리를 연약한 손으로 받치고 있는 것뿐이었다.

'저기 있군.'

조는 생각했다.

'가엾게도! 이 음울한 날에 아픈 몸으로 혼자 있다니 얼마나 외롭겠어. 눈뭉치를 던져 창을 열거든 상냥한 말을 걸어 줘야지.'

부드러운 눈뭉치를 하나 날리자 곧 소년이 조를 향해 고개를 돌렸다. 큰 눈을 빛내고 입가에 웃음을 띠는 순간 울적한 표정은 즉시 사라졌다.

"안녕하세요? 어디 아프세요?"

"이젠 괜찮아요. 심한 감기에 걸려서 일 주일 동안이나 밖에 나갈 수 없었어요."

로리는 창을 열고 마치 까마귀같이 쉰 목소리로 대답했다.

"그거 안됐군요. 혼자서 무얼 하고 계셨어요?"

"아무것도 하지 않고 있어요. 여기는 너무 따분해요."

"그러면 책을 읽지 그래요?"

"건강에 나쁘다고 해서 오래 읽지 못하게 해요."

"누구에게 대신 읽어 달라고 할 수 없나요?"

"할아버지는 관심없으실 거예요. 맨날 부르크에게 부탁하는 것도 싫고요."

"그러면 아는 사람들한테 집으로 놀러 오라고 해요."

"그럴 만한 사람도 없어요. 사내애들은 너무 시끄럽게 떠들기 때문에 지금은 싫어요. 앓고 난 뒤라 신경이 예민해져 있으니까요."

"책을 읽어 주거나 재미있는 얘기를 해줄 여자는 없나요? 여자는 조용하고 간호사 흉내내는 걸 좋아하거든요."

"아는 여자가 없어요."

"어머, 우리는 알고 있잖아요!"

조는 웃으며 말을 하다가 잠시 입을 다물었다.

"아, 그렇군요! 그러면 오시지 않겠습니까?"

로리가 들뜬 목소리로 외쳤다.

"난 조용하지도 얌전하지도 못해요. 하지만 어머니가 허락하신다면 가겠어요. 지금 가서 물어 보고 올 테니 얌전히 창을 닫고 내가 갈 때까지 기다리세요."

조는 빗자루를 어깨에 메고 식구들이 뭐라고 할지 생각하면서 집안으로 의기양양하게 들어갔다.

로리는 놀러올 사람이 생겼기 때문에 별안간 흥분해서 여기저기를 뛰어다녔다. 마치 부인의 말대로 로리는 '작은 신사'이기 때문에 손님에게 경의를 표하기 위해 곱슬머리를 매만지고, 새 칼라를 붙이고, 대여섯 명의 하인이 있어도 깨끗하다고는 할 수 없는 방을 치우기도 했다. 잠시 후 요란하게 벨이 울리고, '로렌스 씨'라는 목소리가 들렸다. 몹시 놀란 모습의 하인이 이층으로 올라와서,

"젊은 여자분입니다."

라고 말했다.

"오, 괜찮으니까 안내해요."

로리는 문가로 가서 그녀를 맞았다. 방으로 들어온 조는 장밋빛 얼굴에 상냥하고 스스럼없는 태도로 한쪽 손에는 씌우개로 덮은 접시를, 다른 한쪽 손으로는 베스의 새끼 고양이 세 마리를 안고 있었다.

"왔어요. 여러 가지를 가지고요."

조는 발랄하게 말했다.

"어머니가 안부 전해 달라세요. 내가 도움이 될 수 있다면 좋겠다고 말씀하셨어요. 메그는 이 젤리를 갖다 주래요. 이런 것을

잘 만들거든요. 베스는 고양이가 귀여워질 거라고 말했어요. '고양이 따위' 하고 틀림없이 웃으시리라고 생각합니다만, 무리하게 싫다고는 하지 않겠죠? 베스가 무엇인가 해드려야겠다고 조바심하고 있어서요."

조는 베스가 고양이를 빌려 준 것이 무엇보다도 좋았다. 로리가 새끼 고양이를 보며 곧 수줍음을 잊고 귀여워하게 되었으니까.

"이건 너무 예뻐서 먹을 수 없군."

조가 씌우개를 벗기고 푸른 잎으로 테두리를 둘러싸고, 에이미가 좋아하는 빨간 제라늄 꽃을 곁들인 젤리를 보이자 소년은 기뻐 어쩔 줄을 몰라했다.

"아뇨, 별거 아니에요. 그저 우리 집 사람들 모두가 어떻게든 위로해 드리고 싶어서 보내는 조그만 성의일 뿐이에요. 하녀에게 말해서 차를 마실 시간까지 잘 두라고 이르세요. 가벼운 것이니까 드실 수 있을 거예요. 부드럽기 때문에 목이 아파도 쉽게 삼킬 수 있거든요. 이 방 참 좋네요."

"깨끗이 치우면 좋은 방인데 하인들이 변변치 못해요. 어떻게 시켜야 좋을지 신경이 쓰여요."

"내가 이 분 안에 깨끗이 치워 드릴게요. 그렇군요, 난로의 먼지를 터는 것만으로 돼요. 이렇게, 매트리스를 곧게 고쳐 놓고요, 이렇게 말이에요. 책은 여기에, 병은 저기에 놓고, 소파는 햇빛을 등지게 하고, 베개는 좀더 부풀게 하고요. 자, 이제 좀 차분해졌죠?"

조는 웃기도 하고 이런저런 이야기를 하면서 여러 가지 물건을 척척 움직여서 알맞는 장소에 놓아 방을 아주 새롭게 꾸몄다. 로리는 너무 감탄한 나머지 말을 잇지 못했다. 조가 손짓하며 소파로 오라고 하자 아주 만족한 듯 숨을 크게 쉬면서 수고했다고 말했다.

"정말 미안합니다. 진작 이랬어야 했는데요. 자, 조 양은 큰 의자에 앉으세요. 이번에는 내가 손님 접대를 해야 할 차례죠?"

"괜찮아요. 난 당신을 위로하러 온 거니까요. 책을 읽어 드릴까요?"

조는 옆에 있는 재미있어 보이는 책 쪽을 찬찬히 훑어보았다.

"아, 고맙지만 여기 있는 것들은 모두 읽었어요. 괜찮다면 그냥 이야기나 하는 편이 어떨까요?"

로리가 말했다.

"좋고 말고요. 난 한번 얘기를 하라면 하루 종일이라도 지껄일 수 있어요. 언제 끝날지 끝이 없다고 베스가 늘 말하는걸요."

"베스라면 언제나 집에 붙어 있고 가끔 바구니를 갖고 나가는 장밋빛 얼굴을 한 아가씨?"

로리는 흥미를 갖고 물었다.

"네, 그 애가 베스예요. 내가 귀여워해 주고 있죠. 게다가 아주 착한 애예요."

"예쁜 분이 메그, 곱슬머리가 에이미, 그렇죠?"

"어머, 어떻게 아세요?"

로리는 약간 얼굴을 붉히고 정직하게 말했다.

"당신들이 언제나 서로 부르는 것을 듣고 있어요. 대단히 실례되고 나쁜 버릇이지만 이층에 혼자 있을 때는 그쪽을 보지 않을 수 없어요. 당신들은 언제나 아주 즐거운 듯이 보이니까요. 가끔 댁에서는 화분이 있는 창의 커튼을 내리지 않고 내버려두더군요. 그래서 불이 켜지면 난롯불이 타고 있고, 당신들이 어머니와 테이블에 둘러앉아 있는 모습은 마치 그림을 보는 것 같아요. 어머니의 얼굴이 화분 뒤 정면으로 아주 상냥하게 보이기 때문에 보지 않을 수 없어요. 내게는 어머니가 없어요. 그래서……."

로리는 감정을 억제하지 못하고 입술이 떨리는 것을 숨기기 위해 난롯불을 휘저었다.

로리의 눈에 나타난 외롭고 사랑에 굶주린 듯한 모습은 조의 따뜻한 마음을 울렸다. 조는 지금까지 아주 단순하게 키워졌기 때문에 머리 속에는 철없는 생각밖에 들어 있지 않았고, 열다섯 살이라고 해도 어린애처럼 순진하고 정직했다. 혼자인데다 몸도 약한 로리를 보며 조는 자신이 가정의 사랑과 행복에 얼마나 혜택을 받고 있는가를 가슴 깊이 느꼈다. 그리고 이런 혜택을 로리에게도 기꺼이 나누어 주어야겠다고 생각했다. 조의 얼굴은 더욱 상냥해지고 평상시의 목소리도 여느 때와 달리 부드러워졌다.

"앞으로 우리도 커튼을 내리지 않겠어요. 얼마든지 보고 싶은 대로 보세요. 그러나 여기서 보는 것보다 우리 집으로 놀러 오는 게 좋을 것 같아요. 우리 어머니는 아주 좋은 분이니까 당신에게 무엇이든 해주실 거예요. 베스는 만약 당신이 부탁하면 노래라도 부를 거고요. 메그와 나는 우스꽝스러운 연극 도구로 당신을 웃길 것이고, 모두들 재미있게 놀 수 있어요. 할아버지도 허락하시겠죠?"

"당신 어머니가 말씀해 주신다면 할아버지도 허락하실 거예요. 할아버지는 겉보기보다 마음이 부드러운 분이세요. 내가 원하는 것은 대체로 들어 주세요. 그저 내가 남의 폐가 되지나 않을까 해서 마음을 쓰고 계실 뿐이에요."

로리의 얼굴이 점점 밝아졌다.

"우리는 서로 전혀 모르는 사람들이 아니잖아요? 이웃인걸요. 폐가 되다니 그런 건 걱정할 것 없어요. 우리 쪽에서 먼저 가깝게 사귀었으면 하는걸요. 우리는 이곳으로 이사온 지 얼마 되지 않았지만 이제 근처 사람들과는 아주 친하게 지내고 있어요. 이 댁을 제외하고 말이에요."

"할아버지는 항상 책만 읽으며 지내시고 밖의 일에는 별로 신경을 쓰지 않으세요. 가정교사 부르크 씨는 이곳에서 살고 있지 않으니까 함께 외출할 사람도 없어요. 결국 집 안에 틀어박혀 혼자 지내는 수밖에 없었어요."

"참, 안됐군요. 외출도 자주 하고 친구도 사귀려고 노력하는 것이 좋아요. 그러면 친구들도 많이 생기고 재미있게 놀 수도 있을 거예요. 부끄러움 같은 건 신경쓰지 않아도 돼요. 밖으로 나다니면 그런 건 다 없어져 버릴 테니까."

로리는 다시 얼굴을 붉혔다. 그러나 자신의 내성적인 성격을 비난받아도 별로 기분 나쁘지가 않았다. 조에게 깊은 호의를 느꼈고 거리낌없는 말투에는 친절한 마음씨가 담겨 있다는 것을 잘 알고 있기 때문이다.

"조는 학교 다니기를 좋아해요?"

잠시 난롯불을 꼼짝 않고 바라보며 입을 다물고 있던 로리가 화제를 바꿔 물었다. 조는 아주 즐거운 듯 주위를 둘러보고 있던 참이었다.

"아니, 학교에 다니지 않아요. 난 일하는 사람, 아니, 일하는 여인이에요. 백모님 댁에 가서 잡다한 일을 봐 드리고 있어요. 그 백모님은 아주 까다로운 분이세요."

로리는 하나 더 물으려다 남의 일을 너무 묻는 것은 실례라는 것을 깨닫고 입을 다물고는 어색한 얼굴을 했다. 로리의 그런 예의바름이 조는 좋았지만 마치 백모님에 대해서는 웃어도 상관없었다. 그래서 항상 안절부절못하는 노부인에 대해 생생하게 설명했다. 살이 찐 삽살개, 스페인어를 하는 앵무새, 조가 무척 좋아하는 서고 등등. 로리는 그 이야기들을 흥미진진하게 들었다. 조는 또 그 전 어느 때 마치 백모님에게 구혼하러 왔던 점잔빼는 노인에 대해서도 이야기했다. 한참 달콤한 이야기로 분위기가 무르익고 있는데 앵무새 폴리가 그 사람 가발을 잡아당겨서 벗겨 버렸기 때문에 그 노인이 허둥댔다는 대목에 이르러서 로리는 뒤로 쓰러지며 눈물이 날 정도로 웃었다. 무슨 일인가 하고 하녀가 얼굴을 내밀 정도였다.

"아, 얘기를 듣고 있으니까 기분이 유쾌해져요. 더 얘기해 주세요."

로리는 상기되어 빨갛게 빛나는 얼굴을 들며 말했다.

이런 성공에 몹시 기분이 좋아진 조는 이야기를 계속했다. 집에서 하는 연극과 여러 가지 계획, 아버지에 대한 기대와 불안, 네 자매가 함께 꾸미고 있는 작은 세계의 가장 재미있는 일 등. 그 다음에 두 사람의 이야기는 책에 대한 것으로 옮겨졌다. 조는 기쁘게도 로리가 자기와 마찬가지로 책을 좋아하며 자기보다도 훨씬 많은 책을 읽었다는 사실을 알았다.

"책을 그렇게 좋아한다면 우리 집에 있는 책을 읽으세요. 할아버지가 계시지 않기 때문에 두려워하지 않아도 돼요."

로리는 일어서면서 말했다.

"난 아무것도 두려워하지 않아요."

조는 머리를 획 돌리면서 말했다.

"확실히 그런 것 같군요!"

소년은 감탄하는 얼굴로 조를 바라보면서 힘있게 말했다. 그러나 마음속으로는 조도 할아버지가 기분이 나쁠 때 만나면 약간은 두려워할 것이라고 생각했다.

집 전체의 공기는 여름과 같이 따뜻했다. 로리는 앞장서서 이 방 저 방을 옮겨 가며 조를 안내했고 조가 마음이 끌리는 곳에서 발을 멈추면 바라보도록 내버려두었다. 마지막으로 두 사람이 서고로 왔을 때, 조는 언제나 좋은 일을 만났을 때 하던 버릇대로 손뼉을 치며 펄쩍 뛰었다. 그곳에는 책이 꽉 들어차 있고 그림과 조각상, 그리고 옛날 돈이라든가, 여러 가지 신기한 물건들이 가득 들어 있는 아주 멋있는 장식장이 있었다. 그리고 큰 안락의자, 색다른 모양의 테이블, 브론즈로 만든 상(像) 등이 있었다. 그중에서 특히 눈에 띄는 것은 기묘한 타일로 테두리를 둘러싼 커다란 벽난로였다.

"정말, 멋있다!"

조는 크게 심호흡을 하며 벨벳 의자에 몸을 깊숙이 파묻었다. 그리고 아주 만족한 모습으로 주위를 둘러보았다.

"디어 도어 로렌스, 당신은 이 세상에서 가장 행복한 사람이군요."

조는 감동을 주체할 수 없다는 듯이 말했다.

"남자는 책만으로 살아갈 수는 없어요."

로리는 테이블 맞은편에 앉아 고개를 저으며 말했다. 로리가 무언가 말하려 하는데 벨 소리가 울렸기 때문에 조는 벌떡 일어나 놀라서 외쳤다.

"어머, 할아버지가 돌아오셨나 봐요!"

"상관없잖아요? 당신은 아무것도 두렵지 않다고 했으니까요."

"그래도 할아버지는 좀 무서워요. 왜 그런지는 나도 잘 모르겠지만. 어머니도 허락하셨고 당신에게도 별로 폐가 되지 않았는데 말이에요."

조는 애써 침착한 태도를 취하려 했지만 그래도 눈은 꼼짝하지 않고 문을 응시하고 있었다.

"이제 기분이 아주 좋아졌기 때문에 고맙게 생각하고 있어요. 하지만 너무 오랫동안 이야기를 했기 때문에 당신이 피로하지 않았나 해요. 너무 재미있었기 때문에 그만하라고 말할 수 없었어요."

로리는 진심으로 고마워하며 말했다.

"의사 선생님이 오셨습니다, 도련님."

하녀가 로리에게 알려 왔다.

"잠깐 갔다 와도 되죠? 의사에게 진찰받지 않으면 안 되거든요."

"빨리 갔다 오세요. 난 여기 있는 것이 아주 즐거워요."

로리가 나가고 혼자 남은 조는 마음껏 서고의 책들을 감상했다. 조가 노인의 초상화 앞에 섰을 때 다시 문이 열렸다. 조는 돌아보지도 않고 서슴없이 말했다.

"난 이분이 조금도 무섭지 않아요. 정말이에요. 단지 입매가 험해서 자신의 의지가 강해 보이는 것뿐이지, 그래도 눈매는 다정하시잖아요. 우리 할아버지보다 미남은 아니지만 그래도 난 좋아요."

"아주 고맙군. 아가씨."

뒤에서 거친 목소리가 들렸다. 몹시 놀란 조가 돌아보니 로렌스 노인이 그곳에 서 있었다.

조는 더 이상 빨개질 수 없을 정도로 얼굴이 빨개진 채, 자기가 지금 한 말을 다시 생각해 보았다. 그러자 심장이 두근두근 뛰기 시작하고 가슴이 꽉 막히는 것 같았다. 순간 그 자리에서 도망쳐 버릴까 하는 생각마저 들었다. 그러나 그것은 비겁한 행동이고 자매들의 웃음을 사게 될 것이었다. 그래서 꼼짝하지 않고 그대로 있으면서 이 위기를 잘 벗어나 보기로 결심했다. 조는 다시 한번 자세히 노인을 바라보았다. 더부룩한 잿빛 눈썹 밑에 생기 있게 빛나는 눈은 초상화의 눈보다도 더욱 상냥해 보였다. 다소 멍청해 보이기까지 해서 조의 공포도 한결 누그러졌다. 노인은 불쑥 더욱 거친 목소리로 말했다.

"음, 내가 무섭지 않단 말이지?"

"그렇게 무섭지 않습니다."

"그리고 내가 네 할아버지보다도 미남이 아니라고 생각하나?"

"네, 그렇습니다."

"그리고 내가 의지가 아주 강하다는 말인가?"

"그저 그렇게 생각한다고 했을 뿐입니다."

"그래도 내가 좋은가?"

"네, 좋습니다."

이 대답이 노인의 마음에 들었나 보다. 노인은 조금 웃더니 한 손으로는 조의 손을 잡고, 다른 손은 조의 턱 밑에 대고 얼굴을 들게 했다. 그리고 위엄 있게 내려다본 다음 고개를 끄덕이며 이렇게 말했다.

"넌 할아버지와 얼굴은 다르지만 할아버지의 정신을 지니고 있구나. 네 할아버지는 좋은 분이셨지. 게다가 용감하고 진실한 사람이었어. 난 그 사람과 친구인 것을 자랑으로 생각하고 있다."

자기 생각과 꼭 맞는 말에 조는 마음이 편해졌다.

"대단히 감사합니다."

"넌 내 손자에게 무엇을 해주고 있었지, 응?"

노인은 날카롭게 두 번째 질문을 했다.

"저어, 그저 이웃끼리 친숙하고 싶었을 뿐이에요."

그리고 조는 오늘 방문한 이유를 설명했다.

"그 애의 기분을 북돋워 줄 필요가 있다고 생각한단 말이지?"

"네, 그렇습니다. 로리는 혼자라 외롭기 때문에 젊은 친구가 있는 편이 좋을 것 같아요. 우리는 여자입니다만 뭔가 도울 일이 있다면 기꺼이 돕겠습니다. 지난번 크리스마스 때 받은 놀라운 선물을 잊을 수 없으니까요."

조는 열심히 말했다.

"아니, 아냐, 뭐! 그건 그 애가 그렇게 한 거야. 그래, 그 불쌍한 부인은 어떻게 지내고 있니?"

"아주 잘 지내고 있습니다."

여기서 조는 후멜 일가에 대해 아주 빠른 말투로 이야기하며 어머니의 설교로 부잣집 사람들을 더욱 동정하게 되었다는 것 등을 모두 이야기했다.

"아버지의 자선 행위와 같군. 언제 날씨가 좋은 날 어머니를 뵈러 가겠다. 어머니에게 그렇게 전해 주려므나. 자, 차 마시라고 벨이 울리고 있구나. 그 애를 위해 오늘은 시간이 좀 일러. 자, 가지. 그리고 이웃간의 친숙이라는 걸 계속해 보렴."

"만약 제가 있어서 폐가 되지 않는다면요."

"그렇다면 권하지도 않아."

그렇게 말하고서 노인은 고전적인 예의로 팔을 내밀었다.

'메그가 보면 뭐라고 할까?'

조는 노인의 안내를 받으며 생각했다. 그리고 집에 돌아가서 모두에게 이야기할 때를 머리 속으로 상상하고 눈을 장난스럽게 이리저리 굴렸다.

"아니, 도대체 어찌된 거야?"

로리가 이층에서 뛰어내려 오다가 조와 할아버지가 팔짱을 끼고 오는 광경에 놀라 걸음을 멈췄다.

"할아버지가 돌아오신 줄 몰랐어요."

로리의 말에 조는 의기양양해서 힐끗 로리를 보았다.

"그건 다 알고 있다. 네가 그렇게 허둥대며 내려오는 것을 보면 말이야. 차 마시러 가자. 예의바르게 행동해야 해."

로렌스 노인은 귀염의 표시로 소년의 귀를 약간 잡아당기고 나서 앞장섰다. 뒤따라가면서 로리가 춤추는 듯한 이상한 몸짓을 했기 때문에 조는 하마터면 웃음을 터뜨릴 뻔했다.

노인은 넉 잔의 차를 마시면서 별로 입을 열지는 않았지만 젊은 두 사람의 모습을 물끄러미 보고 있었다. 두 사람은 오래된 친구처럼 떠들기 시작했고 자기 손자에게 나타난 변화를 노인은 놓치지 않았다. 소년은 얼굴에 홍조와 활기를 띠고 있고, 태도는 생기가 있어서 웃을 때에도 진심으로 기뻐하는 것 같았다.

'저 아가씨가 한 말이 맞아. 이 아이는 외로운 거야. 이런 아가씨가 어떤 도움이 될지 어디 두고 보기로 하자.'

로렌스 노인은 두 사람의 모습을 보고 이야기를 듣기도 하면서 그렇게 생각했다. 노인은 조가 좋아졌다. 조의 묘하면서도 단호한 태도가 마음에 들었다. 게다가 자기와 마찬가지로 로리를 잘 이해하는 것 같았다.

만약 로렌스 일가가 조가 말하는 '점잔빼고 답답한 사람들'이었다면 아무리 활달한 조라고 해도 잘 어울릴 수 없었을 것이다. 그런 사람들을 만나면 조는 언제나 내성적이 되어 몸이 딱딱하게 굳어지곤 했다. 그러나 이 집 사람들이 격식에 구애받지 않고 구김살이 없다는 것을 알고는 솔직담백한 성격을 보여 줄 수 있어서 상대방에게 좋은 인상을 주었다.

세 사람이 차를 다 마시고 일어섰을 때 조가 이제 가 봐야겠다고 말하자, 로리는 아직 보여 줄 것이 있다며 일부러 조를 위해 불을 켠 온실로 데려가 주었다. 조는 온실 안을 여기저기 돌아다녔다. 그곳은 마치 동화에 나오는 나라 같아서 양쪽에 피어 있는 아름다운 꽃들, 포근한 빛, 축축하고 향기로운 공기, 그리고 머리 위로 늘어져 있는 신기한 덩굴 풀과 나무 들은 바라볼수록 꿈을 꾸듯 황홀한 기분이 되게 했다. 조의 새 친구는 손에 가득 아름다운 꽃을 꺾고 있었다. 그는 그것을 묶고 나서 조의 마음이 환히 밝아질 미소를 띠우며 말했다.

"이 꽃을 어머니에게 갖다 드리세요. 그리고 오늘 보내 주신 약은 정말 감사했다고 전해 주십시오."

두 사람이 큰 응접실에 돌아와 보니 난로 앞에 로렌스 노인이 서 있었다. 그때 조의 눈은 뚜껑이 열려 있는 그랜드 피아노에 완전히 매혹되었다.

"로리가 치나요?"

조는 로리 쪽을 보며 존경이 담긴 표정으로 물었다.

"가끔."

로리의 대답은 조심스러웠다.

"지금 한 곡 쳐 주세요. 베스에게 선물이 되는 얘기를 할 수 있도록 말이에요. 듣고 싶어요."

"조가 먼저 쳐 봐요."

"난 못 쳐요. 음치인걸요. 음악은 아주 좋아하지만요."

로리가 피아노를 치고 조는 장미 향기를 한껏 맡으면서 열심히 귀기울였다. 로리는 아주 능숙하게 연주했고 거드름을 피우는 면은 조금도 없었다. 로렌스 소년에 대한 존경과 관심은 더욱더 커졌다. 베스도 들을 수 있다면 좋을 텐데, 하고 생각했지만 입 밖에 내지는 않았다. 조가 계속 로리를 칭찬했으므로 소년은 수줍어서 어쩔 줄을 몰라했다. 마침내는 할아버지가 사이에 끼여들어 도와 주었다.

"이제는 됐어, 그만해 둬. 너무 많은 봉봉을 먹이면 오히려 좋지 않아요. 이 애의 피아노 치는 솜씨는 서툴지 않지만, 더 중요한 일도 이처럼 잘 해냈으면 좋겠어. 이제 돌아가겠니? 오늘, 아주 고마웠다. 또 오도록 해라. 어머님에게 안부 전하고. 잘 가요, 조 박사님!"

노인은 상냥하게 악수했지만 뭔가 언짢은 듯한 모습이었다. 로리와 함께 현관으로 나왔을 때 조는 자기가 무슨 이상한 소리를 했는가 하고 물었다. 로리는 고개를 가로 저었다.

"그건 나 때문이에요. 내가 피아노 치는 것을 싫어하세요."

"왜요?"

"다음에 얘기할게요. 난 아직 나가지 못하니까 존에게 바래다 드리라고 할게요."

"아니에요, 그럴 필요 없어요. 난 귀부인도 아니고 집도 아주 가까우니까 혼자 갈 수 있어요. 그러면 몸조심하세요."

"고마워요. 또 와 줄 거죠?"

"몸이 회복되어 우리 집에 꼭 오겠다고 약속하면요."

"꼭 갈게요."

"안녕, 로리."

"잘 가요, 조. 안녕."

이날 오후, 조가 겪은 여러 가지 모험을 들은 가족들은 저마다 이웃을 방문하고 싶어했다. 모두 생울타리 저쪽의 큰 집에는 무언가 매력적인 것이 있다는 것을 알았기 때문이다. 마치 부인은 자신의 아버지를 아직도 잊지 않고 있는 노인과 이야기해 보고 싶었다. 메그는 온실 안을 걸어다니는 상상을 했고, 베스는 그랜드 피아노를 동경하고 한숨을 쉬었다. 또 에이미는 아름다운 그림과 조각이 보고 싶어 견딜 수 없었다.

"어머니, 로렌스 할아버지는 어째서 로리가 피아노 치는 것을 싫어할까요?"

무엇이나 캐고 싶어하는 성질의 조가 물었다.

"자세히는 모르겠지만 아마 할아버지의 아들, 즉 로리의 아버지가 음악가인 이탈리아 부인과 결혼했기 때문일 거야. 자존심이 강한 분이니까 그게 못마땅했던 거야. 그 부인은 좋은 성품에 외모도 아름다웠고 재주도 뛰어난 분이었지만 할아버지가 싫어해서 아들이 결혼한 다음에 결코 만나지 않았어. 두 사람은 로리가 어렸을 때 죽었기 때문에 할아버지가 그 애를 맡은 거야. 이탈리아에서 태어난 그 애는 그리 건강하지 못해서 할아버지가 매우 걱정하고 계신가 봐. 그래서 그렇게 조심스러웠던 거야. 로리가 천성적으로 음악을 좋아하는 듯하니까. 아마 그 애도 음악가가 되고 싶다고 하지나 않을까 할아버지는 걱정스러운 거지. 어쨌든 로리가 피아노를 치면 자기가 싫어했던 며느리 생각이 나겠지. 그래서 조의 말대로 '언짢은 표정'을 지으신 걸 거야."

"아, 참으로 로맨틱하군!"

메그가 외쳤다.

"어이없군요! 음악가가 되고 싶어하면 그렇게 되도록 시키면 되잖아요. 그러면 그 사람이 싫다는 대학 같은 데 넣어서 괴롭히지 않아도 될 텐데."

조는 화를 냈다.

"그래서 그 사람은 그렇게 까맣고 예쁜 눈을 갖고 있는데다가 태도에도 품위가 있었구나. 이탈리아인은 모두 훌륭해."

감상적인 메그가 말했다.

"그 사람의 눈이나 태도를 언니가 알 리 없잖아? 그 사람과 이야기해 본 적이 한 번도 없는 거나 마찬가지면서."

감상적이지 못한 조가 큰소리로 말했다.

"지난번 파티에서 보았어. 그리고 네 말을 듣기만 해도 예의범절을 잘 알고 있다는 걸 알 수 있어. 그리고 어머니가 보내 주신 약이라니, 얼마나 재치 있는 말투니?"

"그건 언니 젤리 얘기겠지."

"넌 참 둔해! 그건 물론 널 두고 말하는 거야."

"그런가?"

조는 그런 것은 생각도 하지 못했다는 듯이 눈을 크게 떴다.

"너 같은 사람은 없어! 칭찬을 듣고도 그걸 모르다니."

그런 것이라면 무엇이든 알고 있다는 듯 젊은 숙녀와 같은 얼굴을 하고 메그가 말했다.

"뭐 그런 건 아무래도 좋아. 이상한 말을 해서 내게 재미있던 일을 망치지는 말아 줘. 로리는 좋은 사람이고 난 그가 좋아. 칭찬이라든가 어쩌고저쩌고 하는 시시한 일 따위로 감상적이고 싶지 않아. 모두 그 사람을 다정하게 대해 주자. 로리는 엄마가 없잖아. 언젠가 집으로 초대해도 좋겠죠, 네? 어머니."

"좋고 말고, 조. 네 젊은 친구는 대환영이야. 메그, 아이들은 될 수 있는 대로 아이답게 구는 것이 좋다는 걸 잘 명심해 두렴."

"난 내가 아이라고는 생각하지 않아요. 아직 열셋은 되지 않았지만 말이에요."

에이미가 엉뚱한 말로 끼여들었다.

"베스, 어떻게 생각해?"

"난 《천로역정》에 대해 생각하고 있었어."

베스의 귀에는 지금 다른 사람의 얘기가 전혀 들어오지 않았다.

"모두가 착한 사람이 되려고 노력하고, '늪' 에서 기어 나와 '고난의 문' 을 지나 가파른 비탈길을 기어올랐어. 어쩌면 아름다운 것으로 가득 찬 이웃 저택은 우리의 '아름다운 궁전' 일지도 몰라."

"그곳에 가기 전에 우선 사자의 곁을 지나지 않으면 안 돼."

베스의 상상을 재미있어하며 조가 말했다.

# 베스의 아름다운 궁전

그 큰 집은 '아름다운 궁전'이라 불렸다. 모두가 그 집과 왕래하게 된 것은 그로부터 시간이 흐른 다음인데, 베스는 '사자' 앞을 지나가기가 너무 어려워서 갈 수 없었다. 로렌스 노인이 바로 가장 큰 사자였다. 그러나 노인이 먼저 마치 가를 방문해서 소녀들 한 사람 한 사람에게 상냥하고 우스운 말을 하기도 하고, 어머니와 옛날 이야기를 한 후에는 수줍은 베스 외에 아무도 노인을 두려워하지 않았다.

또 하나의 '사자'는 가난한 마치 가에 비해 로리네는 너무나부자라는 것이었다. 때문에 마치 가로서는 아무래도 갚을 수 없는 호의를 여러모로 받는 것에 대해 꺼렸다. 그러나 곧 로리가 마치 가 사람들을 은인으로 생각하고 마치 부인의 어머니 같은 환대나 밝은 분위기, 이 소박한 집에서 찾을 수 있는 위안에 대해 크게 감사하고 있음을 알았다. 그래서 마치 일가도 어느 쪽이 더 많은 은혜를 입는가 따위는 생각하지 않고 친절을 다했다.

그렇게 되니 모두가 즐거운 일들뿐이었다. 두 집 사이에는 친숙한 우정이 봄에 돋아나는 새싹처럼 싹트기 시작했다. 모두 로리를 좋아했고 로리도 가정교사에게 '마치 댁의 자매들은 참으로 좋은 사람들'이라고 터놓고 말했다. 젊은이의 들뜬 행동으로 모두들 이 외톨이 소년을 자기들 속으로 맞아들여 소중하게 환대했다. 또 로리는 이런 순진한 소녀들과 천진난만하게 노는 것에서 큰 매력을 발견했다. 어머니라는 존재도 자매라는 것도 지금까지 알지 못했기 때문에 그들의 영향을 예민하게 느꼈고, 그 바쁘고 생기 있는 모습을 보고 자신의 평소 게으른 생활에 부끄러움도 느꼈다. 이제 책에는 싫증을 느낀 로리는 사람들과 어울리는 것이 재미있어 견딜 수 없었다. 로리가 툭하면 공부를 게을리하고 이웃 마치 댁으로 가 버리기 때문에 가정교사인 부르크 씨도 별로 좋지 않은 보고를 해야만 했다. 하지만 노인은,

"뭐, 괜찮아. 좀 쉬게 했다가 나중에 보충해 주면 되지."

대수롭지 않게 말했다.

"이웃의 착한 아가씨 말에 의하면 손자는 공부를 너무 많이 해서 오히려 해롭대요. 젊은 사람들과의 교제나 오락, 그리고 운동이 필요하다는 거야. 나도 그 의견이 옳다고 생각해. 그 동안 내가 할머니처럼 그 애를 너무 상자 속에 집어넣어 두었던 것 같아. 그 애가 좋아하고 있는 한 그대로 내버려두는 편이 나아. 저쪽의 작은 수녀원에서 설마 나쁜 짓은 하지 않을 거야. 그리고 마치 부인은 나보다도 더 그 애에게 잘해 주고 있으니까."

로리와 사귀면서 모두들 참으로 즐거워했다. 여러 가지 놀이와

112

활인화(적당한 배경 앞에서 분장한 인물이 포즈를 취해 인물화처럼 보이게 하는 것), 썰매 놀이와 스케이트, 낡은 객실에서의 즐거운 저녁, 그리고 가끔 그 큰 집에서 갖는 작은 파티 등. 메그는 언제나 마음내킬 때 온실 안으로 들어가서 꽃다발을 원하는 만큼 가질 수 있었다. 조는 새로운 서고의 책을 닥치는 대로 마구 읽고 노인과 그에 대한 비평을 자주 논하기도 했다. 에이미는 그림을 모사하고 아름다움을 마음껏 음미했다. 그리고 로리는 아주 싹싹한 태도로 '저택의 주인' 역을 다했다.

베스는 그랜드 피아노를 보고 싶어 견딜 수 없으면서도, 메그가 말하는 '행복한 저택'에 가 볼 용기가 도무지 나지 않았다. 한 번은 조를 따라 그곳에 간 적이 있었다. 그러나 베스가 아주 소심하다는 것을 모르는 로렌스 노인이 굵은 눈썹 밑으로 이쪽을 뚫어지게 바라보면서 큰소리로, "야아!" 하고 불렀기 때문에 너무 무서워서 나중에 어머니에게 '다리가 방바닥 위에서 덜덜 소리를 내며 떨렸다'고 고백했을 정도였다. 곧장 집으로 뛰어 돌아와서는 설사 좋은 피아노 때문이라고 해도 이제 두 번 다시 그곳에는 가지 않겠다고 선언했다. 그 후에 아무리 설득해도 무서워서 싫다며 가지 않았다.

그러나 마침내, 누가 말했는지는 모르겠지만 이 사실이 노인의 귀에 들어갔으므로 노인은 이것을 어떻게든 수습하기로 결심했다. 가끔 짧은 방문을 할 때 노인은 화제를 교묘하게 음악 쪽으로 끌고 갔다. 자기가 본 유명한 가수나 자기가 들은 오르간에 대해 많은 이야기를 하고, 또 재미있는 일화를 말했기 때문에 베스는 평상시처럼 구석에 가만히 틀어박혀 있을 수 없게 되었고, 끌리

듯이 점점 가까이 다가왔다. 그리고 노인의 의자 뒤에서 몰래 발을 멈추고 서서 귀를 기울이고 있었다. 베스는 그 큰 눈을 크게 뜨고, 볼은 재미있는 이야기로 흥분해서 홍조를 띠고 있었다. 로렌스 노인은 그런 베스를 모르는 척 가장하고 로리의 공부와 부르크 선생에 대해 이야기했다. 그러다 별안간 생각났다는 듯이 마치 부인에게 이렇게 말했다.

"그 애는 지금 음악을 게을리하고 있습니다. 그래, 나도 안심하고 있습니다만, 아무튼 전에는 너무 열중해 있었죠. 그런데 피아노는 사용하지 않으면 나빠집니다. 그래서 댁의 따님 중에 누가 좀 와서 가끔 쳐 주었으면 합니다만⋯⋯. 음이 나빠지지 않기 위해서라고 생각하고, 어떻습니까, 부인?"

베스는 한 발짝 앞으로 나가 억제할 수 없는 유혹에 너무 기뻐 손뼉을 치려는 것을 꾹 참고 있었다. 그 훌륭한 피아노를 친다는 생각만 해도 가슴이 울렁거려 숨이 막힐 지경이었다. 마치 부인이 뭐라고 대답하기도 전에 로렌스 노인은 혼자 고개를 끄덕이고 웃으면서 말했다.

"우리 집에 와야 누구와 만나거나 이야기할 필요는 별로 없습니다. 말없이 그저 들어오기만 하면 됩니다. 우리 집 저쪽 끝의 서재에 피아노가 놓여 있고, 로리는 거의 외출하고 없습니다. 하인도 아홉 시 이후에는 응접실에 접근하지 말라고 일러 놓았으니까요."

여기까지 말하고 노인은 돌아가려고 일어섰다. 그래서 베스는 마침내 말을 해 보기로 결심했다.

"그럼 내가 말한 것을 따님들에게 전해 주십시오. 그래도 여전히 오고 싶지 않다면 할 수 없지만 말입니다."

이때 베스의 작은 손이 노인의 손안으로 파고들었다. 베스는 고마운 한편 역시 겁먹은 투로 말했다.

"저어, 할아버지, 꼭 가서 치고 싶어요. 무척……."

"네가 음악을 좋아한다는 아가씨인가?"

노인은 이번에는 전처럼 '야아!' 하는 무서운 목소리를 내지 않고, 상냥하게 베스를 내려다보며 물었다.

"전 베스예요. 음악을 아주 좋아해요. 제가 가겠어요. 아무도 내가 치는 것을 듣거나…… 저어, 누구의 방해가 되지 않는다면……."

버릇없는 말을 하는 것이 아닌가 하고 머뭇머뭇하며, 그러나 스스로 그렇게 말을 하는 대담함에 몸을 떨면서 베스는 가까스로 이 말을 했다.

"걱정 말아요. 모두에게 신신당부할 테니까. 난 반나절을 외출하니까 언제든지 와서 마음대로 피아노를 쳐요. 그건 우리가 더 고마워해야 할 일이야."

"정말 고맙습니다!"

베스는 노인의 상냥한 얼굴 아래에서 장밋빛 볼을 붉혔다. 이제는 노인이 무섭지 않았고, 노인이 제의한 그 귀중한 선물에 인사를 하려고 해도 말이 잘 나오지 않았기 때문에 대신 그 큰 손을 꼭 잡았다. 노인은 베스의 머리를 쓰다듬고 허리를 굽혀 키스하더니 남이 잘 들을 수 없는 어조로 말했다.

"내게는 옛날 이런 눈을 가진 작은 딸이 있었지. 잘 지내고 있어! 그럼, 부인, 이만 실례하겠습니다."

그리고 노인은 서둘러 돌아갔다.

베스는 어머니를 껴안고 좋아하며 자매들이 없었기 때문에 대신에 이 굉장한 소식을 부서진 인형에게 알리려고 달려갔다. 그날 밤 베스가 쾌활하게 노래 부르지를 않나, 잠결에 에이미의 얼굴을 피아노처럼 두드려서 깨웠기 때문에 모두들 크게 웃었다.

다음날 노인과 로리가 외출한 것을 보고 베스는 두세 번 가다 되돌아온 다음 마침내 옆문으로 들어가서 발소리가 나지 않도록 조용히 걸어갔다. 그리고 그처럼 동경하던 피아노가 놓여 있는 응접실로 들어갔다. 물론 완전히 우연이겠지만 피아노 위에는 아름답고 치기 쉬운 곡의 악보가 놓여 있었다. 거기서 떨리는 손을 내밀다 몇 번이고 도중에서 그만두고는 귀를 기울여 주위를 둘러보곤 하다가 마침내 그 큰 피아노의 건반을 건드렸다. 곧 불안도 그 밖의 것도 모두 잊어버리고 단지 음악이 주는 말할 수 없는 기쁨만이 남았다. 피아노 소리는 아주 좋아하는 친구의 목소리 같았으니까.

해녀가 저녁 먹으라고 부르러 올 때까지 베스는 그곳에 계속 있었다. 집에 돌아왔지만 식욕이 없었기 때문에 그저 앉아서 황홀하고 행복에 젖은 모습으로 가족들을 보고는 싱글벙글 웃을 뿐이었다.

그 후부터 작은 갈색 스카프가 거의 매일같이 생울타리 사이를 살그머니 왔다갔다했다. 그 큰 응접실에는 음악의 요정이 모습을 보이지 않고 잠시 머물다가 다시 되돌아가는 것 같았다. 로렌스 노인이 가끔 서재의 문을 열어 놓고 자기가 좋아하는 옛날 곡을 듣고 있는 줄을 베스는 꿈에도 알지 못했다. 또 로리가 하인들이 접근하지 못하도록 현관에서 망을 보고 있다는 것도 몰랐다. 피아노 옆의 악보대에 놓인 연습곡의 교본과 새 노래의 악보도 자기를 위해 준비되었다는 것을 눈치채지 못했다.

베스는 이제 진심으로 즐거워했고, 오랜 소망을 이루었기 때문에 더 이상 아무것도 바라지 않을 정도로 아주 만족하고 있었다. 다른 사람이라면 쉽사리 베스처럼 되지는 않았을 것이다. 곧이어 이보다도 더 큰 혜택을 받게 된 것도 베스가 이런 혜택을 진심으로 감사하고 있기 때문이었을 것이다. 어쨌든 베스는 두 개의 혜택을 당연히 받을 만한 아가씨였다.

"어머니, 로렌스 할아버지에게 슬리퍼를 만들어 드릴까 해요. 내게 아주 잘해 주시니까 사례를 해야겠어요. 달리 사례할 방법이 없어서요. 그래도 괜찮을까요?"

노인이 찾아온 그 잊을 수 없는 날로부터 삼 주일쯤 지났을 때 베스는 그렇게 물었다.

"그거 좋은 생각이구나. 틀림없이 기뻐하시고 아마 좋은 사례가 될거야. 언니들이 도와 주겠지. 그 비용은 내가 낼게."

마치 부인이 대답했다. 베스는 무엇이든 조르는 일이 없는 아이이기 때문에 그 소망을 들어 주는 것이 부인으로서도 기뻤다.

메그와 조는 이것저것 상의한 끝에 모양을 정하고 재료를 사서 슬리퍼를 만들기 시작했다. 짙은 보랏빛 바탕에 차분하고 밝은 팬지 꽃을 수놓는 것은 보기에도 아주 아름다웠다. 베스는 아침 일찍부터 저녁 늦게까지 가끔 어려운 부분은 도움을 받으면서 이 일을 계속했다. 베스는 솜씨가 빠른 편이어서 모두가 싫증을 낼 정도로 오래 끌지 않고 완전히 끝내 버렸다. 그리고 짧은 편지를 써서 로리의 주선으로 어느 날 아침 일찍 노인이 아직 일어나기 전에 서재의 테이블 위에 살그머니 두고 왔다.

이 모험이 끝난 다음 베스는 앞으로 어떻게 될지 소식을 기다리고 있었다. 그날은 아무 일도 없이 끝났고 다음날도 아무 소식이 없었기 때문에 혹시 그 수예품이 노인을 화나게 하지는 않았나 하고 베스는 조금 걱정되기 시작했다.

이틀째 되는 날 오후, 베스는 심부름도 하고 병든 인형 조안나에게 매일하는 운동도 시킬 겸 외출을 했다. 돌아오는 길에 집으로 가까이 올수록 객실 창에서 셋, 아니 네 개의 머리가 나왔다 들어갔다 하는 것이 보였다. 베스의 모습을 보는 순간 여러 개의 손이 흔들리고 저마다 밝은 목소리로 외쳤다.

"로렌스 할아버지에게서 편지가 왔어, 빨리 와!"

"글쎄, 베스 언니, 할아버지가……."

에이미가 격에 맞지 않는 허풍떠는 태도로 말했다. 하지만 그때 조가 탕 하고 창을 내리며 가로막았기 때문에 더 이상의 말은 하지 못했다.

베스는 무슨 일인가 하고 가슴을 두근거리면서 집 안으로 급히 들어갔다. 입구에서 자매들이 베스를 붙잡고 법석을 떨며 객실로 끌고 갔다. 그리고 다같이 객실 한쪽을 손가락질하며 동시에,

"자, 봐. 자, 보란 말이야!"

하는 것이었다. 그곳을 보고 베스는 기쁨과 놀람으로 얼굴빛이 싹 변했다. 그러는 것도 무리가 아니었다. 그곳에는 작은 피아노가 있고 그 번쩍번쩍하는 뚜껑 위에는 마치 간판처럼 '엘리자베스 마치 양'이라고 쓴 편지가 붙어 있었다.

"내 거야?"

베스는 목이 메어 조에게 매달리며 쓰러질 것 같은 기분을 느꼈다. 이것은 정말 깜짝 놀랄 일이었다.

"그래, 바로 너에게 주는 거야. 로렌스 할아버지는 참 좋은 분이지? 이 세상에 그렇게 상냥한 할아버지는 없을 거야. 편지 속에 열쇠가 들어 있대. 우리는 아직 겉봉을 뜯지 않았어. 무슨 사연이 쓰여 있는지 빨리 알고 싶어."

조는 동생을 껴안으면서 그 편지를 내밀었다.

"언니가 읽어 봐! 난 안 되겠어. 기분이 이상해. 너무 기뻐서 진정이 안 돼."

그렇게 말하고 베스는 이 선물에 너무 흥분한 나머지 조의 앞치마에 얼굴을 묻어 버렸다.

조는 편지를 개봉하더니 마구 웃어댔다. 처음으로 눈에 띈 글이 이러했기 때문이다.

마치 양,
친애하는 숙녀여!

"어머, 멋있는데! 내게도 누가 이런 편지를 주었으면 좋겠어."

그 구식투의 편지 서두를 무척 고상하다고 생각하는 에이미가 말했다.

노생(老生)은 출생한 이래 수차 슬리퍼를 착용해 보았지만 보내 주신 선물만큼 꼭 맞는 슬리퍼는 없었소. 팬지는 노생이 특히 사랑하는 꽃으로서 오랫동안 노생이 그 다정한 선물 임자를 기억할 만한 것이 되리라고 생각하오. 답례로서 지금은 사망한 여식이 소유했던 물건을 보내오니 하찮지만 받아 주시면 노생이 이보다 더 행복할 수는 없겠소.

제임스 로렌스 씀

"이봐, 베스. 이건 굉장한 명예야. 로렌스 할아버지는 죽은 따님을 몹시 사랑했고, 그 작은 유물을 소중히 보관하고 있다고 로리에게서 들었어. 그분은 너한테 자기 따님의 피아노를 주셨어. 그건 틀림없이 네가 크고 파란 눈을 가졌고, 음악을 좋아했기 때문이야."

조는 베스가 몸을 떨며 지금까지 본 적이 없을 정도로 흥분하고 있는 것을 달래려고 말했다.

"촛불을 세워 두는 예쁜 촛대, 주름을 모으고 가운데에 금빛 장미를 수놓은 아름다운 녹색 비단, 훌륭한 모양새의 선반과 의자, 이봐, 모두 갖춰져 있어."

메그는 뚜껑을 열고 내부의 아름다운 것들을 보이며 말했다.

"이 정중한 글귀 말야, 언니에게 베껴 달라고 해야겠어. 학교에 가서 친구들한테 얘기해야지. 틀림없이 모두들 감탄할 거야."

이 편지에 무척이나 감동한 에이미가 말했다.

"한번 쳐 봐요, 아가씨. 자, 이 작은 피아노의 소리를 우리에게 들려 줘요."

언제나 집안의 기쁨과 슬픔을 같이하는 해너가 말했다.

베스는 피아노 앞에 앉아 연주했다. 모두들 지금까지 들은 적이 없을 정도로 좋은 피아노 소리라고 했다. 새로 잘 조율해서 나무랄 데가 없는 소리였다. 그러나 참된 매력은 훌륭한 피아노에 있기보다는, 아름다운 흑백의 건반을 두드리고 페달을 밟을 때 너무나 즐거워하는 베스의 얼굴에 있었다.

"베스, 가서 인사드려야지."

조는 농담 반 진담 반으로 말했다. 베스가 정말 가리라고는 꿈에도 생각하지 못했기 때문이다.

"응, 다녀오겠어. 지금 다녀오는 게 좋을 거야. 나중에 이것저것 생각하고 또 무서워지면 안 될 테니까."

그곳에 있는 모든 사람이 놀라는 가운데 베스는 침착하고 여유 있게 마당으로 나가, 생울타리를 지나 로렌스 댁의 현관으로 들어갔다.

"이거 참, 이런 일, 나도 처음 보았습니다. 베스 아가씨는 피아노 때문에 머리가 아주 돌았나 봐요. 여느 때 같으면 도저히 저렇게 가지는 못했을 텐데."

해너는 이렇게 외치며 꼼짝하지 않고 베스의 뒷모습을 지켜보았다. 자매들도 이 기적이라고밖에 할 수 없는 베스의 행동에 말도 하지 못하고 쥐죽은 듯이 조용히 하고 있었다.

그러나 그 뒤의 베스의 행동을 보았다면 더욱 놀라 자빠졌을 것이다. 베스는 아무런 생각도 하지 않고 저택으로 곧장 들어가서 서재의 문을 두드렸다.

"들어와요."

굵은 목소리가 나고 방 안으로 들어선 순간, 베스는 어안이 벙벙해 있는 로렌스 노인에게로 곧장 다가가 그 작은 손을 내밀고 좀 떨리는 목소리로 말했다.

"저, 고맙다는 인사를 드리러 왔어요. 그것은……."

베스는 끝까지 말을 잇지 못했다. 노인의 얼굴이 아주 상냥하게 보였기 때문에 하려던 말을 그만 잊어버렸다. 그저 노인에게 옛날 사랑하던 딸이 있었다는 것을 떠올리고 베스는 두 손으로 노인의 목을 껴안고 키스했다.

자기 집 지붕이 바람에 날아갔다고 해도 노인이 이 이상 놀라지는 않았을 것이다. 물론 노인은 아주 좋아했다. 아무 꾸밈없이 참으로 기뻐했다. 그리고 그 다정한 키스에 감동하여 평소의 무뚝뚝한 모습은 완전히 사라져 버렸다. 노인은 베스를 무릎 위에 앉히고 주름투성이 손을 베스의 장밋빛 뺨에 비비며 죽은 딸이 지금 다시 자기에게 되돌아온 것 같은 기분을 느꼈다. 그 순간부터 베스는 이미 노인을 무서워하지 않았고, 그곳에 앉은 채 옛날부터 아주 가까웠던 사이처럼 많은 이야기를 했다. 사랑은 공포를 쫓아 버리고, 감사하는 마음은 자존심을 녹여 버렸다.

베스가 돌아갈 때 노인은 문까지 나와 배웅하며 따뜻한 악수를 하고 모자를 벗어 가볍게 인사한 뒤 다시 유유히 돌아갔다. 그 당당한 키에 허리를 죽 편 모습은 옛날의 훌륭한 군인답게 참으로 멋이 있었다.

자매들도 이 광경을 보았다. 조는 아주 만족한 듯 춤을 추었고, 에이미는 너무 놀라서 하마터면 창에서 떨어질 뻔했다. 메그는 두 손을 높이 쳐들고 이렇게 외쳤다.

"저런, 저런! 이 세상이 끝날 날이 가까워졌나 봐."

# 에이미의 굴욕

"저 사람, 마치 사이크로프스(그리스 신화에 나오는 애꾸눈의 거인) 같은데."

어느 날 로리가 말을 타고 채찍을 휘두르면서 달려가는 것을 보고 에이미가 말했다.

"어머, 어째서 사이크로프스라고 하니? 눈이 둘 다 있잖아? 게다가 아주 예쁜 눈인데."

조가 반박했다. 조는 조금이라도 친구를 흉보는 듯한 말을 들으면 금방 화를 내는 성격이었다.

"그 사람의 눈에 대해 말한 게 아니야. 말타는 솜씨를 칭찬하고 있는데, 언니가 왜 화를 내는 거야? 참, 영문을 모르겠어."

"이런! 그랬어? 바보같이, 그럼 센토아(반인반마의 괴물. 즉 승마의 명수를 일컬음)라고 말했어야지! 로리를 사이크로프스라니, 우스워!"

조는 큰소리로 웃어댔다.

"실례의 말씀 그만해. 데이비스 선생님이 말씀하시는 '그저 말을 잘못한 것' 뿐이야."

에이미는 수상한 라틴어를 쓰면서 말했다.

"나는 로리가 저 말에 쓰는 돈의 일부분만이라도 있었으면 하고 생각했을 뿐인데."

에이미는 은근히 언니들이 들어 주기를 바라는 것처럼 혼잣말을 했다.

"어째서?"

메그가 상냥하게 물었다. 조는 에이미가 또다시 틀린 라틴어를 사용했기 때문에 웃음을 터뜨렸다.

"돈이 필요해. 난 빚이 많거든. 빨리 갚아야 되는데 한 달 후나 되야 누더기 판 돈을 받을 수가 있어."

"빚이 있다고, 에이미? 그게 무슨 소리야?"

메그는 정색을 하고 물었다.

"글쎄 말이야. 난 지금까지 소금에 절인 라임을 한 다스나 꾸었어. 그걸 이번 돈을 탈 때까지 갚을 길이 없어. 엄마는 가게에서 외상을 갖고 와서는 안 된다고 하시잖아."

"전부 얘기해 봐. 라임이 요즘 유행하고 있니? 전에는 고무 조각을 콕콕 눌러서 둥그런 알을 만드는 것이 유행이었는데."

에이미가 너무나 진지하게 얘기했기 때문에 메그도 진지하게 대하려고 노력했다.

"이런 거야. 모두가 언제나 라임을 사거든. 그러니까 남에게 인색하다는 소리를 듣지 않으려면 아무튼 그래야만 해. 지금 유행하는 건 라임뿐이야. 수업중에 책상 뒤에서 빨거나, 휴식 시간에 연필이나 비즈 반지, 또는 종이 인형 따위와 바꾸기도 해. 좋아하는 친구에게는 라임을 주고, 싫은 아이라면 일부러 눈앞에서 먹으면서 조금도 주지 않아. 모두들 차례로 한턱 쓰는 거야. 난 이제까지 얻어먹기만 하고 아직 갚지 못했어. 지금까지는 신용 거래였으니까 빨리 갚지 않으면 안 돼."

"얼마나 있으면 빚을 갚고 네 체면을 세울 수 있니?"

메그는 지갑을 꺼내면서 말했다.

"이십 오 센트면 충분해. 이, 삼 센트 남으면 언니에게 사 줄게. 라임 좋아하지 않아?"

"그렇게 좋아하지는 않아. 내 몫은 너 주지. 자, 여기 돈이 있으니까 될 수 있는 대로 오래 쓸 수 있게 아껴서 써. 많은 돈은 아니지만."

"정말 고마워. 용돈이 생긴다는 건 기쁜 일이야. 이것으로 마음껏 먹을 수 있어. 이번 주에는 한 번도 먹지 않았거든. 친구들에게 갚지 못했으니까 받는 것을 사양했어. 정말 먹고 싶어서 참을 수 없었어."

다음날 에이미는 좀 늦게 학교에 갔다. 사 가지고 온 라임의 축축한 갈색 종이 꾸러미를 책상 깊숙이 넣어 두기 전에 모두에게 잠깐 자랑해 보였는데, 에이미로서는 그것도 무리가 아니었다. 다음 몇 분 안에 벌써 에이미 마치가 맛있는 라임을 스물네 개나 갖고 있다(그중 하나는 도중에서 먹었다), 그리고 모두에게 한턱 쓴다는 이야기가 반 전체로 퍼져서 친구들은 그녀에게 알랑거리기 시작했다. 케티 브라운은 즉시 자기 집에서 여는 다음 파티에 오라고 했다. 메리 킹즈버리는 쉬는 시간까지 시계를 빌려 주겠다고 하며 막무가내였다. 전에 에이미가 라임을 살 수 없을 때 몹시 빈정거렸던 제니 스노라는 심술궂고 비꼬기 잘하는 아이도 태도가 돌변해서 어려운 수학 문제의 답을 알려 주겠다고 했다. 그러나 에이미는 스노가 말한, 가슴을 도려내는 듯한 '코가 납작해도 남의 라임 향기는 맡을 수 있는 아무개 씨' 라든가, '잘난 척하는 주제에 라임을 조를 때는 별로 건방지지 않은 아무개 씨' 라는 비꼬는 말을 잊지 않고 있었다. 그래서 에이미는 즉시, '그렇게 별안간 친절하게 대해 주지 않아도 좋아. 넌 절대로 주지 않을 테니까' 하는 가슴을 철렁하게 하는 쪽지를 주며 '얄미운 스노' 의 소원을 납작하게 만들었다.

바로 그날 아침 어떤 유명한 사람이 학교를 참관하러 와서 에이미가 그린 지도를 보고 칭찬해 주었다. 에이미는 그것으로 체면이 섰지만 자신의 적이 그런 명예를 받는 것을 본 미스 스노의 마음은 부글부글 끓었다. 한편 에이미는 공부에 열중하는 어린 공작새처럼 새침하고 의기양양해했다. 그런데 아! 슬프게도 오래지 않아 한턱낼 수 있을 때, 복수심에 불탄 스노가 즉시 형세를 바꿔 큰 승리를 거두었다. 손님이 으레 하는 맥빠진 인사를 하고 나가 버리자 제니 스노는 무슨 중요한 질문을 하는 척하며 데이비스 선생에게 다가가서 에이미 마치가 책상 안에 소금에 절인 라임을 넣어 두고 있다고 고자질했다.

데이비스 선생은 예전부터 라임을 갖고 오는 것을 금지했고, 이 규칙을 어긴 최초의 사람은 모든 사람 앞에서 매로 벌하겠다고 엄중히 말해 왔다. 이 참을성 많은 선생은 오랜 싸움을 한 끝에 추잉검을 학교에서 추방했고, 학생으로부터 몰수한 소설책이나 신문을 태워 버렸으며, 사설 우체국을 탄압하고, 얼굴을 찡그리거나 변명하거나 만화를 그리는 것을 금지시키고, 그 밖에 오십 명쯤의 말썽꾸러기 소녀들을 단속하기 위한 갖가지 방법들을 지금까지 취해 왔다. 남학생의 교육도 웬만한 인내력이 없으면 할 수 없지만 여학생은 더 귀찮은 법이다. 특히 덮어놓고 내려 누르기만 하며 금세 화를 내는 저 브림버 박사(영국의 소설가 디킨즈의 작품 《돈베이와 아들》에 나오는 기숙 학교 교장으로, 학문은 높으나 아이들의 기분을 이해하지 못하고 교육 방법을 모르는 사람) 만큼도 교육의 수완을 갖지 못한 높으신 분들에게는 더욱 귀찮은 것이다. 데이비스 선생은 라틴어도, 그리스어도, 대수도, 그 밖의 모든 학문에 밝았기 때문에 훌륭한 선생으로 뽑혔다. 그러나 예절이라든가, 도덕이라든가, 감정이라든가, 모범 같은 것을 너무 중요시했다.

마침 이날 아침은 에이미가 책망받기에는 가장 불행한 때였고, 제니도 그것을 잘 알고 있었다. 데이비스 선생이 아침에 마신 커피는 분명히 너무 짙었고, 지병인 신경통에는 금물인 동풍이 불고 있으며, 그리고 학생들은 선생이 당연히 받아야 할 존경과 신뢰를 조금도 나타내지 않았다. 점잖지는 못하지만, 학생들의 꽤 핵심을 찌르는 말에 의하면 선생은 '마녀처럼 초조하고 공처럼 기분이 나쁘다'는 것이다. 그런 까닭에 '라임'이라는 말은 화약에 붙인 불과 같았다. 선생의 노란 얼굴은 금방 빨개졌고, 책상을 굉장한 기세로 탕탕 두드리는 바람에 제니도 여느 때와는 달리 허둥지둥 자기 자리로 되돌아갔다.

"모두들 조용히!"

이 험한 명령으로 떠들썩하던 소란이 갑자기 그치고 푸르고 까맣고 잿빛이나 갈색인 오십 명의 눈이 얌전하게 선생의 무서운 얼굴을 주목했다.

"마치, 책상 있는 데까지 와."

에이미는 겉으로는 태연한 척하고 일어섰지만 사실 라임에 대한 것이 가슴을 무섭게 짓눌렀기 때문에 내심으로는 공포에 떨고 있었다.

"책상 속의 라임을 갖고 와."

뜻밖의 명령이 자리를 뜨려는 에이미를 그 자리에 못박았다.

"다 가져가지 마."

옆의 여자애가 태연하게 속삭였다.

에이미는 급히 반 다스 정도만 주머니에 남겨 놓고 나머지를 가져다 데이비스 선생 앞에 놓았다. 인간성이 좋은 사람이라면 누구나 이 향기로운 내음을 맡고 기분이 누그러지겠지만 공교롭게도 데이비스 선생은 학생들간에 유행하고 있는 라임 향기를 아주 싫어했으며 그렇기 때문에 더욱 화가 났다.

"이게 전부야?"

"저, 아직……."

에이미는 말을 우물거렸다.

"나머지도 모두 이리로 가지고 와. 빨리!"

에이미는 절망적인 눈길을 친구에게 잠깐 보낸 뒤 선생의 명령에 따랐다.

"이제 정말 없는 거지?"

"예, 거짓말 아니에요, 선생님."

"좋아, 그러면 이 메슥거리는 것을 두 손으로 하나씩 집어다가 창 밖으로 던져 버려."

최후의 희망도 사라지고 이제 자기들의 입술로 그것을 맛볼 수 없음을 알자 일제히 한숨을 쉬었고 그것이 한 차례의 바람마저 일으켰다.

수치와 분노로 얼굴이 빨갛게 된 에이미는 책상과 창 사이를 여섯 번이나 왕복했다. 가엾게 운이 다한 라임이 두 개씩—아, 얼마나 부풀고 싱싱하게 보였는지 모른다—마지못해 에이미의 손에서 떨어질 때마다 한길 쪽에서 와아, 하고 일어나는 아이들의 함성은 여자애들의 고뇌를 더욱 부채질했다. 그 소리는 이 학교 소녀들의 적인 아일랜드 꼬마들이 뜻밖의 먹을 것에 환호하고 있음을 말해 주기 때문이었다. 모두들 분노하고 호소하는 듯한 눈길을 완고하기만한 데이비스 선생에게 보냈다. 과격한 성미에 라임을 좋아하는 한 아이는 으앙 하고 울음을 터뜨릴 정도였다.

에이미가 마지막 라임을 던지고 돌아오자 데이비스 선생은 흠하고 불길한 느낌이 드는 기침을 하고 나서 지금까지 없던 엄숙한 어조로 말했다.

"모두들 내가 일 주일 전에 말한 것을 잘 기억하고 있겠지. 그럼에도 불구하고 이와 같은 일이 생긴 것은 정말 유감이다. 그러나 나는 규칙을 어긴 것에 대해 결코 용서하지 않을 것이고, 또한 한번 말한 것은 절대로 바꾸지 않아. 자, 마치. 손을 내밀어."

에이미는 깜짝 놀라 두 손을 뒤로 돌리고 말로 하기보다는 훨씬 애처롭게 호소하는 눈길을 선생에게 보냈다.

에이미는 '데이비스 영감'이라고 모두가 부르는 이 선생에게 귀염을 받는 편이었다. 만약 한 오기 있는 소녀가 화나는 김에 씨이 하고 불평하는 소리를 내지 않았다면 어쩌면 선생은 자기가 말한 것을 철회했을지도 모른다. 그러나 이 씨이 하는 소리는 아주 희미했지만 신경질적인 선생을 더욱 화나게 했고, 마침내 범인 에이미의 운명을 결정했다.

"마치, 손을 내밀어!"

에이미의 무언의, 애원에 대한 대답은 그저 그 말뿐이었다.

에이미는 울거나 애원하기에는 자존심이 너무 강했으므로 이를 악물고 머리를 뒤로 젖힌 채, 얼얼하게 작은 손바닥을 몇 번이나 내리치는 매를 굽힘없이 꾹 참고 견뎌 냈다. 특별히 횟수가 더 많지도 않고 심하게 맞은 것은 아니었지만 에이미에게 그런 것은 아무래도 좋았다. 문제는 태어나서 처음으로 남에게 맞았다는 사실이었다. 에이미에게는 이 치욕이 선생에게 맞아 쓰러진 만큼이나 심각했다.

"휴식 시간까지 교단 위에 서 있어."

데이비스 선생은 일단 시작했으니까 끝장을 볼 작정인 듯했다.

그것은 실로 무서운 벌이었다. 이대로 자리로 돌아가면 친한 친구들의 동정어린 얼굴이나 두셋의 적이 고소해하는 얼굴을 보는 것이 고작이었을 것이다. 그런데 창피를 당한 생생한 얼굴을 모든 학생 앞에 드러내 놓아야 하다니. 순간 에이미는 그 자리에 푹 쓰러져 가슴이 터져라 하고 울음을 터뜨리는 수밖에 없다는 생각이 들었다. 그러나 부당한 조치에 대한 분노와 제니 스노가 여기 있다는 생각이 에이미를 가까스로 지탱하게 했다. 에이미가 애처로운 모습으로 그 수치스러운 곳에 서서 교실 천장의 스토브 연통을 응시하며 꼼짝하지 않고 서 있었기 때문에 학생들은 공부를 제대로 할 수 없었다.

그로부터 십 오 분 간 자존심이 강하고 아주 예민한 이 소녀는 결코 잊을 수 없는 수치와 고통 때문에 괴로워했다. 다른 학생들에게는 하찮고 시시한 일같이 보일지도 모르지만 에이미에게는 아주 괴로운 경험이었다. 지금까지 십 이 년 동안 그저 애정으로만 키워져 와서 이와 같이 매맞은 일이란 한 번도 없었기 때문이다.

'집에 돌아가면 모두에게 말해야겠지? 모두들 틀림없이 나에 대해 실망할 거야!'

가족들에게 알릴 것에 생각이 미치자 더욱더 괴로운 생각에 손의 아픔이나 마음의 고통도 잊을 정도였다.

십 오 분이 한 시간처럼 길게 느껴졌다. 마침내 벌 서기가 끝나고 쉬라는 선생의 말이 그렇게 반가울 수가 없었다.

"이제 가도 좋아, 마치."

데이비스 선생이 말했다. 자신도 언짢은 기분인 듯 그것을 얼굴에 나타내고 있었다.

에이미가 그 자리를 떠나면서 힐끗 던진, 힐책하는 듯한 눈초리는 데이비스 선생의 마음속에 오래도록 남아 좀처럼 사라지지 않았다. 에이미는 누구와도 이야기하지 않고 곧장 대기실로 들어갔다. 그리고 자기 물건을 낚아채듯 갖고서 이제 영원히 여기 오지 않겠다고 마음속으로 굳게 맹세하며 학교를 나왔다. 집에 돌아왔을 때에는 몹시 비참한 생각에 자신을 주체할 수 없었다. 언니들은 모두 한데 모여 분개했고, 마치 부인은 아무 말도 하지 않앗지만 마음이 아픈 모양으로 이 상처입은 막내딸을 부드러운 애정으로 위로했다. 메그는 동생의 매맞은 손을 글리세린과 눈물로 씻어 주었고, 베스는 이런 슬픈 일에는 귀여운 자기 새끼 고양이를 데리고 와도 소용이 없을 것이라고 안타까워했다. 조는 즉시 데이비스 선생을 체포해야 한다고 격분했고, 해너는 '악당'을 향해 주먹을 휘둘렀으며, 저녁 식사에 쓸 감자가 마치 데이비스 선생인 것처럼 반죽하는 막대기로 힘껏 때려 찌부러뜨렸다.

에이미가 중도에 집으로 돌아온 것은 가까운 친구 외에는 아무도 눈치채지 못했다. 단, 그날 오후 데이비스 선생이 아주 상냥해지고 여느 때와 달리 안절부절못하고 있는 것을 예민한 여학생들은 놓치지 않았다. 학교가 끝날 무렵 조가 험악한 얼굴로 나타나 선생의 책상 앞으로 터벅터벅 다가와서 어머니가 보내는 편지를 내밀었다. 그리고 에이미의 물건을 전부 챙겨 가지고 나가다가 바닥 깔개 위에서 아주 조심스럽게 구두의 흙을 문질러 털었다. 이런 곳의 먼지는 모두 털어 버리겠다는 듯한 태도로.

"그래, 학교는 좀 쉬어도 좋지만 베스와 함께 매일 조금씩 공부해야 한다."

그날 밤 마치 부인이 말했다.

"난 원래 체벌에 찬성하지 않아요. 특히 여자애에게는 말이야. 데이비스 선생의 교육 방식도 바람직하지 못하고, 네 친구도 네게 유익하다고는 생각하지 않아. 그러니까 아버지에게 편지로 상의해서 어딘가 다른 학교로 옮기도록 해야겠어."

"아이, 좋아라! 난 다른 학생들도 모두 그만둬서 그 거지 같은 학교가 없어졌으면 좋겠어. 지금도 버린 라임을 생각하면 정말

분해 죽겠어."

에이미는 수난자처럼 후우 한숨을 쉬었다.

"라임이 문제가 아니란다. 네 행동도 동정받을 만한 행동은 아니었어. 규칙을 어겼으니까 벌을 받는 것은 당연해."

어머니의 대답이 엄했기 때문에 언제나 모두에게서 동정받을 줄만 알았던 이 아가씨는 좀 실망했다.

"그럼, 어머니는 내가 여러 사람 앞에서 창피당해도 좋다는 건가요?"

에이미가 다부지게 물었다.

"나라면 잘못을 고치는 데 그런 방법을 취하고 싶지는 않다는 거야."

어머니가 대답했다.

"그렇지만 좀더 부드러운 방법으로 했다고 해서 그만큼 효과가 있었을지 어떨지는 딱 잘라 얘기할 수는 없겠구나. 그러나 넌 좀 자만하는 경향이 있어. 이번 기회가 그런 것을 조심해서 고쳐 나가기에 알맞은 때야. 에이미, 네게는 재능도 장점도 많이 있단다. 그러나 그걸 모두 자랑해 보일 필요는 없을 거야. 독선적인 생각은 어떤 천재라도 망쳐 버리고 말아. 참된 재능이나 장점은 언제까지나 파묻혀 있는 법이 없고, 설사 파묻혀 있다고 해도 자신이 갖고 있는 재능을 올바르게 쓰고 있다면 스스로 만족할 수 있는 거야. 겸손만큼 사람의 마음을 끄는 것은 없어."

"맞아요!"

방구석에서 조와 체스를 두고 있던 로리가 외쳤다.

"내가 알고 있는 어떤 아가씨는 놀라운 음악적 재능을 갖고 있지만 자신은 모르고 있어요. 다른 사람이 아무리 칭찬해 주어도 정말이라고 믿지 않는 거예요."

"난 그런 멋진 사람과 사귀고 싶어요. 틀림없이 날 친절하게 가르쳐 줄 거예요. 난 아주 서투르니까요."

로리의 옆에 서서 열심히 듣고 있던 베스가 말했다.

"베스도 그 사람을 알고 있을 거야. 그 사람은 어느 누구보다도 네 힘이 되어 있으니까."

로리가 그 밝고 까만 눈에 놀리는 뜻을 담고 바라보며 말했기 때문에 베스는 얼굴이 새빨개져서 소파의 쿠션에 얼굴을 묻어 버렸다. 뜻밖에 자기를 발견해 준 것에 감동받은 것이다.

조는 자기가 좋아하는 베스를 칭찬해 준 보답으로 체스의 승부를 로리에게 양보했다. 그러나 그렇게 칭찬받은 베스는 아무리 권해도 피아노를 치려 하지 않았다. 그날 밤 특히 기분이 들떠 있던 로리는 열심히, 쾌활하고 명랑하게 노래를 부르기도 했다. 그는 마치 댁의 사람들에게는 좀처럼 자기 성격의 우울한 면을 보이지 않았다. 로리가 돌아간 다음, 그날 밤 생각에 잠겨 있던 에이미가 별안간 무슨 새로운 생각이 떠올랐는지 이렇게 말했다.

"로리는 무엇이든 할 수 있는 사람이야?"

"그래, 훌륭한 교육을 받았고 재능도 있어. 칭찬받고 건방지게 되는 일만 없다면 앞으로 훌륭한 사람이 될 거야."

어머니가 대답했다.

"그 사람, 자만하거나 하는 일은 없어요?"

"전혀 그렇지 않아. 그러니까 매력이 있고 모두가 좋아하는 거야."

"그래, 알았어요. 학문과 재능이 있고 품위가 있는 건 좋지만, 그것을 자랑해 보이거나 자만하는 건 나쁜 거군요."

"그런 소양은 겸손하기만 하다면 그 사람의 태도나 말씨를 통해서 누구든지 느낄 수 있으니까 굳이 자랑할 필요는 없는 거란다."

마치 부인이 말했다.

"남들에게 보이기 위해 갖고 있는 모자와 외출복, 리본을 전부 몸에 걸친다면 그 모습이 얼마나 우습겠니?"

조가 덧붙이자, 이 설교는 와아 하는 웃음으로 끝났다.

# 조가 만난 악마

"모두들 어디 가?"

어느 토요일 오후, 방으로 들어간 에이미가 몰래 외출 준비를 하고 있는 언니들을 보고 그렇게 물었다. 두 사람이 무언가 숨기고 있다는 낌새가 나서 호기심이 발동했던 것이다.

"어디 가든 상관 말아. 어린애는 몰라도 돼."

조가 퉁명스럽게 대꾸했다.

대체로 아이들은 '역시 넌 아직 애야' 라든가, '착한 애지, 저리로 가요' 따위 말로 쫓아 버릴 때 화를 내게 마련이다. 에이미는 이런 모욕에 홱 고개를 쳐들고 한 시간이 걸리더라도 떼를 써서 비밀을 밝혀 내겠다고 결심했다. 그래서 에이미는 무슨 일이든 모질게 거절하지 못하는 메그에게 조르기 시작했다.

"응, 가르쳐 줘! 날 데려가도 되잖아. 베스는 피아노만 정신없이 치고 있고, 난 할 일이 아무것도 없어. 난 심심해."

"넌 안 돼. 초대를 받지 않았으니까."

메그가 달래니까 조가 초조해하며 말을 가로막았다.

"괜찮으니까 언니, 가만 있어. 그렇지 않으면 모두 망쳐 버려. 에이미, 넌 안 돼. 어린애처럼 떼쓰며 조르는 건 집어치워."

"오, 알았어. 로리와 같이 어디 가는 거지? 어제 저녁 소파에서 셋이 소곤소곤 말하며 웃고 있다가 내가 들어가니까 별안간 입들을 다물었어. 로리와 함께 가는 거지?"

"그래, 맞았어. 그러니까 아무 소리 말고 투덜거리지 좀 마."

에이미는 입을 다물었지만 눈은 방심하지 않고 빛내면서 메그가 호주머니에 부채를 넣는 것을 보았다.

"알았어! 알았어! 언니들, 연극 보러 가는 거지? '일곱 성(城)'을 보러 말이야!"

에이미는 큰소리로 외치고는 서슴지 않고 말을 덧붙였다.

"그렇다면 나도 갈래. 어머니도 좋다고 허락하셨어. 나 돈도 갖고 있어. 진작 말해 주지 않다니, 너무 심해."

"글쎄 내 말을 좀 들어, 착한 애야."

메그는 달래듯 말했다.

"어머니께서는 넌 이번 주에 가지 않는 게 좋겠다고 말씀하셨어. 네 눈이 아직 완전히 낫지 않았으니까 연극의 강렬한 조명은 좋지 않다는 거야. 다음 주에 베스랑 해너랑 함께 보러 가는 게 좋을 거야."

"언니들과 로리와 함께 가지 않으면 재미없어. 응, 데려가 줘. 이번 감기로 오랫동안 집에만 있었기 때문에 너무 싫증나. 어디든지 가 보고 싶어 죽겠어. 응, 언니! 얌전히 굴 테니까."

에이미는 될 수 있는 한 가련한 모습으로 떼를 썼다.

"데리고 갈까? 옷을 더 껴입혀서 데리고 간다면 어머니도 안 된다고 하시지는 않을 거야."

메그가 제의했다.

"에이미가 간다면 난 가지 않겠어! 내가 가지 않는다면 로리가 실망할 거야. 로리는 우리 둘을 초대했는데 에이미를 데리고 가면 아주 큰 실례가 되는 거야. 초대받지도 않았는데 따라가겠다니, 염치없는 짓이야."

조는 잔뜩 화가 나서 말했다. 모처럼 즐기려고 하는데 종알거리는 어린애를 데리고 가야 한다는 게 몹시 성가셨기 때문이다.

조의 말투와 태도에 에이미는 몹시 화가 나서 신발을 신으면서 울 듯이 말했다.

"내가 가는 거, 메그 언니는 좋다고 하는데, 뭐. 내 입장료는 내가 낼 테니까 로리와는 관계 없어!"

"우리는 지정석이니까 넌 우리와 함께 앉을 수 없어. 하지만 외톨이로 앉게 할 수는 없고, 결국 로리가 자기 자리를 양보할 것이 뻔해. 그러면 모처럼 우리끼리 즐기려고 하는데 망쳐 버리는 게 되는 거야. 로리가 또 한 자리 얻어 온다면 모르지만, 그렇게 되면 넌 초대받지 않았으니까 로리에게 폐가 되는 거야. 그러니까 그 자리에서 한 발자국도 움직여서는 안 돼. 꼼짝 말고 있어."

조는 준비를 서두르다 손가락에 가시가 박혔기 때문에 더욱 신경질적이고 언짢은 기분이 되어 에이미를 꾸짖었다. 에이미는 한쪽 신발만 신은 채로 방바닥에 앉아 울음을 터뜨렸고, 그런 동생을 메그가 달래려는 때 밑에서 로리가 부르는 소리가 났다. 두 언니는 울고 있는 동생을 내버려두고 급히 내려갔다. 세 사람이 밖으로 나가려 할 때, 에이미가 난간에서 몸을 내밀며 위협하는 어조로 외쳤다.

"조 마치, 명심해 둬! 나중에 무슨 일이 일어날지!"

"무슨 소릴 하는 거야!"

조는 문을 탕 닫아 버렸다.

극장에서는 아주 즐거운 시간을 보냈다. '다이아몬드 호의 일곱 성'이라는 연극은 정말 멋있고 화려했다. 이상한 빨간 귀신이나 번쩍번쩍 빛나는 요정, 눈부신 차림의 왕자와 왕녀가 번갈아 나타나서 황홀하게 마음을 사로잡았다. 하지만 조의 가슴속에는 한 가닥 개운치 못한 것이 있었다. 요정의 노란 곱슬머리가 에이미를 생각나게 했고, 또 막간에는 '명심해 둬, 나중에 무슨 일이 일어날지' 하고 에이미가 말한 것이 떠올라 신경쓰였다.

조와 에이미는 지금까지 여러 번 충돌해 왔다. 두 사람 다 발끈 화내길 잘하고 성나면 난폭해지는 성미들이라서 에이미는 조를 놀려 대고 조는 에이미를 애태우기 때문에 어떤 순간에 둘 다 폭발했다. 그러고는 두 사람 다 나중에 자신들의 행동을 몹시 후회했다. 나이는 위지만 자신을 억제하는 힘이 부족한 조는 늘 말썽의 원인이 되는 과격한 기질을 좀처럼 억제하질 못했다. 하지만 오래 가지 않아 자기가 나빴다는 것을 솔직히 시인하고, 진심으로 후회하며 앞으로 고치려고 애썼다. 나중에 아주 온순해지자 자매들은 오히려 조를 화나게 하는 편이 좋았다. 애처롭게도 조는 착한 사람이 되려고 몹시 애썼지만 가슴속에 숨어 있는 악마가 일이 있을 때마다 설치고 나타나 노력을 허사로 만들었다. 조는 이 적을 억제하기 위해 오랫동안 참을성 있게 노력했다.

두 사람이 돌아왔을 때 에이미는 객실에서 책을 읽고 있었다. 언니들이 들어가도 심한 푸대접을 받았다는 태도로 책에서 눈을 떼지 않고 조금도 입을 열려 하지 않았다. 만약 그곳에 있던 베스가 연극에 대해 여러 가지 것들을 묻지 않았다면 에이미도 호기심이 일어나 원한을 억눌렀을지 모른다. 조는 이날 착용한 제일 좋은 모자를 간수하러 이층으로 올라갔다. 그리고 제일 먼저 거울 달린 장롱 쪽을 살펴보았다. 지난번 둘이 싸웠을 때, 에이미가 화풀이로 제일 위의 서랍을 방바닥에 뒤엎어 놓았기 때문이다. 그러나 오늘은 아무것도 이상한 것이 없었다. 조는 대충 서랍이나 주머니, 상자를 훑어보고 나서 에이미가 자기의 행동을 용서한 모양이라고 생각했다.

그러나 그것은 조의 잘못된 생각이었다. 다음날 조를 몹시 화나게 만드는 큰 사건이 터진 것이다. 그날 오후 늦게 메그, 베스, 에이미 세 사람이 있는 곳에 조가 흥분해서 뛰어들었다.

"누가 내 원고 갖고 갔어?"

들어서자마자 조는 숨을 헐떡이며 다그쳤다. 메그와 베스는 어안이 벙벙해 있다가 곧 '아차!' 하고 깨달았다. 에이미는 난롯불을 부지깽이로 쿡쿡 찌르며 잠자코 있었지만 얼굴은 빨갛게 상기되어 있었다. 조는 즉시 그쪽으로 갔다.

"에이미! 네가 갖고 있지!"

"아니, 갖고 있지 않아."

"그러면 어디 있는지 알겠군?"

"몰라."

"거짓말 마!"

조는 별안간 에이미의 어깨를 움켜쥐고 에이미보다 훨씬 대담한 애라도 겁먹을 정도의 험악한 기세로 소리질렀다.

"거짓말 아냐. 난 갖고 있지 않고, 어디 있는지도 몰라. 또 내가 상관할 바 아니야."

"네가 모를 리 없어. 자, 말해 봐. 말하지 않으면 말하도록 해 줄 테니까."

조는 에이미를 마구 흔들었다.

"마음대로 소리지르고 싶은 대로 소리질러. 하지만 그런 낡아빠진 책 따윈 두 번 다시 볼 수 없을 거야."

"어째서지?"

"내가 태워 버렸으니까."

"무슨 소리야! 내가 그렇게도 소중히 하던 원고를, 열심히 써서 아버지가 돌아오실 때까지 완성하려고 했던 그걸…… 너 정말 태워 버렸니?"

새파랗게 질린 조는 눈을 번뜩이며 덜덜 떨리는 손으로 에이미의 어깨를 눌렀다.

"그래, 태워 버렸어. 어저께 언니 행동에 대해 보복한다고 했잖아. 그래서 그렇게 해 버렸어……."

에이미는 더 이상 말을 계속할 수 없었다. 너무 화가 난 조가 에이미의 이가 딱딱 소리를 낼 만큼 흔들었기 때문이다. 조는 슬픔과 분노로 발끈해서 소리질렀다.

"이 심술쟁이 같으니! 이제 두 번 다시 그걸 볼 수 없어. 그 대신 내가 살아 있는 한 결코 널 용서하지 않을 거야."

메그는 에이미를 감싸고 베스는 조를 진정시키려고 했다. 그러나 흥분한 조는 동생의 뺨을 후려갈기고 방을 뛰쳐나가 다락방 소파에 몸을 던지고 자기의 분노가 가라앉을 때까지 울부짖었다.

오래지 않아 마치 부인이 돌아왔기 때문에 아래층의 소동도 그쯤에서 멈추었다. 자초지종을 들은 마치 부인은 언니에게 몹쓸 짓을 했다는 것을 에이미가 깨닫게끔 조용히 타일렀다. 조의 원고는 부인도 진심으로 자랑스럽게 여겼고 가족들도 모두 문재(文才)의 싹틈으로 생각하며 장래에 기대를 걸고 있었다. 대여섯 편의 동화에 지나지 않았지만 조로서는 온 심혈을 기울였고, 언젠가는 출간할 수 있는 좋은 작품으로 만들기 위해 꾸준히 노력하며 써 온 것이었다. 마침 깨끗이 정서를 끝내고 옛 원고를 찢어버린 뒤라서 에이미의 화장(火葬)은 조의 여러 해에 걸친 소중한 작품들을 모두 재로 만든 셈이었다. 다른 사람에게는 하찮은 것으로 생각될지 모르지만 조에게는 엄청난 재난으로 두 번 다시 보충할 수 없었다. 베스는 새끼 고양이가 죽었을 때처럼 슬퍼했고, 메그도 평소에는 귀여워하던 에이미였지만 감싸 주려 하지 않았다. 마치 부인도 깊이 상심한 것 같았다. 에이미는 자신이 한 짓에 대한 용서를 빌지 않는 한 아무도 귀여워해 주지 않을 것이라고 생각하고, 지금에 와서는 누구보다도 깊이 후회하고 있었다.

차 마시라는 벨이 울리고 조가 접근하기 어려운 험악한 얼굴을 하고 내려왔을 때 에이미는 두렵지만 용기를 내서 말했다.

"용서해 줘. 내가 나빴어. 정말 미안해."

"아니, 용서할 수 없어."

조는 단호하게 거절했다. 그러고 나서 에이미를 전혀 모르는 척했다.

이 아주 난처한 상황에 대해 아무도 말하지 않았다. 어머니마저도. 왜냐하면 조가 이런 기분이 되면 무슨 말을 해도 소용이 없다는 것을 잘 알기 때문이었다. 가장 좋은 방법은 해결의 계기가 될 사건을 기다리거나 조 자신의 넓은 마음으로 분노가 누그러지고 상처가 아물기를 기다리는 도리밖에 없었다. 그날 밤은 모두가 기분이 좋지 않았다. 평상시처럼 자매들은 바느질을 하고 어머니는 브래머(스웨덴의 여류 소설가)와 스콧(영국의 소설가. 시인. 역사 소설의 기초를 닦음) 그리고 에지워스(영국의 여류 소설가) 등을 읽어 주었지만, 어쩐지 어색한 분위기였고, 즐거운 가정의 평화에 금이 가 있었다. 베스는 피아노를 칠 뿐 노래부를 경황이 없었고, 조는 돌처럼 입을 다물고 있었다. 에이미는 훌쩍훌쩍 울고 있었기 때문에 노래 부르는 사람은 메그와 어머니뿐이었다. 종달새처럼 밝게 노래 부르려고 애써도 플루트 같은 목소리는 여느 때와 달리 조화를 이루지 않고, 뒤죽박죽이라는 느낌이 모두의 가슴에 남았다. 조가 안녕히 주무시라는 키스를 할 때 마치 부인이 상냥하게 속삭였다.

"이봐, 조, 성경에도 분노는 해가 질 때까지 계속하지 말라고 했잖아. 서로 용서하고 도와서 내일부터 새롭게 시작하는 거야."

조는 어머니의 가슴에 얼굴을 묻고 실컷 울어서 슬픔과 분노를 씻어 버리고는 후련해지고 싶었다. 그러나 눈물을 보이는 것은 연약해서 싫었고, 게다가 마음의 상처가 너무나 컸기 때문에 아직은 아무래도 용서할 마음이 들지 않았다. 그래서 신경질적으로 눈을 깜박거리고 고개를 흔들며 에이미가 들으라는 듯이 퉁명스럽게 말했다.

"너무 심한 짓이었어요. 용서하다니, 그렇게 할 수 없어요."

조가 그렇게 말하고 곧장 잠자리로 가 버렸기 때문에 그날 밤은 즐거운 이야기도, 유익한 이야기도 없이 지나가 버렸다.

에이미는 화해하자는 제의를 거절당했기 때문에 기분이 몹시 나빴다. 이럴 바에는 먼저 사과할 필요는 없겠다고 생각하고, 전보다 더 토라져서 자기 행동이 오히려 훌륭하다고 오만하게 굴었다. 이런 행동은 조의 비위를 더욱 거슬리게 했다. 조도 여전히 먹구름처럼 험악해서 하루 종일 제대로 되는 일이 하나도 없었다. 몹시 추웠던 아침 나절에는 소중한 파이를 도랑에 빠뜨려 버렸고, 마치 백모님도 덩달아 안절부절못하며 진정할 수 없었다. 집에 돌아오니 메그는 울적해 있고, 베스마저 일부러 울적한 척 슬픈 표정을 하고 있었다. 또 에이미는 항상 착한 사람이 되겠다고 하면서도 다른 사람의 훌륭한 모범을 본받으려 하지 않는 자가 있다는 둥 빈정거리고 있었다.

"모두 다 보기 싫어. 로리나 불러 내서 스케이트나 타러 가야지. 로리는 언제나 친절하고 쾌활하니까 틀림없이 내 기분을 전환시켜 줄 거야."

조는 혼자 중얼거리고 나가 버렸다.

한편, 스케이트가 짤깍짤깍 하는 소리를 들은 에이미는 밖을 내다보더니 안타까운 듯이 외쳤다.

"이번 스케이트 타러 갈 때는 데려가 준다고 약속했잖아! 이제 얼음이 어는 것도 마지막일 거야. 하지만 저렇게 화 잘내는 사람에게는 아무리 부탁해도 소용없어."

"그런 말 하는 게 아니야. 이번에는 네가 정말 잘못했어. 그렇게 소중히 간직했던 원고를 태워 버렸으니까 조로서도 좀처럼 용서할 수 없을 거야. 하지만 이제 어쩌면 용서해 줄지도 몰라. 기회를 봐서 네가 굽히고 들어가면 조도 화를 풀 거야."

메그가 말했다.

"두 사람의 뒤를 따라가 봐. 조가 로리와 놀며 기분이 좋아질 때까지 아무 말도 해서는 안 돼. 기회를 엿보다 조에게 키스하든가 무언가 다정하게 대해 봐. 그러면 조도 틀림없이 화해해 줄 거야."

"알았어. 한번 해 볼게."

메그의 충고를 따르기로 한 에이미는 서둘러 채비를 하고 언덕 뒤로 보이지 않게 두 사람의 뒤를 쫓아갔다.

강까지 그렇게 멀지는 않았지만 에이미가 도착했을 때 두 사람은 벌써 스케이트 탈 준비를 끝내고 있었다. 조는 에이미가 오는 것을 보고서 등을 획 돌리며 돌아서 버렸다. 로리는 에이미가 온 것을 알지 못한 채, 얼음의 두께를 살피기 위해 기슭을 따라 조심스레 지치고 있었다. 갑작스러운 추위가 있기 전에 며칠 동안 따뜻한 날씨가 계속되었기 때문이다.

"첫 번째 구부러지는 지점까지 가서 괜찮은지 보고 올게."

멀리서 로리의 목소리가 들려 왔다. 테두리가 있는 모피 코트에 모자를 쓴 로리는 마치 젊은 러시아인 같았다.

조는 에이미가 숨을 헐떡거리면서 스케이트 구두를 신으려고 발을 동동 구르기도 하고 손가락 끝을 입김으로 녹이기도 하는 소리를 듣고 있었다. 그러나 뒤돌아보지도 않고 동생이 애쓰는 것을 속시원해 하면서 천천히 지그재그로 강을 지쳐 올라갔다. 조의 분노는 더욱 세차져서 이제는 어쩔 수 없게 되어 버렸다. 나쁜 생각이나 감정은 즉시 털어 버리지 않으면 점점 퍼져서 마음 가득히 차게 되는 법이다. 로리는 구부러지는 지점에서 방향을 바꾸면서 큰소리로 외쳤다.

"기슭을 따라 와요. 가운데는 위험해."

이 말이 조의 귀에는 들렸지만, 마침 스케이트 구두로 일어서고 있는 에이미에게는 전혀 들리지 않았다. 조는 어깨 너머로 뒤를 힐끗 보았지만 조의 마음속에 숨어 있는 작은 악마는 귓전에서 이렇게 속삭였다.

"에이미가 듣든 말든 상관없어. 멋대로 하라지."

로리는 이미 모퉁이를 돌아 모습이 보이지 않았다. 조가 구부러지는 지점에 이르렀을 때 에이미는 훨씬 뒤떨어져 강 한가운데의 얼음이 한층 매끄러운 쪽으로 가고 있었다. 조는 문득 묘한 느낌이 들어서 잠시 멈추었다. 그러다 다시 앞으로 나가려 하는데 무언가 만류하는 듯한 느낌이 들어 뒤돌아본 순간, 우지직 하고 얼음이 깨지는 소리가 나더니, 양 손을 든 에이미가 비명을 지르면서 물 속으로 쑥 빠져들어가는 모습이 보였다. 조의 마음은 공포로 얼어붙었다. 로리를 부르려 했으나 목소리가 나오지 않았다. 앞으로 달려가려 해도 발이 움츠러져서 움직이지 않았다. 한 순간 조는 꼼짝하지 못하고 까만 수면에 떠 있는 작은 푸른색 스카프를 겁에 질린 표정으로 뚫어지게 바라보고 있을 뿐이었다. 무언가가 조의 옆을 달려 지나갔다고 생각했을 때, 로리가 외치

146

는 소리가 들려왔다.

"울타리의 횡목(橫木)을 갖고 와, 빨리 빨리!"

어떻게 해서 갖고 왔는지 조 자신도 기억하지 못했다. 다음 몇 분 동안 마치 무엇에 홀린 것처럼 그저 로리가 하라는 대로 움직였다. 로리는 아주 침착하게 얼음 위에 엎드려서 조가 횡목을 뽑아 갖고 올 때까지 자기 팔과 하키용 스틱으로 에이미의 몸을 지탱하고 있었다. 두 사람은 힘을 합쳐 에이미를 끌어 올렸다. 에이미는 다치지는 않았지만 겁에 질려 부들부들 떨고 있었다.

"자아, 이제 가능한 한 빨리 집으로 데려가야 해. 에이미에게 외투나 무엇이든 입혀 줘요. 난 그 동안 이 귀찮은 스케이트를 벗겨 줄 테니까."

로리는 조급하게 말하면서 자기 외투를 벗어 에이미의 몸을 감싸 주었다. 그리고 스케이트 끈을 끄르기 시작했는데, 그것이 이렇게까지 얽혀 있다고 생각된 적은 없었다.

물방울을 뚝뚝 떨어뜨리면서 떨리는 몸으로 울고 있는 에이미를 두 사람은 집으로 데리고 돌아왔다. 한바탕 소동이 벌어진 다음 에이미는 따뜻한 난로 앞에서 모포를 뒤집어쓰고 잠들었다. 그 동안 조는 거의 입을 열지 않고 여기저기 뛰어다니며 일했다. 새파랗게 질린 얼굴에 옷은 찢기고 장갑도 벗다 만 채였다. 손은 얼음이나 울타리 횡목, 또는 풀기 어려웠던 스케이트의 쇠고리에 베이거나 찢기거나 해서 상처투성이였다. 에이미가 새근새근 잠이 들고 집 안이 조용해지자, 침대 옆에 있던 마치 부인은 조를 불러서 상처투성이인 손을 붕대로 감아 주었다.

"에이미는 괜찮겠죠, 엄마?"

하마터면 얼음 밑으로 빠져들어가 영원히 보지 못할 뻔한 금발 머리를 보면서 조는 마음속으로 깊이 반성하고 있는 것 같았다.

"괜찮아. 상처도 입지 않았고 감기도 들지 않을 거야. 에이미를 따뜻하게 싸서 곧장 집으로 데리고 온 것은 참 잘한 일이야."

어머니는 밝은 목소리로 대답해 주었다.

"모두 로리가 해준 거예요. 난 에이미를 내버려두었어요. 엄마, 만약에 에이미가 죽으면 내 탓이에요."

조는 침대 옆에 쓰러져 후회의 눈물을 흘렸다. 그리고 오늘 사건을 모두 털어놓고 자기의 무정한 마음을 반성하며, 일어났을지도 모르는 더 무거운 벌을 면하게 된 것에 대해 감사하며 흐느껴 울었다.

"내 못된 성질 때문이에요! 난 고치려고 했어요. 그런데도 전보다 더 심하게 화를 내게 돼요. 엄마, 난 어떡하면 좋아요? 정말 어떡하면 좋아요?"

가엾게도 조는 이제 틀렸다는 듯이 울어댔다.

"매사에 현혹당하지 않도록 눈을 뜨고 성실하게 기도하라는 예수님의 말씀대로 하는 거야. 그런 노력을 단념해서는 안 돼. 자기 결점을 고칠 수 없다고 생각해선 결코 안 되는 거야."

마치 부인은 조의 흐트러진 머리카락을 부드럽게 쓰다듬고 어깨로 끌어당겨 눈물젖은 뺨에 다정한 키스를 했다. 조는 더욱 흐느껴 울었다.

"엄만 몰라요. 내 성미가 얼마나 못됐는지 모르실 거예요. 발끈 성이 나서 흥분해 버리면 무슨 일을 저지르는지 자신도 몰라요. 몹시 거칠어져서 누구에게나 심한 짓을 하고는 시원하다고 생각해요. 언젠가 어처구니없는 일을 저질러서 일생을 망치고 모두 나를 싫어하게 되지나 않을까 하고 두려워져요. 아, 엄마! 날 도와 줘요. 날도와 주세요!"

"그럼 도와 주지, 도와 주고 말고. 그렇게 울지 않아도 돼. 그러나 오늘 일을 잘 명심해 두었다가 두 번 다시 그런 일을 되풀이하지 않도록 마음속으로 굳게 맹세해야 해. 조, 우리는 모두 저마다 유혹을 받으며 살고 있어. 어떤 사람은 너보다도 훨씬 더한 유혹을 받고 있을 거야. 그것을 극복하기 위해 일생을 거는 일도 있어. 넌 자신의 성격을 세상에서 가장 나쁘다고 생각하겠지만 나도 옛날에는 너와 마찬가지였단다."

"어머, 엄마가요? 하지만 엄마는 무슨 일이 있어도 화를 내시지 않잖아요!"

조는 너무나 뜻밖의 말이었기 때문에 괴로운 생각을 잠깐 잊어버렸다.

"난 그것을 고치기 위해 사십 년 간이나 많은 노력을 해 왔고 이제야 겨우 억제할 수 있게 되었을 뿐이란다. 지금도 난 자주 화를 내고 있지만 다만 그것을 겉으로 나타내지 않고 있는 거야. 이제는 정말이지 진정으로 화를 내지 않게 되었으면 좋겠지만 그러려면 아직 사십 년쯤 더 걸릴 것 같구나."

진심으로 사랑하는 어머니의 얼굴에 나타나 있는 인내와 겸양의 미소는 어떤 훌륭한 설교나 심한 잔소리보다도 조에게는 훨씬 좋은 가르침이 되었다. 어머니의 따뜻한 동정과 고백은 곧 가슴속에 배어들어 조를 위로해 주었다. 어머니도 자기와 같은 결점이 있다는 것을 알고서 급한 성질을 억제하는 것이 전보다 쉬워졌고, 그것을 고치려는 결심을 더욱 굳힐 수 있게 되었다. 열다섯 살의 소녀에게는 사십 년 동안 눈을 뜨고 성실하게 기도 드린다는 것이 아주 오랜 수행이라고 생각되었지만 말이다.

"그러면 엄마가 입술을 꼭 다물고 방에서 나가실 때는 화나신 거예요? 마치 백모님이 잔소리를 하거나 남들이 귀찮은 말을 할 때 같은……."

지금까지보다도 어머니를 더욱 가깝게 느끼며 조는 그렇게 물었다.

"그래. 이제는 별안간 나오려는 말들을 그럭저럭 참을 수 있게 되었지. 그래도 튀어나올 것 같으면 잠시 그 자리를 피해서 아직 의지가 약하고 심술궂은 자신을 책하며 몸을 꼬집기도 해."

마치 부인은 조의 흐트러진 머리를 풀어서 다시 땋아 주면서 후유 하고 한숨을 쉬며 미소지었다.

"어떻게 해서 가만히 참을 수 있게 되었어요? 내가 가장 어렵게 생각하는 게 그거예요. 무슨 일을 하든 나도 모르는 사이에 심한 말이 튀어나오거든요. 그리고 말하면 할수록 상황이 점점 나빠지고, 남의 기분을 상하게 하는 것이 재미있어져서 아주 심한 말을 해 버리게 돼요. 엄마는 어떻게 고쳤는지 가르쳐 주세요."

"상냥하신 우리 어머니가 도와 주셨지."

"지금의 엄마처럼 말이죠?"

조는 잠깐 어머니의 말을 가로막고 감사의 키스를 했다.

"나는 너보다 좀더 컸을 무렵 어머니가 돌아가셨어. 그래서 나중에 여러 해 동안 혼자 괴로워하지 않으면 안 되었단다. 괴로운 생각으로 자신의 잘못에 대해 눈물 흘리는 일이 얼마나 많았는지 몰라. 아무리 노력해도 잘 되지 않는 것 같았으니까 말이야. 그러다가 너희 아버지와 결혼해서 행복해진 다음부터는 잘못을 없애는 것이 더 쉬워졌어. 그러나 오래지 않아 네 아이의 엄마가 되고 가난에 쫓기자 다시 그런 괴로움이 생기더구나. 난 참을성 있는 성격이 아니야. 게다가 아이들이 구차하게 지내는 것을 보기가 너무 괴로워서 안절부절을 못 했어."

"가엾은 어머니! 그럴 때 무엇이 도움이 되었나요?"

"그것은 아버지야, 조. 아버지는 화를 내는 일이 전혀 없는 분이야. 의심하거나 불평을 하는 일도 없어. 언제나 희망을 갖고 일하며 밝은 장래를 기대하고 있기 때문에 그런 아버지 앞에서 묘한 행동을 하는 것이 너무나 부끄러웠어. 아버지는 나를 위로하고 도와 주며 내가 너희들의 본보기가 되니까 아이들이 해주었으면 하는 여러 가지 행동은 내가 모두 앞장서서 하지 않으면 안 된다는 것을 가르쳐 주신 거야. 엄마도 자기를 위한다는 것보다는 너희들을 위한다고 생각하니까 모든 것이 훨씬 쉬워졌어. 내가 뭔가 심한 말을 할 때면 너희들 중 누군가가 깜짝 놀란 얼굴을 하지. 그렇게 되면 어떤 말을 들은 것보다도 마음에 사무치고 말아. 아이들의 본보기가 될 만한 부인이 되려고 애쓰고 있는 나로서는 너희들의 애정과 존경, 그리고 신뢰가 무엇보다도 기쁜 일이거든."

"저, 엄마, 나도 엄마의 절반만큼이라도 좋은 사람이 된다면 참 좋겠어요."

어머니의 이야기에 감동해서 조의 목소리는 들떠 있었다.

"넌 나보다도 훨씬 더 훌륭한 사람이 되어야지. 그러기 위해서는 아버지가 말씀하시는 '마음속의 적'에 항상 조심해야 한단다. 그렇지 않으면 그 적이 너의 일생을 망치게까지는 하지 않는다 하더라도 슬픈 일을 당하게 할지도 모르니까 말이야. 잘 명심해서 급한 성질을 억제하도록 열심히 노력해 봐. 오늘 경험한 것 같은 불행과 후회를 되풀이하는 일이 없도록 말이야."

"해 보겠어요, 엄마. 정말 노력해 보겠어요. 하지만 엄마가 날 도와 주셔야 해요. 가끔 주의를 주셔서 내가 참을 수 있도록 해주세요. 아버지가 자주 손을 입에 대고 상냥하고 진지한 표정으로 엄마를 바라보시던 일이 기억나요. 그러면 엄마는 언제나 입을 꼭 다물거나 방에서 나가는 걸 난 눈치채고 있었어요. 그럴 때는 아버지가 주의를 주고 계셨나요?"

조가 정답게 물었다.

"그래. 내가 그렇게 해 달라고 부탁했어. 아버지는 결코 잊지 않고 내가 어쩌다 입 밖에 낼 것 같은 심한 말을 어떤 몸짓이나 상냥한 얼굴로 막아 주셨지."

조는 그렇게 말하는 어머니의 눈에 눈물이 괴고 입술이 떨리는 것을 보았다. 그래서 자기가 지나친 말을 한 게 아닐까 하고 걱정하며 살짝 속삭였다.

"엄마가 하는 행동을 몰래 보고 있었거나, 그것을 지금 말하는 게 나빴나요? 난 그저 생각하고 있는 것을 모두 엄마에게 얘기하는 게 즐거웠고 행복한 기분이 들어서 그만 말해 버린 거예요."

"조, 엄마에게는 무슨 말을 해도 좋아. 너희들이 무엇이든 털어놓아 주고 내가 너희들을 얼마나 사랑하고 있는지 잘 알아주고 있다는 것은 무엇보다 행복하고 자랑스러운 일이니까."

"내가 또 엄마를 슬프게 했나 하고 생각했어요."

"천만에. 그저 아버지 이야기를 하다 보니 아버지가 계시지 않기 때문에 느끼는 외로움과 아버지의 도움을 받았던 많은 일들이 떠올랐기 때문이야. 아버지를 위해서도 소중한 딸들을 훌륭하게 키우도록 늘 노력하지 않으면 안 되겠다고 생각했을 뿐이야."

"그래도 엄마는 아버지더러 전쟁터로 가시라고 말씀하셨고 출발 때도 우시지 않으셨죠. 지금도 불평 한마디 하지 않잖아요. 엄마는 아무런 도움도 필요없는 것처럼 보이는걸요."

조는 이상한 듯 말했다.

"나는 내가 사랑하는 조국에 가장 소중한 분을 드렸고 그분이 가실 때까지 눈물을 참고 있었어. 아버지나 나는 그저 국민으로서의 의무를 다했을 뿐이지만 그것 때문에 더욱 행복해질 것을 알고 있는데 어째서 불평 같은 걸 하겠니? 내게 도움이 필요하지 않은 것처럼 보인다면 그건 아버지보다도 더 훌륭한 친구인 신이 계셔서 나를 위로하고 지탱해 주시기 때문일 거야. 조, 네 일생의 고통과 유혹은 이제 시작되었어. 그러나 네가 아버지의 힘과 부드러운 사랑을 느끼는 것과 마찬가지로 하늘의 아버지이신 신의 힘과 부드러운 사랑을 느끼면 어떤 고생이나 유혹도 극복하고 살아갈 수 있을 거야. 신을 사랑하고 믿음이 깊어지면 깊어질수록, 곁에 다가간 것처럼 느끼면 느낄수록, 인간의 힘이나 지혜에 의지하지 않게 될 거야. 신의 사랑과 수호는 변하는 일도 약화되는 일도 없고, 또 네가 빼앗기는 일도 없이 일생 동안 평화와 행복과 힘의 근원이 될 거야. 이것을 진심으로 믿어야 해. 네 작은 걱정, 소망, 죄, 슬픔 그 모두를 신에게 드려. 어머니에게 모든 것을 털어놓는 것처럼 말이야."

조는 대답 대신에 그저 어머니를 힘껏 껴안을 뿐이었다. 그 후
에 계속된 고요 속에서 조가 드린, 지금까지 없었던 진심으로부
터의 기도는 아무것도 말하고 싶지 않을 정도로 조의 마음을 맑
게 해주었다. 서글프면서도 기쁜, 고요한 시간에 조는 후회와 절
망의 쓴맛을 알았을 뿐만 아니라 자신을 극복하고, 자신을 억제
하는 것에 대한 유쾌함을 알게 되었다. 그리고 조는 어머니의 손
에 이끌려 어떤 아버지보다도 강한 사랑과 어떤 어머니보다도 정
다운 사랑으로 모든 아이를 기쁘게 맞아 주는 '친구'인 신에게
다가갔다.

에이미는 자면서 몸을 뒤척이며 한숨을 쉬었다. 조는 당장이라
도 자기 결점을 고치기를 진정 바라는 듯이 얼굴을 들었다. 그 얼
굴에는 지금까지 한 번도 볼 수 없었던 표정이 떠올라 있었다.

"난 자신의 분노를 끝내 해가 질 때까지 그냥 지속시켰어. 나
는 에이미를 용서하려 하지 않았어. 게다가 오늘 로리가 없었다
면 돌이킬 수 없는 일이 일어났을지도 몰라. 어째서 그런 못된 생
각을 하게 되었을까?"

조는 동생 위로 몸을 굽히고 머리맡에 흩어져 있는 젖은 머리
카락을 쓰다듬으면서 중얼거렸다.

마치 그 말을 듣기나 한 듯 에이미가 별안간 눈을 뜨고 싱긋 웃
으며 두 손을 내밀었다. 조는 가슴이 뜨거워졌다. 두 사람은 말
한 마디 하지 않고, 모포도 개의치 않은 채 서로 꼭 껴안았다. 하
나의 키스 속에 마음속의 모든 것은 용서되고 잊혀졌다.

# 메그, 허영의 거리로 가다

"그 아이들이 마침 홍역을 앓다니, 이렇게 운이 좋을 수가 없어."

사월의 어느 날, 메그는 자기 방에서 동생들에게 둘러싸여 외국 여행이나 떠나는 것같이 트렁크에 물건을 넣으면서 말했다.

"그리고 애니 모파트가 약속을 잊지 않은 것도 고마운 일이고. 두 주일 동안 꼬박 재미있게 놀 수 있다니, 정말 멋진 일이야."

조가 긴 팔로 주름잡은 스커트를 치켜들며 마치 풍차 같은 모습으로 말했다.

"게다가 날씨도 좋아서 다행이야."

베스는 이 즐거운 여행에 빌려 줄 깃장식이나 리본을 자기의 보물 상자에서 고르고 있었다.

"나도 재미있게 놀면서 이런 예쁜 것을 달 수 있다면 얼마나 좋을까?"

에이미가 말했다. 에이미는 입에 핀을 가득 물고 언니의 바늘

꽂이에 솜씨 있게 꽂고 있었다.

"모두 함께 갈 수 있다면 더 좋을 텐데. 그렇게 할 수 없으니까 그 대신 집에 돌아와서 모두에게 얘기할 수 있도록 재미있었던 일은 잘 기억해 두겠어. 많은 걸 내게 빌려 주고 모두 친절하게 준비하는 걸 도와 주었지만 내가 할 수 있는 일이란 그 정도밖에 없을 것 같아."

메그는 방 안을 둘러보았다. 아주 간단한 여행 준비의 물건들이었지만 메그의 눈에는 별로 나무랄 데 없는 것 같았다.

"엄마가 저 보석 상자에서 무얼 꺼내 주셨어?"

에이미가 물었다. 적당한 기회가 오면 딸들에게 주려고 어머니는 옛날 화려했던 시절에 쓰다 남은 물건을 얼마간 간직하고 있었는데, 마치 부인이 삼목 상자를 열었을 때 에이미만 자리에 없었기 때문에 몰랐던 것이다.

"비단 양말 한 켤레, 아름답게 새긴 그림이 있는 부채, 그리고 예쁘고 푸른 장식띠. 난 짙은 보랏빛 비단 옷을 원했지만, 다시 만들 시간이 없잖아. 옛날에 만든 옷으로 참을 수밖에."

"그 옷이라면 내 새 모슬린 스커트와 같이 입으면 잘 어울릴 거야. 거기에 이 장식띠를 둘러봐. 아마 눈에 띄게 예쁠 거야. 내 팔찌를 부수지 않았더라면 좋았을걸. 이런 때 언니가 끼게."

조는 남에게 선물하거나 빌려 주는 것을 좋아했지만, 공교롭게도 그녀가 갖고 있는 것은 거의 부숴져 있어서 쓸 수 없는 것들뿐이었다.

"저 보석 상자에는 예전에 쓰던 아름다운 진주 장식이 한 벌 있어. 하지만 어머니께서는 아직 나이 들지 않은 소녀에게 제일 좋은 장식은 생화라고 하셨어. 그리고 로리도 내가 필요한 만큼의 꽃을 주겠다고 약속해 주었어."

메그가 말했다.

"자, 이제 새 회색빛 나들이 옷을 갖게 되었어. 베스의 모자 깃 장식을 좀 말아올려 줘. 그리고 일요일이나 작은 파티에는 이 포플린 옷으로……, 참, 그거 봄에는 좀 칙칙해 보이지 않을까? 짙은 보랏빛이면 참 좋았을걸!"

"괜찮아. 큰 파티에는 얇은 비단으로 만든 옷이 있잖아. 흰 옷을 입으면 언니는 언제나 천사같이 보이는걸."

에이미는 트렁크에 담은 아름다운 옷을 생각하며 황홀해했다.

"그건 깃에 여유가 없고 옷자락도 길게 끌리질 않아. 그래도 그걸 입는 수밖에 다른 방도가 없지만 말야. 하지만 푸른 평상복은 마음에 들어. 뒤집어서 테두리 장식을 붙였더니 마치 새로 맞춘 것 같아. 비단 코트는 유행에 뒤졌고 모자도 샐리 것처럼 고급이 아니야. 난 이런 소리 하고 싶지는 않지만 양산에는 실망했어. 흰 손잡이에 까만 양산이라고 했는데 어머니가 착각하시고 녹색 손잡이를 사 오셨거든. 튼튼하고 산뜻하니까 불평하는 건 나쁘지만 애니의 비싼 비단 우산과 비교하면 부끄러워."

메그는 정말 싫다는 듯 작은 양산을 쳐다보며 한숨을 쉬었다.

"바꿔 오지 그래."

조가 권했다.

"그건 어리석은 짓이야. 어머니의 기분을 상하게 하고 싶지는 않아. 어머니는 내 물건을 준비하기 위해 몹시 애써 주셨는데 나는 왜 그런 쓸데없는 생각을 하는 걸까. 그런 것에는 신경 쓰지 말아야 하는 건데. 비단 양말과 새 장갑 두 켤레는 정말 좋아. 조, 네 걸 빌려 줘서 고마워. 새 것이 두 켤레나 있으니까 어쩐지 부자가 되어 사치하는 기분이야. 게다가 보통 때 사용하는 헌 것 은 빨아 놓았고."

메그는 다시 장갑 넣은 상자를 들여다보며 기운을 되찾았다.

"애니 모파트는 나이트캡의 머리에 파랑과 핑크빛 리본을 달고 있어. 조, 내 나이트캡에도 무언가 달아 줘."

베스가 해너의 손에서 깨끗이 세탁해서 눈과 같이 희어진 모슬 린 한 묶음을 갖고 왔을 때 메그가 부탁했다.

"아냐, 그건 좋지 않아. 테두리 장식도 없는 잠옷에 리본을 단 나이트캡은 어울리지 않아. 가난한 자는 무턱대고 장식하지 않는 게 좋아."

조가 딱 잘라 말했다.

"옷에 진짜 레이스를 달 수 있는 행운이 내게는 언제 돌아올 까?"

메그는 안타깝다는 듯이 말했다.

"지난번에 언니는 애니 모파트의 집에 초대받기만 한다면 그것 으로 만족한다고 했잖아."

베스가 평상시처럼 조용한 어조로 말참견을 했다.

"참, 그랬지! 그래 난 행복해. 하찮은 일에 신경쓰지 않겠어. 그래도 인간이란 가지면 가질수록 욕심이 나는가 봐. 안 그래? 자, 이제 트렁크 정리도 다 되었고 남은 것은 무도복뿐이야. 그건 어머니가 나중에 넣어 주실 테니까 걱정하지 않아도 돼."

메그는 기분이 좋아서 말했다. 반쯤 찬 트렁크에서 몇 번이나 다림질을 하고 고치기도 한 흰 옷을 가지고 거드름피우며 자기의 '무도복'이라는 것이었다.

다음날은 날씨가 좋았다. 메그는 치장을 끝내고 새롭고 즐거운 이 주일을 위해 출발했다. 마치 부인은 메그의 방문은 일단 허락했지만 마음속으로는 별로 탐탁치 않게 여기고 있었다. 메그가 갈 때와는 달리 실망해서 돌아오지나 않을까 하고 은근히 걱정했기 때문이다. 그러나 메그가 몹시 조르고, 샐리도 잘 돌보아 주겠다고 약속했으며, 또 겨울 동안 재미없는 일을 하고 난 뒤에 좀 노는 것도 기분 전환을 위해 좋을 것이라고 생각했기 때문에 마침내 허락했다. 그래서 이 아가씨는 태어나서 처음으로 상류 사회의 사교계 생활을 맛보기 위해 떠났다.

모파트 가는 아주 화려한 생활을 하기 때문에 검소하게 자란 메그는 처음에 그 집의 훌륭함과 그곳에 사는 사람들의 고상함에 위축되었지만, 이 가족은 모두 친절하여 금세 손님의 마음을 차분하게 해주었다. 메그도 어렴풋이나마 이 가족이 특별히 교양이 있다든가 머리가 뛰어난 것도 아니고, 아무리 화려하게 겉을 장식해도 있는 그대로의 하찮은 본성은 숨길 수 있는 것이 아니라는 것을 느꼈을지도 모른다.

그러나 사치스러운 식사를 하고, 훌륭한 마차를 타고 다니며, 매일 좋은 옷을 입고, 재미있게 놀며 지낸다는 것은 분명히 기분 좋은 일이었다. 참으로 메그에게는 알맞은 생활 방식이었다. 오래지 않아 메그는 주위 사람들의 태도나 말투를 흉내냈다. 좀 점잔빼며 멋진 자세를 취하기도 하고, 이야기 도중에 프랑스어를 넣기도 하며, 머리털을 곱슬곱슬하게 지지거나, 몸을 날씬하게 보이기 위해 드레스의 폭을 줄이거나, 될 수 있는 대로 유행에 대해 이야기하게 되었다.

애니 모파트의 아름다운 소지품을 볼 때마다 메그는 애니가 부러워지고 부자는 좋겠다고 한숨을 쉬었다. 가끔 집을 떠올리면 몹시 살풍경하고 따분하다는 생각이 들었고, 가정교사 일도 지금까지보다 더욱 싫어졌다. 새 장갑과 비단 양말을 갖고 있어도 자기야말로 실로 가난하고 비참한 소녀라는 생각이 들었다.

그렇지만 푸념 따위를 늘어놓을 시간이 없었다. 세 소녀들은 여러모로 즐거운 시간을 보내기에 몹시 바빴다. 쇼핑을 하거나 산책을 하고, 말을 타기도 했으며, 이 집 저 집을 방문하면서 하루를 보냈다. 밤이 되면 연극이나 오페라를 보러 가고, 또는 집에서 법석을 떨며 놀았다.

친구들이 많은 애니는 능숙하게 사람을 접대할 줄도 알고 있었다. 애니의 언니들은 모두 대단히 아름다운 숙녀들로서 한 사람은 이미 약혼한 상태였다. 메그는 몹시 마음이 끌려 소녀다운 흥미를 갖고 공상을 펼치고는 했다. 주인 모파트는 뚱뚱하고 유쾌한 노인이었으며 메그의 아버지를 알고 있었다. 모파트 부인도 뚱뚱하고 유쾌한 노부인인데 딸 애니와 마찬가지로 메그를 아주 좋아했다. 모두가 메그를 귀여워해 주고 '데이지'라고 부르기도 해서 메그는 우쭐해서 머리가 띵 하며 이상해질 정도였다.

'작은 파티'가 열리는 저녁이 되었을 때, 메그는 그 포플린 옷을 입기가 어쩐지 부끄러워졌다. 다른 소녀들은 엷은 드레스를 걸치고 아름답게 치장했기 때문이었다. 샐리의 산뜻한 새 드레스에 비하면 따로 준비해 둔 옷을 입었다고 해도 역시 낡고 초라하

게 보였을 것이다. 소녀들이 힐끗하며 서로 마주보는 것을 눈치
챈 메그는 양볼이 뜨거워졌다. 메그는 얌전하지만 자존심이 대단
히 강했다. 옷에 대해서는 아무도 이야기를 하지 않았다. 샐리는
머리를 땋아 주겠다고 했으며, 애니는 장식 띠를 매어 주겠다고
하고, 약혼한 언니 벨은 메그의 팔이 흰 것을 칭찬했다. 그러나
그런 친절 속에 가난에 대한 연민의 정이 숨겨져 있음을 알게 되
자 비참한 생각뿐이었다. 메그는 다른 사람들이 웃고 떠들며 엷
은 비단 날개를 가진 나비처럼 춤추는 사이에서 혼자 외로이 무
거운 마음으로 서 있었다.

　이 괴롭고 비장한 생각이 점점 더해질 때 하녀가 꽃이 든 상자
를 갖고 왔다. 하녀가 뭐라고 말하기도 전에 애니가 뚜껑을 열었
고, 모두들 안에 들어 있는 아름다운 장미와 히드와 양치식물에
환성을 질렀다.

　"틀림없이 벨에게 왔을 거야. 조지가 언제나 꽃을 보내거든.
어쨌든 정말 멋있어."

　애니는 호들갑스럽게 내음을 맡으면서 외쳤다.

　"그건 미스 마치에게 온 것이라고 심부름하는 사람이 말했어
요. 여기 편지도 있어요."

　애니의 말을 가로막고 하녀는 편지를 메그에게 내밀었다.

　"참, 재미있군! 누구에게서 왔니? 네게 꽃을 보내 오는 사람이
있다니 전혀 몰랐어."

　아가씨들은 뜻밖의 일에 대한 호기심과 놀라움으로 나비 같은
걸음걸이로 메그 주위에 몰려와서 떠들어댔다.

　"편지는 어머니에게서, 꽃은 로리가 보낸 거야."

메그는 짧게 대답했지만 마음속으로는 로리가 자기를 잊지 않고 있는 데 대해 매우 고맙게 생각하고 있었다.

"어머, 그래!"

애니가 익살스러운 표정을 짓고 말했다. 메그는 어머니의 편지를 시샘이나 허영, 그리고 잘못된 자존심 따위가 일어나지 않게 해주는 부적처럼 호주머니에 가만히 간직했다. 짧지만 다정한 어머니의 편지는 좋은 가르침이 되었고, 아름다운 꽃은 울적한 마음을 위로해 주었다.

다시 즐거운 기분이 된 메그는 두세 송이의 장미와 양치식물만 자기 것으로 남겨 두고 나머지는 재빨리 예쁜 꽃다발을 만들어 가슴이나 머리, 그리고 스커트에 달도록 친구들에게 나눠 주었다. 그러자 모파트 가의 장녀 클레이라는 메그에게 지금까지 만난 사람들 중에서 가장 귀여운 사람이라고 말했다. 메그의 조그만 마음 씀씀이에 모두들 큰 호감을 가지게 된 것 같았다. 어쨌든 메그는 그 일로 인해 우울증을 씻을 수 있었다. 소녀들이 꽃으로 장식한 자신들의 모습을 모파트 부인에게 보이러 몰려나간 뒤, 메그는 꽃 한 송이를 아름답게 웨이브진 머리에 꽂고 이제는 초라하게 느껴지지 않는 드레스에도 장미를 달았다. 그리고 기쁜 표정으로 생기 있게 눈을 빛내고 있는 자신의 얼굴을 거울에 비쳐 보았다.

그날 밤 메그는 아주 즐거웠다. 마음껏 춤을 추었고 모두들 친절하게 대해 주었으며 게다가 세 번이나 칭찬받았기 때문이다. 애니의 권유로 노래 불렀을 때에는 누군가가 정말 좋은 목소리라고 말했다. 링컨 소령은 '저 눈이 아름답고, 생기가 넘치는 아가씨는 누구냐?'고 물었다. 모파트 씨는 '꾸물꾸물하지 않고 용수철처럼 팔딱팔딱 뛴다'라고 그다지 점잖지 못한 칭찬을 하며 메그와 계속 춤추고 싶다고 말하기도 했다. 이렇게 메그는 아주 즐거운 시간을 보내고 있었지만 우연히 들은 말 때문에 마음이 몹시 산란해졌다. 온실 안에서 춤 상대가 아이스크림을 가지고 오는 것을 기다리고 있을 때였다. 꽃이 많이 장식되어 있는 칸막이 저쪽에서 다음과 같은 이야깃소리가 들려왔다.

"그 사내애 몇 살이죠?"

"글쎄? 열여섯이나 열일곱이겠죠."

또 다른 목소리가 대답했다.

"그런 집 딸치고는 하늘에서 내려온 것만 같죠? 그 사람들은 서로 아주 친하다고 샐리가 말했어요. 게다가 그 할아버지가 그 집 식구들을 아주 좋아한대요."

"아무래도 M 부인이 세운 계획 같아요. 아직 빠른 것 같지만 꽤 단수가 높군요. 더구나 딸은 아직 눈치채지 못한 것 같아요."

이렇게 말한 사람은 모파트 부인이었다.

"아까, 어머니에게서 온 편집니다, 어쩌구 속이고 있었지만 어쩌면 이미 알고 있을지도 몰라. 꽃이 왔을 때 얼굴을 붉힌 것은 귀여웠어요. 좋은 옷만 입으면 더욱 아름다울 거예요. 목요일의 모임에 드레스를 빌려 준다고 하면 기분이 상할까요?"

또 다른 목소리가 물었다.

"저 아가씨는 자존심이 아주 강해요. 하지만 지금 갖고 있는 옷은 촌스러운 것뿐이고, 그것도 오늘 밤 찢어질지도 몰라요. 그러면 이쪽에서 어울리는 것을 빌려 주는 좋은 구실이 될 거예요."

"그것도 그렇군. 그 아가씨에 대한 호의로 로렌스를 부르도록 하겠어. 그 후는 또 틀림없이 재미있게 될 거야."

춤 상대가 돌아왔을 때, 메그는 얼굴을 붉히고 침착하지 못한 모습을 하고 있었다. 메그는 분명히 자존심이 강했다. 이 순간, 그 자존심 때문에 뜻밖에 들은 언짢은 이야기의 분함과 치밀어오르는 분노를 겉으로 드러내지 않고 참을 수는 있었다. 아무리 순진하고 남을 의심하지 않는 메그도 그 대화의 의미 정도를 모를 리는 없었다. 하지만 잊으려고 애써도 역시 'M 부인이 세운 계획 같아요' 라든가 '어머니의 편지라고 속이고 있었지만' 이라든가, '촌스러운 옷' 이라든가 하는 말을 마음속에서 되새기지 않을 수 없었다. 끝내는 울고 싶어져, 집에 돌아가서 이 괴로움을 어떻게 해야 좋을지 가르침을 받고 싶을 정도였다.

그러나 지금은 그렇게 할 수 없는 상황이기 때문에 될 수 있는 대로 밝은 모습으로 가장하려고 노력했다. 흥분한 상태였지만 겉으로 나타나지 않게 해서 메그가 마음속으로 얼마나 큰 노력을 하고 있는지 아무도 몰랐다. 파티가 끝나고 잠자리에 누웠을 때에야 마음을 놓았다. 많은 것을 고민하고 분노에 떨었기 때문에 끝내는 머리가 아프기 시작했고 자연히 눈물이 나와 뜨거운 뺨으로 흘러내렸다.

악의는 없다고 해도 그런 시시한 이야기는 메그에게 다른 세계가 있다는 것을 보여 주었고, 지금까지 어린애처럼 즐거운 나날을 보내온 세계의 평화를 완전히 교란했다. 로리와의 순진한 우정도 우연히 듣게 된 그 시시한 이야기로 더럽혀진 기분이었다. 또 자기의 척도로 남을 판단하는 모파트 부인이 딸들을 위해 세운 어머니의 계획이라고 이야기하는 것을 듣고, 메그는 어머니에 대한 신뢰감마저 흔들렸다. 그리고 가난한 집의 딸에게 어울리게 검소한 의상으로 참으려는 꿋꿋한 결심마저도 초라한 복장을 이 세상에서 가장 큰 불행이라고 생각하는 아가씨들의 쓸데없는 동정에 의해 둔해지고 약해졌다.

가엾은 메그는 잠을 잘 수도 없었다. 다음날 아침에 일어날 때는 졸립고 기분도 좋지 않았으며, 친구들에게 얼마간의 분노마저 느끼고 있었다. 그리고 그 이야기를 들었을 때 왜 솔직하게 말해서 착오를 알려 주지 않았는지 부끄럽게 생각되었다. 그날은 낮이 되어서야 겨우 뜨개질을 시작할 생각이 들었다. 메그는 친구들의 태도에 좀 다른 데가 있다는 것을 금세 알아차렸다. 이제까지보다도 자기를 더 정중히 대해 주는 것 같았다. 자기가 하는 말에 상냥하게 귀를 기울여 주고 호기심어린 눈으로 이쪽을 바라보고 있었다. 메그는 뜻밖의 일이라 겸연쩍은 생각이 들었는데, 편지를 쓰고 있던 벨이 고개를 들고 감상적인 어조로 이렇게 말했기 때문에 간신히 그 이유를 알게 되었다.

"이봐요, 데이지. 네 친구 로렌스 씨에게 초청장을 보냈어. 그분과도 사귀고 싶고 게다가 이것은 너에 대한 당연한 경의야."

메그는 약간 얼굴을 붉혔지만 도리어 이 사람들을 놀려 주려는 장난기어린 생각에서 정색을 하고 대답했다.

"참, 친절하시군요. 그러나 그분은 오시지 않을 거예요."

"어째서?"

벨이 의아해했다.

"왜냐하면 이제 나이도 나이니까요."

"어머, 무슨 소릴 하고 있어? 도대체 그분이 몇 살인데? 알고 싶어!"

이번에는 클레이라가 외쳤다.

"한 일흔 살 가까이는 되었을 거예요."

엉겁결에 웃음이 터지려는 얼굴을 숨기기 위해 뜨개질의 눈을 세면서 메그는 대답했다.

"깍쟁이. 젊은 분일 게 뻔한데."

벨이 웃으면서 소리쳤다.

"젊은 분은 계시지 않아요. 로리는 아직 어린애고요."

메그는 모두가 자기의 애인인 것처럼 생각하는 로리에 대해 이렇게 말했다. 모파트의 자매들이 서로 이상한 눈짓을 하는 것을 본 메그는 우스워졌다.

"너 정도의 나이겠지."

벨이 말했다.

"내 동생 조의 나이 정도밖에 안 돼요. 난 오는 팔월이면 열일곱이 되거든요."

가슴을 펴며 메그가 대답했다.

"꽃을 보내 주는 걸 보면 참 좋은 분인가 봐?"

애니는 아무것도 모르는 듯한 얼굴로 말했다.

"응, 우리 가족 모두에게 잘해 줘. 그 사람 집에는 꽃이 가득 있고 게다가 우리들은 꽃을 아주 좋아하니까. 우리 엄마와 로렌스 할아버지는 친구야. 그러니까 우리들이 같이 노는 것은 당연한 일이지."

메그는 이제 이런 이야기는 그만했으면 싶었다.

"데이지는 아직 세상을 모르는군."

클레이라는 머리를 조금 끄덕이고 벨에게 말했다.

"아주 순진해. 시골 사람처럼 말이야."

벨이 어깨를 으쓱하며 대답했다.

"나 쇼핑하러 가는데 뭐 필요한 것들 없니?"

모파트 부인이 레이스 달린 비단옷을 입고 코끼리처럼 육중한 발걸음을 옮기며 들어왔다.

"난 없어요, 엄마."

샐리가 즉시 대답했다.

"목요일에는 새로 산 핑크색 비단옷이 있으니까 아무것도 필요 없어요."

메그도 '저도 없습니다'라고 말하려다가 입을 다물었다. 몇 가지인가 원하는 것이 있었지만 살 수 없다는 것을 깨달았기 때문이었다.

"넌 무얼 입을래?"

샐리가 물었다.

"전에 입던 흰 것을 입을 거야. 그걸 보기 흉하지 않게 고쳐서 말이야. 어젯밤 그것이 찢어졌어."

메그는 애써서 아무렇지도 않은 듯이 말하려 했지만 아무래도 어색하고 불쾌했다.

"대신 입을 걸 집에서 가져오도록 하면 되잖아?"

별로 영리하지 못한 샐리가 말했다.

"대신 입을 것이 없어."

메그로서는 최대한 태연한 척하려 노력했지만 그런 것을 모르

는 샐리는 깜짝 놀라 아무 생각 없이,

"그것뿐이야? 어머, 이상해."

하고 계속 물어 왔다. 그러는 것을 벨이 머리를 저어 샐리의 말을 가로막고 상냥하게 말했다.

"이상할 것은 하나도 없어. 아직 사교계에 나오지 않은 사람이 의상을 많이 가졌어도 소용없잖아? 데이지, 집에서 가져오도록 할 필요는 없어. 나한테는 이제 작아져서 입지 못하는 깨끗한 파란 비단옷이 있으니까 그걸 입어. 난 네가 그걸 입어 주기를 바라는데, 괜찮겠지?"

"고마워요. 그러나 실례가 되지 않는다면 난 내가 입던 것으로 만족하겠어요. 나 같은 어린아이는 그걸로 충분하니까요."

메그가 말했다.

"그러나 내가 원하는 대로 해줘. 네게 정식으로 입혀 줄 테니까. 난 그렇게 하는 걸 아주 좋아해. 조금만 손을 대면 넌 틀림없이 귀여운 미인이 될 거야. 네가 옷을 완전히 입을 때까지 아무에게도 보이지 않고 있다가 신데렐라의 대부(代父)처럼 둘이서 쏙 나타나 무도실로 들어가는 거야."

벨이 자꾸 권했다.

이렇게 친절하게 권하자 메그도 거절할 수 없었다. 게다가 옷단장을 했을 때 자신이 얼마나 '귀여운 미인'이 되는지 보고 싶기도 했다. 그래서 벨이 하라는 대로 하고 지금까지 모파트 가의 사람들에 대해 느끼고 있던 언짢은 생각을 완전히 잊어버렸다.

목요일 저녁, 벨은 하녀와 함께 방에 틀어박혀 메그를 화려한 숙녀로 만들었다. 두 사람은 메그의 머리를 지져서 말기도 하고,

목과 팔에 좋은 냄새가 나는 분칠을 했으며, 입술을 빨갛게 돋보이게 하기 위해 산호색의 입술 연지를 바르기도 했다. 메그가 싫다고 하지 않았다면 하녀인 올탠스는 뺨에 '아주 작은 연지'마저 찍으려 했을 것이다. 두 사람은 메그에게 파란색의 드레스를 꼭 졸라 입혔다. 너무 조였기 때문에 숨도 쉴 수 없을 정도였으며, 가슴을 지나치게 드러내 놓았기 때문에 조심성이 많은 메그는 거울에 비친 자기 모습을 보고 얼굴을 붉힐 정도였다. 그 다음 여러 가지 은으로 만든 장식을 한 벌씩 달았다. 팔찌나 목걸이, 브로치, 그리고 귀걸이까지. 귀걸이는 올탠스가 핑크색의 명주실로 그 실이 겉에서 보이지 않도록 솜씨있게 매어 주었다. 가슴에 장미를 한 송이 붙이고 레이스의 주름 장식도 붙였기 때문에 아름답고 하얀 어깨가 드러나는 것에 메그도 끝내는 동의했다. 게다가 하이힐의 푸른 비단 구두는 메그가 오래 전부터 바라고 있던 마지막 소망을 충족시켰다. 레이스 달린 손수건, 깃털 부채, 은제 용기에 꽂은 꽃다발, 이것으로 준비는 모두 끝났다. 벨은 마치 새 옷을 입힌 인형을 보고 만족하는 아이처럼 메그를 찬찬히 바라보았다.

"아가씨는 귀엽군요. 참으로 예뻐요."

올탠스는 양손을 꼭 맞잡고 매우 황홀하다는 듯 프랑스어를 섞어 가며 감탄했다.

"자, 이제 가서 모든 사람에게 보이는 거야."

벨이 앞장서서 모두가 기다리고 있는 방으로 메그를 데려갔다.

긴 치맛자락을 끌고 귀걸이를 달랑거리며, 곱슬머리는 물결치고, 울렁거리는 가슴을 안고 옷자락 스치는 소리도 상쾌하게 벨의 뒤를 따라가는 메그는 '재미있는 일'이 지금부터 시작된다고 느꼈다. 왜냐하면 '당신이야말로 귀여운 미인입니다' 하고 거울이 분명히 알려 주었기 때문이다. 친구들은 모두 기분 좋은 인사치레를 여러 번 해주었다. 한참 동안 메그는 이솝 우화에 나오는, 공작의 깃털을 붙이고 우쭐해하는 까마귀가 되었고, 다른 아가씨들은 그 옆에서 한 떼의 까치처럼 지껄이고들 있었다.

"내가 드레스를 입는 동안, 샐리, 너는 저 아가씨에게 옷자락 다루는 법과 하이힐로 걷는 법을 가르쳐 줘. 그렇지 않으면 저 아가씨는 비틀거리다가 쓰러질 거야. 클레이라, 네 은제 나비로 왼쪽의 긴 곱슬머리를 눌러 줘. 내가 만든 멋있는 작품에 아무도 손대면 안 돼."

이 성공에 벨은 들떠서 급히 나갔다.

"나, 밑에 내려가는 게 두려워. 어쩐지 기분이 이상하고 거북한 게 반나체 같아."

종이 울리고 모파트 부인에게서 곧 내려오라는 전갈이 왔을 때 메그는 샐리에게 살짝 말했다.

"보통 때 너 같지 않아. 정말 예뻐. 나 같은 건 도저히 따라갈 수 없겠어. 벨은 취미가 다양하니까 마음대로 할 수 있어. 넌 완전히 프랑스 식이 되었어. 꽃은 꼭 껴안지 말고 자연스럽게 쥐고 있어. 그렇게 신경쓰지 않는 게 좋아. 그것보다 넘어지지 않도록 조심해."

샐리는 메그가 자기보다 예쁜 것에 신경쓰지 않는 것처럼 말했다. 샐리가 일러 준 것을 명심하면서 메그는 조심스럽게 계단을 내려가 응접실로 들어갔다. 그곳에는 모파트 가의 사람들과 일찍

온 손님이 두세 명 모여 있었다. 아름다운 의상에는 상류 사회 사람들 눈을 끌고 그들의 존경을 받는 매력이 있다는 것을 메그는 금세 알아차렸다. 전에는 메그 따윈 거들떠보지도 않던 몇몇 아가씨들이 별안간 태도가 완전히 그녀의 비위를 맞추려 들었다. 또 지난번 파티에서는 그저 메그를 응시하기만 하던 젊은 신사들이 이번에는 소개시켜 달라고 하며 여러 가지 실없이 비위맞추는 말을 하기도 했다. 소파에 앉아서 파티에 온 사람을 품평하고 있던 노부인들도 흥미가 일어난 모양인지 그 아가씨는 도대체 누구냐고 물었다. 그중 한 사람에게 모파트 부인이 이렇게 대답하는 것이 메그에게 들렸다.

"데이지 마치라고 해요. 아버지는 육군 대령이신데 이 고장 일류 집안입니다만 지금은 파산했어요. 로렌스 씨와는 아주 친숙히 지내는 것 같아요. 착한 아가씨예요. 우리 집의 네드가 아가씨에게 열중하고 있답니다."

"아, 그래?"

그 노부인은 다시 한 번 메그를 잘 보려고 돋보기를 고쳐 들었다. 메그는 아무것도 못 들은 척했지만 모파트 부인의 터무니없는 말에 내심 놀랐다. 묘한 기분이 가시지 않았지만 메그는 처음으로 귀부인이 되었다는 한 가지 사실 때문에 그럭저럭 그 자리를 버틸 수 있었다.

너무 꼭 끼인 드레스 덕택에 옆구리가 아프고 옷자락은 언제나 발밑에서 휘감기려 했다. 귀걸이가 떨어져 찾지 못하게 되거나 깨어져 버리지나 않을까 끊임없이 걱정되었다. 하지만 메그는 겉으로는 아무렇지도 않은 척 부채질을 하며, 익살을 부리는 젊은 신사의 하찮은 농담에 맞장구치고 있었다. 그러다 별안간 웃음을 그치고 당황하는 표정이 되었다. 맞은편에서 로리의 모습을 보았기 때문이었다. 로리는 노골적으로 놀람을 나타내며 메그를 뚫어지게 바라보고 있었다. 로리의 눈에는 그런 것은 싫다는 비난마저 담겨 있는 것 같았다. 로리는 웃으면서 인사하고 있었지만 그진지한 눈에 있는 무엇인가가 메그로 하여금 얼굴을 붉히게 했고, 낡은 드레스를 입고 왔더라면 좋았을걸 하고 생각하게 했다. 게다가 메그를 더욱 당황하게 한 것은 벨이 애니를 살짝 손가락으로 찌르고 둘이서 자기와 로리에게 의미심장한 눈길을 보내는 것을 보았기 때문이다.

'어리석은 사람들이야. 괜한 억측으로 남을 놀리다니! 개의치말고 평상시처럼 자연스럽게 대하자.'

메그는 이렇게 생각하고 로리와 악수하기 위해 옷 스치는 소리도 가볍게 방을 가로질러 갔다.

"참, 기뻐요. 잘 와 주었어요. 오지 않을 줄 알았는데."

메그는 최대한 어른스럽게 말했다.

"조가 꼭 가서 언니가 어떻게 지내는지 보고 오라고 해서요. 그래서 왔습니다."

로리는 메그의 아주 어른 같은 말씨에 조금 웃었지만 메그에게서 눈을 떼지는 않았다.

"조에게는 어떻게 이야기할 작정이죠?"

메그는 로리가 자기를 어떻게 보고 있는지 알고 싶어 견딜 수가 없었다.

"난, 언니를 잘 알아보지 못했다고 말하겠어요. 갑자기 어른이

172

된 것 같아 어쩐지 두렵더라고요."

로리는 장갑의 단추를 만지작거리면서 말했다.

"어머, 이상한 말을 하시네! 이곳 사람들이 반장난으로 치장해 준 거예요. 나도 한번 해 보고 싶었고요. 만약 조가 보았다면 깜짝 놀라 눈을 크게 뜨겠지요? 내가 이렇게 차린 것이 싫으세요?"

메그가 되물었다.

"네, 마음에 들지 않는군요."

로리는 정색을 하고 무뚝뚝하게 대답했다.

"어머, 어째서요?"

메그는 마음이 조마조마해졌다.

로리는 지진 머리와 허옇게 드러낸 어깨, 정교한 테두리 장식의 드레스를 찬찬히 바라보았다. 그의 표정에는 종전의 여느 때와 다른 무뚝뚝한 말투보다도 더욱 메그를 당황하게 했다.

"난 이런 요란한 치장은 별로 좋아하지 않아요."

손아래 소년으로부터 이런 말을 듣다니 참을 수가 없었다. 그래서 메그는 발끈 화를 내고 돌아서며 말했다.

"실례해요. 당신같이 무례한 사람은 처음 봤어요."

가슴이 답답했기 때문에, 조용한 창가로 가서 달아오른 뺨을 식혔다. 그때 링컨 소령이 바로 곁을 지나치며 자기 어머니에게 말하는 목소리가 들려왔다.

"모두들 저 귀여운 애를 장난감으로 생각하고 있습니다. 있는 그대로의 저 애를 어머니에게 보여 드리고 싶었는데, 아주 망쳐 버렸습니다. 꼭 인형 같아요."

"참, 어리석었어."

메그는 한숨을 쉬었다.

"내가 좀더 잘 생각해서 내 것을 입어야 했는데……. 그랬다면 다른 사람들이 날 싫어하거나 나도 언짢고 부끄러운 생각은 하지 않아도 되었을걸."

좋아하는 왈츠가 시작되었지만 메그는 차가운 유리창에 이마를 대고 커튼으로 반쯤 가리고는 꼼짝하지 않고 서 있었다. 얼마 동안을 그러고 있는데 누군가가 살짝 건드려서 뒤돌아보니 로리였다. 후회의 빛을 띤 로리가 정중히 인사를 하고 손을 내밀면서 말했다.

"아까 실례되는 말을 해서 미안해요. 자, 나와 같이 춤춥시다."

"나와 함께 춤추는 게 싫지 않으세요?"

메그는 될 수 있는 대로 아직도 화가 난 듯 새침한 시늉을 해 보았지만 역시 안 되었다.

"그렇지 않아요. 몹시 추고 싶습니다. 자, 나도 얌전해질게요. 당신의 드레스는 좋아하지 않지만, 당신에게는 정말 잘 어울린다고 생각합니다."

그 멋있음을 말로 잘 나타낼 수 없는 것이 안타깝다는 듯이 로리는 손을 내밀었다. 메그도 마음이 누그러져 미소지었다. 둘이서 곡에 맞추려고 기다리고 있을 때 메그가 속삭였다.

"내 스커트, 밟지 않도록 조심해 주세요. 아주 귀찮은 옷이에요. 이렇게 입다니, 내가 정말 어리석었어요."

"차라리 목 주위를 핀으로 고정시키는 편이 더욱 편했을 거예요."

로리는 그렇게 말하고 메그의 작고 푸른 구두를 내려다보았는데 그것은 마음에 든 것 같았다. 두 사람은 가볍고 아름답게 춤을 추었다.

"로리, 나 한 가지 부탁이 있어요. 들어 주겠어요?"

"들어 주고 말고요!"

로리가 쾌활하게 대답했다.

"오늘 밤 내가 입은 드레스에 대해 집에 가서 말하지 말아 줘요. 이런 변덕스러운 일은 이해하지 못할 거고, 또한 어머니에게 걱정을 끼치게 될 테니까요."

'그러면 어째서 그런 것을 입었습니까?'

로리의 눈이 분명히 그렇게 반문하는 것 같아서 메그는 허둥대며 덧붙였다.

"가족들에게는 내가 직접 말하겠어요. 내가 어리석었던 것도 어머니에게 털어놓고 싶어요. 그러니까 로리는 잠자코 있어 줘요. 그래 주겠죠?"

"절대로 말하지 않겠습니다. 그러나 모두들 물으면 어떻게 하죠?"

"내가 퍽 아름다워 보이고, 즐겁게 놀더라고 하면 돼요."

"아름답게 보였다는 말은 할 수 있지만 즐거워 보였다는 건 어째 좀…… 그다지 즐거워 보이지 않으니까 말입니다. 그렇지 않습니까?"

로리가 '그렇죠?' 하는 듯한 표정으로 보았기 때문에 메그도 끝내는 속삭이는 듯한 작은 목소리로 사실을 말했다.

"그래요. 즐겁지 않아요. 지금은 나쁜 애라고 생각하지 말아 줘요. 난 그저 재미있는 짓을 하고 싶었을 뿐이에요. 그러나 이제 소용없다는 것을 깨달았어요. 벌써 성가셔져요."

"아, 네드 모파트가 오는군요. 무슨 일일까?"

로리는 눈살을 찌푸리며 말했다. 그는 이 집의 젊은 주인 네드가 끼여드는 것을 귀찮아하는 것 같았다.

"네드는 나와 세 번 춤추고 싶다고 이름을 리스트에 써 넣었어요. 그래서 오는가 봐요. 난 춤추기 싫어졌는데."

메그가 내키지 않는 태도로 말하자 그 태도를 로리는 매우 재미있어 했다.

로리는 만찬 때까지 메그와 아무 말도 하지 않았다. 식사 때 로리는 네드와 그 친구인 피셔와 함께 샴페인을 마시고 있는 메그를 보았다. 로리의 표현에 의하면 그 두 사람은 '어리석은 이인조' 같은 행동을 하고 있었다. 로리는 평소에 마치 가 소녀들에게 남자 형제와 같은 기분으로 관심을 갖고 도움이 필요할 때에는 자진해서 도와 주었기 때문에 메그의 옆에 가서 충고했다.

"그런 걸 많이 마시면 내일 심한 두통이 납니다. 나라면 더 이상 마시지 않을 거예요. 메그, 게다가 어머니도 좋아하지 않으실 겁니다. 틀림없습니다."

네드가 메그의 잔에 또 샴페인을 따르려 하고, 피셔는 일어서서 소녀가 떨어뜨린 부채를 주워 올리려 할 때, 메그는 로리의 뒤로 몸을 굽히고 속삭였다.

"난, 오늘 밤 메그가 아니에요. 터무니없는 짓을 하는 '인형'이에요. 내일이 되면 이 요란스런 차림을 벗어 던지고 다시 아주 착한 애가 되겠어요."

메그는 이렇게 말하고 과장되게 웃었다.

"내일이 지금 당장 왔으면 좋겠어."

로리는 투덜대고 메그의 심한 변화에 불끈 화가 나서 그 자리를 떠나 버렸다.

메그는 다른 아가씨들과 마찬가지로 춤추기도 하고 시시덕거리며 지껄이고 킥킥 웃기도 했다. 밤참을 먹은 후 독일식의 춤도 추어 보고, 긴 스커트로 하마터면 상대를 쓰러뜨릴 뻔하기도 했다. 또 로리를 질리게 할 정도로 날뛰며 계속 춤을 추었다. 꼼짝하지 않고 보고 있던 로리는 어떻게든 충고하고 싶었지만 그럴 기회가 없었다. 로리가 작별 인사를 하러 올 때까지 메그 쪽에서 피하고 있었기 때문이다.

"아까 말한 것 잊지 말아요!"

메그는 심한 두통이 시작되어 난처했지만 일부러 웃음을 지어가며 말했다.

"죽어도 말하지 않겠습니다."

로리는 신파조의 몸짓으로 인사하고, 프랑스어로 대답하고 나서 돌아갔다.

이 조그만 뜻 있는 동작은 애니의 호기심을 일으켰다. 그러나 메그는 시시한 이야기를 나눌 기운이 없었기 때문에 곧장 잠자리에 들었다. 이튿날은 하루 종일 기분이 나빴다. 토요일에는 이 주일이나 놀았기 때문에 너무 지쳤고, 호화로운 생활에도 싫증을 느껴 집으로 돌아왔다.

"항상 예절 같은 것에 신경쓰지 않고 조용히 지내는 것이 마음 편해 좋아요. 역시 자기 집이란 좋은 거예요. 별로 좋지 않아도 말이에요."

일요일 밤 어머니와 조 옆에 앉은 메그는 마음을 놓은 표정으로 주위를 둘러보면서 말했다.

"그렇게 말해 주니 엄마도 기쁘구나. 그런 좋은 집에 갔다 와서 나중에 이 집이 시시하고 초라하게 보이지나 않을까 하고 걱정했는데……."

그날 내내 염려스러운 눈길로 메그를 지켜 보고 있던 어머니가 그렇게 말했다. 어머니의 눈은 아이들 얼굴에 나타나는 어떤 변화라도 재빨리 알아차렸다.

메그는 자기가 경험한 여러 가지 일을 쾌활하게 말하고, 이것저것 재미있는 것을 회상하고서는 아주 유쾌했다고 몇 번이나 되풀이해서 말했다. 그러나 아직도 메그의 가슴을 답답하게 짓누르는 것이 있었다. 메그는 동생들이 잠자리에 든 다음에도 무언가를 깊이 생각하는 듯 난롯불을 꼼짝하지 않고 바라보며 울적한 얼굴을 하고 있었다. 시계가 아홉 시를 치고 조가 이제 자자고 말했을 때, 메그는 별안간 의자에서 일어나 베스의 걸상으로 옮겨 가서, 양팔꿈치를 어머니 무릎에 기대어 세우고 단단히 결심한 듯 이야기를 꺼냈다.

"엄마, 나 털어놓고 싶은 얘기가 있어요."

"짐작은 하고 있었어. 무슨 얘기지?"

"난 저쪽으로 가는 게 좋겠지?"

조가 알겠다는 듯이 말했다.

"아니, 괜찮아. 네게는 언제나 무엇이든 얘기하잖아. 어린아이들 앞에서 말하는 건 부끄럽지만 네게는 모파트 씨 댁에서 한 터무니없는 일을 모두 말하고 싶어."

"괜찮으니까, 자, 말해 봐."

마치 부인은 미소짓고 있었지만 신경이 쓰이는 모양이었다.

"모두가 날 치장해 준 것은 아까 얘기했죠? 그러나 분을 바르고, 허리를 꼭 조르고, 머리를 지지거나 해서 마치 최신 유행 인형같이 했던 것은 말하지 않았어요. 로리는 내가 그런 식으로 차린 것을 이상하다고 생각했을 거예요. 입 밖에는 내지 않았지만 그렇게 생각했다는 걸 잘 알고 있어요. 나더러 '인형'이라고 한 사람도 있었어요. 어리석은 행동이란 것은 알고 있었지만 그만 모두가 치켜세우고, 예쁘다 어쩌다 입에 발린 칭찬을 해주는 바람에 장난감이 되어 버린 셈이에요."

"그것뿐이야?"

조가 물었다. 마치 부인은 눈을 아래로 내리깔고 있는 아름다운 딸을 가만히 바라보고 있었지만 그런 하찮은 소동을 비난할 생각은 조금도 없었다.

"아니, 또 있어요. 샴페인도 마셨고 뛰어 돌아다니면서 남자들과 장난도 쳤어요. 정말 어처구니없는 일뿐이었어요."

메그는 깊이 후회하며 말했다.

"그 밖에도 다른 것이 있을 거야."

마치 부인은 메그의 부드러운 뺨을 정답게 쓰다듬었다. 그러자 뺨에 별안간 홍조를 띠며 메그는 천천히 말하기 시작했다.

"네, 있어요. 정말 시시한 일이었지만 털어놓고 싶어요. 우리들과 로리에 대해 그렇게 떠들고 추측하는 건 참을 수 없어요."

그리고 메그는 모파트 가에서 들은 여러 가지 소문을 이야기했다. 메그의 순진한 마음에 그런 이야기가 들리게 되었다는 것에 불쾌해진 어머니는 입을 꼭 다물고 있었고, 그것을 조가 알아차렸다.

"어머, 그렇게 어리석은 얘기는 들어 본 적이 없어."

조가 반문해서 외쳤다.

"왜 즉시 달려가서 아니라고 말해 주지 않았어?"

"그렇게 할 수 없었어. 너무나 뜻밖이어서 처음에는 듣지 않으려 했지만 어쩔 수 없이 들었어. 그것 때문에 끝내는 몹시 화가 났고 비참한 생각이 들어 움직이는 것마저 잊어버렸어."

"내가 애니 모파트를 만날 때까지 기다려. 이런 어리석은 짓은 어떻게 처리해야 좋은지 내가 보여 줄 테니까. 계획을 세운다든가, 로리가 부자니까 친절하게 한다든가, 차례로 딸들을 결혼시킨다든가, 그런 말을 마음대로 지껄이다니! 우리 집안에 대해 그런 어리석은 소문이 나돈다고 하면 로리도 격분해서 소리지를 거야."

이것이 재미있는 웃음거리가 될 거라고 생각했는지 조는 큰소리로 웃어댔다.

"로리에게 그런 말 하면 용서하지 않겠어. 말하면 안 되죠, 응, 엄마?"

메그는 곤란하다는 듯 말했다.

"응, 가만 있어. 그런 어리석은 소문은 결코 두 번 다시 입 밖에 내선 안 돼. 그리고 될수록 빨리 잊도록 해."

마치 부인이 정색을 하며 말했다.

"내 잘못이야. 사람 됨됨이를 잘 모르는 사람들 속으로 널 보냈으니. 친절하기는 하지만 속되고 교양이 없으며 젊은 사람들을 보면 곧 그런 천한 생각만 하고 있으니까 말이야. 메그, 내가 널 보냈는데 네가 상처받았는다면 어떻게 해야 좋을지 모르겠구나."

"그렇지 않아요. 그런 일로 상처받거나 하진 않아요. 나쁜 것은 모두 잊어버리고 좋은 것만 기억해 두겠어요. 그리고 많이 즐겼기 때문에 엄마가 보내 주신 것에 대해서는 아주 고맙게 생각해요. 난 감상적이 되거나 불평하거나 하지는 않아요. 그저 내가 어리석고 세상물정 모르는 아이라는 것을 깨닫게 되었어요. 스스로 모든 일을 잘 처리할 수 있을 때까지 엄마 옆에 있고 싶어요. 그렇지만 한편으로는 남들이 칭찬하거나 치켜세우는 소리를 들으면 정말 기분이 좋아져요. 솔직히 말해서 그런 칭찬이 싫지 않아요."

메그는 멋쩍은 듯이 털어놓았다.

"그건 지극히 자연스러운 거란다. 하지만 너무 심해져서 여자애답지 않은 어리석은 짓을 하게 되어서는 안 되겠지만 말이야. 그렇지 않다면 별로 상관할 것 없어. 그리고 '저런 분이라면······.' 하고 생각할 수 있는 사람들에게서 칭찬받고, 그 값어치가 드러나도록 해야 해. 메그는 아름다울 뿐만 아니라 조심성이 있기 때문에 훌륭한 사람들에게서 칭찬받을 수 있을 거야."

메그는 한참 동안 꼼짝하지 않고 무언가를 골똘히 생각하고 있었고 조는 뒷짐을 진 채 당황한 모습으로 서 있었다. 메그가 얼굴을 붉히고 칭찬을 받았다든가 약혼한 사이라든가, 그런 것을 말하는 것을 보기는 처음이기 때문이었다. 조에게는 자기 언니가 지난 두 주일 동안에 깜짝 놀랄 정도로 갑자기 어른이 되어 버려 자기는 따라갈 수 없는 딴 세계로 들어가 버린 것 같은 느낌이었다.

"그런데 엄마, 모파트 부인의 말처럼 정말 무언가 계획을 가지고 계신가요?"

메그는 수줍어하면서 말했다.

"그럼, 아주 많이 가지고 있지. 세상의 어머니들은 모두 그런 거야. 그러나 엄마의 계획은 모파트 부인과는 좀 다르단다. 마침 기회가 좋으니까 그걸 지금 말하지. 너희들의 꿈꾸기 쉬운 작은 머리와 마음이 중요한 문제를 바르게 판단할 수 있도록 해 두는 것이 좋을 테니까. 메그, 넌 아직 나이가 차지는 않았지만 내가 말하는 것을 이해하지 못할 정도로 어린아이는 아닐 거야. 그리고 너 같은 어린 사람에게 말하는 것은 어머니의 입을 통하는 것이 제일 좋지. 조, 오래지 않아 네게도 차례가 돌아올 거야. 그러니까 내 '계획'을 잘 듣고 과연 옳다고 생각하면 그것을 실현시킬 수 있도록 도와 줘."

조가 다가와서 의자의 팔걸이에 걸터앉았다. '자, 이제부터 중대한 사항을 말하는 것이다' 라는 표정으로 두 딸의 손을 잡고 그 발랄한 얼굴들을 찬찬히 바라보면서 마치 부인은 진지하면서도 힘 있는 어조로 입을 열었다.

"난 내 딸들이 아름답고 몸가짐이 바른 착한 여인이 되어 주기를 바라고 있어. 남에게 칭찬받고 귀염받으며 행복한 처녀 시절을 보내기를, 그리고 현명하고 좋은 결혼을 하기를. 또한 신의 뜻이라고는 하지만 너희들을 괴롭히는 걱정이나 슬픔이 될 수 있는 대로 적게 되기를, 그리고 보람 있는 즐거운 생활을 보내기를 바라고 있단다. 좋은 남자에게 선택받아 사랑받는 것이 여자로서는 무엇보다도 행복하고 기쁜 일이야. 나는 너희들도 이런 아름다운 경험을 할 수 있기를 마음속으로 빌고 있어. 메그, 나이가 차서 이런 일을 생각하는 것은 당연하고, 그때가 오는 것을 기다리는 것도 당연하며, 또 그것에 대한 마음의 준비를 해 두는 것은 현명한 일이야. 그리고 마침내 행운이 왔을 때 너희들이 여자로서의 준비를 다 갖추고 있다는 자신감을 갖고 그 기쁨을 누려도 좋을 만한 사람이 되어 있어야 해. 너희들에게는 어머니도 큰 희망을 걸고 있어. 그러나 그건 세상에 화려하게 내보내려는 것은 아니야. 상대방이 그저 부자라든가, 호화로운 저택에서 살 수 있다고 해서 부자와 결혼시키겠다는 생각은 추호도 없어. 돈이 있어도, 집이 있어도, 사랑이라는 게 결핍되어 있으면 참된 가정이라고 할 수 없어. 돈이라는 것은 필요하고 중요해. 잘 쓰기만 하면 아주 귀중한 것이 되지. 그러나 돈이야말로 열심히 일해서 손에 넣어야 하는 첫째 가는 물건이지, 그것만이 목적이라고 생각하는 건 원하지 않아. 난 너희들이 행복해지고 귀염을 받으며 만족하게 살아갈 수 있다면, 자존심도 마음의 평화도 없는 여왕이 되기보다는 차라리 가난한 사람의 아내가 되는 편이 훨씬 낫다고 생각해."

"벨 모파트가 그러는데 가난한 집안 딸은 대담하게 사교계에 나가지 않으면 좋은 기회를 붙잡을 수 없다던데요."

"그렇다면 우리는 노처녀로 살아가는 게 좋겠군."

조가 딱 잘라 말했다.

"그래, 조. 불행한 아내가 되거나, 또는 상대를 찾아 혈안이 되어 헤매는 뻔뻔한 아가씨가 되기보다는 행복한 노처녀가 되는 편이 나은 거야."

마치 부인이 분명한 어조로 말했다.

"걱정하지 않아도 돼, 메그. 정말 사랑하는 사람이라면 가난 때문에 굴하지는 않아. 내가 알고 있는 참으로 훌륭한 여인 중에는 옛날에 가난한 집안에서 태어난 사람도 많아. 모두 사랑을 받을 만한 매력이 있는 사람들이기 때문에 세상이 그냥 내버려두지를 않았어. 이런 것은 시간의 흐름에 맡겨 두는 거야. 지금은 집에서 즐겁게 지내다가 진짜 기회가 오면 즐거운 가정을 이룰 수 있도록 준비해 두는 거야. 그런 기회가 없다면 이 집에서 만족하고 있을 것. 메그, 조, 또 하나 명심해 둘 게 있단다. 어머니는 언제나 너희들의 의논 상대가 되겠어. 그리고 아버지도 친구가 될 거야. 아버지나 어머니는 딸들이 결혼을 하든 하지 않든 우리들 일생의 자랑과 위안이 되기를 마음속으로 기원하고 있단다."

"그렇게 되고 말고요. 엄마, 틀림없어요!"

두 사람은 어머니가 잘 자라며 일어섰을 때 함께 소리를 내어 맹세했다.

# P·C와 P·O

봄이 되자 여러 가지 새롭고 즐거운 일이 많아졌다. 길어진 오후는 일하거나 놀기에 좋았다. 정원의 손질도 손수 해야만 하는 자매들은 작은 땅을 네 등분해서 각자 자기 좋을 대로 가꾸고 있었다.

"어느 것이 어느 아가씨의 것인지 설사 중국에서 본다고 해도 알 수 있어요."

해녀의 말대로 네 자매는 성격처럼 취향도 각각 달랐다. 메그의 정원에는 장미와 헬리오트로프, 그리고 작은 오렌지나무 등이 있었다.

조의 화단에는 같은 것이 두 계절 이상 계속되는 일이 없었다. 언제나 새로운 실험을 하기 때문이었다. 올해는 해바라기를 재배할 모양이어서 그 힘있게 자라는 식물의 씨는 '콕 클톱 아주머니' 라는 암탉과 그 병아리들의 먹이가 될 것이다.

베스는 자기 정원에 고풍스럽고 향기 좋은 꽃들을 심어 놓았다. 스위트피, 물푸레나무, 패랭이꽃, 돼지꽃, 향쑥 등. 게다가 새들에게 주기 위한 별꽃과 고양이를 위한 개박하까지 심어 놓고 있었다.

에이미는 자신의 마당에 작은 정자를 만들어 놓았다. 그곳에는 작은 집게벌레가 살았는데 보기에 매우 아름다웠다. 뿔피리 같고 또 종 같은, 여러 가지 색의 꽃을 피우는 인동덩굴이나 나팔꽃이 정자를 멋있는 화환처럼 장식하고 있었다. 키가 큰 흰 백합, 화사한 양치 식물, 그 밖에 어울리는 갖가지 아름답고 화려한 풀들이 그곳을 온통 뒤덮고 있었다.

날씨가 좋은 날에는 원예나 산책, 강에서의 보트 놀이 등을 하며 재미있게 보냈고, 비가 오는 날에는 집 안에서 할 놀이가 있었다. 옛날 것과 새것, 모두 독특하게 개발해 낸 것이었다.

그중의 하나는 'P·C'라는 것이었다. 그 무렵 비밀 결사 같은 것이 유행하고 있었는데, 집에서도 하나 만들자고 해서 자매들이 생각해 낸 것이다. 모두들 찰스 디킨스를 대단히 좋아했기 때문에 자기들의 결사를 '피크위크(영국의 소설가) 그룹'이라고 부르고 있었다. 두세 번 거른 일은 있지만 자매들이 일 년 이상 계속해 오고 있는 행사였다.

매주 토요일 밤 다락방에 모여 다음과 같은 순서로 회의를 진행시켰다. 먼저 램프가 놓인 테이블에 세 개의 의자를 가지런히 놓는다. 거기에는 각기 다른 색깔로 'P·C'라는 큰 글자로 쓴 네 개의 배지와,《피크위크 잡보》라는 주간 신문이 놓여 있었다. 이 신문에는 회원 모두가 신문에 기고를 했고, 펜을 잡는 것을 무엇보다 좋아하는 조가 편집장 노릇을 하고 있었다. 저녁 일곱 시, 네 사람의 회원은 그룹실로 올라와 자기 배지를 머리에 달고 진지한 태도로 각기 지정된 자리에 앉았다. 메그는 가장 연장자였기 때문에 사뮤엘 피크위크였다. 문학적 재능이 있는 조는 오거스터스 스노드 글래스, 통통하고 둥근 장밋빛 얼굴을 한 베스는 트레이시 터프먼, 언제나 할 수도 없는 일을 하려는 에이미는 나다니엘 윙클이었다.

회장인 피크위크는 신문을 읽는 역을 맡았는데 신문에는 창작시, 지방 뉴스, 우스운 광고 그리고 서로의 거친 행위나 과오를 솔직히 반성하는 재치 있는 풍자 등이 실려 있었다.

오늘의 피크위크는 알이 없는 안경을 끼고 테이블을 탕탕 치며 에헴 하는 헛기침을 하고 있었다. 몸을 뒤로 젖힌 채 앉아 있는 스노드 글래스를 무서운 얼굴로 쏘아보고, 그가 자세를 바로하는 것을 기다리고 나서 천천히 기사를 읽기 시작했다.


《피크위크 잡보》


〈시난(詩欄)〉─ 기념일을 맞다


여기서, 다시 경축한다.
기장(記章)을 붙이고 엄숙하게
제52회 기념일을.
오늘 밤 피크위크 회관에서.

아주 건강한 모습으로 만나고
누구 하나 빠진 자도 없이
다시 보는 얼굴 반가워
굳게 악수를 하네.

피크위크 회장님께
모두 정중히 인사를 한다.
회장은 안경을 코끝에 걸치고 읽는다.
우리 재미있는 주보를.
회장이 감기에 걸렸지만
이야기하는 것을 듣는 것은 아주 즐거워.
쉰 목소리로 이것저것
현명한 이야기가 많기 때문에.

6척은 족히 되는 스노드 글래스
코끼리도 그런가 할 정도로 여유 있게
갈색의 밝은 얼굴 돌려서
모두에게 생긋 웃는다.

동자에 빛나는 시(詩)의 불꽃
자신의 불운과 싸우면서
보라, 이마에는 야심이 불타고
콧등에는 먹물 자국!

다음에 온화한 터프먼
통통하고 귀여운 홍조 띤 뺨
시시한 익살 듣고 웃어 젖히다
의자에서 마침내 굴러떨어지네.

이번에는, 점잔빼는 윙클
머리는 빗질하여 곱게 매만지고
예의 범절의 거울, 여기에 있네.
얼굴을 씻지 않는 버릇 있지만
한 해가 지나, 우리는 더욱
함께 장난하고, 웃고, 읽는
학문의 좁은 길 헤쳐 나가서
끝내는 영예에 이를 것이다.

번영하라 영원히 이 주보
우리 그룹에 끊임없이
해를 거듭함에 따라 행운 있으라고
우리는 바란다, 이 P·C 에게.
A·스노드 글래스


⟨가면(假面)의 결혼 ― 베니스 이야기⟩


잇대어 곤돌라는 계속되고, 대리석 층층대에 갖다 대고는 아름다운 승객들을 내려놓고 가 버렸다. 기슭으로 오른 사람들은 이 데룬 백작의 호화로운 큰 홀에, 눈부시게 성장한 사람들 속으로 들어가 수가 점점 늘어났다. 기사와 귀부인, 요정과 시종, 수도사와 꽃 파는 아가씨 등, 모두가 뒤섞여 눈부시게 춤추고 있었다. 달콤하고 아름다운 목소리와 멋진 멜로디 속에서 가장 무도회는 진행되었다.

"여왕님, 오늘 저녁 바이오라 아가씨를 보셨습니까?"

상냥한 남자인 듯한 음유 시인이 그 팔에 기대며 방을 하늘하늘 떠돌 듯 걷는 요정의 여왕에게 물었다.

"네, 보았어요. 아주 예쁘더군요. 게다가 의상도 아주 멋있고요. 매우 슬픈 표정이었지만 말이에요. 몹시 싫어하는 안티니오 백작과 일 주일이 지나면 결혼해야 하기 때문이겠죠."

"사실, 난 백작이 부럽습니다. 저기 오셨군요. 까만 가면만 아니면 그 밖의 것은 신랑 같은 옷차림이에요. 저 가면을 벗었을 때야말로 아름다운 아가씨를 어떤 얼굴로 백작이 보고 있는지를 알 수 있을 것입니다. 어쨌든 공주는 엄한 아버지 때문에 억지로 결혼하게 되었으니까."

"소문에 의하면 아가씨는 젊은 영국인 화가를 사랑하고 있다더군요. 그 화가는 몇 번이고 아가씨를 방문했다고 합니다만, 노백작에게 쫓겨났다고 하던데……."

요정의 여왕이 말했다. 그리고 두 사람은 춤추는 사람들 속으로 사라졌다.

이 환락이 절정에 이르렀을 때 신부가 나타났다. 그리고 젊은 백작과 아가씨에게 보랏빛 벨벳이 드리워져 있는 별실 쪽으로 가

190

서 그곳에서 무릎꿇도록 일렀다.

떠들썩하던 사람들은 금세 쥐죽은 듯 조용해졌다. 아무런 소리도 나지 않았다. 그저 분수의 울림과 별빛 속에 잠든 오렌지나무가 바람에 흔들리는 소리뿐이었다.

이윽고 노백작이 다음과 같은 말을 시작했다.

"신사 숙녀 여러분, 오늘 밤 계획적으로 이곳에 모이도록 하여 제 딸의 결혼식에 참석하기 바란 것에 대해 진정으로 용서를 바랍니다. 자, 신부님, 아무쪼록 식을 진행해 주십시오."

그 자리에 있던 사람들은 일제히 신랑과 신부 쪽으로 주목했다. 동시에 놀라움의 작은 속삭임이 그들 사이에 퍼졌다. 왜냐하면 신랑은 물론 신부도 그들의 가면을 벗지 않았기 때문이다.

호기심과 이상한 생각이 모든 사람들의 가슴속에 끓어올랐지만 예의를 존중해서 식이 끝날 때까지는 아무도 입을 열지 않았다. 그리고 식이 끝나자 이제 더 참을 수가 없게 된 손님들이 도대체 어떻게 된 것인가 하고 모두 백작 주위로 몰려들어 설명을 요구했다.

"내가 설명할 수 있는 것이라면 기꺼이 설명해 드리겠습니다. 그러나 이것은 그저 딸의 변덕으로 인한 일이며, 나는 딸의 고집에 꺾여 제의에 따른 것에 지나지 않습니다. 자, 두 사람 다 이제 연극은 그만하고 가면을 벗어요. 그리고 내 축복을 받는 것이 어떤가?"

그러나 두 사람 다 무릎을 꿇고 축복을 받으려 하지 않았다. 뿐만 아니라 젊은 신랑이 가면을 벗자, 아가씨를 사랑해서 찾아다녔다는 화가 파디난드 데발의 품위 있는 얼굴이 나타나 사람들을 깜짝 놀라게 했다. 신랑의 가슴에 기댄 아름다운 바이오라 아가씨는 기쁨과 아름다움에 얼굴이 빛날 뿐이었다.

"각하, 당신은 제가 안티니오 백작에 뒤지지 않는 명성과 부(富)를 자랑할 수 있을 때가 되어서야 아가씨에게 결혼을 신청하는 것이 좋을 것이라고 저를 비웃었습니다. 저는 그 이상의 것을 할 수 있습니다. 당신이 아무리 큰 야심을 가지고 있다고 해도, 데발 및 도비아 백작이라는 자가 이 아름다운 부인, 지금은 제 처의 사랑스러운 손에 유서 깊은 이름과 어마어마한 재산을 주려고 할 때 그것을 거절할 수는 없을 것입니다."

백작은 돌이 된 것처럼 꼼짝하지 않고 서 있었다. 그러자 파디난드는 어안이 벙벙해져 있는 사람들 쪽을 향해 만족한 듯 밝은 웃음을 터뜨리면서 이와 같이 말하는 것이었다.

"부인을 사랑하는 내 친구들에게 말씀 드리고 싶습니다만, 당신들도 나의 사랑과 마찬가지로 성공할 것을 바라고 있습니다. 그리고 이런 가면을 쓴 결혼식에 의해 나의 신부와 같이 아름다운 부인을 얻을 수 있을 것을 빌어 마지않습니다."

S · 피크위크


P · C는 왜 바벨탑에 유사한가? 그것은 멋대로고 어쩔 수 없는 회원들뿐이기 때문에.

〈호박의 역사〉

　옛날 어떤 곳에 한 농부가 있었습니다. 농부는 자기 밭에 작은 씨를 뿌렸습니다. 오래지 않아 그 씨는 싹이 터서 줄기를 뻗고, 많은 호박이 주렁주렁 열렸습니다. 호박이 익은 시월의 어느 날, 농부는 그중 하나를 따서 시장으로 가지고 갔습니다. 채소 장수가 그것을 사서 가게에 놓아 두었습니다. 그날 아침, 갈색 모자에 푸른 옷을 입고, 둥근 얼굴에 들창코를 한 소녀가 와서 어머니를 위해서 그것을 샀습니다. 소녀는 호박을 안고 집으로 돌아가, 그것을 잘라서는 냄비에 넣어 삶았습니다. 그리고 그중의 일부분을 으깨서 소금과 버터를 넣어 저녁 식사로 했습니다. 남은 것은 밀크 세 홉, 계란 두 개, 설탕 네 숟갈, 향료, 크래커 등을 섞어서, 깊은 접시에 넣고 엷은 갈색이 될 때까지 푹 삶았습니다. 다음날 이 호박 요리는 마치라는 집안 사람들이 먹어치웠습니다.

T. 터프먼

피크위크 님

　죄에 대한 것을 쓰고자 합니다. 그 죄인은 윙클이라는 이름을 가진 자이며, 이 사람은 큰소리로 웃기도 하고 이 신문에 실리는 글을 쓰지 않기도 해서 그룹에 폐를 끼칩니다. 아무쪼록 그 실례를 용서해 주십시오. 그리고 공부할 것이 많이 있는 데다가 머리가 좋지 않으므로 자신이 새로 만들어 쓸 수는 없습니다. 그래서 프랑스의 동화를 대신 보냅니다. 이 다음에는 기회를 잘 잡아 정말로 멋있는 것을 쓰려고 합니다. 이제 학교에 갈 시간이 되었으므로 이만 총총……

N. 윙클

이 편지는 과거의 잘못을 남자처럼 인정한 훌륭한 것이다. 이 젊은 필자가 구두점 찍는 법을 배운다면 더욱 좋으리라 생각된다.

〈가슴 아픈 사건〉

지난 금요일 우리집 지하실에서 때 아닌 큰소리가 나고, 뒤이어 비명이 들려왔다. 모두가 정신없이 지하실로 달려가 보니 우리들의 사랑하는 피크워크 회장님이 바닥에 엎드려 있는 것이 아닌가! 집에서 쓰는 땔나무를 가지러 왔다가 그만 발이 미끄러져 자빠진 것이었다. 주위는 온통 눈뜨고 볼 수 없는 광경이었다. 넘어질 때 머리와 어깨를 물통에 처박고 통 가득히 담긴 비눗물을 전신에 뒤집어쓴 채 옷까지 몹시 찢어져 있었다는 것이다. 이 참담한 상태에서 즉시 그를 일으켰는데, 여러 곳의 타박상 외에 별다른 부상은 없었다. 다행하게도 그 후의 경과는 양호하다.

기자(記者)

〈부고〉

우리들의 친애하는 친구, 스노 볼 팻포 부인이 갑자기 이상하게 행방불명된 사실을 알리는 것은 괴롭고 슬픈 일이다. 이 귀엽고 사랑스러운 고양이는 많은 사람들이 마음 따뜻하게 호의를 베풀던 애완동물이었다. 부인의 아름다움은 모든 사람들의 주목을 받았고 그 정숙함과 높은 덕은 모든 이들로부터 사랑을 받고 있었기 때문에 부인이 없어진 것에 대해 지역 사회 전체가 깊이 슬퍼하고 있다.

문간에 앉아서 푸줏간 차를 보고 있던 것이 부인을 본 마지막 모습이었다. 어쩌면 부인의 귀여움에 끌린 악한이 괘씸하게도 훔쳐갔는지도 모를 일이다. 그 후 여러 주가 지나 오늘까지, 그 행방을 전혀 알 수 없었다. 그래서 우리들은 이제 모든 희망을 단념하고 부인의 집이었던 바구니에 까만 리본을 매고, 밥먹던 접시를 치우고 영원히 돌아오지 않을 것으로 생각, 진심으로 부인의 행방불명을 슬퍼하는 바이다.

〈광고난〉

교양이 풍부하고 남자 못지않은 강연가로 알려진 오란시 브라게이지 여사가 '부인과 그 지위'라는 제목으로 좋아하는 강좌를 함—내주 토요일 밤, 피크위크 회관, 정례회 후.

젊은 부인을 위한 요리 강습—주1회, 부엌에서 지도. 해너 브라운, 누구나 출석 환영.

쓰레받기 협회는 내주 수요일에 집합, 클럽 하우스 이층으로 행진 예정—전회원 정각 9시, 제복 착용, 빗자루를 가지고 출석할 것.

베스 바운서 부인, 내주부터 새 인형 옷집 개점 — 최근 파리 모드의 물건들도 도착. 이용해 주시기를 삼가 부탁 드립니다.

번빌 극장에서는 2, 3주일 후 신작을 상연할 예정 — 미국 극계의 전무후무의 걸작, '그리스의 노예'라는 제목의 흥미진지한 연극.

⟨주의 사항⟩

S·P 씨  손에 그렇게 많은 비누를 묻히는 일이 없다면 아침 식사에 항상 늦진 않을 것이다.

A·S 씨  길거리를 걸을 때 휘파람 부는 것을 그만둬 주세요.

T·T 씨  아무쪼록 에이미의 앞치마를 잊지 않도록 바랍니다.

N·W 씨  자기 옷에 주름이 아홉 개 없다고 해서 투덜대지 말 것.

⟨금주의 성적⟩

메그 – 양(良)    베스 – 우(優)
조 – 불가(不可)    에이미 – 가(可)

회장이 신문 읽기를 끝내자 일제히 박수가 일어났고 이어서 스노드 글래스가 일어나서 제안을 하나 했다.

"회장 및 이 자리에 참석하신 여러분."

스노드 글래스는 국회의원 같은 태도와 어조로 말했다.

"나는 여기서 새 회원을 가입시킬 것을 제의하려 합니다. 진심으로 입회 명예를 받을 만한 가치가 있고 또 입회 허가에 대해서도 깊이 감사할 것입니다. 그는 그룹의 정신을 왕성하게 하고 신문의 문학적 가치를 크게 높이며 매우 유쾌하고 재미있다고 생각되는 인물입니다. 그 사람, 디어 도어 로렌스를 나는 P·C의 명예 회원으로 할 것을 제안하는 바입니다. 여러분 어떻습니까? 그러면 자, 입회시킵시다."

조의 어조가 별안간 바뀌었기 때문에 모두들 웃었다. 그러나 무언가 염려되는지 스노드 글래스가 자리에 앉을 때까지 한 마디도 하지 않았다.

"이것은 다수결로 정합시다."

회장이 말했다.

"이 동의에 찬성하는 분은 '네' 라고 대답해 주세요."

스노드 글래스가 큰소리로 "네"라고 입을 연 뒤에, 베스가 머뭇머뭇하는 목소리로 "네" 라고 대답했기 때문에 모두들 놀랐다.

"반대하는 분은 '아니오' 라고 해주세요."

메그와 에이미는 반대였다. 윙클은 일어서서 아주 정숙하게 설명했다.

"우리는 남자는 입회시켜서는 안 된다고 생각합니다. 남자는 장난치거나 뛰어다닐 뿐입니다. 이것은 여자들의 그룹입니다. 우리만으로 품위 있는 것으로 만들었으면 합니다."

"로리가 우리의 신문을 웃음거리로 생각하고 나중에 우리를 놀리는 구실이 될지도 모릅니다."

피크위크는 언제나 떨떠름할 때 하는 버릇대로 이마에 드리워진 작은 곱슬 머리카락을 잡아당겼다.

그러자 스노드 글래스가 아주 진지한 태도로 일어섰다.

"회장, 나는 신사로서 맹세하고 말씀드리겠습니다. 로리는 그런 짓을 할 인물이 아닙니다. 로리는 글쓰는 것을 좋아하기 때문에 우리 신문의 기사에 색다른 맛을 줄 것이며 감상적으로 되기 쉬운 것을 억제해 줄 것입니다. 그렇지 않을까요? 우리가 그 사람에게 해주는 것은 적은데 그 사람은 아주 여러 가지로 우리를 도와 주고 있습니다. 그러니까 적어도 이 그룹에 입회시켜야 하며 그 사람이 들어오겠다면 기꺼이 환영해야 한다고 생각합니다."

로리가 여러모로 도와 준 것을 조가 강조하자 터프먼도 큰 결심을 한 것 같은 모습으로 일어섰다.

"그래요. 설사 꺼림칙한 일이 있더라도 입회시키는 것이 좋다고 저는 생각합니다. 만약 원하신다면 할아버지도……."

베스의 이 강력한 발언은 그룹 전체를 몹시 놀라게 했다. 조는 아주 만족한 듯 자리를 떠나서 베스와 악수하러 갔다.

"자, 그러면 투표를 다시 합시다. 우리의 로리라는 것을 모두 잘 생각해서, 찬성하시는 분!"

스노드 글래스는 흥분해서 말했다.

"찬성! 찬성! 찬성!"

세 목소리가 동시에 외쳤다.

"됐습니다. 대단히 감사합니다. 그런데 '기회는 제때에 붙잡는다'는 윙클 씨의 말에 따라 실례지만 지금 여기서 신입 회원을 소개하겠습니다."

조가 벽장을 열자, 그곳에는 로리가 누더기를 넣은 자루 위에

198

앉아 얼굴을 새빨갛게 붉히고 당장 터질 것 같은 웃음을 참으며 눈을 이리저리 굴리고 있는 것이 아닌가.

"어머, 나빠. 배신자야! 조, 너무하는군."

세 소녀가 외치고 있는 동안에 스노드 글래스는 의기양양하게 친구를 끌어내서 의자와 배지를 내밀고 자리에 앉혔다.

"두 사람의 뻔뻔한 행동에 어처구니가 없을 뿐이야."

피크위크는 말하면서 무섭게 얼굴을 찡그리려고 했지만, 이내 그저 붙임성 있는 웃는 얼굴이 되어 버렸다. 이 신입 회원은 매우 침착하게 자리에서 일어나더니 회장에게 감사하다는 인사를 하고 여유 있게 이렇게 말했다.

"회장님, 그리고 숙녀, 아니 실례했습니다. 신사 여러분, 여기서 제 이름을 말씀드리겠습니다. 저는 그룹 말석을 더럽히는 샘 윌러(피크위크 페이퍼즈에 나오는 피크위크의 부하로 익살스러우면서 충실한 사람)라고 합니다."

"멋있어! 멋있군!"

조는 기대고 있던 낡은 탕파 자루를 탕탕 치며 외쳤다.

로리는 손을 내저으면서 계속 얘기했다.

"아까 좋은 말로 소개해 주신 나의 좋은 친구, 인정 많은 후원자는 오늘 밤의 나쁜 계획과는 전혀 관련이 없습니다. 이것을 계획한 것은 접니다. 제가 집요하게 졸랐기 때문에 그녀로서도 할 수 없이 들어 준 것에 불과합니다."

"어머, 그렇게 모든 것을 자신이 짊어지지 않아도 돼요. 벽장에 숨어 있으라고 한 것은 나였잖아요!"

이 장난을 매우 재미있어 하던 스노드 글래스가 말했다.

"저 사람이 하는 말은 듣지 말아 주십시오. 이 계획의 장본인은 분명히 접니다."

이 신입 회원은 피크위크를 보고 샘 월러 식으로 고개를 끄덕이며 말했다.

"저 자신의 명예를 걸고 말씀드리겠습니다만, 불후의 그룹을 위해 분골쇄신의 노력을 아끼지 않겠습니다."

"박수! 박수!"

조가 외치며 탕파의 뚜껑을 심벌즈처럼 소리나게 두드렸다.

회장은 웃음을 머금고 머리를 수그렸고, 윙클과 터프먼은,

"계속해요, 계속해요!"

하고 재촉했다.

"제가 여기서 말씀 드리고 싶은 것은 부여해 주신 명예에 대한 작은 감사의 표시로서, 또 이웃에 사는 양국간의 친선을 돈독히 하는 방법의 하나로서 마당의 낮은 쪽 구석에 우체국을 설치했다는 사실입니다. 그것은 아름답고 넉넉한 건물인데 자물쇠가 있는 게 문제입니다. 우편물을 취급하기에 아주 용이하고 여성들이 — 이런 실례되는 익살을 용서해 주세요 — 사용하기에도 아주 편리하게 설치했습니다. 이것은 원래 바위제비의 집이었습니다만, 그 출입구를 막고 지붕을 열고 닫을 수 있게 했습니다. 그 안에는 여러 가지 물건이 들어갈 수 있기 때문에 우리들의 귀중한 시간을 절약할 수 있을 것입니다. 편지도, 원고도, 책도, 어떤 꾸러미도 그곳에 넣을 수 있습니다. 양쪽 국민 모두 각각 열쇠 하나씩을 가지게 될 테니까 아주 편리하리라고 생각합니다. 그러면 여기서 열쇠를 드리겠습니다. 끝으로 여러분의 호의에 대해 깊은 감사를

드리는 바입니다."

월러가 작은 열쇠를 테이블 위에 놓자 큰 박수 소리가 일어나고 다시 조용해졌다. 그러나 탕파가 쟁쟁 소리를 내면서 두들겨졌기 때문에 먼저와 같은 질서가 회복되기에는 시간이 한참 걸렸다. 그 후 오랫동안 토의를 했는데 전에 볼 수 없던 활기가 넘쳐 여느 때보다 한 시간 늦게 끝났고, 산회할 때에는 신입 회원을 위해 만세 삼창까지 했다. 누구 하나 샘 월러의 입회를 못마땅하게 생각하는 사람은 없었다. 그 사람만큼 열심이며 좋은 태도를 지닌 유쾌한 회원은 어느 그룹에도 없을 것이라고 생각했기 때문이다.

로리는 확실히 그룹에 활기를 불어넣었고 신문에도 일종의 멋을 풍기게 했다. 그의 연설은 듣는 사람들로 하여금 웃게 만들었고, 신문의 문장도 놀랍고 애국적이며, 고전적이고 우스꽝스럽기도 하고 극적이었으며, 그러면서도 감상적인 곳은 결코 없었다. 조는 로리의 문장이야말로 베이컨이나 밀턴, 셰익스피어에 비길 수 있다고 생각했고, 그것을 본보기로 자신의 것을 개작해서 더욱 좋아졌다고 생각하고 있었다.

이 P·O(우체국의 머리글자)는 작았지만 실로 훌륭한 제도로서 크게 활용되었다. 진짜 우체국과 같을 정도로 갖가지 이상한 것들이 그곳을 거쳤기 때문이다. 비극의 작품과 넥타이, 시와 반찬, 풀과 꽃, 긴 편지, 악보와 케이크, 슬리퍼와 초대장, 불평이나 강아지 등, 로렌스 할아버지도 이 놀이가 마음에 들었는지 묘한 꾸러미나 까닭을 모르는 통신, 그리고 이상한 전보를 보내고는 재미있어하였다. 로렌스 댁의 정원사는 평상시에 연정을 품고 있던 해녀에게 놀랍게도 조의 이름으로 연애 편지를 보내기도 했다. 이 비밀을 알게 되었을 때 모두들 얼마나 웃었는지 모른다. 더욱이 그로부터 훨씬 나중에 수많은 연애 편지가 들어갈 것이라고는 누구 하나 꿈에도 생각하지 못했다.

# 실  험

"유월 일일, 내일 킹 씨 댁에서는 바닷가로 떠나. 난 앞으로 석 달 동안 휴가야. 이제부터 정말 즐거울 거야."

어느 더운 날, 집에 돌아오자마자 메그가 그렇게 외쳤다. 조는 몹시 피로한 모습으로 소파에 늘어져 있었고, 베스는 먼지투성이의 구두를 막 벗는 참이었다. 에이미는 모두가 마시고 기운 차릴 레모네이드를 만들고 있었다.

"마치 백모님도 오늘 바다로 가셨어. 얼마나 좋을까!"

조가 말했다.

"하지만 나도 같이 가자고 하시면 어떻게 대답해야 할지 걱정하고 있었어. 별장이 있는 브럼필드는 마치 묘지처럼 음산한 곳이기 때문에 가능하면 가고 싶지 않은 고장이야. 아마도 기회가 있었으면 같이 가자고 하셨을 거야. 백모님을 배웅할 때 한바탕 소동이 있었어. 백모님이 무언가 말씀하실 때마다 난 가슴이 철렁했어. 난 빨리 끝마치고 그곳을 떠나고 싶었기 때문에 여느 때보다도 재치 있고 친절하게 대해 드렸어. 그래서 내가 없으면 곤란하다고 말씀하시지나 않을까 가슴이 조마조마했지. 그런데 마차가 움직이기 시작했을 때 백모님이 얼굴을 내밀고, '조세핀, 너, 저어……' 하면서 어쩌고 저쩌고 말씀하시는 거야. 그래서 난 그 다음은 듣지 않으려고, 안됐지만 몸을 획 돌려 도망쳐 버렸어. 마구 뛰어서 모퉁이를 돌아서야 겨우 마음을 놓을 수 있었어."

"가엾은 조 언니! 그래서 마치 곰에게 쫓기는 것처럼 집으로 뛰어 들어왔구나."

베스는 어머니처럼 다정하게 조의 발을 감싸 주었다.

"마치 백모님은 마치 산파이어(해초) 같은 사람인가 봐?"

레모네이드를 조심스럽게 맛보면서 에이미가 말했다.

"이런, 뱀파이어(흡혈귀)라고 말할 참이었겠지, 산파이어가 아니고. 그러나 그런 건 아무래도 좋아. 이렇게 더울 때는 남이 말하는 것 따위에 신경쓸 여유가 없어."

조가 중얼거렸다.

"휴가중에 무얼 할 작정이야?"

에이미는 멋쩍었으므로 재치 있게 화제를 바꾸어서 물었다.

"난 마음 푹 놓고 늦잠이나 자면서 아무것도 하지 않고 빈둥빈둥 놀고 싶어."

메그가 흔들의자에 몸을 묻으면서 말했다.

"겨울 내내 아침 일찍 일어나서 매일 남을 위해 일했기 때문에 이번에야말로 한가하게 지내고 싶어."

"난 그런 거 싫어. 그렇게 빈둥거리는 건 내 성미에 맞지 않아. 사 둔 책이 많이 있으니까, 저 오래된 사과나무 가지에 앉아서 마음껏 책이나 읽으며 이 여름 휴가를 유익하게 보내고 싶어. 특별히 재미있게 떠들 일이 없을 때는 말이야."

조가 말했다.

"쓸데없이 법석대는 건 아니겠지?"

아까 '산파이어'를 고쳐 준 데 대한 화풀이로 에이미가 말했다.

"그러면 노래 부르는 법석이라고 해 두지. 로리와 같이 말이야. 로리는 노래를 잘 부르니까, 그 편이 더 잘 어울려."

"베스 언니, 우리도 당분간 공부는 쉬고 모두가 하는 대로 마음껏 놀고 한가롭게 지내기로 해."

에이미가 말을 걸었다.

"응, 좋아. 어머니가 허락하신다면 말이야. 난 새 노래를 배우고 인형들을 돌보고 싶어. 인형들이 너무 더러워졌어. 옷이 죄다 못 쓰게 되었어."

"괜찮겠죠, 네, 엄마?"

메그는 모두가 '엄마의 자리'라고 부르고 있는 곳에서 바느질을 하고 있는 마치 부인을 돌아보며 물었다.

"글쎄, 일 주일 동안 시험 삼아 마음대로 해 봐. 좋은지 나쁜지 아마 토요일 밤쯤 되면 놀기만 하는 것도 일만 하는 것과 마찬가지로 괴롭다는 것을 알게 될 테니까."

"절대로 그렇잖아요! 틀림없이 즐거워 참을 수 없을 거예요."

메그는 뛸 듯이 기뻐했다.

"난 내 친구, 내 짝인 디어리 갬프(디킨스의 소설 《마틴 처즐위트》에 나오는 게으름뱅이 간호사)처럼 말하고 건배하겠어. 즐거운 놀이는 언제까지나, 그리고 고통스러운 일상과는 작별이다!"

조는 레모네이드가 담긴 컵을 높이 쳐들고 외쳤다. 모두들 레모네이드를 기분 좋게 들이키고 나서, 당장 실험할 양으로 그날부터 빈둥거리기 시작했다.

다음날 아침, 메그는 열 시까지도 일어나지 않았다. 혼자서 먹는 아침은 맛이 없었고 어수선한 방은 쓸쓸하게 보였다. 왜냐하면 조는 여느 때처럼 화병에 꽃을 꽂지 않았고, 베스는 청소를 하지 않았으며, 에이미는 책을 흐뜨려 놓은 채였기 때문이다. 깨끗이 정리되어 있는 곳은 단지 '어머니의 자리'뿐이었으므로 그곳만 평상시와 다름없어 보였다. 메그는 '휴양과 독서'를 위해 그곳에 앉아 있었는데 결국 하품만 하면서, 이번 월급으로 아름다운 여름 옷을 살 공상에 잠길 뿐이었다.

조는 오전에는 로리와 같이 강가에서 놀고, 오후에는 사과나무에 올라가서 《넓고 넓은 세계》(미국의 여류 작가 엘리자베스 웨저렐이 쓴 고아 이야기)를 읽고 울기도 했다. 베스는 인형 가족을 간수해 둔 채, 오늘은 접시를 씻지 않아도 된다고 좋아하면서 피아노만 쳤다. 에이미는 자기 마당의 정자를 깨끗이 정돈하고 제일 좋은 하얀 옷을 입고 머리를 잘 빗은 채 인동덩굴 밑에 앉아서 그림을 그리기 시작했다. 누군가가 자기 모습을 보고 '저 어린 화가는 누구십니까?' 하고 물어 주기를 기다렸지만 아무도 오지 않았다. 나타난 것은 모기뿐이며 에이미의 그림을 끈질지게 바라보고 있었다. 그래서 산책을 나갔는데, 소나기를 만나 전신을 흠뻑

적시고 집으로 돌아왔다.

차 마시는 시간에 네 사람은 각자의 감상을 얘기했다. 보통 때보다 긴 것 같기도 했지만 오늘은 매우 재미있었다는 데에 의견이 일치했다. 오후에 쇼핑을 나갔던 메그는 파란색의 모슬린을 사 왔으나, 몇 조각으로 자른 다음에야 세탁이 잘 되지 않는 천임을 알게 되어 기분이 언짢았다. 조는 강에서 보트를 탔다가 햇빛에 콧등이 타서 벗겨졌고, 또 너무 오랫동안 책을 읽었기 때문에 머리가 욱신욱신 쑤셨다. 베스는 벽장을 뒤죽박죽으로 흩뜨려 놓은 것과 서너 개의 노래를 한꺼번에 익힐 수 없었기 때문에 안절부절이었다. 에이미는 좋은 옷을 망쳐 버린 것을 몹시 후회했다. 내일 케티 브라운(작가의 시에 나오는 이야기의 주인공으로, 자기 마음에 드는 드레스가 없어서 파티에 나갈 수 없었음)과 마찬가지로 입을 것이 없기 때문이었다.

그러나 이런 것은 아주 사소한 사건에 지나지 않았다. 모두들 오늘의 실험은 매우 잘 되었다고 어머니에게 분명히 말했다. 어머니는 웃으며 아무 말도 않고 해녀의 도움을 받아 딸들이 내버려둔 집안일을 정리해서 가정이라는 기계가 원만히 돌아가도록 애썼다.

그런데 빈둥빈둥 놀며 지냄에 따라 재미없는 일들이 하나씩 생겼다. 하루가 점점 길어져 갔고, 날씨는 변덕스러워서 소녀들의 기분도 불안정해졌다. 모두들 들뜬 생각에 사로잡혀 있었는데, 이런 때에는 악마가 틈을 타 한가한 사람에게 여러 가지 장난을 부추기는 법이다. 아주 기분이 좋은 메그는 남아도는 시간에 옷을 모파트 식으로 고쳐 보겠다고 가위로 싹뚝 잘라 끝내는 못 쓰게 만들었다. 조는 눈이 아프도록 책을 읽었기 때문에 신경이 아주 예민해졌다. 얌전한 로리하고도 괜히 싸움을 했고, 마음이 울적해서 이럴 바에는 마치 백모님을 따라갔더라면 좋았을 것이라고 생각할 정도였다. 그렇게 보면 베스는 꽤 잘해 나가고 있는 편이었다. '그저 놀기만 하고 조금도 일하지 않는다'는 원칙을 잊어버려, 가끔 본래의 태도로 돌아가 있기 때문이다. 그러나 차분하지 못한 집안 분위기에 역시 영향을 받아 천성적인 침착성이 교란되는 수도 가끔 있었다. 그래서 어느 때에는 가엾은 불구 인형 조안나를 몹시 흔들며 '너는 도깨비 어쩌고'하며 미움받을 말을 하는 것이었다. 에이미는 자매들 중에서 가장 난처해하고 있었다. 한가한 시간을 보내는 방법을 잘 몰랐기 때문에 언니들에게 따돌림을 받고 관심을 끌지 못하면 자기야말로 재능이 많고 소중한 인간이라는 긍지에 아무래도 후회할 일이 생길 것 같았다. 인형 놀이나 동화는 어린애 같다고 싫어했고, 그렇다고 항상 그림만 그릴 수도 없었다. 차 마시는 모임도 별로였고, 피크닉도 잘 추진하지 않으면 재미없기는 마찬가지였다.

"멋있는 아가씨가 많이 있는 훌륭한 집에 살거나 어딘가로 여행갈 수 있다면 여름 휴가는 재미있을 텐데. 멋대로인 언니들과, 이제 큰 남자애도 같이 집에 있다니 아무리 참을성 많은 보아즈(성경에 나오는, 참을성 있는 사람의 본보기로 인용되는 욥과 뒤바꾼 것)라도 참을 수 없을 거야."

며칠 간 빈둥빈둥 놀고 지낸 후, 이 미스 매러프롭(영국의 극작가 셰리든의 희극에 나오는 노부인으로, 완고하고 점잔빼며 곧잘 말을 틀리게 함)은 안절부절못하고 따분해서 불평만 해댈 뿐이었다.

이 실험이 싫증났다는 사실을 자진해서 인정하려는 사람은 아무도 없었다. 그러다 금요일 밤이 되자, 모두들 마음속으로 이제 이 일 주일이 끝났다는 것을 기쁘게 생각하며 안도의 한숨을 쉬었다. 유머 감각이 넘치는 마치 부인은 딸들이 이 교훈을 더욱 깊이 깨달을 수 있도록 이 실험에 결말을 지으려고 했다. 우선 해너에게 하루의 휴가를 주어 딸들에게 이 놀이 본래의 생활이 어떤 것인가 차분히 맛보도록 했다.

"어머! 대체 어떻게 된 일이지?"

조가 외쳤다.

메그는 이층으로 뛰어올라 갔는데, 곧 안심했다는 듯이 그러나 당황하고 부끄러운 듯한 표정으로 내려왔다.

"어머니가 많이 아프신 것은 아니고 좀 피로하시대. 오늘 하루는 방에서 쉬고 싶으시다니까 집안일은 우리끼리 알아서 하래. 어머니가 꼼짝하지 않고 계시니까 좀 이상해. 어머니에게는 드문 일이니까 말이야. 지난 일 주일 동안은 너무 바빴다고 말씀하셨어. 그러니까 서로 불평하지 말고 어떻게든 우리가 집안일을 해야겠어."

"그런 건 문제 없어. 난 좋아. 이제 무슨 일이든 하고 싶어 견딜 수 없는걸. 새롭고 재미있는 일 말이야."

조가 재빨리 말했다.

사실 이제 조금씩 일해 보는 것도 모두에게 큰 도움이 되었다. 그래서 본격적으로 일을 시작하고 얼마 지나지 않아 해너가 입버릇처럼 늘상 말하던 '가사라는 것은 그렇게 쉬운 것이 아니에요'라는 말을 절실히 깨달았다.

식료품 저장실에는 마침 식료품이 많이 있었기 때문에, 베스와 에이미가 식탁을 준비하고 있는 동안, 메그와 조는 이런 쉬운 일을 어째서 하녀들은 힘들어하는지 모르겠다며 아침 식사 준비를 했다.

차 주전자를 앞에 놓고 지휘자 노릇을 하며 주부 행세를 하는 메그가 말했다.

"어머니께 갖다 드리자. 염려하지 말라고 말씀하시긴 했지만."

그래서 먼저 아침 식사를 시작하기 전에 어머니를 위한 상을 차려서 이층으로 가져가, '맛은 없지만……'이라는 요리사의 말을 첨가하며 내놓았다. 지나치게 끓인 차는 몹시 썼으며 오믈렛은 타 버렸고 비스킷에는 소다빛이 얼룩져 보였다. 마치 부인은 칭찬을 하고 아침상을 받았지만 조가 나가 버리자 그것을 보고는 크게 웃었다.

"가엾게도, 모두 틀림없이 난처해할 거야. 그래도 이게 나쁜 일은 아니야. 오히려 모두를 위해 유익할 테니까."

그러면서 부인은 미리 준비해 두었던 맛있는 음식을 꺼내서 먹고, 딸들이 만들어 준 맛없는 음식은 그녀들이 기분 상하지 않게 살짝 치워 버렸다. 어머니다운 약간의 속임수를 썼지만 그 사실을 모르는 자매들은 어머니가 모두 잡수셨다고 크게 기뻐했다.

한편, 자매들 사이에서 요리에 대한 여러 가지 불평이 나왔기 때문에 요리 책임자인 메그는 자신의 실패를 매우 분해했다.

"좋아. 내가 요리를 해서 점심을 만들어 줄게. 언니는 한 집안의 주부니까 손을 깨끗이 하고 있어야 해. 그리고 손님 접대를 하면서 그저 지시만 하면 되는 거야."

부엌일은 메그보다 더 모르는 조가 말했다.

　이 친절한 제의는 기꺼이 받아들여졌다. 메그는 응접실로 가서 흩어져 있는 휴지들을 소파 밑에 쑤셔 넣고, 청소하는 수고를 덜기 위해 커튼을 내리고 어두컴컴하게 해서 먼지가 보이지 않도록 했다. 자기 솜씨에 자신이 있는 조는 지난번에 다툰 일도 화해를 할 겸, 즉시 로리에게 점심 식사 초대장을 우체국을 통해 보냈다.

　"너, 손님을 초대할 작정이라면 어떤 음식을 할 수 있는지 미리 잘 생각해 봐."

　그런 경솔한 초대 경위를 듣고서 메그가 말했다.

　"아무 문제 없어. 콘드비프도 있고, 감자도 듬뿍 있어. 그리고 해너가 하던 대로 '맛있는 음식'을 위해서는 아스파라거스와 왕새우를 사야 해. 상추로 샐러드도 만들겠어. 만드는 법은 모르지만 요리책을 보면 할 수 있을 거야. 디저트로는 젤리와 딸기를, 거기다 더 품위 있게 하려면 커피를 첨가하면 돼."

　"너무 많이 만들 생각은 하지 않는 게 좋아, 조. 네가 만든 것 중에서 먹을 수 있는 것은 생강을 넣은 케이크와 당밀을 굳힌 캔디 정도야. 난 그 파티에는 일체 관여하지 않겠어. 네가 마음대로 로리를 초대했으니까 로리의 접대도 네가 하면 되는 거야."

　"언니는 로리를 친절하게 접대하고 푸딩이나 권하면 되는 거야. 다른 것은 아무것도 바라지 않아. 하지만 내가 실수를 하면 무엇이든 알려 줘야 해, 응?"

　조는 약간 언짢아하며 말했다.

　"그건 말이야, 글쎄, 난 빵을 만들든가 그 외의 사소한 것밖에 몰라. 그러니까 뭐든 만들기 전에 어머니에게 잘 들어 둬."

메그는 조심스레 말했다.

"물론 그렇게 하겠어. 나도 그런 정도는 알고 있어."

조는 자기 솜씨를 의심받았기 때문에 발끈해서 방을 나갔다.

"뭐든 좋은 것을 사렴. 내게 일일이 묻지 않아도 괜찮아. 난 점심에 초대받아 외출해야 하니까 집안일에 참견할 수가 없구나."

조가 상의하러 갔을 때의 어머니의 대답은 이러했다.

"난 이제 집안일이 싫어졌기 때문에 오늘은 참견하고 싶지 않아. 책을 읽거나 편지를 쓰거나, 남을 방문하거나 하며 한가하게 놀며 지낼 작정이야."

언제나 바쁘게 일하던 어머니가 아침 나절부터 흔들의자에 앉아서 편안히 책을 읽고 있는 모습을 본 조는 천지가 거꾸로 된 것 같은 기분이 들었다. 월식, 지진, 화산의 폭발인들 이처럼 달라지지는 않을 것 같았다.

"아무래도 모두가 이상해."

아래층으로 내려가면서 조는 혼자 중얼거렸다.

"어머, 베스가 울고 있어. 이건 집 안이 어딘가 잘못되고 있다는 확실한 증거야. 만약 에이미가 귀찮은 짓이라도 했다면 내가 아주 혼내 줘야지."

기분이 몹시 이상해진 조가 서둘러 응접실에 들어가 보니 베스가 카나리아 피프를 앞에 놓고 훌쩍거리며 울고 있었다. 그 동안 피프에게 먹이를 주지 않았기 때문에 굶어 죽어 버린 것이다. 피프는 마치 먹이를 달라고 조르듯이 가느다란 다리를 애처롭게 죽 뻗고 쓰러져 있었다.

"내가 나빴어. 난 피프를 잊고 있었어. 먹이도 물도 모두 떨어져 있었어. 아, 피프! 난 어째서 이런 가혹한 짓을 하게 되었을까?"

베스는 가엾은 새의 시체를 손에 들고 열심히 되살리려고 애쓰고 있었다.

조는 피프의 반쯤 뜬 눈을 들여다보기도 하고, 작은 가슴을 만져 보기도 했지만 이미 딱딱하게 굳어 있다는 것을 알고 머리를 흔들었다. 그리고 자신의 도미노 상자를 관으로 쓰라고 말했다.

"오븐에 넣어 봐. 따뜻해지면 숨이 되살아날지도 모를 테니까."

에이미가 격려하듯 말했다.

"피프는 먹이가 떨어져 굶어 죽었어. 이제 죽었으니까, 따뜻하게 해주어도 소용 없어. 수의를 만들어 입히고 마당에 묻어 주겠어. 난 이제 다시는 새를 기르지 않겠어. 오, 피프! 나처럼 불성실한 애가 새를 기르다니, 미안해."

베스는 방바닥에 앉아 양손으로 피프를 껴안으면서 작은 목소리로 말했다.

"장례식은 오늘 오후에 하도록 하자. 자 베스, 울지 마라. 가엾지만 이번 주는 모두가 이상해. 그중에서도 피프가 가장 운이 나빴어. 수의를 만들어 덮어 주고, 내 상자에 넣어 두렴. 식사 후에 간소한 장례식을 해줄 테니까."

장례식에 대한 것을 모두 떠맡은 듯한 기분으로 조가 말했다.

베스를 위로하는 것은 다른 사람에게 맡기고 조는 부엌으로 들어갔다. 어디서부터 손을 대야 할지 정신없는 상태지만, 조는 큰 앞치마를 두르고 서둘러 일을 시작했다. 하지만 접시를 쌓아 놓고 막상 씻으려고 할 때 불이 꺼져 있다는 것을 알게 되었다.

"이런! 조짐이 좋지 않아!"

조는 중얼거리면서 오븐의 문을 거칠게 열고 타다 남은 장작을 쑤셔 넣었다.

불을 다시 피우고 물이 끓는 동안에 시장을 보러 가기로 했다. 밖으로 돌아다니자 다시 기운이 나서 자기 딴에는 싸게 샀다고 생각하고 의기양양하게 집으로 돌아왔다. 그런데 사온 것은 아직 어린 왕새우, 몹시 오래된 아스파라거스, 시들어 빠진 딸기 두 상자였다.

아침 먹은 것을 다 치울 무렵에 점심 재료도 도착했고 스토브도 새빨갛게 달아 있었다. 해너가 빵을 부풀게 하려고 냄비에 넣어 둔 것을 메그가 다시 한 번 부풀게 하려고 화덕에 올려놓은 채 깜빡 잊은 것이다. 메그가 마침 찾아 온 샐리 가디너를 접대하고 있을 때 객실의 문이 쓱 열리더니, 몸이 온통 가루로 더럽혀지고, 몹시 흥분해서 머리를 풀어헤친 희한한 모습이 나타나서,

"언니, 냄비 밖으로 비어져 나오면, 빵은 이제 충분히 부푼 것 아니야?"

퉁명스럽게 말했다.

샐리는 배꼽이 빠질 듯 웃어댔다. 메그가 알았다는 듯 고개를 끄덕이고 눈을 가능한 한 높게 치켜 떴기 때문에 그 괴물도 다시 부엌으로 물러가 부풀다 만 빵을 서둘러 오븐 속에 집어넣었다.

마치 부인은 일이 어떻게 진행되는지 궁금해서 여기저기를 살피다가 도미노 상자 옆에서 수의를 만들고 있는 베스를 발견하고, 위로의 말을 하고 나서 외출해 버렸다. 어머니의 낯익은 모자

가 모퉁이를 돌아 보이지 않자 이상하고 허전한 느낌이 소녀들을 사로잡았다. 그리고 얼마 뒤 미스 크로커라는 여인이 찾아와서 점심에 자기를 불러 주었으면 좋겠다고 말했을 때, 모두들 불쾌해서 참을 수 없었다. 미스 크로커는 깡마른 독신 부인으로, 뾰족한 코에다 무언가 탐색하기 좋아해서 뭐든지 본 것은 어디서나 지껄이며 돌아다니는 성격이었다. 모두들 이 여인을 몹시 싫어했지만 어머니는 그저 노인이고 가난하고 친구도 별로 없는 사람이니까 친절히 대해 주라고 이르고 있었다. 그래서 메그는 마지못해 안락의자를 권하고 상대해 주었지만 미스 크로커는 여러 가지 것을 묻고 이것저것 비평하며 온 동네 소문을 지껄였다.

그날 오전 중에 조가 고루 맛보게 된 갖가지 걱정과 수고는 말로는 도저히 표현할 수 없는 것이었다. 게다가 조가 만들었다는 음식은 웃음거리가 되었다. 조는 두 번 다시 언니에게 질문할 기분이 나지 않아 나중에는 혼자서 전력을 다했지만 요리라는 것이 끈기와 정성만으로는 할 수 없음을 깨달았다. 아스파라거스는 한 시간이나 데쳤지만 애석하게도 머리는 떨어져 나가고 줄기는 더욱 딱딱해져 버렸으며, 빵은 새까맣게 타 버렸다. 샐러드에 치는 소스는 제대로 되지 않았기 때문에 그냥 내버려두었다가 끝내는 먹을 수 없겠다고 단념해 버렸다. 왕새우 역시 처치 곤란한 물건이었다. 간신히 껍질은 벗겼지만 그 얼마 안 되는 알맹이는 상추 잎에 그만 가려져 버렸다. 감자는 아스파라거스를 너무 오래 둘수 없어 서둘러 꺼냈기 때문에 결국 설익었고, 젤리는 지나치게 굳어 버렸으며, 딸기는 위쪽만 솜씨 있게 늘어놓았을 뿐 겉보기만큼 익지 않았다.

"뭐, 모두들 배가 고프면 고기와 버터 바른 빵으로 때우겠지. 하지만 오전 내내 법석대고도 아무것도 안 되었으니, 정말 분해."

여느 때보다도 삼십 분이나 늦게 점심 식사 벨을 울리면서 조는 생각했다. 흥분하고 지쳐서 맥이 풀린 채 로리와 미스 크로커를 맞게 된 조는 긴장되었다. 로리도 언제나 맛있는 음식에 익숙해져 있었고, 미스 크로커는 어떤 결점이든 꼭 찾아내어 온 동네를 돌아다니며 지껄일 것임에 틀림없었다.

가엾게도 조는 모두가 한 접시씩 손을 댔다가는 그대로 남기는 것을 보고 테이블 밑으로 숨어 버리고 싶었다. 에이미는 킥킥 웃고, 메그는 언짢은 얼굴을 했으며, 미스 크로커는 이상하게 입을 일그러뜨렸다. 로리만이 이 자리의 분위기를 밝게 해주기 위해 열심히 이야기도 하고 웃기도 하면서 애쓰고 있었다.

조의 마지막 희망은 과일이었다. 설탕도 충분히 넣고 크림도 듬뿍 쳤다. 깨끗한 유리 접시에 담은 딸기를 돌릴 때는 조도 붉어졌던 뺨을 약간 식히고 크게 한숨을 쉬었다. 크림의 바다에 뜬 작은 섬 같은 딸기를 보고 모두들 이것만은 맛있겠다는 표정이 되었다. 미스 크로커가 제일 처음 먹더니 얼굴을 찡그리고 허둥대며 컵의 물을 마셨다. 좋은 것을 고르고 보니 딸기가 서글플 만큼 적어져서, 모두에게 모자라면 안 되겠다고 생각한 조는 자기 몫은 남겨 두지도 않았다. 다음으로 로리 쪽을 힐끗 보았다. 로리는 입을 약간 오므렸지만, 용감하게 모두 먹어치우고 꼼짝하지 않고 접시를 보고 있었다. 맛있는 것이라면 사족을 못 쓰는 에이미는 스푼으로 가득 떠서 입에 넣자 숨이 막히듯 냅킨으로 얼굴을 가리면서 허둥지둥 식탁에서 일어났다.

"어머, 왜 그러니?"

조는 떨리는 목소리로 외쳤다.

"설탕 대신에 소금을 넣었어. 게다가 크림도 너무 시어."

메그가 어처구니없다는 표정으로 말했다.

조는 신음소리를 내며 의자에 털썩 주저앉았다. 이제 생각해 보니 부엌 테이블에 있던 두 통 중 하나에서 허둥대며 흰 가루를 친 것, 또 우유를 냉장고에 넣는 것을 잊고 있었던 일이 떠올랐다. 얼굴이 새빨개져서 막 울음을 터뜨리려고 하는 순간, 로리와 눈이 마주쳤다. 로리의 눈은 당장이라도 와아 하고 웃음을 터뜨릴 것 같았다. 별안간 이 자리의 우스운 분위기를 눈치채고 조는 웃음을 터뜨렸다. 웃고 또 웃고 눈물이 날 때까지 웃었다. 다른 사람들도 웃었다. 모두들 '울보'라고 별명을 붙인 미스 크로커마저 웃어 버렸다. 그래서 이 실수투성이의 식사는 버터 바른 빵과 올리브 반찬으로 쾌활하게 웃고 떠들며 끝낼 수 있었다.

"난 이제 뒷정리할 기력도 없어. 피프의 장례를 지내며 우선 마음을 가라앉혀야겠어."

모두가 식탁에서 일어섰을 때 조가 말했다. 빨리 소문내고 싶어 입이 근질거리는 미스 크로커만이 먼저 실례를 하겠다며 떠났다.

모두 베스를 위해 군말없이 새를 묻었다. 로리는 숲의 양치 식물 밑에 묘를 팠다. 피프는 마음씨 착한 주인의 손으로 눈물과 함께 이끼에 덮힌 채 그곳에 묻혔다. 그리고 묘석에는 제비꽃과 별꽃의 화환이 걸렸다. 묘에는 조가 부엌에서 음식을 만들기에 열중하면서 생각해 낸 묘비명이 쓰여져 있었다.

피프 마치 여기 잠들다.
음력 6월 7일 가엾게 죽다.
몹시 사랑받고 아낌을 받아
그 모습 오래오래 남을 것이다.

장례가 끝난 다음 베스는 슬픔과 아까 먹은 왕새우 때문에 가
슴이 답답해져서 자기 방에 틀어박혔다. 그러나 그곳도 잠자리가
정돈되어 있지 않았기 때문에 결코 좋은 휴식처는 아니었다. 베
스는 방을 정리하고 흩어진 물건들을 치웠다. 그러는 동안에 마
음의 슬픔도 한결 누그러졌다. 메그는 조를 도와 파티의 뒷정리
를 하며 오후의 반을 보냈다. 아주 지쳐 버린 메그는 저녁은 토스
트와 차로서 때우자고 조와 의논했다. 로리는 에이미를 마차에
태워 데리고 나갔다. 시어빠진 크림 때문에 기분이 몹시 울적했
던 에이미에게는 무척 고마운 일이었다. 마치 부인이 집으로 돌
아와 보니 위의 세 아가씨는 오후의 한창 더울 때 열심히 일하고
들 있었다. 벽장을 잠깐 보기만 하고서도 어머니는 자기가 생각
했던 것이 어느 정도 잘 되어 가고 있음을 알 수 있었다.

이 벼락치기 주부들은 쉴 시간도 없이 계속 일을 했다. 그 동안
에 너댓 명의 손님이 왔으므로 접대를 위해 허둥대며 옷을 갈아
입고, 차를 끓여야 했으며, 심부름도 가야 했다. 바느질 거리도
몇 개 있었지만 시간이 없어 뒤로 미뤄 놓아야 할 상태였다. 촉촉
이 이슬을 머금은 황혼이 조용히 찾아들 무렵, 소녀들은 한 사람

씩 정원으로 모여들었다. 그곳에는 유월의 장미가 아름답게 봉오리를 피우고 있었다. 모두 각각 앉아서 지치고 애먹은 듯이 신음하며 한숨을 쉬기도 했다.

"오늘은 정말 지겨운 날이었어."

언제나 먼저 입을 여는 조가 말을 꺼냈다.

"여느 때보다 짧았던 것 같아. 너무 뒤숭숭한 날이었어."

메그도 말했다.

"집이란 느낌이 전혀 들지 않았어."

이번에는 에이미가 말했다.

"어머니와 카나리아 피프가 없었으니 당연하지."

베스는 한숨 섞인 말을 했다.

"엄마는 여기 있잖니, 베스. 카나리아가 갖고 싶으면 내일부터 다시 다른 새를 기르면 되는 거야."

이렇게 말하며 마치 부인이 다가와서 딸들 틈에 앉았다. 어머니의 휴식도 딸들처럼 그다지 즐겁지 않았던 모양이다.

"실험은 어땠니? 만족스러웠니? 앞으로도 다시 이번주같이 지내고 싶어?"

부인이 물었다. 베스가 어머니에게로 다가가자 다른 세 자매도 꽃이 태양 쪽으로 향하듯이 어머니 쪽으로 고개를 돌렸다.

"난 싫어요!"

조가 딱 잘라 말했다.

"나도 싫어요."

나머지 자매들도 일제히 말했다.

"그럼 너희들이 할 일이 있어. 남을 위해 조금이라도 봉사하는 편이 낫겠지?"

"빈둥빈둥 놀기만 하는 것보다는 훨씬 좋은 일이에요."

조가 머리를 저으며 말했다.

"이제 노는 것에는 지쳤어요. 지금 당장에라도 아무 일이나 하고 싶어요."

"그렇다면 간단한 요리라도 배우는 게 어떨까? 요리는 여자가 반드시 알아 두어야 할 것이고 유익한 일이니까."

마치 부인은 얘기하는 도중에 조가 낮에 만든 음식을 생각하고는 픽 웃었다. 실은 오다가 미스 크로커를 만나서 오늘 이야기를 모두 들어 알고 있던 것이다.

"엄마, 오늘 모든 것을 맡기고 외출하신 것은 우리가 집안일을 어떻게 하는가 보기 위해서였죠?"

아침부터 계속 무엇인가 이상하다고 생각하고 있던 메그가 큰 소리로 물었다.

"그래. 모든 일이 순조롭게 되기 위해서는 먼저 각자가 자기 일에 충실해야 한다는 것을 너희들이 깨닫기를 바랐어. 나와 해너가 너희들이 해야 할 일을 대신하고 있었을 때는 모든 일이 잘 되어 나갔지. 그러나 너희들은 그다지 만족하는 것 같지 않았어. 그래서 자기만 생각할 때에는 어떻게 되는가를 설교할 작정으로 그런 거야. 너희들 스스로 깨닫기를 바랐단다. 서로 돕고 맡은 바 일을 하며, 시간이 있으면 그 여가의 즐거움을 맛보고, 집이 모두에게 기분 좋고 즐거워지도록 서로 노력하는 것이 좋다고 생각하지 않니?"

"네, 엄마. 그렇게 생각해요."

소녀들은 외쳤다.

"내가 너희들에게 부탁하고 싶은 것은 각자 작은 짐을 짊어지라는 거야. 때로는 무겁다고 생각될지도 모르지만 우리들에게는 유익한 거지. 그리고 그 짐을 짊어지고 가는 것이 자기에게 도움이 된다는 것을 깨달으면 가볍게 느껴질 거야. 일을 하면 따분함과 나쁜 행동을 피할 수 있고, 건강과 기력을 튼튼히 할 수도 있어. 또 남의 도움을 받지 않아도 되며 돈이나 유행 따위로는 맛볼 수 없는 힘이 넘치는 기분을 갖게 되는 거야."

"우리도 일을 많이 하겠어요. 그리고 일하는 것을 즐기도록 노력하겠어요. 정말 앞으로는 틀림없이 그렇게 하겠습니다!"

조가 말하고 이어서 덧붙였다.

"휴가중에 난 요리를 배우겠어요. 그리고 다음에는 손님을 대접할 때 아주 맛있게 선 보일 거예요."

"난 아버지에게 셔츠를 한 벌 만들어 드리겠어요. 어머니에게 도움을 받지 않고요. 바느질을 좋아하지 않지만 꼭 해 보겠어요. 그 편이 내 것만 이것저것 주무르는 것보다 훨씬 나을 것 같아요. 내 것은 이제 그것으로 충분하니까요."

메그도 곧 이렇게 말했다.

"난 이제 매일매일 열심히 공부도 하고 음악이나 인형 놀이에 너무 많은 시간을 보내지 않도록 하겠어요. 난 머리가 별로 좋지 않으니까 놀지 말고 항상 공부해야 해요."

베스는 자기의 결심을 말했다.

"난 단추 구멍 다는 것을 연습하고, 말씨에 주의하도록 하겠어요."

에이미도 언니들을 따라 마지막으로 씩씩하게 말했다.

"참 좋구나! 이번 실험은 성공적이었어. 두 번 다시 되풀이하지 않으면 되는 거야. 하지만 너무 극단으로 치우쳐 노예처럼 일할 필요까진 없단다. 일하거나 놀거나 규칙적으로, 매일 유익하고 유쾌하게 마음껏 즐겨. 그리고 시간의 귀중함을 알고 헛되이 보내지 않도록, 그런 것을 잘 알고 있는 사람이라는 것을 보여 주는 거야. 그렇게 하면 설사 가난해도 젊었을 때는 아주 즐겁고, 늙어서는 후회할 일도 적어져 인생이 아름답게 될 거란다."

"엄마, 정말 잊지 않겠어요."

그리고 모두들 그 말을 가슴에 간직했다.

# 로렌스 캠프

베스는 우체국장이었다. 집에 있을 때가 많기 때문에 우체국 일을 소홀함이 없이 할 수 있었고, 게다가 작은 문을 열쇠로 열고 매일같이 우편물을 배달하는 것을 대단한 즐거움으로 여기고 있었기 때문이다. 유월의 어느 날 베스는 양팔 가득 우편물을 안고 와서 옛날 배달부처럼 집안을 여기저기 돌아다니며 편지와 소포를 배달했다.

"엄마, 꽃다발이에요! 로리는 절대로 잊지 않는군요."

베스는 새로 만든 꽃다발을 '어머니 자리'에 있는 꽃병에 꽂았다. 이 꽃병은 언제나 마음씨 고운 소년이 보내 주는 꽃으로 장식되어 있었다.

"미스 메그 마치, 편지가 한 통, 장갑이 한 짝."

베스는 어머니 옆에서 셔츠 소매를 꿰매고 있는 언니에게 건네 주면서 말했다.

"어머, 난 두 짝 다 놓고 왔는데, 한 짝밖에 안 왔니?"

메그는 회색 무명 장갑을 보고 말했다.

"또 한 짝은 마당에 떨어뜨리고 온 게 아닐까?"

"아니, 그렇지 않아. 우체국에는 한 짝밖에 없었다니까."

"한 짝 남은 장갑은 싫은데……. 하지만 뭐, 할 수 없지. 곧 찾을 수 있을 거야. 내게 온 편지는 독일어로 된 노래를 번역한 거야. 부르크 씨가 해주었나 봐. 이건 로리의 글씨가 아닌걸."

마치 부인은 힐끗 메그에게 눈길을 보냈다. 긴 실내복을 입고 곱슬머리를 약간 얼굴에 늘어뜨린 메그는 매우 아름다웠으며, 희고 예쁜 리본이나 천을 잔뜩 감아 올려 놓은 작은 재봉대를 향해 바느질을 하고 있는 것이 아주 여인답게 보였다. 메그는 어머니가 무엇을 생각하고 있는지 눈치채지 못한 채 노래를 흥얼거리며 손가락을 움직여서 바쁘게 바느질을 하고 있었다. 그리고 벨트에 꽂은 팬지꽃처럼 순진하고 앳된, 소녀다운 공상에 잠겨 있었다. 그 모습에 마치 부인도 흡족한 생각으로 미소지었다.

"조 박사에게는 편지가 두 통, 책과 낡고 이상한 모자. 이 모자는 커서 우체국 밖으로 삐져 나와 있었어."

베스는 조가 글을 쓰고 있는 서재에 들어가서 웃으면서 말했다.

"참, 로리는 사람이 짓궂어! 내가 '매일 더워서 얼굴이 따끔거리니까 좀더 테가 큰 모자가 유행했으면 좋겠는데' 하고 말했더니 '유행 같은 것은 아무 상관 없어. 큰 모자를 쓰고 기분이 좋으면 되는 거지'라고 하잖아. 그래서 난 있으면 쓰겠다고 했지. 그랬더니 날 시험해 보려고 보낸 거야. 좋아, 재미있으니까 이걸 쓸

테야. 유행 따위는 조금도 개의치 않는다는 걸 보여 줘야지."

조는 그렇게 말하고 그 낡고 테가 넓은 모자를 플라톤의 흉상에 씌웠다. 그러고 나서 두 통의 편지를 읽었다.

하나는 어머니에게서 온 편지였다. 그것을 읽어감에 따라 조의 볼은 빨갛게 상기되고 눈에는 기쁨의 눈물이 가득 괴었다. 편지에는 다음과 같은 사연이 쓰여 있었다.

나의 조!
네가 자신의 짜증을 억제하려고 몹시 노력하고 있는 것을 보고 내가 얼마나 기뻐하고 있는지, 그것을 알리고 싶어서 잠시 펜을 들었다. 너는 괴로움이나 실패나 성공에 대해서 조금도 말하지 않았어. 네 성경의 표지가 닳아 있는 것으로 미루어 아마도 너는 도움을 구하고 있는 신 외에는 아무도 널 보고 있지 않다고 생각했겠지. 그러나 어머니가 곁에서 보고 있단다. 점차 좋은 결과가 나타나는 것을 보고 네 마음가짐이 훌륭하다는 것에 감탄하고 있어. 아무쪼록 그와 같이 좀더 계속해 봐. 참을성있게, 두려워하지 말고. 그리고 언제나 이 어머니는 누구보다도 정답게 너를 동정하고 있다는 것을 잊지 말아 주렴.

엄마로부터


"이거야말로 내게 도움이 돼. 돈이 아무리 많아도, 크게 칭찬받았다고 해도 이처럼 기쁘지는 않을 거야. 엄마, 열심히 노력하겠어요. 반드시 내 뜻을 관철시키겠어요. 옆에서 도와 주시는 엄마를 위해서라도 도중에 싫증내거나 포기하지는 않겠어요."

조는 양팔에 얼굴을 묻었고, 그 바람에 기쁨의 눈물이 쓰고 있
던 이야기의 원고를 적셨다. 착한 사람이 되려는 노력을 아무도
알아주지 않는다고 지금까지 생각하고 있었기 때문에, 어머니의
뜻밖의 이야기가 곱절이나 고마웠고 또 용기를 주었다. 누군가에
게 칭찬받는 것은 기분 좋은 일이었다. 조는 마음속의 악마를 이
기는 힘이 한층 강해지는 것을 느끼며, 불의의 습격에도 끄덕없
도록 적을 막는 방패이자 마음의 훈계로써 그 편지를 상의의 안
쪽에 핀으로 고정시켰다. 그리고 좋은 소식인지 나쁜 소식인지
어느 쪽이든 동요하지 않을 마음가짐으로 나머지 편지의 겉봉을
뜯었다. 크고 힘있는 로리의 글씨가 보였다.

친애하는 조, 안녕하십니까!
내일 우리 집에 영국에서 친척 남자애와 여자애가 놀러 오
는데, 그애들을 재미있게 해주려 합니다. 날씨가 좋다면 롱
메드에 천막을 치고, 전원 보트를 타고 가서 점심을 먹고, 크
리켓을 하며, 그리고 집시처럼 불을 피우고 여러 가지로 흥
청거리며 놀고 싶습니다. 모두들 좋은 사람들입니다. 부르크
선생이 같이 가서 남자들을 감독하고, 케이트 본이 여자들을
돌볼 것입니다. 자매들도 모두 와 주십시오. 베스도 꼭, 아무
도 베스를 난처하게 하는 일은 없을 테니까. 음식물은 걱정
마십시오. 모든 준비는 이쪽에서 하니까 아무것도 염려할 것
없습니다. 그저 와 주기만 하면 됩니다. 이만 줄입니다.
로리

"와아, 신난다!"

조는 그렇게 외치면서 즉시 메그에게 알리러 뛰어갔다.

"물론 가도 좋겠죠, 엄마? 로리의 도움도 되고요. 난 보트를 저을 수 있고 메그는 점심을 거들 수 있을 거예요. 베스나 에이미도 무언가 도움이 될 거예요."

"그 남매라는 영국인들은 왠지 싫어. 어떤 사람들인지 너 알고 있니?"

메그가 물었다.

"네 사람뿐이야. 케이트라는 사람은 언니보다 나이가 많을 거야. 프레드와 프랭크는 내 나이 또래이고, 밑의 여자애인 그레이스는 아홉 살인가 열 살 정도야. 로리는 이 사람들과 외국에서 알게 되었고 사내애들과는 친하대. 하지만 케이트에 대해 말할 때에는 입을 조금 오므리니까 그것으로 미루어 볼 때 케이트는 별로 좋아하지 않나 봐."

"프랑스 제 옷을 입어야겠어. 그게 좋을 거야. 잘 어울리고."

메그는 벌써부터 흥분돼 있었다.

"조, 너는 무슨 좋은 옷 있니?"

"빨강과 회색의 보트 놀이용 옷이 있어. 어차피 보트를 젓거나 돌아다니지 않을 테니까 그것으로 충분해. 풀먹인 고급은 별로 좋지 않을 거야. 베스, 너도 가겠지?"

"낯선 사내애가 아무 말도 하지 않게 해준다면."

"걱정 말아!"

"로리의 마음에 들고 싶어. 그리고 부르크 선생님도 무섭지 않아. 친절한 사람이니까. 그러나 함께 놀거나, 노래 부르거나, 이야기를 하는 것은 싫어. 난 열심히 일해서 누구에게도 폐를 끼치지는 않겠어. 언니가 날 잘 돌봐 주겠어? 그러면 갈 테야."

"정말 착한 아이구나. 넌 수줍어하는 버릇을 고치려는 거지? 그래서 내가 좋아하는 거야. 자신의 나쁜 버릇을 고치려는 것은 정말 대단한 각오거든. 그리고 조금이라도 기분이 날 이야기를 해주면 용기가 나는 법이야. 어머니, 고마워요."

조는 어머니의 야윈 뺨에 감사의 키스를 했다. 이것이야말로 마치 부인에게는 젊었을 때의 뽀송뽀송한 장밋빛 뺨이 다시 한 번 되살아난 것보다도 훨씬 기쁜 일이었다.

"난 초콜릿 사탕 한 상자와 전부터 그리고 싶어하던 그림을 받았어."

에이미는 자기가 받은 우편물을 내보였다.

"내게는 로렌스 할아버지로부터 편지가 왔어. 오늘 밤 등불을 켜기 전에 피아노를 치러 와 달라는 거야. 난 가겠어."

베스는 그 후로 로렌스 노인과 아주 친해져 있었다.

"자, 기운내서 열심히 일하자. 내일 마음껏 놀 수 있도록 오늘은 일을 곱절로 해 두지 않으면 안 돼."

조는 펜을 놓고 빗자루를 잡으러 일어섰다.

다음날 아침, 일찍부터 오늘의 맑은 날씨를 약속하는 듯 태양이 네 소녀의 방을 엿보고 있었다. 그곳에서는 즐거운 하루를 위한 놀이 준비로 재미있는 광경이 연출되고 있었다. 메그는 말아 올린 예쁜 머리를 만들려고 보통 때보다 한 번 더 앞머리를 종이에 감아서 이마에 늘어뜨리고 있었고, 조는 햇빛에 타서 얼얼한 얼굴에 콜드크림을 듬뿍 발랐다. 베스는 오늘 하루를 비우기 때문에 인형 조안나를 침대에 넣어 두었다. 에이미는 어처구니없게도 못마땅한 코를 크게 하려고 코끝을 세탁물 고정시키는 클립으로 집어 놓고 있었다. 그것은 화가가 화판에 종이를 댈 때 사용하는 핀과 같은 것이니까 집게의 목적으로는 충분히 쓸모가 있었고, 효과도 의심할 여지가 없었다. 이 우스꽝스러운 광경에는 태양도 재미있다는 듯 밝은 빛을 쓱 던졌고, 먼저 조가 에이미의 코 장식을 보고 큰소리로 웃어대는 바람에 다른 자매들도 모두 알게 되었다.

햇빛과 웃음소리는 놀러 가는 파티에 좋은 징조였다. 곧이어 양쪽 집에서 법석대기 시작했다. 제일 먼저 준비가 끝난 베스가 옆집의 상황을 창에서 끊임없이 보고했기 때문에 옷차림을 하고 있는 언니들은 더욱 활기를 띠었다.

"어머, 천막도 가지고 가는군! 바커 아주머니가 손에 드는 바구니와 큰 바구니에 점심을 넣고 있어. 지금 로렌스 할아버지가 날씨와 풍향계를 보고 계셔. 할아버지도 같이 가시면 좋을 텐데. 어머, 로리 좀 봐. 마치 해군 같아. 멋있는데! 이제, 사람이 가득 탄 마차가 왔어. 키가 큰 여자애와 작은 여자애, 그리고 무섭게 보이는 사내애가 둘, 하나는 절름발이야. 가엾게도 목발을 짚고 있어. 그런 애기 로리가 하지 않았잖아. 언니들 빨리 해! 늦었어. 어머, 네드 모파트가 있어. 정말이야. 메그 언니, 봐. 언젠가 거리로 쇼핑 갔을 때 언니에게 인사했잖아?"

"그래? 그 사람이 오다니. 이상하군. 고원 지방으로 여행간 줄 알았는데. 샐리도 있네. 아주 좋은 기회에 돌아와서 다행이야. 어때, 조, 나 괜찮아?"

메그는 가슴을 두근거리며 말했다.

"아주 멋있어. 나무랄 데 없어. 옷을 조금 올리고 모자를 바로 해. 그렇게 기울이면 괜히 감상적으로 보이고, 바람이 불면 금방 날아가 버릴 거야. 자, 이제 가자!"

"어머, 조, 너 그런 괴상한 모자를 쓰고 가는 거야? 너무 우스워. 괴상한 모습으로 모두의 웃음을 사는 건 좋지 않아."

로리가 장난으로 보내 온 테가 넓은 밀짚 모자를 쓰고, 빨간 리본을 매서 고정시킨 조를 보고 메그는 불만을 터뜨렸다.

"괜찮아, 난 쓰고 갈 거야. 이거 아주 좋은걸. 햇빛도 가려 주고, 가볍고 크단 말이야. 게다가 애교도 있어 보이고. 나는 내가 좋으면 그만이지 이상한 모습 같은 것에는 개의치 않아."

조는 그렇게 말하며 앞장서기 시작했고 다른 사람들도 그 뒤를 따랐다. 네 자매의 화려한 외출―각기 좋아하는 여름 옷을 입고 멋있는 모자 밑에서 기쁜 얼굴을 빛내며―은 너무나도 아름답게 보였다.

로리가 뛰어와서 모두를 맞았고, 자기 친구들에게 정중한 태도로 네 자매를 소개했다. 잔디 깔린 마당은 금세 응접실이 되어 잠시 동안 떠들썩한 광경이 펼쳐졌다. 메그는 케이트가 스무 살이나 되었는데도 수수한 복장을 하고 있는 것에 호감이 갔다. 미국의 소녀들이 본받으면 좋겠다고 생각할 정도였다. 또 네드 모파트가 자기를 만나고 싶어 왔다고 말해 줘서 기분이 매우 좋았다. 조는 로리가 케이트에 대해 말할 때 왜 입을 오므리는지 그 이유를 알 것 같았다. 그 젊은 숙녀는 마치, '곁에 오는 건 싫어. 건드리지 말아 줘'라는 태도로 다른 소녀들의 발랄하고 싹싹한 모습과는 확실히 다른 모습을 하고 있었다. 베스는 세 남자애들을 넌지시 주의해 보고 있었는데, 절름발이 애는 무서운 데라고는 조금도 없고 오히려 온순하고 연약한 것 같아서 그애에게는 싹싹하게 대해 주어야겠다고 생각했다. 또 에이미는 그레이스가 예의 바르고 명랑한 애라는 것을 알았고 잠시 동안에 두 사람은 금세 친하게 되었다.

천막과 점심, 그리고 크리켓 도구는 이미 사람을 시켜 보냈고 일행은 두 보트에 나눠 타고 저어 나갔다. 로렌스 노인은 기슭에서 손을 흔들며 일행을 전송했다.

로리와 조가 한 척의 보트를 젓고, 또 한 척은 부르크 선생과 네드가 저었다. 쌍둥이 중의 망나니 프레드 본은 구명 보트를 타고 마치 쩔쩔매는 소금쟁이처럼 빙빙 돌면서 두 보트를 뒤집어엎으려고 열을 올리다가 하마터면 뒤집힐 뻔했다. 조의 우스꽝스러운 모자는 확실히 모두의 감탄을 받을 만했다. 무엇보다 먼저 모두를 웃겨 딱딱한 분위기를 단번에 바꿔 놓았다. 둘째로는 노를 저을 때마다 펄럭펄럭 흔들려서 서늘한 바람을 보냈다. 게다가 만약 소나기라도 온다면 모두의 우산 대용으로 충분하다고 조는 자랑스럽게 말했다. 케이트는 조의 행동 하나하나에 몹시 놀라워했다. 특히 노를 떨어뜨렸을 때,

"이거, 큰일났군!"

큰소리로 외치기도 하고, 또 로리가 노 젓는 위치를 바꿀 때 조의 발에 걸려 넘어졌는데도,

"야, 발이 어떻게 되었니?"

남자처럼 말했기 때문에 특히 더욱 놀란 것 같았다. 그러나 안

경을 끼고 이 색다른 소녀를 몇 번이나 찬찬히 눈여겨본 다음에는, 그 까다로운 케이트도 저 애는 색다르긴 하지만 아주 영리한 것 같다고 판단하고 미소지어 보였다.

다른 보트에 탄 메그는 노 젓고 있는 부르크 선생과 네드 바로 맞은편에 앉아 있었는데, 그들은 메그를 즐거운 듯이 바라보면서 보통 이상으로 힘차게 노를 저었다. 부르크 선생은 예쁘고 다갈색인 눈과 부드러운 목소리를 가진 말수가 적은 사람이었다. 메그는 그의 조용한 태도가 좋았고, 어떤 것이든 알고 있는 그를 살아 있는 사전 같은 사람이라고 생각하고 있었다. 부르크 선생은 별로 말은 걸어 오지 않았지만 종종 메그를 뚫어지게 바라보았기 때문에 메그는 그가 자기를 싫어하지 않는다고 분명히 느끼고 있었다. 네드는 대학에 갓 들어간 신입생답게, 무엇에든 점잔 빼는 것이 학생의 본분이라고 느끼는 듯했다. 네드는 별로 영리하지는 못했지만 마음씨가 착했기 때문에 이런 피크닉에는 아주 알맞는 청년이었다. 샐리 가디너는 새하얀 옷을 더럽히지 않으려고 몹시 신경을 쓰면서 까불이 프레드와 수다를 떨고 있었다. 베스는 프레드의 장난에 깜짝깜짝 놀라지 않을 수 없었다.

롱메드까지는 그다지 멀지 않았다. 일행이 도착했을 때에는 이미 천막이 쳐져 있고 크리켓용의 작은 삼각문이 박혀 있었다. 푸른 들에는 가지를 크게 뻗은 떡갈나무 세 그루가 중앙에 서 있었기 때문에 크리켓을 하기에는 안성맞춤이었다.

"자, 로렌스 캠프에 오신 걸 환영합니다!"

모두가 와아 하고 환성을 올리며 기슭으로 올라왔고, 젊은 주인 역의 로리가 다소 흥분된 목소리로 외쳤다.

232

"브루크 선생님은 사령관, 난 보급 대장, 다른 사람들은 참모이며 여자들은 손님입니다. 천막은 여러분을 위해 특별히 준비했습니다. 저쪽 떡갈나무가 있는 곳이 응접실, 이쪽은 식당, 또 하나는 취사장입니다. 자, 더워지기 전에 한 게임 합시다. 그러고 나서 점심을 먹도록 합시다."

프랭크, 베스, 에이미, 그레이스 네 사람은 다른 여덟 사람이 게임을 하는 것을 구경하기로 했다. 부르크 선생님은 메그와 케이트와 프레드를 자기 편으로 했다. 로리는 샐리와 조와 네드와 같은 편이 되었다. 영국 사람들도 제법 잘했지만 미국 사람들은 더 잘해서 마치 천칠백칠십육 년의 독립 전쟁 때의 기개가 되살아난 듯 한 발짝도 양보하지 않으려고 대단히 분전했다. 조와 프레드는 몇 번이나 아슬아슬하게 겨루었고 한번은 심한 언쟁을 할 뻔했다. 조는 최후의 삼각문을 통과하기는 했지만 공을 말뚝에 맞히지 못해서 몹시 애태우고 있었다. 바로 뒤에 다가왔던 프레드는 조보다 치는 순서가 앞이었다. 프레드가 친 공은 삼각문에 맞고 삼 센티미터 정도 되돌아와 멎었다. 옆에 아무도 없는 틈을 타 공을 보러 달려간 프레드는 발로 살짝 밀어 넣어 속임수를 썼다. 공은 삼 센티미터 저쪽으로 들어갔다.

"난 들어갔어! 자, 조, 난 조를 젖히고 일등이 되는 거야."
하고 이 소년은 외치고 다시 한 번 치려고 타구봉을 쳐들었다.

"아니, 밀었잖아요. 내가 보고 있었어요. 그러니까 내 차례예요."

조는 격한 어조로 말했다.

"그런 일은 절대로 없어! 난 그걸 건드리지 않았으니까. 약간

굴렀는지는 모르지만 그건 반칙이 아냐. 자, 비켜 줘요. 저 말뚝
에 맞힐 테니까."

"미국에서는 속임수 같은 건 안 써요. 하지만 그쪽에서는 하고
싶으면 마음대로 하는군요."

조는 격분해서 말했다.

"제일 교활한 건 양키야. 그건 모두들 알고 있어. 자, 어때?"

프레드가 반박하더니 조의 공을 저 멀리 쳐서 날려 버렸다.

조는 무슨 말인가를 해주려고 입을 열었지만 가까스로 자신의
분노를 억제했다. 그리고 삼각문을 힘껏 후려갈기고 잠시 서 있었
다. 프레드는 솜씨 좋게 말뚝을 맞히고 의기 양양해져서 자기가
맞혔다고 떠벌였다. 조는 날아간 공을 찾으러 갔는데, 오랜 시간
이 걸려서야 풀밭 속에서 그것을 찾아낼 수 있었다. 되돌아왔을
때는 완전히 침착성을 되찾고 참을성있게 자기 차례를 기다렸다.
자기가 잃은 위치를 회복하려면 다시 여러 번 쳐야 했고, 게다가
그곳까지 갔을 때에는 상대편이 거의 이기고 있는 상황이었다. 케
이트의 공이 끝에서 두 번째로 말뚝 바로 곁에까지 와 있었다.

"어때, 행운은 우리에게 있어! 케이트 누나, 이것으로 끝이야.
조는 내게 한 번 당했으니까, 누나도 이길 수 있을 거야."

"양키는 말예요, 적에게 관대하게 행동하는 버릇이 있어요."

조는 소년이 부끄러워할 만한 말을 하고 나서,

"특히 상대방을 쓰러뜨릴 땐 말야."

다시 한 번 말하더니 케이트의 공을 건드리지 않고 재치 있게
쳐서 보기 좋게 역전승을 했다.

로리는 기뻐하며 모자를 하늘 높이 던져 올렸다. 그러나 곧 손

님의 패배를 너무 좋아하는 것은 실례라는 것을 깨닫고, 만세를 부르려다 그만두고 조에게만 살짝 속삭였다.

"잘했어, 조. 분명히 그건 속임수였어. 나도 보고 있었어. 그렇다고 그런 것을 거침없이 말할 수는 없었을 거야. 이제 프레드도 두 번 다시 속임수는 못 쓸 거야. 틀림없어."

메그도 조를 옆으로 불러서 동생의 풀어지려는 머리를 매만져 주는 척하면서 칭찬해 주었다.

"아까는 정말 화났어. 그래도 넌 잘 참았어. 기뻐, 조."

"칭찬 마, 언니. 난 지금도 저 애의 뺨을 후려갈겨 주고 싶으니까. 쐐기풀 밭에서 공을 찾으면서 속이 부글부글 끓는 것을 겨우 참았어. 아무 말도 하지 않기로 했지만, 그렇지 않았다면 틀림없이 폭발해 버렸을 거야. 지금도 분이 풀리지 않았어. 그러니까 저 애는 될 수 있는 대로 내 곁으로 오지 않는 게 좋을 거야."

조는 그렇게 대답하고 큰 모자의 그늘 밑으로 프레드를 노려보면서 입술을 꼭 깨물었다.

"점심 시간입니다."

부르크 선생이 시계를 보고 말했다.

"보급 대장, 불을 피우고 물을 길어 오도록 하게. 그 동안 마치 양과 샐리 양, 그리고 나 셋이서 식탁 준비를 할 테니. 누구, 커피를 잘 끓이는 사람 없습니까?"

"조가 잘해요."

메그가 기꺼이 동생을 추천했다. 그래서 조는 최근 익히고 있는 요리 솜씨를 보일 때라고 생각하고 커피 끓일 준비를 시작했다. 작은 애들은 마른 잎을 모으고, 소년들은 불을 피웠으며 가까

이 있는 샘에서 물을 길어 왔다. 케이트는 스케치를 하고, 프랭크
는 베스에게 말을 걸고 있었다. 베스는 접시 대신으로 쓰려고 풀
을 엮어서 작은 접시 받침을 만들고 있었다.

　사령관과 그 부관들은 금세 테이블보를 펴고, 그 위에 음식들
을 먹음직스럽게 늘어놓고 푸른 잎으로 예쁘게 꾸몄다. 커피가
다된 것을 조가 알리자 모두들 앉아서 맛있게 먹었다. 젊은 사람
들에게 소화 불량이라는 것은 없으며 운동을 한 뒤에는 굉장한
식욕이 일어나는 법이다. 참으로 즐거운 식사였다. 모든 것이 신
기하고 재미있어, 몇 번이나 와아, 하고 터뜨리는 웃음소리는 근
처에서 풀을 뜯고 있는 늙은 말을 깜짝 놀라게 했다. 테이블이 울
퉁불퉁했기 때문에 컵이나 접시가 쓰러졌는데 그것 역시 재미있
었다. 도토리가 컵 속에 떨어지기도 하고, 작고 까만 개미가 멋대
로 들어와 음식물에 달라붙거나, 보풀이 있는 털벌레가 도대체
무슨 일이 시작되는가 보려고 나뭇가지에 매달리기도 했다. 머리
가 하얀 세 아이가 울타리 저쪽에서 엿보고, 보기 사나운 개가 강
저쪽에서 기를 쓰고 짖어 대고 있었다.

　"소금도 있어요, 만약 좋다면……."

　로리는 딸기 접시를 조에게 건네면서 말했다.

　"고마워요. 하지만 난 개미가 더 좋아요."

　조는 크림 속에 빠져 죽은 두 마리의 멍청한 개미를 집어 올리
며,

　"이렇게 좋은 음식을 먹고 있을 때 어째서 이런 어처구니없는
것이 들어갔을까."

하고 말했다. 두 사람 다 웃음을 터뜨렸고, 식기가 모자랐기 때문

에 하나의 접시에 담긴 딸기를 사이 좋게 나눠 먹었다.

"아까는 정말 재미있었기 때문에 아직도 잊을 수 없어요. 나는 아무것도 하지 않았으니까 오늘 식사는 특별히 내 공은 아니에요. 맛있는 요리를 해 주신 조와 메그, 그리고 부르크 선생님께 정말 감사 드립니다. 그런데 더 이상 먹을 수 없으니 이제부터 무엇을 하며 놀까요?"

점심 식사가 끝나자 로리가 조의 의견을 물었다.

"서늘해질 때까지 게임을 해요. 내가 작자(한 장의 카드가 한 작가의 한 권의 책을 나타내며, 72장으로 된 트럼프의 일종) 트럼프를 가지고 왔어요. 케이트라면 뭔가 신기하고 재미있는 놀이를 알고 있을 거예요. 가서 물어 보세요. 그분이 손님이니까, 좀더 함께 상대해 드려야 해요."

"조는 손님이 아닌가요? 케이트는 부르크 선생의 좋은 상대일 거라고 생각했죠. 그런데 선생은 메그와만 얘기하고 있고 케이트는 그 기묘한 안경 너머로 빤히 쳐다보고 있어요. 한번 가 보겠어요. 그러니까 예절 강의 따윈 집어치워요. 그런 건 어울리지 않아요, 조."

케이트는 확실히 새로운 놀이 방법을 알고 있었다. 여자애들은 이제 더 이상 먹으려 하지 않았고, 사내애들은 먹으려고 해도 먹을 수 없었기 때문에 모두 '응접실'인 떡갈나무 쪽으로 가서 '마구 하는 이야기'라는 놀이를 시작하게 되었다.

"먼저 한 사람이 얘기를 시작해요. 무엇이든. 멋대로 만든 엉터리라도 좋아요. 또 아무리 길어도 상관없어요. 그런데 어딘가 아주 재미있는 듯한 대목에서 말을 끊는 거예요. 그러면 다음 사람이 계속해서 재치 있게 말하다가 또 끊고, 이런 식으로 얘기를 이어가면 아주 재미있어요. 슬픈 것과 우스운 것이 뒤섞여 이야기는 웃음거리가 되는 거예요. 자, 부르크 씨, 먼저 시작해 주세요."

케이트가 명령하는 것 같은 어조로 말했기 때문에, 이 가정 교사를 한 사람의 훌륭한 신사로서 존경하고 있는 메그는 깜짝 놀랐다.

두 젊은 아가씨의 발치께 잔디 위에 누워 있던 부르크 선생은 아름다운 다갈색 눈을 햇빛이 반짝이는 강 저쪽으로 향한 채 명령대로 이야기를 시작했다.

"옛날에 한 기사가 행운을 찾아 넓은 세상에 나왔습니다. 이기사는 칼과 방패 외에는 무엇 하나 가지고 가지 않았습니다. 이십 팔 년 간 이곳저곳을 여행하며 몹시 어려운 처지에 놓이기도 했습니다만, 마침내 어떤 늙은 임금님의 궁전에 이르렀습니다. 이 임금님에게는 몹시 사랑하는 말이 한 마리 있었는데 이 말은 모양새가 훌륭하긴 했지만 잘 길들여지지 않았습니다. 임금님은 이 말을 잘 길들여 주면 상을 주겠다고 기사에게 명했고, 곧 이 말은 새 주인을 따르게 되었습니다. 임금님의 애마를 훈련시키기 위해 기사는 매일 그것을 타고 거리를 지나갔습니다. 그럴 때 기사는 꿈속에서는 수없이 보았지만 아직 그 눈으로는 본 적이 없는 아름다운 얼굴을 여기저기서 찾는 것이었습니다. 어느 날 조용한 거리를 말을 타고 달려가고 있을 때, 허물어져 가는 어떤 성의 창에서 마침내 그 아름다운 얼굴을 발견했습니다. 기사는 이 낡은 성에 살고 있는 사람이 누군가 하고 사람들에게 물어 보았고, 마법에 걸려 갇힌 신세가 되어 있는 공주님이 여럿 있어서 자유를 되찾을 돈을 마련하기 위해 하루 종일 실을 잣고 있다는 것을 알았습니다. 기사는 공주들을 자유로운 몸이 되게 해 주고 싶었지만 가난했기 때문에 어쩔 수 없었습니다. 그저 매일같이 그곳을 지나면서 그 아름다운 얼굴을 뚫어지게 바라보고, 저 사람의 얼굴을 자유로운 태양 밑에서 보고 싶다고 바라는 것이었습니다. 마침내 기사는 성으로 들어가서 도대체 어떻게 하면 공주들을 구할 수 있는가를 물어 보려고 결심했습니다. 기사는 그곳으로 가서 문을 두드렸습니다. 큰 문이 쏙 열리고 기사 앞에 나타난 사람은 세상에서도 드물게 보는 아름다운 공주님이었습니다. 그 공주는 너무나도 기뻐하며, '아, 마침내 와 주셨군요' 하고 외쳤습니다."

평소 프랑스 소설을 많이 읽어 그런 종류의 이야기를 아주 좋아하는 케이트가 뒤를 이었다.

"'오, 틀림없이 그 여인이야!' 기사는 기쁨에 자신을 잊고 공주의 발 아래 무릎을 꿇었습니다. '어서 일어나세요!' 하고 공주님은 대리석같이 흰 손을 내밀었습니다. '아니, 안 됩니다. 그보다도 먼저 어떻게 하면 당신들을 도울 수 있는지 내게 알려주세요.' 기사는 그대로 무릎꿇은 채 버티는 것이었습니다. '아, 슬프게도 나는 무정한 운명 때문에 폭군이 망하기 전까지는 이렇게 여기 있지 않으면 안 됩니다.', '그 가증스러운 놈은 어디 있습니까?', '저 안의 보랏빛 방에 있습니다. 용감한 분이시여, 가셔서 나를 이 비탄에서 구해 주세요.', '분부대로 가겠습니다. 이겨서 돌아오든가 목숨을 잃든가 어느 쪽이든!' 이런 비장한 말을 남기고 기사는 나아가서 보랏빛 방의 문을 확 열고 막 들어서려 할 때, 아뿔사……."

"탁 하고 기사의 머리를 때린 것은 커다란 그리스어 사전, 까만 가운을 입은 노인이 그것을 던진 것이었습니다."

이번에는 네드가 받았다.

"그러나 곧 그 뭐라고 하는 기사는 정신을 차리고 폭군을 창으로 집어 던졌습니다. 비록 이마에 혹이 생겼지만 의기양양하게 공주에게 돌아오려고 했던 기사는 그만 문이 닫혀 버렸기 때문에 커튼을 찢어 줄사다리를 만들어서 그것을 타고 중간까지 내려왔습니다. 하지만 그때 줄사다리가 뚝 끊어지는 바람에 이십 미터 아래의 도랑 속으로 떨어져 버렸습니다. 그러나 오리처럼 헤엄을 잘 치므로 성 위까지 물을 튀기며 돌아가서 두 사람의 건장한 남자가 지키고 있는 작은 입구에 도달했습니다. 기사가 두 남자의 머리를 탁 맞부딪치니까 두 개의 호두처럼 깨져 버렸습니다. 그리고 굉장한 힘으로 문을 부수고 안으로 들어가서 돌계단을 올라갔습니다. 그곳은 먼지가 삼십 센티미터나 쌓여 있고, 주먹만한 두꺼비가 있는가 하면, 마치 양이라면 깜짝 놀라 비명을 지를 듯한 거미도 있었습니다. 그 계단 제일 꼭대기까지 왔을 때, 기사는 바짝 긴장하고 피도 얼어붙을 것 같은 무서운 광경에 부딪혔습니다."

"그곳에는 흰 옷을 입고, 얼굴에는 베일을 썼으며, 야윈 손에 램프를 든 키가 큰 사람이 있었습니다."

메그가 이었다.

"그 사람은 기사에게 따라오라고 손짓을 하고 묘지처럼 어둡고

차가운 복도를 소리없이 앞장서서 나아갔습니다. 양쪽에는 갑옷 투구를 쓴 초상이 그림자처럼 늘어서 있고, 주위는 죽음과 같은 고요가 깃든 가운데 램프만이 파랗게 타고 있었습니다. 그 유령 과 같은 모습은 가끔 뒤돌아보며 흰 베일 밑에서 무서운 눈을 번 쩍거렸습니다. 두 사람은 커튼이 쳐진 입구까지 왔고, 그때 저쪽 에서 표현할 수 없을 정도로 아름다운 음악 소리가 들려왔습니 다. 기사가 그곳으로 뛰어들어가려는 순간 유령이 기사를 탁 잡 아 끌어당기며 위협하듯 그 앞에서 내저은 것은……."

"코담배 갑."

조가 몹시 음울한 어조로 말했기 때문에 모두들 와아 하고 웃 음을 터뜨렸다.

"'이거 죄송합니다.' 기사는 공손하게 손가락 끝으로 담배 냄 새를 조금 맡더니 맹렬한 재채기를 일곱 번이나 계속했고, 그 바 람에 그만 목이 뎅겅 떨어졌습니다. 하하하, 하고 유령은 웃었습 니다. 그리고 열쇠 구멍으로 공주님들이 열심히 실을 잣고 있는 것을 확인한 뒤 목이 떨어진 기사의 시체를 큰 양철 상자에 집어 넣었습니다. 그 상자 속에는 목이 없는 기사가 열한 사람이나 정 어리처럼 가득 채워져 있었습니다. 그런데 이 시체가 모두 일어 나서, 그 다음에……."

"혼파이프(선원들이 흔히 추는 힘찬 춤) 춤을 시작했습니다."

조가 잠시 숨을 돌리는 사이에 프레드가 이야기를 가로챘다.

"그리고 모두들 춤추고 있는 동안에 이 허물어져 가는 성은 돛 을 가득 단 군함이 되어 버렸습니다. '삼각돛을 올려! 위쪽 돛의 줄을 죄고, 아래쪽 노는 힘껏, 포는 제자리에!' 하고 함장이 소리질렸습니다. 왜냐하면 포르투갈의 해적선이 앞 마스트에 까만 기를 나부끼며 나타났기 때문입니다. '자, 전진, 쳐부숴라!' 함장의 외침과 함께 치열한 싸움이 시작되었습니다. 물론 영국측이 이겼습니다. 영국은 항상 이기니까."

"거짓말, 그럴 수 없는 거야."

조는 옆을 보고 가만히 말했다.

"해적의 두목을 붙잡고 그 스쿠너선(두 개 또는 네 개의 마스트를 가진 서양형 돛배)에 다가가 보니, 갑판은 시체가 산더미고 바람이 부는 쪽 갑판 배수구로부터 피가 강물처럼 흐르고 있었습니다. '단검을 빼들고 죽을 때까지 싸워라!'라는 명령이었으니까요. '갑판장, 이놈이 순순히 자백하지 않으면 뱃머리 삼각돛의 밧줄을 가운데로 접어 두 겹으로 해서 이놈의 눈을 가리고 그 방법으로 다루는 거야' 하고 영국 함장이 말했습니다. 포르투갈인은 떠들어 대는 선원들 속을 벙어리처럼 말없이 뱃전에서 튀어나온 가는 널빤지로 눈을 가린 채 걷고 있었습니다. 그런데 이놈은 보통 수완이 좋은 놈이 아니라서, 바다로 떨어져 물 속으로 들어갔는가 했더니 영국 배 밑으로 잠수해 와서 배 밑에 큰 구멍을 뚫어 놓았습니다. 그래서 배는 돛을 올린 채 바다, 바다, 바닷속으로 가라앉기 시작했습니다. 그곳에는……."

"어머, 큰일났어! 나 어떻게 계속해야 할지 모르겠어."

프레드가 읽고 있는 책에서 빌려온 이야기를 마구 뒤섞었기 때문에 그 이야기가 끊어지니까 샐리는 난처해서 외쳤다.

"배가 바다 밑으로 가라앉자 아름다운 인어가 나타나 모두를 맞았습니다. 인어는 배에 있는 목이 없는 기사를 넣어 둔 상자를 보고는 매우 슬퍼했고, 인정을 베풀어 기사들을 소금에 절여 비밀을 캐내려고 했습니다. 인어는 여자이기 때문에 역시 호기심이 강합니다. 그 사이 한 잠수부가 내려오자 인어는 이 불쌍한 사람들을 다시 한 번 되살리고 싶었지만 너무 무겁기 때문에 자신이 들어올릴 수 없다고 했습니다. 그래서 잠수부가 그것을 육지로 끌어올렸는데, 열어 보더니 아주 실망해 버렸습니다. 잠수부는 그것을 넓고 외로운 들에 버리고 갔습니다. 그것을 발견한 자는……."

"작은, 거위 치는 소녀였어요. 소녀는 그 들판에서 살찐 거위를 백 마리나 기르고 있었지요."

샐리의 이야기가 끊어지자 에이미가 이어받아 말하기 시작했다.

"그 소녀는 기사들을 불쌍히 여겨 한 할머니에게 어떻게 하면 모두를 구해 줄 수 있을지 물어 보았어요. 할머니는 '너의 거위에게 물어 보렴. 무엇이든 알고 있으니까 말이야' 하고 대답해 주었어요. 소녀는 거위들에게 기사들은 머리가 없기 때문에 새로운 머리를 붙이려면 무엇을 사용하면 좋으냐고 물었죠. 그러자 백 마리의 거위가 일제히 가아가아 하면서 말하기를……."

"양배추가 좋아."

로리가 재빨리 뒤를 이었다.

"'그럼 아주 잘됐어' 하고 소녀는 자기 밭으로 달려가서 열두 개의 양배추를 따왔습니다. 그것을 가져다 붙이자 기사들은 금세 되살아나서 소녀에게 인사를 하고 몹시 기뻐하면서 걸어갔습니다. 모두들 머리가 전과 다르다는 것을 전혀 눈치채지 못했어요.

세상에는 비슷한 얼굴을 가진 사람이 아주 많기 때문에 아무도 그런 것에 신경쓰지 않았습니다. 우리들의 기사는 다시 돌아가서 그 아름다운 얼굴의 주인공을 찾았습니다만, 공주들은 모두 실을 잣는 일에서 자유의 몸이 되었고, 오직 한 사람만 빼고 모두 결혼해 버린 것을 알았습니다. 그 말을 듣고 기사는 울렁거리는 가슴으로 어떤 순간에도 곁에서 떨어지지 않는 자신의 애마를 타고 남은 공주를 만나기 위해 서둘러 성으로 달려갔습니다. 도착 뒤, 생울타리 너머로 들여다보니 꿈에도 잊지 못한 여인이 정원에 나와 꽃을 따고 있는 것이 아닙니까? '장미꽃 한 송이를 저에게 주시지 않겠습니까?' 기사는 말했습니다. '들어오셔서 직접 따세요. 내가 당신 있는 곳으로 갈 수는 없습니다. 그건 예절에 어긋나니까요.' 달콤한 목소리로 공주는 대답했습니다. 그래서 기사는 생울타리를 기어오르려고 했습니다만 생울타리가 점점 높이 자라는 것이었습니다. 이번에는 그것을 헤치고 들어가려고 하자 생울타리가 점점 더 우거져 깊어지는 것 같았습니다. 기사는 매우 난처해졌습니다. 그래도 끈기 있게 가지를 하나씩 꺾으며 마침내 작은 구멍을 만들었습니다. 기사는 그곳으로 들여다보며, '날 들어가게 해주세요. 날 들어가게 해주십시오' 하고 애원했습니다. 그러나 공주는 전혀 눈치채지 못하는 것 같았습니다. 조용히 장미꽃을 따고 있을 뿐, 안으로 들어가려고 애쓰고 있는 기사를 그대로 내버려두는 것이었습니다. 도대체 기사가 안으로 들어갔는지 들어가지 않았는지 그 다음은 프랭크 자네가 말해 주게."

"난 할 수 없어. 난 이야기하는 축엔 들지 않았는걸. 안 돼."

프랭크는 이 감상적인 이야기의 끝판에서 어처구니없는 두 사람을 어떻게 구해내야 좋을지 몰라 당황해서 허둥거렸다. 베스는 진작부터 조 뒤로 숨어 버렸고, 그레이스는 이미 잠들어 있었다.

"그럼, 불쌍한 기사가 생울타리 안에 갇힌 채로 해 두게나."

부르크는 역시 강을 응시한 채 양복의 단추 구멍에 꽂은 들장미를 만지작거리면서 말했다.

"난, 조금 있으면 공주님이 기사에게 장미꽃을 주고 문을 열어 주게 될 거라고 생각해."

로리는 도토리 알을 부르크 선생을 향해 던지고 혼자서 웃었다.

"아주 엉터리가 되어 버렸어요. 여러 번 연습했다면 더 좋은 얘기가 되었을 텐데. '정직'이라는 것, 여러분 아세요?"

모두가 한바탕 웃고 난 뒤 샐리가 물었다.

"네, 난 그렇다고 생각해요."

메그는 진지하게 대답했다.

"게임 말이에요, 내가 말하는 건."

"어떤 게임?"

프레드가 물었다.

"모두 손을 겹쳐 놓고 어떤 수를 정해요. 그리고 차례로 손을 빼는 거예요. 정해진 수에 해당하는 사람은 다른 사람들의 질문에 무엇이든 정직하게 대답해야 해요. 아주 재미있어요."

"어디 한번 해 봅시다."

새로운 것은 무엇이든지 해 보고 싶어하는 조가 말했다.

케이트와 부르크 선생, 메그, 네드는 싫다고 참가하지 않았지만 프레드, 샐리, 조, 로리는 손을 서로 겹쳤다. 첫 번째로 질문

당하는 자는 로리가 되었다.

"좋아하는 영웅은?"

먼저 조가 물었다.

"할아버지와 나폴레옹."

"여기 있는 숙녀들 중에 누가 제일 예쁘다고 생각하나요?"

샐리가 물었다.

"마거릿 메그."

"누가 제일 좋아?"

다음은 프레드의 질문.

"물론, 조."

당연하다고 하는 어조에 모두들 와아 하고 웃음을 터뜨렸고, 조는 무시하듯 어깨를 으쓱하며 말했다.

"그것 참 어리석은 질문이군요!"

"다시 한 번 해 보자. '정직'이란 게임 괜찮은데."

프레드가 말했다.

"프레드에게는 유익한 게임일 거예요."

조가 낮은 목소리로 쏘아붙였다. 다음은 조의 차례가 되었다.

"제일 큰 결점은 뭐지요?"

프레드가 물었다. 프레드는 자기와 같은 결점이 조에게도 있는가 알고 싶었기 때문이었다.

"화를 잘 내는 것."

"가장 가지고 싶은 건?"

로리가 물었다.

"구두 끈."

가지고 싶어하는 것을 선물하려는 로리의 생각을 알아차리고, 그 의표를 찔러 조가 대답했다.

"그건 진짜 대답이 아니야. 원하는 것을 진심으로 말하지 않는 것은 반칙이야."

"재능. 로리, 재능을 내게 줄 수 있어요?"

로리의 어처구니없어하는 얼굴을 보고 조는 씩 웃었다.

"남자의 미덕으로는 무엇을 제일 존경합니까?"

샐리가 물었다.

"용기와 정직."

"이번엔 나야."

마지막으로 질문을 받게 되는 프레드가 말했다.

"그거 물어 볼까?"

로리가 조에게 살짝 속삭이자 조가 얼른 고개를 끄덕였고, 곧 로리가 이렇게 물었다.

"아까 크리켓할 때 속이지 않았어?"

"저어, 응, 조금 속였어."

"좋아! 아까 한 얘기 《바다의 사자》라는 책에서 끌어낸 거 아니야?"

"응, 그래."

"영국 국민은 모든 점에서 나무랄 데 없다고 생각하나요?"

이번에는 샐리가 물었다.

"그렇게 생각하지 않는다면 이상하지 않아요?"

"야, 이건 진짜 존불(영국인을 말함)인데. 자, 이번에 샐리 양, 손은 겹치지 않아도 샐리 차례입니다. 처음부터 실례되는 질문

같지만, 자신을 좀 왈가닥이라고 생각하지 않습니까?"

"참, 실례되는 말이군요. 물론 난 그렇지 않아요."

샐리는 말과는 반대로 흥분한 태도로 말했다.

"가장 싫어하는 것은?"

프레드가 물었다.

"거미와 라이스푸딩."

"가장 좋아하는 것은?"

조가 물었다.

"댄스와 프랑스제 장갑."

"'정직'이란 게임도 시시하군요. 기분 전환으로 좀더 재미있는 '작자 트럼프'를 하며 놀아요."

조가 제의했다.

네드와 프랭크와 다른 작은 여자애들도 이 놀이에 참가했다. 그 동안 나이 많은 세 사람은 옆에 떨어져서 이야기하고 있었다. 케이트가 스케치북을 꺼내자 메그는 곁에서 들여다보고, 부르크 선생은 풀밭 위에 누워 손에 책을 들고 있었지만 읽는 것 같지는 않았다.

"참, 잘 그리시는군요! 그림을 그릴 수 있으면 참 재미있을 거야."

메그는 감탄과 부러움이 섞인 어조로 말했다.

"배우면 되잖아요? 메그는 취미도 재능도 있다고 생각해요."

케이트는 붙임성 있게 말했다.

"전 시간이 없어요."

"어머님은 다른 예능을 시키고 싶으신가 보죠? 우리 어머니도 그랬어요. 그러나 내가 몰래 배우다 재능이 있다는 것을 아시고 결국 그림 공부를 계속하도록 허락하셨어요. 가정교사에게 부탁해 봐요."

"없어요, 가정교사는……."

"어머, 깜빡 잊었군요. 미국의 아가씨들은 우리와 달라서 학교에 많이 다니더군요. 그리고 학교는 매우 훌륭한 곳이라고 아버지가 말씀하셨어요. 메그는 사립 학교에 다니겠죠?"

"학교에는 다니지 않아요. 나 자신이 가정교사니까요."

"어머, 그래요?"

케이트가 말했다. 케이트의 표정은 '참 놀랐어. 그건 싫은데' 하는 것 같았다. 말투에도 그런 것이 잘 나타나 있었고, 케이트의 얼굴에 나타나 있는 기색은 메그의 얼굴을 붉어지게 했다. 메그는 그렇게 정직하게 말하지 않는 것이 좋았을걸 하고 후회했다. 그때 부르크 선생이 고개를 들고 재빨리 말했다.

"미국의 아가씨들은 선조들과 마찬가지로 독립을 사랑하고 있습니다. 스스로 일하는 것은 높이 평가받고 존경도 받습니다."

"그건 그렇죠. 물론 그렇게 되는 것은 좋은 일이며 당연한 일이에요. 영국에서도 집안이 좋고 훌륭한 숙녀들 중 역시 그렇게 하고 있는 사람이 많이 있어요. 좋은 집안에서 태어난 아가씨들이니까 품위도 있고 예절도 바르기 때문에 귀족 계급에 고용되어 일하고들 있어요."

케이트는 마치 자기가 가장 상류 계급 사람인 양 잔뜩 거만하게 말했고, 이 때문에 메그는 자존심이 무척 상했다. 자기 일이 점점 더 싫어졌을 뿐만 아니라 부끄럽게까지 생각되었다.

"그 독일 노래는 마음에 드셨습니까, 마치 양?"

어색한 침묵을 깨고 부르크 선생이 말했다.

"네, 참 좋았어요. 일부러 번역해 주신 분께 정말 감사드리고 있어요."

대답하는 동안에 메그의 숙이고 있던 얼굴이 밝게 빛났다.

"메그는 독일어를 모르세요?"

케이트는 아주 의외라는 표정으로 말했다.

"잘 몰라요. 아버지가 가르쳐 주셨지만 지금 아버지는 집에 계시지 않아요. 혼자서는 아주 어렵더군요. 발음을 고쳐 주는 사람이 없으니까."

"지금 여기서 조금 해 보시는 게 어때요? 이거, 실러의《메리 스튜어트》입니다. 기꺼이 가르쳐 드리기를 희망하는 선생도 마침 있으니까요."

부르크 선생은 자기 책을 메그의 무릎에 놓고 해 보라는 듯 미소 지어 보였다.

"이렇게 어려운 건 읽을 자신이 없어요."

메그는 고맙지만 아무래도 케이트 앞이라 신경쓰여 망설였다.

"격려하는 뜻에서 조금 읽어 드리겠어요."

케이트는 그중에서 가장 아름다운 구절을 읽었다. 그녀의 발음은 완벽했지만 무미건조하고 단조로운 낭독이었다.

부르크 선생은 아무 말도 하지 않았다. 케이트에게서 책을 돌려 받은 메그는 아주 순진하게 말했다.

"난 시만 있는 줄 알았는데……."

"시도 있어요. 이 부분을 읽어 봐요."

비극의 주인공 메리 스튜어트가 탄식하는 곳을 열어 주는 부르크 선생의 입가에 이상한 웃음이 떠올랐다.

메그는 새 선생님이 풀잎으로 가리키는 대로 천천히 더듬거리며 읽기 시작했다. 음악적인 목소리에 부드러운 억양으로 딱딱한 독일어를 무의식 중에 읊어 내려갔다. 풀잎이 점점 밑으로 내려가면서 메그는 듣는 사람이 있다는 것도 잊은 채 마치 자기 혼자인 것 같은 기분이 되어 불행한 여왕의 이야기를 비극적인 어조로 술술 읽어 나갔다. 만약 그때 자기를 응시하고 있는 다갈색 눈을 깨달았다면 읽는 것을 즉시 중단했을지도 모른다. 그러나 메그는 얼굴을 드는 일이 없었고, 이 읽기는 중단되는 일 없이 끝이 났다.

"아주 좋군요!"

메그가 읽기를 끝내자 부르크 선생은 메그의 수많은 오독에도 불구하고 '가르치는 기쁨'을 진정으로 맛보았다는 듯이 말했다.

케이트는 안경 너머로 눈 앞의 사랑스러운 장면을 응시한 후에 스케치북을 덮고 지나치게 정중한 어조로 말했다.

"억양은 좋군요. 이제 곧 능숙해지겠어요. 공부를 계속하시는 게 좋을 거예요. 독일어는 선생을 하기에도 아주 좋으니까요. 난 그레이스를 보러 가겠어요. 워낙 장난꾸러기라⋯⋯."

그리고 그곳을 떠나 혼자가 됐을 때 어깨를 좀 으쓱하고 중얼거렸다.

"난 가정교사를 하러 온 것이 아니야. 그 애가 젊고 예쁜지는 모르겠지만 이곳 양키는 이상한 사람들뿐이야. 이런 사람들 속에 있으면 로리도 나쁘게 되지나 않을까 걱정이야."

"영국 사람들은 여자 가정교사를 경멸하는군요."

메그는 케이트가 멀어져 가는 모습을 보고 난처한 표정으로 말했다.

"남자 가정교사들도 몹시 고통을 받습니다. 나도 경험이 있어요. 마거릿 양, 우리들처럼 일하는 사람들에게는 미국만큼 좋은 곳은 없습니다."

부르크 선생이 아주 만족하고 기뻐하는 모습이어서 메그는 자기 불운을 한탄한 것에 부끄러움을 느꼈다.

"그러면 나도 미국에 있는 것을 기뻐하겠어요. 내 일을 좋아하지는 않지만 결국 이 일에서 아주 좋은 것을 얻는 셈이니까요. 그러니까 불평은 하지 않겠어요. 그저 부르크 씨처럼 나도 가르치는 것이 좋아졌으면 좋겠지만요."

"로리 같은 학생이라면 나도 가르치는 것이 좋습니다. 하지만 내년엔 더 가르칠 수 없게 될 것 같아 유감입니다."

부르크 선생은 자꾸만 잔디밭에 구멍을 내면서 말했다.

"로리가 대학에 들어가는 것 때문이죠?"

메그의 입은 그렇게 말했지만 그 눈은 '그럼 당신은 어떻게 되는 거예요?' 하고 묻고 있었다.

"네, 이제 대학에 들어갈 때가 되었어요. 이미 준비는 끝났습니다. 로리가 가 버리면 난 곧 군인이 될 겁니다. 그것이 나의 의무니까요."

"어머, 정말 기뻐요!"

메그는 큰소리로 말하고,

"젊은 남자분은 모두들 군대에 가고 싶어하시겠죠? 집에 계신 어머니나 형제에게는 아주 괴로운 일이겠지만 말이에요."
하고 슬픈 듯이 덧붙였다.

"내게는 어머니도, 형제도 없습니다. 친구들도 별로 없어서 제가 살든 죽든 관심을 가져 줄 사람이 없습니다."

부르크 선생은 그렇게 말하고 우울한 표정으로 가슴에 꽂은 시든 장미를 자기가 판 구멍에 넣고 묘처럼 그 위에 흙을 덮었다.

"로리와 할아버지가 틀림없이 걱정하실 거예요. 게다가 나도 부르크 씨에게 만일의 일이 생긴다면 정말 슬퍼질 거고요."

메그는 진심으로 말했다.

"고맙습니다. 그렇게 말씀하시니 기쁩니다."

부르크 선생은 다시 원래의 밝은 얼굴이 되어 무언가 말하려 했다. 그러나 그전에 늙은 말을 탄 네드가 마술 솜씨를 아가씨들에게 자랑하려고 말굽 소리도 요란하게 달려왔기 때문에 그날은 더 이상 은밀하게 이야기할 수가 없었다.

"말 타는 것 좋아해요?"

그레이스가 에이미에게 물었다. 네드를 선두로 해서 모두들 들판을 달리고 난 후 둘이서 쉬고 있을 때였다.

"아주 좋아해요. 아빠가 부자였을 때 메그 언니는 말 타는 것에 열중했대요. 그러나 지금은 말이 없어요. 엘렌 트리가 있을 뿐이죠."

에이미는 웃으면서 덧붙였다.

"엘렌 트리라니 그건 뭐죠? 당나귀?"

그레이스는 궁금해했다.

"조 언니는 말을 아주 좋아하고 나도 좋아해요. 하지만 집에는 말이 없고 그저 낡은 안장만 있을 뿐이에요. 그래서 마당의 사과 나무에 조 언니가 안장을 얹고 위쪽으로 가지가 구부러진 곳에 고삐를 달았어요. 그래서 우리는 말을 타고 싶으면 언제나 그 엘렌 트리를 타고 달리는 거예요."

"정말 재미있군요!"

하고 그레이스가 웃었다.

"우리 집에는 작은 말이 있어요. 그래서 매일 프레드나 케이트와 같이 공원으로 가서 타곤 해요. 아주 멋있어요. 친구들도 가니까. 게다가 로(런던의 하이드 파크 공원의 가로수길)는 아름다운 여인과 남자로 가득해요."

"참, 멋있겠네! 나도 언젠가 외국에 가 보고 싶어요. 그러나 로보다는 로마에 가 보고 싶어요."

에미미는 로가 무슨 뜻인지 알지 못했지만 모른다고 해서 절대로 그것을 묻거나 하는 아이가 아니었다.

이 소녀들의 바로 뒤에 앉아 얘기를 듣고 있던 프랭크는 목발을 집어 던졌다. 원기 왕성한 소년들이 여러 가지 우스꽝스러운 운동을 차례차례로 하는 것을 지켜보는 동안에 속이 상했던 것이다. 흩어져 있던 '작자 트럼프'를 주워 모으고 있던 베스는 얼굴을 들어 망설이는 듯하면서도 상냥한 말투로 말을 걸었다.

"피곤한가 봐요. 뭐 도와 드릴까요?"

"무언가 말해 줘요. 혼자 꼼짝하지 않고 있으니까 싫증이 났어요."

프랭크가 말했다. 이 소년은 항상 집에서 소중히 다뤄지고 있는 것 같았다. 하필이면 내성적인 베스에게 이와 같은 것을 바라

254

다니 그것은 마치 라틴어로 연설을 해달라고 하는 것만큼이나 터무니없는 부탁이었다. 그러나 도망갈 수도 없고, 살그머니 뒤로 숨겨 주는 조 언니도 그곳에는 없었다. 게다가 이 가엾은 아이는 아주 절실한 얼굴로 베스를 바라보았기 때문에 베스도 용기를 내보기로 했다.

"어떤 얘기를 좋아하나요?"

베스는 트럼프를 긁어 모으다가 반쯤 떨어뜨리며 말했다.

"글쎄요. 나는 크리켓이나 보트나 사냥 얘기를 좋아해요."

자기의 약한 몸에 어울리는 놀이를 아직 모르는 프랭크는 그렇게 말했다.

"어머, 어떡하면 좋아! 난 그런 건 전혀 모르는데……."

베스는 당황하여 이 소년의 불행은 잠시 잊어버리고 상대방에게 이야기하라고 할 작정으로 말했다.

"난 사냥하는 걸 본 적이 없어요. 프랭크는 잘 알죠?"

"딱 한 번 따라 간 적이 있어요. 그러나 앞으로는 못해요. 지난번에 가로대가 오 단이나 있는 문을 뛰어넘을 때 걸려서 다쳤어요. 그래서 이제 말도 사냥개도 내게는 소용이 없어졌어요."

그렇게 말하고 프랭크는 한숨을 쉬었다. 베스는 이야기를 몰고 간 자기의 부주의를 너무나도 후회했다.

"영국의 사슴은 미국에 있는 보기 싫은 들소보다도 훨씬 아름답다고 들었어요."

베스는 화제를 들소가 있는 미국의 대초원 쪽으로 가져갔다. 그렇게 말하면서 조가 재미있게 읽던 소년들을 위한 책을 자기도 한 권 읽어서 다행이라고 생각했다.

들소 이야기는 프랭크를 위로하고 만족시켰다. 상대방을 어떻게든 즐겁게 해주고 싶다는 생각에 베스는 다른 일은 염두에 두지 않았다. 소년들이 자기에게 접근해 오지 않기를 바라던 베스가 지금 그 소년 중 한 사람과 진지하게 이야기하는 진기한 풍경을 보고 언니들은 놀라기도 하고 기뻐하기도 했다.

"어머, 저런! 베스는 그 애를 가엾게 여겨 친절하게 대하는 거야."

조는 크리켓 경기장에서 기특한 듯이 보고 있었다.

"베스는 작은 성인이라고 언제나 내가 말했잖아."

메그는 새삼스럽다는 듯이 말했다.

"프랭크가 저렇게 밝게 웃는 모습은 오랜만이야."

그레이스가 에이미에게 말했다. 두 사람은 인형에 관한 이야기를 하면서 도토리알로 소꿉놀이 도구를 만드는 중이었다.

"베스 언니는 말이에요, 그럴 생각만 있다면 언제나 '패스티디어스(까다롭다)' 해요."

에이미는 베스가 잘해 나가는 것을 보고 기뻐서 말했다. 에이미는 사실은 '붙임성(패시네이팅)이 있다'고 말할 작정이었지만 평상시처럼 틀리게 말을 했다. 그러나 다행히 그레이스는 그 어느 쪽 뜻도 확실히 몰랐기 때문에 '패스티디어스(까다롭다)'라는 말이 그냥 듣기 좋다고 생각할 뿐이었다.

즉석 서커스라든가 '여우 거위'라는 놀이, 그리고 이번에는 사이좋게 진행된 크리켓 등으로 그날의 하루는 저물어 가고 있었다. 해가 질 무렵 천막을 걷고, 손바구니에 여러 가지 것을 챙긴 후, 크리켓의 삼각문을 뽑은 일행은 보트에 짐을 가득 싣고 목청껏 노래 부르면서 강을 내려갔다. 네드는 감상적이 되어 세레나데를 불렀는데 그것은 다음과 같았다.

홀로, 홀로, 아, 슬프도다.
오직 홀로!

그리고 또
우리들 모두 젊고, 우리들 모두
가슴은 타는데, 어째서 모두
그렇게도 차갑게 헤어져 가는가?

그렇게 노래 부르면서 네드가 메그를 깊은 생각에 잠긴 듯한 표정으로 바라보았기 때문에 메그는 별안간 웃음을 터뜨렸고, 덕분에 모처럼의 노래도 허사가 되고 말았다.

"메그는 어째서 내게 그렇게 차갑게 대하죠?"

네드는 떠들썩한 합창 속에서 살짝 속삭였다.

"오늘 하루 종일 저 새침떼기 영국 아가씨하고만 붙어 다니더니 지금 다시 내게 냉정하게 대하는군요."

"그럴 생각은 없었어요. 하지만 너무 이상한 표정을 하시니까 웃지 않을 수 없네요."

메그는 네드의 비난을 처음에는 모르는 척 그렇게 대답했다. 메그는 실제로 네드를 피하고 있었다. 지난번 모파트 가의 파티와 그 후에 그의 어머니가 한 이야기들을 기억하고 있었기 때문이다.

네드는 발끈 화를 내고 그 분풀이로 샐리에게 자기 분노를 나타냈다.

"메그는 재미있는 데가 조금도 없어. 응, 그렇지?"

"사실 그래. 그러나 귀여워."

샐리는 친구를 옹호했다.

"어쨌든 아직 풋내기야."

네드는 건방진 말을 했지만 세상의 젊은 남자가 대체로 그런 것처럼 별로 남이 듣기 좋은 말은 아니었다.

아침에 집합했던 잔디밭에서 이 일행은 각기 작별 인사를 나눴다. 본 가의 남매들은 이제 캐나다로 떠날 예정이었다. 케이트는 네 자매가 마당을 통해 집으로 돌아가는 것을 꼼짝하지 않고 바라보며 얘기했다.

"미국 아가씨들은 무엇이나 밖으로 드러내 보이기 때문에 깊은 맛은 없지만, 잘 사귀면 모두 좋은 사람들일 것 같군요."

이번에는 고자세의 말투가 아니라 진심으로 말했다.

"나도 그렇게 생각합니다."

부르크 선생이 되받아 말했다.

# 공상의 성

구월의 어느 따뜻한 날 오후, 로리는 해먹에 누워 몸을 흔들거리고 있었다. 옆집 사람들은 무엇을 하고 있을까 하는 생각도 했지만 어쩐지 귀찮고 가 보고 싶은 기분이 나지 않았다.

로리는 울적했다. 오늘은 계속 무슨 일을 해도 잘 되지 않고 재미없는 일뿐이었다. 할 수 있다면 처음부터 다시 시작하면 얼마나 좋을까 하고 생각하고 있었다. 더위 때문에 부르크 선생마저 짜증을 부릴 정도였다. 오후에는 피아노만 쳐서 할아버지의 기분을 상하게 했고, 집에서 기르는 개 한 마리가 미쳐 가고 있다고 반장난으로 말해서 하녀들을 깜짝 놀라게 만들었다. 그리고 자기 말의 보살핌을 게을리했다고 마부를 꾸짖은 다음, 세상은 어째서 이렇게 재미없을까 하고 해먹에 뛰어들어간 것이었다.

그러는 사이에 화창한 날의 고요함이 자신도 모르게 로리의 마음을 가라앉게 했다. 로리는 머리 위에 우거진 칠엽수의 푸르름을 바라보며 세계 일주의 항해를 떠나 파도 위에서 흔들리고 있는 기분을 느꼈다. 그때 왁자지껄한 이야기 소리가 나서 금세 로리를 육지로 돌아오게 했다. 해먹의 그물눈으로 내다보니 옆집 자매들이 마치 무슨 탐험에 나서는 것 같은 차림으로 나오는 것이 보였다.

"저 아가씨들, 도대체 이제부터 무엇을 하려는 걸까?"

로리는 더 자세히 보기 위해 졸리운 눈을 비볐다. 옆집 아가씨들의 모습에는 색다른 데가 있었다. 모두 테가 펄렁이는 큰 모자를 쓰고, 한쪽 어깨에는 갈색 린네르 자루를 메고, 긴 지팡이를 들고 있었다. 메그는 쿠션, 조는 책, 베스는 바구니, 에이미는 종이 끼우개를 손에 든 채였다. 모두들 마당을 살짝 빠져나가 작은 뒷문을 지나 로렌스 댁과의 사이에 있는 언덕으로 오르기 시작했다.

"너무 심하잖아! 피크닉 가면서 나를 부르지 않다니. 보트를 타려고 해도 열쇠가 없으면 안 될 텐데. 아마도 잊어버렸겠지. 가져다 줘야겠어. 그리고 무엇을 하는지 보아야겠어."

로리는 모자가 대여섯 개나 있었지만 허둥대는 바람에 하나도 찾지 못했다. 열쇠도 여기저기 찾아 돌아다녔지만 결국 자신의 호주머니에서 찾았다. 그런 까닭으로 울타리를 뛰어넘어 뒤쫓아 갔을 때 소녀들의 모습은 이미 보이지 않았다. 지름길을 통해 보트 하우스에 가서 기다렸지만 아무도 오지 않았다. 그래서 정찰해 보려고 언덕으로 올라갔다. 언덕 위에는 소나무 숲이 우거져 있었는데, 그 숲 속에서 소나무가 바람에 흔들리는 소리나 귀뚜라미의 울음소리보다도 더욱 맑은 사람의 목소리가 들려왔다.

"야, 이건 좋은 풍경인데!"

우거진 숲 사이를 바라보면서 로리는 이제 완전히 정신이 들었고 평상시의 기분으로 돌아가 있었다.

그것은 매우 아름다운 그림과 같은 광경이었다. 네 자매는 나무 그늘에 사이좋게 둘러앉아 머리카락을 나부끼며 달아 오른 뺨을 식히고 있었다. 숲의 작은 주인인 다람쥐들은 이 네 사람을 두려워하지 않았고, 마치 낯익은 사람들인 것처럼 옆에서 열심히 자기 일을 하고 있었다. 메그는 쿠션에 앉아서 그 흰 손을 아름답게 움직이면서 바느질을 하고 있었다. 핑크색 옷을 입고 푸르름 속에 둘러싸여 있는 그 모습은 장미꽃처럼 싱싱하고 아름답게 보였다. 베스는 주변 소나무 밑에 떨어져 있는 솔방울을 줍고, 그것으로 여러 가지 귀여운 것들을 만들고 있었다. 에이미는 양치식물 덤불을 스케치하고 있었고, 조는 큰소리로 책을 읽으면서 뜨개질을 하고 있었다.

로리는 그 모습을 바라보면서 초대받지 않았으니 아쉽지만 이대로 돌아가야겠다고 생각했다. 그러나 집에 돌아가야 혼자고, 지금 자신의 가라앉지 않은 마음으로는 이 숲의 조용한 모임에 몹시 마음이 끌려 금방 돌아갈 기분도 되지 않았다. 너무 꼼짝하지 않고 서 있었기 때문에 낯선 사람이 있는 줄 모르고 열심히 먹을 것을 모으며 돌아다니던 다람쥐 한 마리가 로리 옆의 소나무를 달려 내려오자마자, 별안간 로리의 모습을 보더니 놀라서 다급한 소리를 지르면서 되올라갔다. 그 소리에 얼굴을 든 베스는 자작나무 뒤에서 로리의 깊은 생각에 잠긴 듯한 얼굴을 발견하고서는 괜찮아요 하는 듯 싱긋 웃으며 손짓했다.

"내가 껴도 괜찮아요? 방해되지 않을까요?"

로리는 다가가면서 물었다.

메그가 눈썹을 치뜨려 하는 것을 조가 만류하듯 쏘아보며 말했다.

"물론 괜찮아요. 같이 오자고 할까 하다가 그저 이런 여자애들이나 하는 놀이를 싫어할지 모르겠다고 생각했기 때문에……."

"난 언제나 당신들이 하는 것은 좋아합니다. 그러나 메그가 난처하다면 난 가겠어요."

"여기서 무언가 한다면 난 반대하지 않아요. 하지만 아무것도 안 하고 빈둥거리며 노는 것은 규칙 위반이라는 것을 알아 두세요."

메그는 정색하면서도 애교 있게 말했다.

"대단히 고맙습니다. 잠시라도 있게 한다면 무엇이든 하겠습니다. 집은 마치 사하라 사막처럼 심심해요. 자, 뜨개질이든, 독서든, 도토리알 모으기든, 그림 그리기든, 어떤 것을 할까요? 귀찮은 것은 무엇이든 가져오세요. 다 떠맡을 테니까."

그렇게 말하고 로리는 즐거운 표정으로 앉았다.

"이 뒤축을 전부 만들 때까지 이야기를 읽어 주세요."

조가 책을 건네면서 말했다.

"네, 잘 알았습니다."

얌전히 대답하고 로리는 읽기 시작했고, '일벌회'에 넣어 준 자매들의 호의에 대해 감사하려고 몹시 애썼다.

이야기는 긴 것이었다. 그래서 읽고 나서 로리는 지금 한 노력의 보상으로 큰마음 먹고 두세 가지를 물었다.

"저, 잠깐 묻고 싶은데, 이렇게 유익하고 재미있는 모임은 새로 시작한 것입니까?"

"너희들이 말하지 그래."

메그는 동생들에게 말했다.

"웃을 거예요."

에이미가 가로막았다.

"그래도 상관없잖아?"

조가 말했다.

"틀림없이 로리 씨의 마음에 들 거라고 생각해요."

이번에는 베스가 말했다.

"물론 그럴 겁니다. 난 절대로 웃거나 하지는 않을 겁니다. 말해 봐요, 조. 염려 말고."

"염려하다니 천만에요! 로리도 우리가 '천로역정' 놀이를 하고 있는 건 알고 있을 거예요. 지난 겨울도, 여름도 그것을 진지하게 하고 있어요."

"아, 그건 알고 있습니다."

로리는 알겠다는 듯 고개를 끄덕였다.

"어머, 누가 이야기했어요?"

조가 다그쳐 물었다.

"요정이요."

"아니 나야. 어느 날 밤 언니들은 없고 로리 씨가 쓸쓸한 것 같아 이야깃거리로 내가 말했어. 로리 씨는 재미있다고 하셨으니까. 날 용서해 줘, 조 언니."

베스가 부드럽게 말했다.

"넌 비밀을 지키지 않는 사람이구나. 어쨌든 좋아. 너의 설명이 수고를 던 셈이니까."

"자, 그 다음을 말해 주세요."

기분이 나빠진 듯 조가 자기 일에만 열중했기 때문에 로리가 말했다.

"어머, 베스는 우리들의 새로운 계획에 대해 얘기하지 않았군요? 우리는 휴가를 헛되이 보내지 않도록 각자 자기가 맡은 일을 열심히 수행해 왔어요. 이제 여름 휴가도 끝나려 하고, 각자가 맡은 일도 모두 끝났어요. 우리 모두 아무것도 하지 않고 빈둥거리며 지내지 않아 다행이라고 기뻐하고 있는 거죠."

"과연 그렇군요."

조의 얘기를 들으면서 로리는 태만하게 보낸 나날이 후회되었다.

"어머니는 우리에게 될 수 있는 대로 밖에 나가서 활동하라고 말씀하세요. 그래서 자기 일을 이곳으로 가지고 와서 유쾌하게 하는 거예요. 그리고 재미있으니까요. 여러 가지 것을 자루에 넣어 낡은 모자를 쓰고, 지팡이를 짚고, 산에 올라 우리가 옛날에 한 것 같은 '천로역정'의 순례 놀이를 하는 거예요. 우리는 이 산을 즐거운 산이라고 해요. 아주 멀리까지 내다볼 수 있고, 언젠가는 한번 살아 보고 싶은 시골도 여기에서는 잘 보이거든요."

조가 가리키는 쪽을 보기 위해 로리도 일어났다. 숲이 갈라진 사이로 멀리 넓고 푸른 강이 있고, 저쪽 기슭으로는 목장이 보였다. 목장의 넓은 들판은 어떤 도시의 교외까지 이르렀고 그 끝에는 푸른 산들이 하늘로 솟아 있었다. 태양이 기울어지고, 가을의 빛나는 저녁 햇빛이 창공을 아름답게 물들이고 있었다. 산꼭대기에는 금빛과 보랏빛의 구름이 떠돌고, 새하얀 봉우리가 '천국의 도시'의 공중 첨탑처럼 빨간빛 속에 높이 솟아 빛나고 있었다.

"야, 아름답구나!"

로리는 조용히 말했다. 아름다운 것을 보면 금세 감동받는 것이 로리의 천성이었다.

"이렇게 아름다울 수 있다는 게 신기하지 않아요? 우리는 여기서 바라보기를 아주 좋아해요. 볼 때마다 풍경이 다르고 멋있어 보여요."

에이미는 그림으로 그렸으면 얼마나 좋을까 상상하면서 말했다.

"조는 언젠가 살아 보고 싶다고 상상하고 있는 시골에 대해 이야기하곤 해요. 조가 말하는 건 돼지나 닭이 있고 건초를 만들 수 있는 진짜 시골이에요. 하지만 난 하늘처럼 아름다운 나라가 진짜로 있어서 언젠가 그곳에 갈 수 있다면 좋겠어요."

베스는 생각에 잠겨 말했다.

"그런 곳보다 더 좋은 나라가 있어. 우리가 훌륭한 인간이 되면 언젠가는 그곳에 갈 수 있을 거야."

메그는 매우 상냥한 목소리로 말했다.

"그러나 그때까지는 오랜 시간이 걸리고 아주 어려울 거야. 난 제비처럼 날아가서 그 놀라운 문으로 들어가고 싶어."

"언니는 언젠가는 갈 수 있어. 걱정 마. 하지만 나 같은 사람은 열심히 싸우고 기어오르고, 기다리지 않으면 안 돼. 그러고도 결국 들어가지 못할지도 몰라."

조가 말했다.

"만약 나 같은 사람도 그대들에게 무슨 위안이 된다면 나를 일행에 넣어 주십시오. 그러나 나는 그대들이 말하는 천국의 도시가 보일 때까지 아주 오랫동안 여행을 계속하지 않으면 안 될 겁니다. 내가 도착하는 것이 늦어도 상냥한 말을 걸어 주겠지, 베스?"

소년의 얼굴에 나타난 어떤 그림자가 이 작은 소녀를 당황하게 했다. 베스는 서서히 이동해 가는 구름에 조용한 눈길을 보내며 밝게 대답했다.

"누구나 마음속으로 그곳에 가기를 원하고 일생을 진지하게 노력한다면 틀림없이 갈 수 있을 겁니다. 그곳 문에는 자물쇠도 걸려 있지 않고 지키는 사람도 없을 거예요. 난 항상 그림에 있는 대로일 거라고 생각하고 있어요. 번쩍거리며 빛나는 두 분이 강에서 올라오는 가엾은 예수에게 양손을 내밀어 기꺼이 맞아 주는 그림 말이에요."

"우리가 머리로 그리고 있는 공상의 성이 모두 현실이 되어 그곳에서 살 수 있게 된다면 틀림없이 재미있을 거예요."

잠시 이야기가 끊겼을 때 조가 말했다.

"나는 공상의 나라를 많이 가지고 있기 때문에 어디서 살아야 좋을지 선택하기가 어려울 거예요."

로리는 엎드려서 좀전에 자기가 숨어 있는 것을 모두에게 알린 다람쥐에게 솔방울을 던지면서 말했다.

"제일 좋아하는 곳을 선택해야 해요. 어떤 곳이에요?"

메그가 물었다.

"내가 말하면 메그도 말할래요?"

"꼭 하죠, 동생들도 말한다면."

"우리도 말할게요. 자, 로리부터."

"나는 원하는 만큼 세상 구경을 하고 나서, 독일에 눌러앉아 살고 싶습니다. 그리고 마음껏 음악을 공부해서 유명한 음악가가 된 후 세상 사람들이 내 연주를 들으러 모여들었으면 좋겠어요. 돈에 관한 것이나 귀찮은 일에 머리를 괴롭히지 않고 자기가 좋은 것, 즐거운 것만을 하며 살아간다, 그것이 나의 공상입니다. 메그, 메그의 것은요?"

메그는 막상 자기의 공상을 말하기가 망설여지는 것 같았다. 있지도 않은 파리 떼를 쫓으려는 듯이 나뭇가지를 얼굴 앞에서 흔들면서 천천히 말하기 시작했다.

"나는 사치스러운 것은 무엇이든지 갖춰져 있는 아름다운 집에서 살고 싶어요. 맛있는 음식, 아름다운 의복, 멋있는 가구, 기분 좋은 사람들, 돈이 듬뿍 있는 집 말이에요. 그곳의 안주인이 되어 자기 마음대로 하는 거예요. 하인이 많이 있으니까 일할 필요는 없겠죠. 얼마나 즐겁겠어요! 그렇다고 아무것도 하지 않고 지내는 것이 아니라, 모두에게 친절히 대해 주고 모두들 날 사랑하도록 만드는 거예요."

"그 공상의 성에는 주인이 없어도 좋습니까?"

로리가 말을 돌려서 은근슬쩍 물어 보았다.

"내가 틀림없이 '기분 좋은 사람들'이라고 말했을 거예요."

메그는 자기 구두 끈을 매면서 조심스레 말했기 때문에 아무도 그녀의 안색을 볼 수 없었다.

"언니는 왜 멋있고 이해심 많은 좋은 남편과 천사와 같은 귀여운 애가 갖고 싶다고 말하지 않아? 그것이 없으면 언니의 공상의 성도 소용없잖아?"

조가 거침없이 말했다. 조에게는 아직 메그와 같은 처녀다운 공상이 없기 때문에 책 읽는 것 외에는 로맨스라는 것을 경멸하고 있었다.

"넌, 말과 잉크 병과 소설책만 있으면 될 거야."

메그는 투덜대며 말했다.

"좋잖아요? 아라비아 말이 가득 있는 마구간과 책이 산더미처럼 쌓여 있는 방을 갖고 싶어요. 그곳에서 내 작품이 로리의 음악처럼 유명해지도록 옆에 마법의 잉크 병을 놓아 두는 거예요. 나는 공상의 성에 들어갈 때까지 무언가 영웅적이고 세상을 깜짝 놀라게 할 만하며, 죽은 다음에도 남을 만한, 어떤 것인지는 나도 잘 모르겠지만 그런 작품을 몹시 고대하고 있어요. 언젠가 여기 있는 모두를 깜짝 놀라게 하고 싶어요. 난 책을 많이 써서 부자가 되고 유명해지고 싶어요. 그것이 내 성미에 맞아요. 그것이 내 꿈이에요."

"난 아버지와 어머니와 함께 살면서 집에서 시중만 들 수 있다면 좋겠어요."

베스는 만족한 듯 말했다.

"그 밖에 원하는 것은 없어?"

로리가 물었다.

"작은 피아노가 있으니까 이제 갖고 싶은 것은 없어요. 그저 모두가 건강해서 같이 있을 수 있다면 그것으로 만족해요. 그 밖에 아무것도 필요없어요."

"난 여러 가지 많이 있어요. 그중에서 제일 첫째 소망은 화가가 되는 거예요. 로마로 가서 놀라운 그림을 그려 세계 제일의 화가가 되는 거예요."

하는 것이 에이미의 차분한 소망이었다.

"우리 모두 커다란 소망을 가지고 있군요. 베스 외에는 모두 부자가 되고, 유명하게 되고, 모든 방면에서 호화롭게 살고 싶다고 생각하고들 있습니다. 그런데 이중에서 누가 정말 자기 소망을 이룰 수 있을지 모르겠어요."

로리는 생각에 잠겨 송아지처럼 풀을 씹으면서 말했다.

"난 내 공상의 성에 들어가는 열쇠를 가지고 있어요. 그러나 그 열쇠로 성문을 열 수 있을지 어떨지는 지내 보지 않으면 모르겠어요."

조는 수수께끼 같은 어조로 말했다.

"나도 열쇠를 가지고 있어요. 그러나 그 열쇠를 사용하는 것은 허용되지 않아요. 정말 대학 같은 건 싫은데!"

속이 상하는 듯 한숨을 쉬고 로리가 중얼거렸다.

"이게 내 열쇠예요."

에이미는 연필을 흔들었다.

"난 열쇠 같은 건 없어요."

메그는 아주 쓸쓸한 듯 말했다.

"어째서? 갖고 있잖아요."

로리가 말했다.

"어디에요?"

"메그의 얼굴에."

"어머, 시시해라. 이런 건 소용없어요."

"글쎄, 기다려 보세요. 그 얼굴이 무언가 좋은 것을 가져다 줄 겁니다."

로리는 자기만 알고 있는, 즐거운 작은 비밀에 대해 생각하고 웃는 것이었다. 메그는 나뭇잎 그늘에서 희미하게 얼굴을 붉혔지만, 아무것도 묻지 않고 강 저쪽으로 눈길을 보냈다. 그 무엇인가를 기다리며 바라는 것 같은 표정은 언젠가 부르크 선생이 기사의 이야기를 했을 때와 똑같았다.

"우리가 앞으로 십 년 후에 살아 있다면 꼭 다시 만나도록 해요. 그리고 누가 자기 소망을 이루었는지, 지금보다 어느 만큼 소망에 다가갔는지 서로 이야기해 보기로 해요."

언제나 계획 세우기를 좋아하는 조가 말했다.

"어머, 그러면 난 몇 살일까. 스물일곱이네!"

이제 겨우 열일곱이 되었는데도 자신을 아주 어른으로 생각하고 있는 메그는 깜짝 놀란 것같이 말했다.

"로리, 로리와 난 스물여섯이에요. 베스는 스물넷, 에이미는 스물 둘이고 말이에요. 참 모두 나이가 많네!"

조가 말했다.

"나는 지금까지 무언가 자랑할 만한 일을 하고 싶었어요. 그러나 난 게으름뱅이니까 아무것도 하지 않고 빈둥거리며 지낼지도 몰라요, 조."

"로리에겐 무언가 동기가 필요하다고 엄마가 말씀하셨어요. 동기를 붙잡으면 틀림없이 놀라운 일을 할 거래요."

"정말인가요? 좋아, 기회만 붙잡으면 틀림없이 할 테야!"

로리는 외치더니 갑자기 기운이 나는 듯 몸을 일으켰다.

"난 할아버지를 만족시켜 드려야 해요. 할아버지께서도 아무리 애를 써도 공부가 내 성미에 맞지 않는다는 걸 알고 계실 거예요. 그래서 몹시 괴롭습니다. 할아버지는 내가 인도 무역의 뒤를 이었으면 하고 바라고 계세요. 난 그런 것을 하느니 총에 맞아 죽는 편을 택하겠어요. 차라든가 비단이라든가 향료 따위, 할아버지의 낡은 배가 운반해 오는 시시한 것들은 모두 질색이에요. 내가 선주가 되느니 배가 빨리 가라앉는 편이 나을 겁니다. 대학에 가는 것도 할아버지의 마음을 편히 해 드리기 위해서입니다. 내가 사년을 헛되이 보내면 할아버지도 싫은 장사를 억지로 시키지는 않을 거예요. 그러나 할아버지가 죄다 결정하기 때문에 할아버지가 정하신 대로 하지 않으면 안 돼요. 아버지처럼 집을 뛰쳐나가 자기가 좋아하는 것을 한다면 별개의 문제지만. 누가 할아버지와 같이 있어 준다면 난 내일이라도 뛰쳐나갈 겁니다."

흥분한 로리는 조그만 계기만 있다면 지금 말한 이 어이없는 일을 정말 해치울 것같이 보였다. 로리는 지금 어른으로 성장하고 있었다. 게으른 버릇은 있어도 청년다운 기질에 복종하기 싫어하고, 자기 힘으로 세상을 헤쳐 나가 보고 싶은 동경이 있는 것이다.

"그럼, 집에 있는 배를 타고 멀리 가서 마음내키는 대로 해 볼 때까지 돌아오지 않으면 되잖아요."

조는 항상 로리가 자신이 부당한 처사를 받는다고 말하고 있었기 때문에, 더욱더 동정심이 생기는 듯했다.

"그건 안 돼, 조. 그런 말 하면 못 써. 로리도 그런 좋지 않은 충고를 들으면 안 돼요. 역시 할아버지가 바라는 대로 따라야 해요."

메그는 어머니 같은 어조로 말했다.

"대학에서 열심히 공부하는 거예요. 할아버지도 로리가 당신 마음에 들기 위해 애쓰고 있다는 것을 아시면 지나치게 엄하게 대하시지는 않을 거예요. 할아버지와 함께 지내며 할아버지를 사랑해 드릴 분은 로리 외에는 아무도 없잖아요. 그런데 할아버지에게 아무 말도 않고 집을 나간다면 정말로 면목없게 돼요. 우울해하거나 초조해하지 말고 자기 임무를 다하는 것이 중요해요. 그렇게 하면 남에게서 존경과 사랑을 받을 거예요. 부르크 선생처럼."

"그 사람에 대해 잘 아세요?"

로리가 되물었다. 자기가 전에 없이 흥분한 뒤에 받은 충고라 고맙게는 생각하지만 설교는 싫었으므로 화제가 딴 곳으로 옮겨 가길 원했다.

"할아버지가 우리에게 이야기해 준 것뿐이에요. 어머니가 돌아가실 때까지 잘 돌봐 드린 일이나 어딘가 좋은 가정교사 자리가 있었을 때 어머니를 두고 갈 수 없다고 외국행의 기회를 버린 일, 어머니를 간호한 할머니에게 지금도 생활비를 보내면서도 그런 사실을 아무에게도 말하지 않고 될수록 기분 좋게 저쪽 말대로 잘 해드리고 있다는 것 정도예요."

"정말 그래, 부르크 선생은."

이야기에 열을 올려 얼굴이 붉어졌던 메그가 잠시 말을 끊었을 때 로리는 진심으로 말했다.

"우리 할아버지답군요. 선생이 모르는 사이에 모두 조사해서 선생이 누구에게나 호감을 사도록 남에게 말해 두는 방법. 부르크 선생은 말이죠, 당신들의 어머니가 왜 그렇게 상냥하게 대해 주는지 자신도 모르고 있습니다. 그래서 당신들과 어머니를 칭찬하고 몹시 존경합니다. 만약 내가 나의 소망을 이룬다면 부르크 선생에게 무언가 해줄 거예요."

"지금부터라도 무언가 하지 않으면 안 돼요. 부르크 선생을 난처하게 만들지 말아요."

메그는 엄한 어조로 말했다.

"내가 난처하게 하는 것을 어떻게 알아요?"

"부르크 선생이 나올 때의 표정으로 알아요. 로리가 잘했을 때는 기쁜 듯 힘차게 걸어가요. 하지만 난처하게 굴었을 때는 진지한 얼굴로 아주 천천히 걷는 거예요. 다시 한 번 되돌아가서 가르칠까 하고 생각하는 것같이 말이에요."

"야, 그건 재미있군! 그렇다면 메그는 부르크 선생의 표정으로 내 성적을 보고 있는 셈이군요? 부르크 선생이 그쪽 창 밑을 지나면서 서로 미소지어 인사하는 것은 알고 있었지만 그런 전신을 주고받는 줄은 눈치채지 못했습니다."

"어머, 그런 건 받고 있지 않아요. 기분 나쁘게 생각하지 마세요. 그리고 부르크 선생에게 내가 무엇을 말했는지 말하지 말아 줘요. 그저 로리의 공부를 걱정하고 있다는 것을 말하고 싶었던 거예요. 여기서 이야기한 것은 비밀로, 알았죠?"

메그는 자신이 별 생각없이 입 밖에 낸 말이 어떤 일을 일으키

지나 않을까 걱정이 되어 자신도 모르게 큰소리로 말했다.

"난 함부로 지껄이지 않습니다."

로리는 조가 말한 대로 '오만한 태도'로 말했다.

"단지 부르크 선생이 청우계 같은 것이라면 나도 조심해서 좋은 날씨라고 알려야겠다고 생각했을 뿐이에요."

"화내지 마세요. 난 로리에게 설교하거나 시시하고 어리석은 얘기를 할 생각은 없었어요. 조가 권하는 것은 나중에 틀림없이 후회하게 될 거라고 생각했기 때문이에요. 로리는 친절하고 우리들도 남자 형제처럼 생각하고 있어서 그만 생각나는 대로 말해버린 거예요. 용서하세요. 악의를 가지고 말한 건 아니니까."

그렇게 말하고 메그는 정다우면서도 머뭇머뭇하는 태도로 손을 내밀었다.

로리는 잠시라도 화를 낸 것을 부끄럽게 생각하고 메그의 작은 손을 꼭 잡고 정직하게 말했다.

"나야말로 용서를 빌어야겠어요. 난 화를 잘 내고 오늘 하루 종일 기분이 나빴어요. 자기의 나쁜 점을 말해 주고 누나처럼 대해 주는 것이 기쁩니다. 가끔 화를 내거나 해도 신경쓰지 마세요. 언제나 감사하고 있으니까요."

그러고 나서 로리는 화내고 있지 않다는 것을 보여주고 싶은 마음에 될수록 모두에게 잘 해주려고 애를 썼다. 메그에게는 무명실을 감아 주고, 조를 기쁘게 하려고 시를 암송하고, 베스에게는 솔방울을 흔들어 떨어뜨려 주고, 에이미의 그림을 도와 주며 자기가 '일벌회'에 어울리는 사람이라는 것을 보여 주었다. 마침 바다거북이 사람을 가리지 않는 습관에 대해 한창 이야기하고 있을 때—이 귀여운 것 한 마리가 강에서 기어올라와 기어다니고 있었기 때문에—멀리서 희미하게 벨 소리가 들려 왔다. 하녀가 차를 끓였다는 것을 알리는 소리로 벌써 저녁 먹으러 돌아갈 시간이 된 것이다.

"다음 기회에 또 끼어도 될까요?"

로리가 물었다.

"그럼요. 얌전하게 공부만 잘한다면요. 독본에 나오는 사내애는 그렇게 가르침을 받고 있을 거예요."

메그는 웃으면서 말했다.

"그럼요. 와도 좋아요. 내가 양말 뜨는 법을 가르쳐 주겠어요. 스코틀랜드인처럼 지금 양말이 아주 많이 있어요."

문에서 헤어질 때 조는 자기가 뜨고 있는 양말을 푸른 모직의 큰 기처럼 흔들며 말했다.

그날 밤, 베스가 황혼의 희미한 빛 속에서 로렌스 노인을 위해 피아노를 치고 있을 때, 로리는 커튼 뒤에 서서 이 작은 아가씨의 연주 소리에 귀를 기울였다. 그 천진난만한 연주는 언제나 로리의 울적한 마음을 가라앉혀 주었다. 그리고 할아버지가 하얀 머리를 손으로 받치면서 너무나도 사랑했던, 지금은 죽은 사랑하는 자식의 추억에 잠기고 있는 모습을 지켜보고 있었다. 그리고 오늘 오후 산에서 주고받은 말을 상기하며 자기 소망을 버리겠다고 기꺼이 결심했고, 스스로에게 이렇게 다짐했다.

"그래, 공상의 성을 단념하고 할아버지가 살아 계신 한 같이 지내 드리는 거야. 할아버지에게는 지금 내가 있을 뿐이니까."

# 비  밀

조는 다락방에서 아주 바쁜 나날을 보내고 있었다. 벌써 시월로 접어들었기 때문에 추위도 점점 더해 가고 해도 짧아지고 있었다. 조는 따뜻한 햇빛이 스며드는 짧은 두세 시간 동안 낡은 소파에 앉아 트렁크에 펴놓은 종이 위에 무언가를 열심히 쓰고 있었다. 머리 위의 대들보에서는 조가 좋아하는 '얌치 군'이 새끼 쥐를 데리고 살금살금 다니고 있었다. 조는 정신없이 펜을 움직였고 마침내 최후의 페이지를 다 쓰고서는 서명을 하고 나서 펜을 집어 던지며 외쳤다.

"자, 이것으로 전력을 다했어! 만약 이것도 틀렸다면 더 좋은 것을 쓸 수 있을 때까지 참고 기다리는 수밖에."

조는 다시 조심스럽게 원고를 훑어보며 군데군데 줄을 치거나 감탄 부호를 붙이거나 했다. 그러고 나서 멋있는 빨간 리본으로 철하고 잠시 생각에 잠긴 듯 진지한 얼굴로 원고를 보았다. 그 모습은 조가 얼마나 전심전력을 다해 일했는가를 분명히 보여 주었다.

조의 책상은 벽에 걸어 놓은 부엌용 낡은 양철 상자였는데, 그 안에 종이와 두세 권의 책을 넣어 두고 '얌치 군'에게 습격받지 않도록 하고 있었다. 이 쥐도 조와 마찬가지로 취미가 문학인 듯 책을 꺼내 놓으면 책장을 갉아먹어서 못 쓰게 했다. 이 양철 책상에서 조는 또 하나의 원고를 꺼냈다. 그리고 그 두 뭉치를 호주머니에 넣고 살그머니 발소리를 죽여 계단을 내려왔다. 그 뒤는 쥐들이 펜을 갉아먹거나 잉크를 핥거나 하는 대로 내버려두었다.

조는 될 수 있는 대로 소리가 나지 않게 모자를 쓰고 재킷을 입었다. 그리고 뒤 창으로 가서 낮은 현관의 지붕 위로 나와 풀이 우거진 둑으로 뛰어내려 빙 돌아서 큰길로 나갔다. 한숨 돌린 조는 마침 지나가는 승합마차를 세워 타고 거리로 들어갔다. 조는 무엇이 그렇게 즐거운지 이상야릇한 표정을 짓고 있었다.

만약 누군가가 그때 조를 유심히 보고 있었다면 틀림없이 이상하다고 생각했을 것이다. 마차에서 내린 조는 성큼성큼 걸어서 번화한 거리의 한 지점에서 멈춰 섰다. 여기저기 둘러본 다음 가까스로 목적했던 집을 찾아 들어가더니 더러운 계단을 올려다본 채, 잠시 꼼짝하지 않고 서 있었다. 그러다가 별안간 다시 밖으로 나와 아까와 마찬가지로 빠른 걸음으로 그곳을 떠났다. 조는 이런 동작을 두세 번 반복하고 있었고, 마침 바로 맞은편 건물의 창에 기대 서 있던 까만 눈의 젊은 신사가 그 광경을 흥미진진하게 지켜보고 있었다. 세 번째로 다시 돌아온 조는 몸을 한 번 떨더니 모자를 푹 눌러 쓰고 계단을 올라갔다. 그것은 마치 지금부터 이빨을 죄다 뽑으러 가는 사람의 모습 같았다. 사실 입구를 장식하고 있는 여러 가지 간판 속에는 치과 것도 걸려 있었다. 젊은 신사는 커다란 턱을 아래위로 천천히 벌렸다 다물었다 하며, 고르고 예쁜 이빨로 사람들의 주의를 끄는 간판을 잠시 보다가, 코트를 입고 모자를 들고 아래로 내려가서 맞은편 입구에 서 있었다. 신사는 미소를 머금은 채 추위에 몸을 떨며 혼자 중얼거렸다.

"혼자 이런 데를 오다니 과연 조답군. 그러나 만약 아주 고통을 당하게 된다면 누군가가 집까지 데려다 주는 편이 좋을 거야."

십 분쯤 지난 다음, 새빨개진 얼굴을 하고 조가 계단을 내려왔다. 무언가 몹시 괴로움을 당하고 난 모습이었다. 젊은 신사의 모습을 보고도 별로 반갑지 않은 듯 고개만 조금 끄덕이고 그냥 지나가 버렸다. 신사는 뒤따라가 인정어린 태도로 물었다.

"아주 심했어요?"

"아니, 뭐 별로."

"빨리 끝났군요."

"그래서 다행이에요."

"어째서 혼자 갔어요?"

"아무에게도 알리고 싶지 않아서요."

"지독해. 그래, 몇 개나 뽑았어요?"

조는 이 사람이 무슨 말을 하는 걸까, 하는 표정으로 이 친구의 얼굴을 잠시 빤히 바라보았다. 순간 무언가 짐작이 되었는지 우스워서 참을 수 없다는 듯이 큰소리로 웃어댔다.

"뽑아 주겠다는 것이 둘 있었는데, 일 주일 지나야 알 수 있대요."

"왜 웃죠? 조, 무슨 장난을 하고 있군 그래."

로리는 여우에 홀린 듯한 얼굴을 하고 말했다.

"로리는 저 당구장에서 뭘 하고 있었어요?"

"미안하지만 거긴 당구장이 아니고 체육관이에요. 난 펜싱 연습을 하고 있었어요."

"어머, 그래요? 다행이군요."

"왜?"

"나도 펜싱을 배울 수 있겠죠? 그러면 이번 햄릿의 연극 때 로리는 레티즈를 하면 되겠어요. 그 펜싱 장면은 멋질 거예요."

로리가 큰소리로 명랑하게 웃어댔기 때문에 옆에 지나는 사람도 미소지었다.

"햄릿을 하든 하지 않든 펜싱은 가르쳐 주겠어요. 조는 금방 배울 거예요. 그런데 지금 '다행이야'라고 말한 건 분명 펜싱 때문만은 아니라고 생각하는데, 어때요, 그렇죠?"

"그래요. 내가 기쁘다고 한 것은 로리가 당구장에 있지 않기 때문이에요. 나는 그런 곳에 드나드는 것을 별로 좋아하지 않아요. 로리도 그런 곳에 다녀요?"

"자주 다니지는 않아요."

"그런 곳에 가는 것이 난 싫어요."

"나쁜 것은 아무것도 없어요. 조, 당구대는 집에 있지만 좋은 상대가 없으면 조금도 재미없거든요. 난 당구가 좋으니까 가끔 나가서 네드 모파트라든가 그 밖의 패들과 게임을 해요."

"아, 싫어. 이제 조금만 더 지나면 시간과 돈을 낭비하고 그 시시한 패들과 똑같이 될 거예요. 로리는 품위 있고 우리가 감탄할 만한 사람이기를 바라는 거예요."

조는 머리를 내저으며 말했다.

"품위만 떨어 뜨리지 않으면 가끔 기분 전환을 해도 나쁠 것 없잖아요?"

안타까운 모습으로 로리가 물었다.

"그건 방법과 장소에 따라 다르죠. 난 네드나 그 친구들이 싫어요. 그런 사람들과는 어울리지 않는 것이 좋다고 생각해요. 어머니는 그 사람들을 집에 오지 못하게 하고 있어요. 본인은 오고 싶어하지만요. 로리도 그 사람처럼 되어 간다면 지금처럼 같이 노는 걸 허락하시지 않을 거예요."

"그럴까요?"

로리는 염려되는 듯 물었다.

"절대로 안 돼요. 어머니는 마음이 들뜬 젊은 남자는 아주 싫어하시고, 그런 사람들과 사귄다면 차라리 우리를 커다란 종이 상자에 처박아 두실 거예요."

"그 종이 상자는 아직 내놓지 않아도 될 겁니다. 난 들떠서 놀기 좋아하는 사람이 아니고, 그런 인간이 될 생각도 없으니까. 그러나 때로는 나도 해롭지 않은 놀이를 해 보고 싶어요. 조는 그렇지 않아요?"

"그건 그래요. 그런 놀이라면 상관없어요. 마음껏 즐겨도 좋아요. 하지만 터무니없이 되지는 말아요. 알겠죠? 그렇지 않으면 우리들의 즐거운 교제도 끝장나 버려요."

"난 큰 성인이 될 거예요."

"성인 같은 건 질색이에요. 솔직하고 정직하며 품위 있는 청년이 되어 주기를 바라는 거예요. 그러면 언제까지나 사귈 수 있어요. 로리가 만일 킹 씨 댁 도련님 같은 짓을 한다면, 난 어떻게 해야 좋을지 모르겠어요. 그 사람은 부자이기는 하지만 돈을 올바르게 쓸 줄 모르기 때문에 술과 도박에 빠져 가출을 일삼고 아버지의 사인을 위조했다나 봐요. 어쨌든 아주 불량해졌어요."

"나도 마찬가지 짓을 할 거라고 생각하는군요? 참 고맙기도 하지."

"어째서 그런…… 그렇게 생각하지는 않아요. 그러나 돈이 그런 유혹의 근원이 된다고 많은 사람에게서 들었기 때문에 차라리 로리가 가난하면 좋겠다고 가끔 생각하는 적도 있어요. 그렇다면 걱정 같은 거 하지 않을 텐데."

"조는 나를 걱정하고 있어요?"

"그럼요. 로리가 가끔 울적해하고, 불평스런 얼굴을 할 때면 좀 걱정이 돼요. 왜냐하면 로리는 성질이 과격하잖아요. 한번 나쁜 방향으로 가면 만류하기가 어려울 것 같아요."

로리는 한참 동안 말없이 걷고 있었다. 조는 그 모습을 뚫어지게 바라보며 자신의 지나친 말을 후회했다. 로리는 입가에 웃음을 띠고 조의 충고를 받아들이고 있는 것 같았지만, 실상 눈에는 분노의 빛이 나타나 있었기 때문이다.

"집에 돌아갈 때까지 계속 내게 설교할 작정인가요?"

이윽고 로리가 말했다.

"아니, 왜요?"

"만약 그럴 작정이라면 난 승합마차로 돌아갈래요. 그렇지 않다면 조와 같이 걸어가면서 재미있는 얘기를 해주고 싶어요."

"이제 설교는 끝이에요. 그러니까 그 재미있는 뉴스를 들려 줘요."

"그렇다면, 좋아요. 이건 비밀이니까 내가 말하면 조도 자기
비밀을 말해 줘야 해요."

"난 그런 것 없어요."

하고 조는 말하려다 지금 자신이 비밀을 가지고 있다는 것에 생
각이 미치자 별안간 입을 다물었다.

"조가 비밀을 가지고 있는 걸 알고 있어요. 모두 다 내게 털어
놔 봐요."

로리가 외쳤다.

"로리의 비밀이란 놀라운 것인가요?"

"놀랍고말고! 조가 잘 알고 있는 사람들에 대한 것인데 그게
아주 재미있거든요. 꼭 들어 둘 필요가 있어요. 자, 그러니까 조
부터 말해 봐요."

"그럼 로리, 집에 돌아가서 이 얘기 아무에게도 하지 않을 수
있죠? 어때요?"

"절대로 말하지 않을게요."

"우리 둘만 있을 때도 놀리지 않기?"

"놀리는 짓 따위는 안 해요."

"아냐, 분명히 놀릴 거예요. 로리란 사람은 듣고 싶은 것은 죄
다 털어놓게 만들거든. 어째서 그렇게 되는지 나도 모르겠지만,
아무튼 남을 감언이설로 녹이는 데는 천재예요."

"고맙습니다. 자, 이제 얘기해 주시기 바랍니다."

"난 지금 신문사에 단편 소설 두 편을 맡기고 왔어요. 내주에
좋은지 나쁜지 회답해 주겠다고 말했어요."

"와아, 만세! 미국의 그 이름 높은 여류 작가, 조 마치 양!"

로리가 환호하며 모자를 높이 집어 던졌다가 다시 받았기 때문에 두 마리의 집오리와 네 마리의 고양이, 다섯 마리의 수탉 그리고 여섯 명의 꼬마들이 몹시 좋아했다. 두 사람은 벌써 교외에 와 있었다.

"쉿! 아마도 틀렸다고 생각해요. 그러나 그곳에 가기까지는 가슴이 조마조마해서 혼났어요. 이건 비밀이에요. 왜냐하면 다른 사람들까지 실망시킬 필요는 없으니까요."

"걱정없어요. 뭐, 매일 나오는 창작의 반은 시시한 것들뿐인걸요. 그것들에 비하면 조의 소설은 셰익스피어와 같은 대문호의 작품 같아요. 신문에 실리면 굉장히 멋있을 거예요. 그럼 우리들의 여류 작가를 자랑할 수 있는 거죠?"

조의 눈은 번뜩 빛났다. 남이 믿어 준다는 것은 즐거운 일이었고, 많은 신문에 커다랗게 선전되는 것보다도 한 사람의 친구에게 칭찬받는 편이 훨씬 기쁜 것이니까.

"로리의 비밀이란 무엇이에요? 이번에는 로리가 말할 차례예요. 말하지 않는다면 두 번 다시 신용하지 않을 거예요."

조는 지금의 말 한 마디로 확 타오른 희망의 빛을 꺼 버리려고 말했다.

"이 말을 하면 이상하게 생각할지도 모르겠지만 약속했으니까 말해주겠어요. 어쩐지 난 재미있는 뉴스가 들어오면 아무리 작은 것이라도 조에게 말하지 않으면 개운하지 않거든요. 난 메그의 한쪽 장갑이 어디에 있는지 알고 있어요."

"그뿐이에요?"

조는 로리가 알고 있는 것에 실망한 눈치였다.

"지금은 웃기게 들리겠지만 있는 장소를 말한다면 조도 눈이 휘둥그레질걸요."

"그럼, 말해 봐요."

로리는 허리를 굽혀 조의 귀에 대고 몇 마디 속삭였다. 조는 잠시 발을 멈추고 로리를 뚫어지게 바라보다가, 놀라는 한편 불쾌하다는 표정으로 다시 걷기 시작했다.

"로리, 어떻게 알았어요?"

조가 날카로운 말투로 물었다.

"보았는걸요."

"어디서?"

"호주머니에서."

"지금도 가지고 있어요?"

"그래요, 로맨틱하잖아요."

"로맨틱하다니, 질색이에요."

"그런 게 싫어요?"

"물론 싫어요. 어리석은 짓이에요. 그런 건 참을 수 없어요. 참, 어처구니없어! 메그가 뭐라고 할까?"

"누구에게도 말하면 안 돼요. 알았죠?"

"그런 약속하지 않았어요."

"알고 있잖아요. 조를 믿고 얘기했다는걸."

"좋아요. 아무튼 지금은 아무에게도 말하지 않겠어요. 하지만 난 기분 나빠 죽겠어. 그런 건 듣지 않느니만 못해요."

"조가 기뻐하리라고 생각했는데."

"누군가가 메그를 데리러 온다는 것 때문에요? 그런 얘기는 필요없어요."

"조도 누군가가 데리러 오면 기분 나쁘진 않을 텐데."

"그런 짓 하는 사람이 있다면 가만두지 않을 거예요."

조는 격렬한 어조로 말했다.

"나도 그래요!"

로리는 이렇게 말하고 킥킥 웃었다.

"내게 비밀이란 성미에 맞지 않아요. 로리가 내게 말한 다음부터 가슴이 답답해졌어요."

재미없다는 듯이 조가 말했다.

"저 언덕까지 나와 같이 달리기해요. 마음이 개운해질 테니까."

로리가 제의했다.

주위에는 아무도 없었다. 평평한 길이 유혹하듯 조 앞에 뻗어 있었다. 조는 그 길을 냅다 달렸다. 모자는 날아가고 헤어핀과 빗도 여기 저기로 빠져나갔지만 조는 개의치 않고 계속 달렸다. 로리는 먼저 도착하여 자기가 제의한 기분 전환의 방법이 잘 진행되는 것을 만족스럽게 지켜보고 있었다. 머리를 나부끼며 눈을 빛내고, 빨갛게 물든 볼에 숨을 헐떡이며 쫓아오는 아틀란타(그리스 신화에 나오는 아름다운 여성으로, 달리기를 아주 잘해 자기와 경주해서 이긴 자를 남편으로 삼았다고 함) 공주에게 이제 울적한 그늘은 조금도 찾아볼 수 없었다.

"내가 말이라면 좋았을걸. 그렇다면 이렇게 시원한 공기 속에서 아무리 달려도 숨이 차지 않을 텐데. 아, 기분 좋아. 그러나 내 모양이 엉망이 되었어. 로리, 가서 내가 떨어뜨린 것을 주워다 주세요."

조는 그렇게 말하고 빨간 잎으로 둔덕을 이루고 있는 단풍나무 밑에 몸을 털썩 내던졌다.

로리는 조가 떨어뜨린 물건을 주으러 갔다. 그 동안 조는 차림새를 완전히 매만질 때까지 아무도 옆을 지나지 않기를 바라면서 흐트러진 머리를 묶고 있었다. 그런데 그곳에 누군가가 왔다. 그것은 누구였을까. 다른 사람이 아닌 메그였다. 외출복 차림으로 지금 누구를 방문하고 돌아오는 모양이었다.

"어머, 이런 곳에서 무얼 하고 있니?"

메그는 머리를 풀어헤친 동생을 보고는 놀란 눈으로 말했다.

"단풍잎을 줍고 있어."

조는 지금 막 긁어 모은 한 줌의 단풍잎을 고르면서 말했다.

"그리고 헤어핀도."

로리가 말하며 조의 무릎에 대여섯 개의 헤어핀을 던졌다.

"이건 다 길에 있었어, 메그. 게다가 빗과 밀짚모자도 말이야."

"너 달리기했구나, 조. 참 한심해! 언제쯤 돼야 그런 왈가닥 짓을 그만두겠어?"

메그는 잔소리를 하면서 조의 소매 단추를 채워 주고 바람에 헝클어진 머리를 쓰다듬어 주었다.

"늙어서 몸이 마음대로 되지 않고, 지팡이에 의지하게 될 때까지는 결코 그만두지 않을 거야. 난 아직 그런 나이가 아닌데 어른 취급하는 건 집어치워 줘. 메그 언니가 갑자기 변한 것도 고통스러워. 나만은 될수록 아이로 대해 줘."

그렇게 말하면서 조는 손에 쥔 단풍잎으로 입술이 떨리는 것을 숨겼다. 조는 언니가 요즘 두드러지게 어른이 되어가는 것을 느끼고 있었다. 그러던 참에 아까 로리에게서 비밀 이야기를 듣자 언젠가는 반드시 오게 될 언니와의 이별이 아주 근접한 것 같아 두려웠던 것이다. 로리는 조의 괴로워하는 얼굴을 보고 메그의 마음을 다른 곳으로 돌리려고 서둘러 물었다.

"그렇게 치장을 하고 어디 다녀오는 겁니까?"

"가디너 씨 댁에요. 샐리가 벨 모파트의 결혼식에 대해 말해 주었어요. 아주 굉장했다고 하더군요. 두 사람은 파리로 겨울을 지내기 위해 떠났대요. 얼마나 즐거울까!"

"메그, 부러워요?"

로리가 물었다.

"그럼 부럽죠."

"나, 안심했어!"

조는 모자를 확 잡아당겨 매면서 중얼거렸다.

"어머, 왜?"

메그는 놀란 표정으로 물었다.

"왜냐하면 언니는 사치스러운 생활을 좋아하니까 가난한 사람에게는 절대로 가지 않을 거야."

조는, 함부로 말하는 것이 아니라고 가만히 눈짓을 하고 있는 로리를 무서운 표정으로 노려보면서 말했다.

"난 어떤 사람에게도 갈 생각 따윈 없어."

메그는 그렇게 말하고 새침해서 걷기 시작했다. 조와 로리는 뒤따르면서 서로 속삭이기도 하고 돌멩이를 걸어차기도 했다. 그

런 두 사람을 메그는 '마치 어린애 같아'라고 생각했지만, 메그
도 가장 좋은 나들이옷만 입지 않았다면 역시 두 사람과 어울렸
을지도 모른다.

그 뒤 한 이 주일 동안, 조의 행동이 아주 이상했기 때문에 자
매들은 정말 어찌할 바를 몰랐다. 우체부가 오면 조는 별안간 현
관으로 달려간다든가, 부르크 선생을 만나면 몹시 퉁명스러워진
다든가, 또 몹시 슬픈 얼굴로 메그를 뚫어지게 바라보고 있는가
하면 별안간 달려들어 흔들거나 키스하거나 하는 등 이상한 태도
를 보였다. 그리고 로리와 둘이서 언제나 신호를 교환하고,《스
프레드 이글스》지(紙)의 얘기를 끊임없이 하곤 했으므로 다른
자매들은 두 사람 다 정신이 이상해졌다고 생각했다.

조가 몰래 창으로 빠져나간 지 이 주일째 되는 토요일, 창가에
서 바느질을 하고 있던 메그는 로리가 조를 마당에서부터 뒤쫓아
다니다가 마침내 에이미의 정자에서 붙잡는 것을 보고는 아주 놀
랐다. 무엇을 하고 있는지는 보이지 않았으나 새된 웃음소리와
소근소근 이야기하는 소리가 들리고 나서 신문을 뒤적이는 소리
가 났다.

"쟤 정말 큰일이야. 조금도 여자답게 행동하려 하지 않으니,
원!"

두 사람의 행동을 못마땅한 얼굴로 보고 있던 메그는 한숨을
쉬었다.

"조 언니는 그 편이 좋아. 지금 그대로가 재미있고 게다가 친
밀감도 느껴지고 말야."

베스가 말했다. 베스는 조가 자기 이외의 사람과 무언가 비밀

을 공유하고 있다는 데에 기분이 상했지만, 그런 내색은 조금도 하지 않았다.

"정말 큰일이야. 그러나 조 언니를 '코미 라 포(단정한 처녀)'로 만들 수는 없어."

에이미가 역시 틀린 프랑스어를 섞어 말했다. 에이미는 곱슬머리를 아주 멋있는 형태로 땋아 올리고 스커트에 붙일 새로운 주름 장식을 만드는 중이었는데, 이 두 가지 일로 자신이 더없이 품위 있고 처녀답게 되었다고 믿고 있었다.

그러고 이, 삼 분쯤 지나자 조가 기세 좋게 뛰어들어와서는 소파에 드러누워 신문을 읽는 척했다.

"뭐 재미있는 거라도 있니?"

메그가 먼저 상냥하게 말을 걸었다.

"소설이 한 편 실렸는데 뭐 그리 대단한 것 같지는 않다고 생각하는 중이야."

조는 일부러 신문이 모두에게 보이지 않도록 하며 그렇게 말했다.

"그럼 소리를 내서 읽어 줘. 우리도 재미있을 거고, 언니도 꼼짝하지 않고 조용히 있을 수 있으니까."

에이미가 아주 어른 같은 말투로 말했다.

"제목이 뭐야?"

베스는 신문으로 얼굴을 가리고 있는 조를 이상하게 생각하며 물었다.

"서로 겨루는 화가."

"재미있을 것 같은데, 읽어 줘."

메그가 말했다.

"에헴!"

헛기침을 하고 숨을 깊이 들이쉰 다음 조는 대단한 속도로 읽기 시작했다. 자매는 흥미진진하게 귀를 기울이고 있었다. 그것은 로맨틱하지만 등장 인물이 끝에 모두 죽는 비극적인 이야기였다.

"난 그 멋진 그림 있는 데가 좋아."

조가 잠자코 있으니까 에이미가 감탄한 듯 말했다.

"사랑의 장면이 좋다고 생각해. 게다가 바이올라와 안주로는 우리가 좋아하는 이름이야. 묘하잖아?"

메그는 사랑의 장면이 슬펐기 때문에 눈물을 닦으면서 말했다.

"작자는 누구야?"

조의 얼굴을 힐끗 보고 베스가 물었다.

그러자 조가 갑자기 벌떡 일어나서 신문을 집어던지고 새빨개진 얼굴에 엄숙과 흥분이 뒤섞인 묘한 태도로,

"네 언니."

큰소리로 대답했다.

"네가?"

메그는 바느질감을 떨어뜨렸다.

"아주 좋은 작품이야."

에이미는 비평가 같은 말을 했다.

"난 알고 있었어. 알고 있었어! 정말, 조 언니! 너무 기뻐!"

베스는 달려와서 언니를 껴안고 이 빛나는 성공을 기뻐했다.

정말, 모두들 얼마나 기뻐했는지 모른다. 메그는 '미스 조세핀 마치'라는 이름이 분명히 신문에 실려 있는 것을 확인할 때까지

믿으려 하지 않았다. 에이미는 친절하게도 소설 속의 그림에 관계된 대목을 비평하고 후편을 쓸 때의 힌트를 말해 주었지만 공교롭게도 주인공들이 모두 죽어 버렸기 때문에 실제로 사용할 수 없었다. 베스는 흥분해서 그저 기쁜 듯 뛰어다니거나 노래를 부르거나 했다. 해너도 '조 아가씨가 한 것'이라는 소리에 몹시 놀라, '그거 참, 아주 훌륭한 일!'이라며 괴상한 소리를 냈다.

마치 부인이 이 사실을 알았을 때의 표정은 대단했다. 조는 조대로 눈물을 글썽이며 웃으면서, 차라리 공작새라도 되어 자만하며 뽐내는 편이 좋을 거라고 말하기도 했다.

"그 일에 대해 모두 얘기해 봐."

"신문 언제 왔어?"

"돈은 얼마쯤 받니?"

"아버지가 뭐라고 말씀하실까?"

"로리가 웃지나 않을까?"

온 식구가 조 주위에 모여 저마다 한마디씩 외쳤다. 이 마음씨 곱고 정다운 사람들은 집안의 아무리 작은 일이라도 떠들썩하게 축하해 주는 것이 관습으로 되어 있었다.

"자, 조용 조용. 전부 얘기할게."

조는 신문사에 원고를 맡긴 얘기를 먼저 꺼냈다.

"내가 회답을 들으러 갔더니, 기자가 두 편 다 좋다고 말했어. 그러나 신인에게는 원고료를 지불하지 않고 그저 신문에 실어서 그 작품의 가치를 인정할 뿐이래. 하지만 그것도 좋은 공부가 될 거라고 그 사람은 말했어. 신인도 잘만 되면 어디서든지 사러 올 거래. 그래서 그 사람에게 두 편 다 맡겼어. 그랬더니 오늘 이것이 온 거야. 로리는 내가 신문을 갖고 있는 것을 보고는 제발 보여 달라고 졸랐어. 그래서 보여 주었더니 좋은 작품이라고 칭찬하더군. 난 앞으로도 계속 쓸 거야. 이 다음부터는 원고료를 지불하겠다고 말했으니까. 난 정말 기뻐! 이제 내 힘으로 내 생활은 해결하게 될지도 모르고 모두에게 도움이 될지도 모르잖아."

조는 여기서 그만 숨이 막혔다. 그리고 신문에 얼굴을 묻고 흐르는 눈물로 그 조그만 소설을 적시었다. 자립하고 싶고 사랑하는 사람들로부터 칭찬을 받는 것이야말로 조가 간절히 바라던 바였다. 그리고 이 날이 행복한 미래를 향한 첫걸음처럼 생각되었기 때문이다.

# 전　보

"일 년 중에 가장 싫은 달이 이월이야."

잔뜩 흐린 어느 날 오후, 메그는 창가에 서서 서리로 황폐해진 정원을 바라보며 말했다.

"난 이월에 태어났어."

조는 자기 코끝에 묻은 잉크의 얼룩도 알아차리지 못하고 골똘히 생각에 빠진 얼굴로 말했다.

"하지만 뭔가 놀라운 일이 지금이라도 일어난다면, 이월도 유쾌한 달이 될 거야."

무엇이든 긍정적으로 생각하는 베스가 말했다.

"그럴지도 모르지. 그러나 우리집에서 이월에 좋은 일이 생길 리가 없어."

굉장히 기분이 울적한 메그가 말했다.

"매일같이 열심히 일하는데도 아무런 변화가 없어. 재미있는 일이란 정말 찾아볼 수 없잖아. 이건 마치 고행 같아."

"어머, 모두 아주 울적하군!"

조가 외쳤다.

"언니는 그럴 수도 있다고 생각해. 다른 젊은 아가씨들이 재미있게 놀고 있는 것을 지켜보면서 자기는 항상 허덕여야 하니까. 그래서 언니를 내 소설의 주인공으로 만들 생각이야. 언니는 아름답고 훌륭한 여인인데 누군가가 뜻밖에 재산을 남겨 준다는 줄거리로 말이야. 그렇게 되면 별안간 큰 재산의 상속인이 되어 세상에 나가 그때까지 괄시하던 사람들에게 보란 듯이 뽐내고 외국에도 가고, 다음에는 아무개의 영부인이 되어 아름답고 화사한 모습으로 돌아온다는 줄거리야."

"요즘에는 재산을 그런 식으로 남기지 못하게끔 되어 있어. 남자는 일해야 되고 여자는 결혼하는 거야. 돈이 필요하다면 말이야."

메그는 불평스러운 투로 말했다.

"조 언니와 내가 돈을 듬뿍 벌어 줄게. 이제 십 년만 기다려 줘. 그러면……."

방구석에서 해녀가 말하는 '흙만두' 만들기를 하며 에이미가 말했다.

"그렇게 기다릴 수 없어. 게다가 난 잉크나 흙 같은 건 별로 신용하지 않아. 너희들의 호의는 고맙지만."

메그는 한숨을 쉬고 황폐해진 정원으로 다시 눈을 돌렸다. 조는 으흠, 헛기침을 하고 기운이 없는 모습으로 테이블에 양 팔꿈치를 올려 놓았다. 그저 에이미만이 신이 나서 찰흙을 두드리고 있었다. 다른 창가에 있는 베스는 웃으면서 말했다.

"이제 곧 좋은 일이 두 가지 일어날 거야. 하나는 엄마가 나가셨다 돌아오시는 것, 또 하나는 로리가 뭔가 기쁜 소식이 있는지 뜰을 가로질러 온다는 거야."

어머니와 로리는 거의 동시에 집 안으로 들어왔다. 마치 부인은 평상시처럼 이렇게 물었다.

"아버지에게서 소식은?"

로리는 그 꾀어내는 듯한 말투로,

"누구 함께 마차 타러 갈 사람 없어요? 난 계속 수학 공부를 했더니 머리가 지근지근거려요. 한 바퀴 돌며 기분 전환을 할까 하는데. 날씨는 흐리지만 공기는 나쁘지 않아요. 지금 부르크 선생을 마중나가는데, 마차 밖으로 나가지 않는다면 안은 쾌적할 거예요. 자, 조! 그리고 베스도 가지 않겠어?"

"물론 가겠어요."

"고맙기는 하지만 난 바빠서."

메그는 그렇게 말하고 별안간 일거리를 넣은 바구니를 꺼냈다. '젊은 남자와 함부로 마차를 타지 않는 것이 좋다'고 어머니도 그렇게 말씀하셨고 메그 또한 같은 생각이었다.

"우리 셋은 곧 준비할게요."

에이미는 외치고 손을 씻으러 달려갔다.

"제가 할 일은 없어요, 어머니?"

로리는 마치 부인의 의자에 기대어 평상시처럼 붙임성 있는 얼굴에 정다운 어조로 물었다.

"별다른 일은 없고 우체국에 들려 주지 않겠니? 편지가 올 날인데 아직 우체부가 오지 않아서. 남편은 몹시 꼼꼼한 사람이니까 아마도 도중에서 늦어지고 있을 거야."

그때 벨 소리가 울려 부인은 이야기를 중단했다. 곧이어 해녀가 우편물을 가지고 급히 들어왔다.

"마님, 여기 무서운 전보가 왔습니다요."

해녀는 마치 그것이 폭발해서 그 주위를 부숴 버리지나 않을까, 하고 두려운 듯한 모습으로 부인에게 건네 주었다.

전보라는 말에 마치 부인은 그것을 낚아채듯 받아서 딱 두 줄을 읽더니 새파랗게 질려 의자 위로 쓰러졌다. 그 작은 종이 쪽지에서 총알이 튀어나와 부인의 가슴을 꿰뚫기나 한 것 같았다. 로리는 물을 가지러 아래층으로 달려가고 메그와 해녀는 부인을 부축했다. 조가 떨리는 목소리로 그 전문을 읽었다.

마치 부인
남편 중태, 오기를 기다림.
워싱턴 블링크 병원

모두가 숨을 죽이고 그것을 듣고 있었다. 별안간 세상이 아주 변한 듯했다. 비로소 딸들은 자기들의 행복이 빼앗기는 것을 느끼고 어머니 주위로 모여들었다. 마치 부인은 금세 정신을 차렸다. 그리고 전보의 문구를 다시 한 번 읽고서 양손을 딸들에게로 내밀고 나중에라도 잊을 수 없을 것 같은 비통한 어조로 말했다.

"엄마는 곧 떠나야겠다. 어쩌면 이미 늦었을지도 모르지만. 아아, 너희들이 나에게 용기를 주길 바란다."

몇 분 간 방에는 그저 흐느껴 우는 울음소리뿐이었다. 그래도 가끔 띄엄띄엄 들리는 위로의 말, 상냥한 목소리로 힘껏 돕겠다는 제의, 희망이 담긴 속삭임이 뒤섞였지만 그것도 곧 사라질 것 같았다. 가장 먼저 정신을 차린 사람은 해녀였다. 자신은 깨닫지 못했지만 모두에게 좋은 모범을 보여 주었다. 그것은 해녀에게 일상의 고통을 없애 주는 만능약이었다.

"하느님, 아무쪼록 주인 나리를 구해 주세요! 저는 울고만 있으면서 시간을 낭비할 수는 없어요. 이제부터 마님이 떠나실 준비를 곧 해 드려야만 하니까요."

해녀는 진심으로 그렇게 말하고 앞치마로 눈물을 닦으며 여주인의 손을 자기의 굳은 손으로 꼭 잡고 나서, 세 사람 몫의 일을 혼자 하기 위해 방을 나갔다.

"해녀의 말이 옳아. 울고만 있을 때가 아니야. 자, 모두 조용히 하고 나로 하여금 생각할 시간을 갖게 해줘."

어머니가 창백한 얼굴로, 그러나 아주 침착하게 몸을 일으켜 슬픔을 털어 버리고 자기들을 위해 일을 결정하려는 모습을 보고 딸들도 조용히 하려고 애썼다.

"로리는 어디 있지?"

곰곰이 생각한 끝에 부인은 우선 해야 할 일들을 정하고 그렇게 물었다.

"여기 있습니다! 제게 무슨 일이든 시켜 주세요!"

로리가 옆방에서 뛰어나왔다. 로리는 이 집 사람들과 교제한 이래로 그들이 슬픔에 잠겨 있는 모습을 처음으로 본 것이다. 그리고 아무리 친한 사이라도 그런 광경을 함부로 봐서는 안 되겠다고 생각하고 다른 방에 있었다.

"곧 내가 간다는 전보를 쳐 줬으면 좋겠구나. 다음 기차는 아침 일찍 떠나니까 난 그걸로 가야겠어."

"그 밖에 또? 말이 준비되어 있으니까 어디든 가겠습니다. 무엇이든 시키세요."

로리는 지구 끝까지라도 날아갈 것 같았다.

"마치 백모님에게 편지를 전해 주렴. 조, 그 종이와 펜을 이리 줘."

조는 자기의 소설을 써 둔 노트에서 흰 페이지를 뜯고, 테이블을 어머니 앞으로 옮겨 놓았다. 조도 이 길고 슬픈 여행을 위해 돈을 빌리지 않으면 안 된다는 사실을 잘 알고 있었다. 아버지를 위해 조금이라도 도움이 된다면 자기도 무엇이든 해서 돈을 벌고 싶다는 생각이 들었다.

"자, 부탁해. 하지만 너무 달리거나 해선 안 돼요. 그렇게 서두를 필요는 없으니까."

마치 부인의 주의는 아무 효과가 없었다. 로리는 오 분 후 자기의 준마를 타고 맹렬한 속도로 창 옆을 지나갔다.

"조, 넌 킹 부인에게 가서 당분간 내가 나갈 수 없겠다고 전해 줘. 그리고 간 김에 이 물건들을 갖고 와. 지금 메모를 줄 테니까. 병원 물품이 모자를 수도 있고, 간호를 위해서는 꼭 필요한 것들이야. 베스, 넌 로렌스 씨에게 가서 오래된 포도주로 두 병만 얻어 와라. 아버지를 위해서라면 남에게 부탁하는 것도 난 고통스럽지 않아. 에이미, 넌 해너에게 말해서 까만 트렁크를 내려 달라고 해. 메그, 넌 나와 함께 물건 챙기는 것을 도와 줘. 난 이제 뭐가 뭔지 잘 모르겠구나."

한꺼번에 여러 가지 지시를 하자 마치 부인은 머리가 혼란해졌다.

"좀 방에 가만히 계세요. 다음은 우리가 할 테니까요."

메그가 말했다. 모두 각기 돌풍에 흩어지는 나뭇잎처럼 사방으로 뛰어나갔다. 조용하고 행복한 이 가정의 평화를 그 전보가 악마의 저주이기나 한 것처럼 별안간 깨뜨렸다.

로렌스 노인이 베스와 허둥대며 왔다. 이 친절한 노인은 자기 잠옷을 비롯하여 병자에게 필요하다고 생각되는 것은 모두 갖고 왔다. 또 마치 부인이 집을 비우는 동안 따님들을 잘 돌봐 주겠다고 진심으로 약속했다. 부인에게 그것은 마음 든든한 약속이었다. 노인은 모든 것을 자기가 제공하겠다고 제의했는데, 마지막에는 부인과 동행하겠다고까지 말했다. 그러나 마지막 제의는 아무래도 받아들일 수가 없었다. 노인에게는 무리인 긴 여행이었다. 그래도 노인이 그렇게 제의했을 때 부인의 얼굴에는 안도의 빛이 보였다. 실제로 걱정은 여행에는 금물이다. 노인은 그 표정을 보고, 미간을 찌푸리며 양손을 비비다가 별안간 곧 돌아오겠다고 하고 방을 나갔다. 그 후 모두 바빠서 로렌스 노인에 대해서는 잊고 있었다. 그러다 메그가 한 손에 슬리퍼, 또 한 손에 찻잔을 들고 현관을 지나갈 때 부르크 선생과 정면으로 마주쳤다.

"참 유감스러운 일입니다, 마치 양!"

부르크 선생은 메그의 산란한 마음을 위로하기 위해 상냥하고 조용한 어조로 말했다.

"저를 어머니의 여행에 함께 데려가 주셨으면 하고 왔습니다.

로렌스 씨로부터 워싱턴에서의 일에 대한 지시를 받았습니다. 조금이라도 어머니께 도움이 되어 드릴 수 있다면 더없이 기쁘겠습니다."

메그는 슬리퍼를 떨어뜨리고 하마터면 찻잔까지 떨어뜨릴 뻔했다. 감격한 나머지 들고 있는 것을 깜빡하고 손을 내밀었기 때문이다. 부르크 선생도 그런 메그를 보고 자기의 시간과 즐거움을 마치 부인 때문에 버려야 한다고 해도 아쉬워하지 않고, 더 큰 희생을 치르더라도 후회하지 않기로 결심했다.

"감사합니다. 어머니도 틀림없이 기뻐하실 거예요. 집에 있는 우리도 어머니 곁에 누가 있다고 생각하면 마음이 편해질 거고요. 정말 고마워요."

메그는 진심으로 고마워했다. 그리고 경황이 없는 가운데서도 부르크 선생의 다갈색 눈이 자꾸 아래로 향하는 것을 의식하며 그를 응접실로 안내했다.

로리가 마치 백모에게서 답장을 가지고 돌아왔을 때는 모든 준비가 끝나 있었다. 마치 백모의 편지에는 돈과 함께 전부터 가끔 말하던 것이 몇 줄 쓰여져 있었다. 마치 부인은 그 편지를 불 속에 집어 넣고 돈은 지갑에 챙겨 넣었다. 그리고 묵묵히 준비를 계속했지만 입술을 꼭 깨물고 있는 그 모습에서 어머니가 분노를 참고 있다는 것을 금세 알 수 있었다.

짧은 겨울 해는 벌써 기울고 있었다. 다른 일이 모두 끝났기 때문에 메그는 어머니와 뜨개질을 열심히 하고, 베스와 에이미는 차를 끓이고, 해너는 입버릇처럼 '서둘러, 서둘러'를 되풀이하면서 다림질을 하고 있었다. 그러나 조는 아직 돌아오지 않았다. 모두들 걱정이 되었다. 변덕스러운 조가 갑자기 무슨 일을 할지 모르기 때문이었다. 로리가 찾으러 나갔지만 만나지 못했다. 한참 후에야 조는 이상한 표정을 지으면서 돌아왔다. 장난기와 두려움, 만족과 후회 같은 감정들이 뒤섞인 표정이었으므로 집안 사람들은 어리둥절해했다.

"이건 아버지를 잘 간호해 드리고 집으로 모셔 오기 위한 내 작은 정성이에요."

조는 목멘 소리로 말하고 둥글게 감은 묶음을 어머니 앞에 내놓았다. 모두들 더욱 어안이 벙벙할 뿐이었다.

"어머, 너 이 돈 어디서 났어? 이십 오 달러씩이나! 조, 설마 너 어이없는 일을 저지른 것은 아니겠지?"

"구걸도 하지 않았고, 빌리지도 않았고, 훔치지도 않았어요. 내가 벌었어요. 꾸중하시지 않을 줄 알아요. 내 물건을 팔았어요."

그렇게 말하고 조는 모자를 벗었다. 순간 모두 깜짝 놀랐다. 그 길던 머리가 전부 잘려 있지 않은가.

"어머, 그 머리를! 그 아름다운 머리를!"

"어머, 조, 어째서 그런 짓을 했어? 언니의 아름다움이……"

"이제 예전의 조 언니처럼 보이지 않아. 그러나 난 그런 언니가 좋아."

모두가 저마다 한마디씩 하고, 베스가 그 짧게 자른 머리를 껴안아도 조는 애써서 아무렇지도 않은 척하고 있었다. 그러나 모두들 조의 마음을 모르는 바 아니었다. 조는 짧은 갈색 머리를 아무렇게나 만지면서 자기는 이것으로 만족한다는 듯이 말했다.

"이것으로 나라의 운명이 어떻게 되는 것은 아니니까 울지 않아도 돼. 베스, 내가 자만심을 버려서 정말 다행이야. 난 지금까지 이 머리를 지나치게 자랑하고 있었으니까. 그 긴 머리를 자른 것이 머리에도 좋은가 봐. 아주 가볍고 산뜻해서 기분이 좋아. 이발사가 조금만 지나면 끝을 말아 올리는 단발형으로 할 수 있다는 거야. 그리고 사내애 같아서 내게도 잘 어울리고, 풀어서 깨끗이 하기도 쉽고. 난 이것으로 좋아. 아무쪼록 이 돈을 받아 주세요. 그리고 빨리 저녁 식사를 합시다."

"이봐, 조, 내게 자세히 말해 주렴. 엄마가 볼 때 결코 잘한 짓은 아니야. 그러나 널 꾸짖을 수는 없구나. 네가 진심으로 너의 말대로 자만심을 희생시켜 사랑으로 바꾸었다는 것을 잘 아니까. 그러나 조, 그렇게까지 하지 않아도 됐어. 엄마는 오래잖아 네 자신이 후회하게 되지나 않을까 그게 걱정이야."

마치 부인이 말했다.

"아뇨, 후회 같은 거 하지 않아요!"

조는 단호히 말했다. 하지만 자기의 이 엉뚱한 행동이 나쁜 일이란 말을 듣지 않았기 때문에 마음을 놓는 모습이었다.

"어떻게 그런 짓을 할 생각이 들었어?"

자기의 아름다운 머리를 자르느니 차라리 목을 자르는 편이 낫다고 생각하는 에이미가 물었다.

"난 말이야, 아버지를 위해 뭔가 해드리고 싶었어."

모두가 식탁에 앉았을 때 조가 말했다. 건강하고 젊은 사람들은 어떤 큰 걱정거리가 있어도 먹는 것만은 잊지 않는 법이다.

"나도 어머니처럼 남에게 돈을 빌리는 것은 아주 싫어요. 마치 백모님은 투덜거릴 게 뻔하잖아요. 언제나 그러시니까. 설사 구펜스를 빌렸다고 해도 말이에요. 메그는 삼 개월치 급료를 모두 집세로 주었지만 난 내 돈으로 옷을 사 버렸어요. 너무 면목이 없었기 때문에 어떻게든 돈을 만들어야겠다고 결심했어요. 가령 얼굴에서 코를 잘라 팔아도 상관없을 것 같은 기분이 들었어요."

"그렇게 생각할 필요는 없어. 넌 겨울옷이 없었고, 자기가 일해 번 돈으로 가장 검소한 것을 샀으니까."

마치 부인은 조의 마음을 따뜻히 감싸 주는 정다운 표정으로 말했다.

"나도 처음에는 머리카락을 팔 생각은 하지 않았어요. 그저 길거리를 걸으면서 어떻게 하면 좋을까 하고 있었어요. 차라리 어느 큰 상점에 들어가 닥치는 대로 물건을 갖고 나올까 하고 생각할 정도였어요. 그러다가 한 이발관의 창에 머리묶음이 몇 개인가 놓여 있고 각기 가격이 붙어 있는 것이 눈에 띄었어요. 내 머리보다도 짙지 않은 까만 머리 묶음이 오십 달러, 순간 나는 나에게도 돈으로 바꿀 수 있는 것이 하나 있다는 데 생각이 미쳤어요. 그 길로 가게로 들어가서 머리카락을 사 줄지 어떨지, 또 얼마나 받을 수 있는지를 물어 보았어요."

"정말 용케도 그런 결단을 내렸어."

베스는 떨리는 소리로 말했다.

"그 이발소 주인은 처음에 제 얘기를 듣고 몹시 놀라 눈을 크게 떴어요. 젊은 여자애가 가게로 뛰어들어 머리카락을 사 달라고 부탁하는 것은 아마 난생 처음이었을 거예요. 이발소 주인은 내 머리가 지금 유행하는 빛깔이 아니기 때문에 별로 사고 싶지 않다고 했어요. 그리고 처음에는 아주 값싸게 사려 하지 뭐예요.
게다가 손질이 많이 가니까 비싸게 먹힌다고 말예요. 그러는 사
이에 점점 시간은 흐르고 나도 곧 결정하지 않으면 용기가 사라
질 것 같았어요. 굳게 마음먹고 이발소 주인에게 제발 내 머리를
사 달라고 조르며 내가 지금 서두르고 있는 까닭을 말했어요. 어
리석은 짓이었을지도 모르지만, 그것으로 이발사의 생각이 바뀌
었어요. 나는 꽤 흥분해 있었기 때문에 집의 일을 몽땅 지껄여 버
렸어요. 그랬더니 곁에서 듣고 있던 그 집 아주머니가 아주 친절
하게 이렇게 말하는 거예요. '여보, 사 주세요. 그리고 이 아가씨
의 마음이 개운하게 해 줘요. 나도 머리가 길면 지미에게 언제나
그렇게 해주고 싶어요'라고."

"지미가 누구야?"

말하는 도중에 일일이 설명을 듣지 않고서는 직성이 풀리지 않
는 에이미가 물었다.

"아들이래. 아주머니가 말했어. 군대에 가 있대요. 그런 것이
모르는 사람 사이를 아주 친밀하게 해주더군요. 주인이 내 머리
를 자르고 있는 동안 아주머니께서 많은 얘기를 해주었고, 덕분
에 두려움도 잊게 되었어요."

"처음 싹둑 잘렸을 때 두려운 생각이 들지 않았니?"

메그는 몸을 떨면서 물었다.

"이발사가 도구를 늘어놓고 있는 동안에 내 머리를 마지막으로
보았어. 그저 그것뿐이야. 난 그런 시시한 일에 애태우지는 않아.
그러나 솔직히 말해서 내 소중한 머리카락이 테이블 위에 놓여진
것을 보고, 짧고 고르지 못한 나머지 머리카락을 만졌을 때는 좀

이상한 기분이 들었어. 마치 손이나 발이 잘려져 나간 것 같았어. 아주머니가 내 마음을 짐작하고는 기념으로 간직하라고 긴 머리카락을 조금 주셨어. 그건 어머니께 드리겠어요. 내가 전에는 멋있는 긴 머리카락을 갖고 있었다는 것을 기념으로 간직해 주세요. 난 이제 단발이 좋으니까 다시는 머리를 길게 기르지 않을 작정이에요."

마치 부인은 그 물결치는 밤색 머리카락을 접어서, 짧은 회색 머리카락과 함께 책상 서랍 안에 간직했다. 부인은 단지 '고맙다'고 말했지만 딸들은 어머니의 얼굴을 보고 얼른 화제를 바꾸었다. 그리고 부르크 씨의 친절함이나, 내일은 날씨가 좋을 것 같다는 등, 아버지가 돌아오셔서 집에서 요양할 수 있게 되었을 때의 즐거움에 대해 이야기를 나누었다.

일찍 잠자리에 드는 사람이 아무도 없자, 마치 부인은 열 시에 일을 끝내고 모두 모이라고 했다. 베스는 피아노 앞에 앉아 아버지가 즐겨 부르던 찬송가를 연주했다. 모두가 힘차게 시작했지만 점차 소리가 작아졌다. 베스만이 혼자 마음을 다해 끝까지 노래했다. 베스에게는 음악이 언제나 다정한 위로가 되었다.

"자, 가서 자요. 언제까지나 이야기만 하고 있으면 안 돼. 난 일찍 일어나야 하니까, 모두들 될수록 푹 자 둬요."

찬송가가 끝나자 마치 부인은 그렇게 말했다. 더 노래를 부르자는 사람은 아무도 없었다.

모두 어머니에게 조용히 키스하고, 마치 옆방에 앓는 아버지가 누워 있기라도 한 듯이 소리를 죽이고 잠자리에 들었다. 베스와 에이미는 아직 어리므로 이런 때도 금방 잠들어 버렸다. 그러나 메그는 좀처럼 잠들지 못하고 잠자리 속에서 그 짧은 생애 중 처음으로 경험하는 가장 중대한 사건에 대해 여러 가지를 생각하고 있었다. 메그는 조가 꼼짝도 하지 않길래 자는 줄만 알았는데 갑자기 흐느껴 우는 소리에 손을 뻗어 보니 조의 뺨이 젖어 있었다.

"조, 왜 그래? 아버지를 생각하고 우는 거니?"

메그가 큰소리로 물었다.

"아니야."

"그럼 뭐야?"

"내…… 내 머리 때문에……."

그렇게 말하고 가엾게도 조는 흑흑 하고 울음을 터뜨렸다. 베개로 슬픔을 감추려고 했지만 이제는 감출 수가 없었다.

메그는 이것을 조금도 우습다고 생각하지 않았다. 그녀는 슬픔에 젖은 동생을 다정한 손길로 쓰다듬고 키스해 주었다.

"나 슬퍼하고 있는 건 아니야."

조는 목멘 소리를 하면서도 자기 행동을 부정했다.

"만약 할 수 있다면 난 역시 같은 일을 할 거야. 이렇게 어리석게 울고 있는 것은 그저 내 자존심 탓이야. 아무한테도 말하지 말아 줘. 이제 이것으로 모두 끝났으니까. 난 언니가 잠든 줄로 알고 내 유일한 아름다움을 생각하며 조금 슬퍼했어. 언니는 왜 자지 않고 있어?"

"잠이 오지 않아. 여러 가지를 생각하니까."

메그가 말했다.

"뭔가 좋은 일을 생각해 봐. 그럼 곧 잠이 올 거야."

"그래 봤지만 점점 더 신경이 예민해져."

"어떤 걸 생각했어?"

"아름다운 얼굴에 대해…… 특히 눈 말이야."

메그는 어둠 속에서 혼자 웃으면서 말했다.

"무슨 빛깔의 눈이 제일 좋아?"

"다갈색. 그러나 경우에 따라 달라. 파란 눈도 좋지."

조는 큰소리를 내어 웃었다. 메그는 조용히 하라고 동생에게 엄하게 이르고는 당황스레 조의 머리를 예쁘게 손질해 주겠다고 약속했다. 그리고 공상의 성에 사는 꿈을 꾸기 위해 잠 속으로 빠져들었다.

시계가 아직 한밤중임을 알리고 어느 방이나 모두 고요할 때, 그림자 하나가 침대 사이를 돌아다니며 이불을 덮어 주기도 하고, 베개도 다시 베어 주고, 아무것도 모르고 자고 있는 하나하나의 얼굴을 정다운 시선으로 오랫동안 응시했다. 그리고 각자에게 무언의 축복이 담긴 키스를 하고, 어머니만이 하는 뜨거운 기도를 드리고 있었다. 마치 부인은 커튼을 열고 정막이 깃든 밤의 풍경을 내다보았다. 마침 달빛이 구름 사이로 비쳐 나와 밝고 인정 많은 얼굴처럼 부인의 얼굴을 비쳤다. 그 밝은 얼굴은 마치 고요 속에서 이렇게 속삭이는 것 같았다.

"정다운 사람이여, 마음을 편히 가지세요! 구름 뒤에는 반드시 빛이 있는 법이니까."

# 지

추운 새벽이었다. 자매들은 램프를 벗삼아 제각기 성경을 펼치고 열심히 읽고 있었다. 지금처럼 이렇게 불행의 그림자가 찾아들었을 때는 이 작은 책이야말로 진정으로 힘이 되고 위안이 되었다. 자매들은 옷을 갈아입으면서 불안한 여행을 하시는 어머니에게 울거나 투덜거려 걱정을 끼치지 말고 힘차고 명랑하게 '다녀오세요'라고 인사하기로 의견의 일치를 보았다.

아래층에 내려가 보니 모두 평상시와 다른 모습을 하고 있었다. 밖은 아직 어두컴컴하고 고요했지만 집안은 밝게 웅성거리고 있었다. 이렇게 아침 일찍 밥을 먹는 것도 뭔가 이상했고, 나이트 캡을 쓴 채 부엌을 바쁘게 돌아다니는 해너의 얼굴도 평상시와는 어딘가 다른 것 같았다. 큰 트렁크가 현관에 놓여 있고, 소파 위에는 어머니의 외투와 모자가 있었다. 어머니는 식탁에 앉아 조금이라도 식사를 하려고 애썼지만 어젯밤 자지 못한데다가 근심 때문에 몹시 창백하고 지친 얼굴을 하고 있었다. 그 모습을 보던 딸들은 아까의 약속을 지킬 자신이 없어졌다. 메그는 눈물이 나오려는 것을 참을 수 없었고, 조는 냅킨 뒤로 얼굴을 몇 번이나 숨기지 않으면 안 되었다. 작은 두 아가씨도 울적하고 걱정스러운 얼굴을 하고 있었다. 마치 슬픔이란 것을 처음으로 맛본 듯한 모습이었다.

모두들 좀처럼 입을 열지 않았다. 그러나 마차가 도착하기를 기다리는 동안, 딸들은 어머니의 곁으로 모여들어 숄을 개키기도 하고, 모자의 끈을 늘리기도 하며, 여행 가방을 잠그기도 하면서 각자 바쁘게 움직였다. 마치 부인은 모두에게 이렇게 말했다.

"자아, 너희들을 해너에게 부탁했고, 또 로렌스 씨에게 잘 부탁해 두었으니까 자기 아이들처럼 잘 돌봐 줄 거야. 별로 걱정되는 것은 없지만 그저 나는 너희들이 이 불행을 올바로 받아들이면 좋겠어. 엄마가 떠난 뒤에 슬퍼하거나 끙끙 앓지는 않겠지? 게으르거나 일부러 잊거나 해서 자기 기분을 얼버무리려고 해서도 안 돼. 여태까지 했던 것처럼 자기가 맡은 일을 열심히 하면서 희망을 가지고 바쁘게 생활하는 거야. 그리고 어떤 일이 있어도 하느님이 항상 아버지와 같이 너희들을 지켜 준다는 것을 잊지 말도록."

"알았어요, 어머니."

"메그, 넌 정신차려서 동생들을 돌봐 줘야 해. 그리고 무슨 일이든 해너와 상의하렴. 어려운 일이 있으면 로렌스 씨에게 가서 여쭈어 보고. 조, 넌 참을성 있게 굴어야 해. 금세 기운을 잃거나 터무니없는 짓을 하지 않도록 편지를 많이 써 줘. 모두를 도와서

기운를 내게 하는 활발한 아가씨가 되어 주겠지? 베스는 피아노
나 노래로 기운을 내고 자질구레한 집안일을 빈틈없이 처리해라.
그리고 에이미, 넌 될수록 언니들을 도와서 말을 잘 듣고 얌전히
있어야 해."

"네, 엄마, 꼭 그렇게 하겠어요!"

이때 덜거덕거리는 마차 소리가 가까이 들려오자 모두 정신을
차리고 귀를 기울였다. 정말 참을 수 없는 순간이었다. 그러나 네
자매는 울거나 뛰쳐나가거나 탄식하는 일 없이 잘 견뎠다. 그러
나 아버지에게 안부를 전해 달라고 말하는 순간, 어쩌면 너무 늦
어 전할 수 없을지도 모른다는 생각에 모두들 아주 우울해졌다.

로리와 할아버지도 전송하러 와 주었다. 부르크 선생은 아주
믿음직스럽고 친절했기 때문에 오래지 않아 아이들이 '미스터 그
레이트 하트(천로역정)' 라고 명명했다.

"그럼 다녀오겠어요. 신이 우리들 모두를 지켜 주시기를!"

마치 부인은 작은 소리로 말하고 귀여운 작은 얼굴들에 하나하
나 키스하고 나서 급히 마차에 올라탔다.

마차가 움직이기 시작하고, 뒤돌아본 부인은 문가에 모여 전송
하는 사람들을 따사롭게 감싸는 햇살을 보고 좋은 징조를 느꼈
다. 보내는 쪽도 이것을 느끼고 웃으며 손을 흔들었다. 모퉁이를
돌 때 마지막으로 다시 뒤돌아보니 네 아이들의 밝은 얼굴과 그
뒤에 호위병 같은 로렌스 노인, 충실한 해너, 진심어린 로리의 모
습이 눈에 띄었다.

"모두들 이렇게 친절하게 대해 주다니!"

부인은 동행한 청년 쪽을 보았다. 그의 마음속에서 우러나는

동정에 넘친 표정을 보고 부인은 더욱 그런 생각이 강해졌다.

"모두들 그렇게 하지 않고는 배길 수 없었겠죠."

부르크 선생이 아주 즐거운 듯 웃자 부인도 그 웃음에 이끌려 싱긋 웃었다. 이렇게 해서 밝은 햇빛과 미소와 즐거운 이야기의 교환이라는 좋은 징조로 긴 여행이 시작되었다.

"마치 지진이라도 일어났던 것 같아."

조가 말했다. 이웃 사람들이 아침 식사를 하기 위해 집으로 돌아간 뒤 잠깐 쉬는 참이었다.

"집이 반쯤 없어져 버린 것 같아."

메그가 쓸쓸한 듯 덧붙였다. 베스도 뭔가 말하려 했으나 어머니의 책상 위에 깔끔하게 기운 양말들이 가지런히 쌓여 있는 것을 손가락질하는 것만으로도 가슴이 벅차 아무 말도 하지 못했다. 그렇게 바쁘게 출발하는 마당에도 아이들을 위해 일을 해주신 것이다. 아주 작은 일이었지만 이것은 모두의 가슴을 뭉클하게 했다. 굳게 맹세한 것도 잊고 네 자매는 별안간 마음이 약해져서 일제히 울음을 터뜨렸다.

해너는 현명하게도 모두가 우는 대로 내버려두었다. 그리고 잠시 후 울음이 그치기를 기다렸다가 커피 주전자를 가지고 기운을 북돋아 주기 위해 왔다.

"자, 아가씨들, 어머니가 말씀하신 걸 기억하고 있을 거예요. 걱정하지 말아요. 모두 이리 와서 커피를 들어요. 그리고 정신차려 일을 해서 과연 그 집 아이들답다는 말을 듣도록 해요."

커피는 뜻밖의 성찬이었다. 해너가 마침 그날 아침 내놓은 커피는 보통 솜씨가 아니었다.

"자, 들어요."

해너가 손짓해 부르고 커피 주전자의 주둥이에서 향긋한 냄새가 감돌았으므로 아무도 가만 있을 수 없었다. 일제히 식탁으로 모여 손수건을 냅킨 대용으로 한 후 십 분쯤 지났을 때에는 모두들 다시 기운을 차렸다.

"'희망을 갖고 열심히 일하자'는 것이 우리의 맹세였지? 자, 그걸 누가 가장 잘 마음속에 간직할까? 난 언제나처럼 마치 백모님에게 가겠어. 아마도 설교를 많이 듣게 될 거야."

"나도 킹 씨 댁으로 가겠어. 가능하다면 집에 있으면서 여러 가지 일을 하고 싶지만."

메그는 이렇게 눈이 새빨개지도록 우는 것이 아니었다고 후회했다.

"어머, 그건 걱정 마. 집안일은 베스와 내가 다 해치울 수 있어."

에이미가 제 구실하는 사람인 척 말참견을 했다.

"해너가 모두 알려 줄 거야. 돌아올 때까지 모든 걸 잘 해놓을 테니까."

베스는 즉시 걸레와 접시 씻는 통을 꺼냈다.

"걱정이란 매우 재미있는 것이군."

에이미는 진지한 모습으로 설탕을 녹이면서 말했다. 이 말에 모두들 웃음을 터뜨리고 더욱 분발하자고 다짐했으며, 메그는 설탕 단지로 아주 기분이 좋아진 에이미의 머리를 쓰다듬었다.

해너가 만들어 온 파이를 보자 조는 다시 가슴이 찡해졌다. 두 사람은 일을 나가면서 늘 어머니의 얼굴이 보이던 창을 쓸쓸히 뒤돌아보았다. 물론, 어머니의 얼굴이 거기에 보일 리는 없었다. 대신에 이 관례를 잘 기억하고 있는 베스가 장밋빛 얼굴로 머리 흔드는 인형처럼 고개를 열심히 끄덕이면서 두 사람을 전송했다.

"역시 베스야!"

조는 밝은 얼굴로 모자를 흔들었다.

"다녀와, 메그. 오늘은 킹 씨네 아이들이 장난치지 않았으면 좋으련만. 아버지 일은 걱정하지 말고."

두 사람이 헤어질 때 조가 위로했다.

"마치 백모님이 투덜대지 않았으면 좋겠어. 넌 그 머리가 잘 어울려. 사내애 같아 멋있어."

메그는 키가 큰 동생의 어깨 위로, 우스울 정도로 작게 끝을 말아 올린 머리를 보고 웃음을 참으면서 말했다.

"그렇게 말해 주니 고마워."

조는 로리처럼 모자에 약간 손을 대고 걸어갔다. 마치 추운 겨울에 털이 깎인 양 같다고 마음속으로 생각하면서.

얼마 뒤 아버지에게서 편지가 왔다. 아이들은 그것으로 큰 위로를 받았다. 중태이기는 했지만 어떤 간호사보다도 나은 어머니가 옆에서 시중들고 나서부터 눈에 두드러지게 호전되고 있다는 것이다. 부르크 선생은 매일 병세를 알려왔는데, 메그는 현재 자기가 가장이란 이유로 그 편지를 혼자 읽어야겠다고 우겼다. 그리고 일 주일쯤 지나자 편지의 내용은 점점 밝아졌다. 처음 얼마 동안은 서로 다투어 답장을 썼고, 터질 것같이 두툼한 봉투를 네 자매 중 누구 하나가 조심스럽게 우체통에 넣고 왔다. 자매들은 워싱턴과의 통신을 중대한 일로 생각하고 있는 것 같았다. 그중

각자의 성격이 잘 나타나 있는 편지를 우편함에서 임의로 뽑아
냈다고 가정하고 읽어 보는 것도 좋겠다.

그리운 어머니

지난번 편지를 받았을 때 얼마나 기뻤는지 말로는 표현할
수 없을 정도입니다. 너무나 반가운 편지였으므로 웃기도 하
고 울기도 하지 않을 수 없었습니다. 부르크 씨는 참으로 친
절한 분이십니다. 게다가 로렌스 씨의 용무 때문에 죽 옆에
있어 주신다니 그런 다행한 일도 또 없을 것입니다. 그분은
어머니나 아버지에게 많은 도움이 될 테니까요. 동생들은 모
두 착하게 지내고 있습니다. 조는 바느질을 도와 주고, 귀찮
은 일은 모두 자기가 떠맡는다며 열성입니다. 조의 '기특한
마음씨' 치고는 오래 계속된 예가 없는 것을 알고 있으니까
괜찮지만, 그렇지 않다면 과로가 되지 않을까 걱정될 정도입
니다. 베스는 시계와 같이 틀림없이 자기 일을 정리하고 어
머니가 말씀하신 것을 결코 잊지 않습니다. 언제나 아버지를
생각하고는 울적해 합니다만 작은 피아노를 대하고 있는 동
안만은 딴사람 같습니다. 에이미는 내 말을 잘 듣습니다. 저
도 정신차려 돌봐 주고 있습니다. 머리를 혼자 땋고, 지금은
단추 구멍과 양말 꿰매는 것을 배우고 있습니다. 아주 열심
이기 때문에 어머니가 돌아오시면 틀림없이 기뻐하실 것이
라고 생각합니다. 조의 말을 빌리자면, 로렌스 씨는 늙은 어
미닭처럼 우리를 보살펴 주십니다. 로리도 언제나처럼 친절
하고 자주 놀러 옵니다. 어머니와 멀리 떨어져 있으니까, 가

끔 슬퍼지고 고아 같은 느낌도 듭니다. 그런 때 로리와 조는 우리들의 기분을 북돋아 줍니다. 해너는 정말 성녀 같아서 그저 감탄할 뿐입니다. 우리들을 나무라지도 않습니다. 언제 나 나를 '마거릿 양'이라고 부르고—그것은 당연한 일일지도 모르겠습니다만—저를 존중해 줍니다. 모두 건강하고 바쁘게 지내고 있습니다. 그리고 어머니의 귀가를 자나깨나 고대하고 있습니다. 아버지에게 안부 전해 주세요. 이만 줄입니다.

메그

이 편지는 향긋한 내음이 나는 편지지에 예쁘게 쓰여 있었다. 그리고 다음에 보여줄, 크고 얇은 외국제 종이에 잉크 얼룩이나, 과장되게 휘둘러 쓴 장식적인 대문자로 요란한 편지와는 실로 좋은 대조를 보여 주었다.

내가 가장 좋아하는 엄마

그리운 아버지 만세! 부르크 씨는 믿음직한 사람이에요. 아버지의 상태가 호전되자마자 전보도 쳐 주었는걸요. 편지가 왔을 때 난 다락방으로 뛰어올라가 신에게 감사 드리려고 했지만 자꾸 눈물이 나와 '기뻐, 기뻐'라고 외칠 수밖에 없었어요. 제대로 된 기도가 아니었지만 하느님은 들어 주셨겠죠? 아무튼 가슴이 벅차 올랐으니까요. 우리는 아주 유쾌하게 지내고 있어요. 모두가 아주 얌전해서 마치 오순도순 화목하게 사는 산비둘기의 집에 있는 것 같아요. 식탁의 상좌에 앉은 메그 언니의 어머니 같은 태도는 걸작이어서 어머니도 꼭 한번 보셨으면 좋겠어요. 그리고 나날이 아름다워지기 때문에 나도 황홀해질 때가 있어요. 동생들은 천사와 같고, 그리고 난—역시 조로서—변함이 없어요. 아, 참, 로리와 하마터면 싸울 뻔했던 일을 얘기해야겠어요. 시시한 일이었지만 내가 너무 거침없이 말을 했기 때문에 로리가 화를 냈어요. 난 잘못한 게 없었지만 말하는 방법이 잘못이었어요. 로리는 내가 사과하지 않으면 이제 다시 오지 않는다며 그냥 돌아가 버렸어요. 나도 사과할 거 뭐 있냐고 발끈 화를 냈어요. 하루 종일 그대로 지내다가, 나는 자신이 나빴다고 생각하고 어머니가 계시다면 어땠을까 하고 곰곰이 생각했어요. 로리도 나도 다같이 자존심이 강하기 때문에 먼저 사과할 수 없는 거예요. 그러나 결국 내가 옳았으니까 로리 쪽에서 먼저 사과하러 오리라고 생각했어요. 그러나 그는 오지 않았어요. 밤이 되어 나는 에이미가 강에 빠졌을 때 어머니가 하셨던 말씀을 떠올렸어요. 그래서 성경을 읽으니까 마음이 가라앉았고, 화난 채 하루를 보내서는 안 되겠다고 생각하고 로리에게 사과하러 뛰어갔어요. 그런데 마침 로리도 문에서 나오는 중이었어요. 두 사람 다 크게 웃으며 서로 사과하고 예전처럼 사이가 좋아졌어요.

어제 해너를 도와 빨래를 하면서 그녀의 말대로 '시(詩)'를 지었어요. 아버지는 내 하찮은 작품이라도 기꺼이 읽어주실 테니까 위안거리로 동봉합니다. 지금까지 드린 적이 없는 정다운 포옹과 키스를 아무쪼록 저를 대신하여 아버지께

전해 주세요.

엉터리 조로부터

어머니

저의 진심과, 아버지께 보이려고 소중히 가꾸어 책갈피에 끼워 말린 삼색 제비꽃을 보내는 것 외에 제가 할 일은 없는 듯합니다.

매일 아침 저는 성경을 읽고 하루 종일 착실히 지내려고 마음먹고 있습니다. 밤에는 아버지가 좋아하시는 노래를 부르는데 그것만 부르면 울음이 터집니다. 모두들 아주 친절히 대해 주시기 때문에 어머니가 계시지 않아도 아주 즐겁게 지내고 있습니다. 에이미가 내가 쓴 종이의 나머지에 쓰고 싶다고 하기 때문에 저는 이만 줄여야겠습니다. 그릇은 잊지 않고 뚜껑을 덮었고, 매일 시계 태엽을 감아 주고, 모든 방을 환기시킵니다.

아버지가 '베스의 뺨'이라고 말씀하시는 곳에 키스해 주세요. 그리고 하루라도 빨리 돌아오세요.

작은 베스로부터

나의 엄마

우리는 모두 잘 있습니다. 나는 공부를 열심히 하고 있고, 언니들과 말다툼을 하지 않고 있습니다. 메그 언니는 상냥하게 대해 주고 매일 밤 차 마시는 시간에는 젤리를 만들어 줍니다. 그것을 먹으면 얌전해지기 때문에 내게는 아주 효과가

*작은 아씨들* • 317

있다고 조 언니가 말합니다. 로리는 제가 벌써 열세 살이나 되었는데도 나를 나이에 걸맞게 상대해 주지 않습니다. 나더러 병아리라고 하기도 하고, 내가 메르시(감사합니다)라든가, 봉주르(안녕하세요)라고 프랑스어를 사용하면 몹시 빠른 말로 지껄여 나를 골탕먹입니다. 푸른 옷의 소매가 너덜너덜하기 때문에 메그가 새것으로 바꿔 주었습니다. 그러나 전의 것이 너무 바랬기 때문에 윗부분에 비해 소매 쪽이 훨씬 푸릅니다. 난 싫지만 불평은 하지 않습니다. 괴로워도 될수록 참고 있습니다. 그리고 해너가 앞치마에 좀더 풀을 잘 먹이고 매일매일 과자를 만들어 주었으면 좋겠다고 생각합니다만, 이건 좋지 않은 생각일까요? 이 의문 부호는 멋있게 붙였죠? 메그는 내가 쉼표나 마침표 그리고 철자가 틀려 보기 싫다고 말하고 있습니다. 난 분하지만 여러 가지 할 일이 많기 때문에 할 수 없습니다. 아듀(안녕), 아빠에게 산만큼 아주 많이 잘 말씀해 주세요.

정다운 딸인 에이미 커티스 마치


마치 마님

한 말씀 드립니다. 모든 일이 순조롭습니다. 아가씨들은 영리해서 척척 일을 잘합니다. 메그 아가씨는 나날이 주부처럼 틀이 잡혀 갑니다. 원래 가사 일을 좋아해서 요령을 터득하는 것이 아주 빠르기 때문에 그저 놀랄 뿐입니다. 조 아가씨는 앞장서는 데는 누구에게도 지지 않습니다. 그저 처음부터 잘 생각하지 않고 무턱대고 하기 때문에 걱정입니다. 월요일에는 대야 가득히 세탁을 해 주었더니, 짜기 전에 풀하기도 하고 핑크의 옥양목 옷을 퍼렇게 물들이기도 해서 아주 죽도록 웃었습니다. 베스 아가씨는 제일 얌전하고 일도 재치 있게 잘해서 혼자서 무엇이든 하기 때문에 큰 도움이 됩니다. 모든 것을 배우려고 하며 시장에 다녀와 주기도 합니다. 장부 기재도 조금 가르쳤는데 아주 잘합니다. 모두들 절약을 제일로 삼고 커피는 말씀대로 일 주일에 한 번, 싸고 몸에 좋은 것만 드리고 있습니다. 에이미는 떼를 쓰기도 하고, 나들이 옷을 입기도 하며, 맛있는 것을 먹기도 하면서 아주 잘 있습니다. 로리 씨는 여전히 짓궂어서 가끔 온 집안을 떠들썩하게 만듭니다. 하지만 아가씨들이 즐거워해서 저는 입을 다물기로 했습니다. 옆집 주인 나리는 많은 것을 보내 주어 이쪽에서 난처할 정도입니다만, 그 큰 친절에 대해 제가 거절할 문제가 아닌 줄 압니다. 빵이 알맞게 구워진 때가 되었으므로 오늘은 이만 실례하겠습니다. 아무쪼록 주인 나리께 잘 말씀 드려 주세요. 하루빨리 폐렴인가 하는 병을 쫓아 버리도록 바랍니다. 이만 줄입니다.

해너 마레트

제2병동 간호 부장님

라퍼하노크 강(江)가, 이상없고, 전군 건재. 병참부 관리 양호, 티디 대령 이하 국내 경비대는 항시 임무에 충실. 사령

관 로렌스 장군은 일일 열병을 행하고, 병참부장 마거릿 병
사 내의 질서를 잘 유지, 라이언 소령 야간 보초의 임무를 맡
음. 워싱턴으로부터 승전보를 받자 예포 24발을 쏘고 본영
에서 정장 착용의 관병식을 거행함. 사령관은 충심으로의 기
도를 보내고 우리도 그것과 뜻을 같이함.

티디 대령

친애하는 마치 부인

따님들은 모두 건강하며, 매일같이 베스 양과 손자로부터
많은 소식을 듣고 있습니다. 해너는 참으로 하인의 모범이라
고 할 수 있으며, 아름다눈 메그 양을 보호하는 그 모습은 보
물을 지키는 용과 같이 보입니다. 좋은 날씨가 계속되어 다
행입니다. 부르크에게는 무슨 일이든지 시켜 주시고 혹시 경
비가 부족하시면 아무쪼록 알려 주시기 바랍니다. 부군께서
속히 쾌차하시기를 진심으로 바라는 바입니다.

병세가 호전되어 간다니 무엇보다 기쁘게 생각합니다.

제임스 로렌스 씀

# 정성어린 소녀

처음 일 주일쯤은 이웃에 나눠 주어도 좋을 만큼 기특한 행동들이 이 낡은 집에 넘쳐 있었다. 그것은 아주 놀라운 일이었다.

모두가 신이나 된 것 같은 마음가짐이었고 자신을 억제하는 것이 큰 유행이었다. 그런데 가장 걱정이었던 아버지의 병세가 호전되었다는 것을 듣고서는 자신들도 모르는 사이에 긴장이 풀리며 예전으로 되돌아가고 있었다. 서로 맹세했던 것을 잊은 것은 아니었지만 희망을 갖고 열심히 일하자는 것도 점점 적당히 생각하게 되었고, 그 동안 열심히 생활해 왔기 때문에 하루쯤 쉬지 않으면 안 된다고 생각했는데, 실제로는 거의 계속해서 쉬는 결과가 되어 버렸다.

조는 짧게 깎은 머리를 잘 싸지 않았기 때문에 지독한 감기에 걸렸다. 마치 백모님은 코감기에 걸린 자에게 책을 읽히는 것은 싫다고 다 나을 때까지 오지 않아도 좋다고 말했다. 조는 그것을 다행으로 생각하고 다락방에서 지하실까지 큰 소동을 벌이며 뒤진 끝에 감기약과 몇 권의 책을 가지고 소파에 늘어붙었다. 에이미는 예술과 가사는 양립할 수 없다는 것을 알고 다시 흙만두를 빚고 있었다. 메그는 스스로 매일 킹 씨 댁 아이들을 가르치러 가거나 집에서 바느질을 한다고 생각하고 있었지만, 대부분은 어머니에게 긴 편지를 쓰거나 워싱턴에서 온 편지를 다시 읽으면서 시간을 보내고 있었다. 베스만이 가끔 게으름도 피우고 슬퍼하기도 했지만 충실히 자기 임무를 다하고 있었다.

매일 자질구레한 일을 깔끔히 치우는 베스는 자매들의 몫까지 열심히 해치웠다. 아무튼 세 사람은 그런 일을 잊기 쉬워 집안은 추가 달아난 시계 같았다. 베스는 어머니가 그립고 아버지가 걱정되어 울적해지면 어머니의 벽장으로 들어가, 그립고 낯익은 옷에 얼굴을 묻고 좀 울고 나서 혼자 조용히 기도드렸다. 베스가 울적해 있다가도 금세 기운을 되찾고 명랑해지는 것이 어찌된 영문인지 아무도 몰랐지만, 참으로 마음씨 곱고 도움이 되는 애라고 생각하고 무슨 일이 있으면 베스에게 위로받거나 상의하거나 하는 것이 관례가 되어 있었다.

어머니가 떠난 뒤 결심했을 때의 흥분이 가시자 모두들 이렇게 잘했으니까 칭찬받을 만하다고 스스로 만족스러워했다. 분명히 그럼에는 틀림없지만, 안타깝게도 자매들은 그 결심을 계속해 나가려 하지 않았다. 모두는 곧 이런 것을 깨달았고, 그때는 이미 많은 걱정과 후회를 경험하고 난 뒤였다.

"메그, 후멜 씨 댁에 가서 형편을 살피고 오지 않겠어? 엄마가 그 사람들을 잊지 말라고 말씀하셨잖아."

베스가 이렇게 말한 것은 마치 부인이 출발한 지 열흘쯤 뒤의 일이었다.

"오늘은 너무 피곤해서 곤란해."

그렇게 말하는 메그는 바느질을 하면서 한가하게 의자에 앉아 있었다.

"조는 안 돼?"

"감기에 해로워. 날씨가 이래가지고는……."

"어머, 이제 다 나았는 줄 알았는데."

"로리와 같이 간다면 또 모르지. 그러나 후멜 씨 댁에 다녀올 만큼 상태가 좋은 건 아냐."

조는 웃으면서 말하기는 했지만 아무래도 앞뒤가 맞지 않아 멋쩍어 하는 것 같았다.

"네가 갔다 오면 되잖아?"

메그가 말했다.

"어머, 난 매일 갔어. 하지만 어린애가 앓아 누워 있는데 난 어떻게 해야 할지 모르겠어. 아주머니는 일하러 나가고 로트헨이 애를 보고 있지만 병세가 점점 더 나빠지는 것 같아. 그러니까 메그나 해너가 가서 봐 주면 좋겠어."

베스가 간곡히 부탁했으므로 메그는 내일은 틀림없이 가겠다고 약속했다.

"해너에게 맛있는 것을 만들어 달래서 그걸 갖고 가면 어때? 베스는 밖에 나가는 편이 운동도 되고 몸에 좋을 거야."

조는 핑계같이 말하고 한마디 덧붙였다.

"내가 갔다와 주고 싶지만, 이 이야기를 마저 쓰고 싶어."

"난 머리가 아프고 몸이 나른해. 그러니까 누가 대신 가 주었으면 좋겠어."

베스가 말했다.

"이제 곧 에이미가 돌아올 거야. 그럼, 그 애더러 대신 갔다 오라고 하면 어때?"

메그가 좋은 생각이라는 듯 말했다.

"그러지 뭐, 그럼 쉬면서 기다리겠어."

그래서 베스는 소파에 눕고, 두 언니는 하던 일을 계속하고, 후멜 일가에 대해선 잊어버렸다. 한 시간이 지났다. 그러나 에이미는 돌아오지 않았다. 메그는 새로 맞춘 옷을 입어 보기 위해 방으로 들어가 버렸다. 조는 자기가 쓰고 있는 이야기에 정신이 없었고, 해너는 부엌 화덕 앞에서 정신없이 잠들어 있었다. 그때 베스는 살그머니 두건을 쓰고 불쌍한 아이들을 위해 바구니에 이것저것 음식을 챙기고, 아픈 머리와 깊은 눈동자에 슬픈 빛을 띠며 차가운 바람 속으로 나갔다.

베스가 돌아온 것은 꽤 늦어서였다. 베스가 가만히 이층으로 올라가 어머니 방에 들어가는 것을 아무도 눈치채지 못했다. 삼십 분쯤 후에 조가 어머니의 벽장에서 무엇인가 꺼내려고 갔을 때, 울음으로 새빨개진 눈에 캠퍼 병을 손에 들고 심상치 않은 모습으로 약상자 앞에 앉아 있는 베스를 발견했다.

"어머, 놀랐어! 도대체 여기서 뭘 하고 있니?"

하고 조가 외치자, 베스는 다가와서는 안 된다는 듯 손을 내밀며 빠른 말투로 물었다.

"언니, 성홍열 앓은 적 있지?"

"그래, 아주 옛날 일이야. 메그 언니와 같이. 왜?"

"그럼 말할게. 글쎄, 어린애가 죽었어."

"누구네 어린애?"

"후멜 아주머니 댁의. 아주머니가 돌아오기 전에 내 무릎에서 죽었어."

베스는 울음을 터뜨렸다.

"정말? 가엾게도 너 무서웠겠구나! 내가 갈 걸 그랬어."

조는 후회의 빛을 띠며 동생을 껴안고 어머니의 의자에 앉았다.

"으음, 무섭지는 않았어! 하지만 무척 슬펐어. 보는 순간 상태가 나쁘다는 걸 알았어. 로트헨은 엄마가 의사를 데리러 갔다고 하는 거야. 그래서 내가 어린애를 안고 로트헨을 쉬게 했어. 어린애는 잠든 것같이 보였어. 그런데 별안간 울음소리를 내더니 몸을 떨고, 그러고 나서 조금도 움직이지 않았어. 난 발을 따뜻하게 해주고, 로트헨은 우유를 먹이려고 했지만 전혀 움직이지 않는 거야. 그래서 죽은 걸 알게 되었어."

"울지마, 베스! 그래서 어떻게 되었니?"

"아주머니가 의사를 데리고 올 때까지 아기를 안고 있었어. 의사 선생님도 벌써 죽었다고 말씀하셨어. 하인리히와 민너도 목을 앓고 있어. 의사는 두 사람을 보더니 '성홍열이야. 좀더 빨리 부르러 오지 그랬소. 야단났잖아' 하며 화를 내는 거야. 그러니까 아주머니가 '돈이 없기 때문에 그냥 집에서 고치려다 늦어 버렸습니다' 라고 말했어. '이제는 어떻게든 두 아이를 살려 주십시오. 돈을 드릴 수 없으니까, 그저 자비에 의지하는 수밖에 없습니다' 하고 부탁하는 거야. 난 슬퍼서 막 울었어. 그랬더니 별안간 의사 선생님이 날 보더니 '집에 돌아가서 빨리 베라돈나를 먹어라. 그렇잖으면 너도 성홍열이 옮는다' 라고 말씀하셨어."

"뭐? 그럴 리 없어!"

조는 기겁을 하며 동생을 힘껏 꺼안았다.

"베스, 네가 앓게 되면 난 내 자신을 용서할 수 없을 거야. 어쩌면 좋아?"

"그렇게 놀라지는 마. 틀림없이 심해지지 않고 끝나리라고 생각해. 어머니의 책을 지금 읽어 봤어. 거기에 쓰여 있기를, 처음에는 머리와 목이 아프고 지금의 나처럼 기분이 좋지가 않대. 그래서 베라돈나를 좀 먹어 보았더니 기분이 좋아진 것 같아."

베스는 차가운 손을 뜨거운 이마에 대고 괜찮은 것같이 보이려고 애를 썼다.

"어머니만 계시다면 좋았을 텐데!"

조는 책을 움켜쥐고 소리쳤다. 일이 이렇게 되고 보니 워싱턴이 마치 수천 킬로나 떨어져 있는 것 같은 기분이 들었다. 책을 뒤지기도 하고, 베스의 얼굴을 보거나 이마에 손을 얹어 보고, 또 목을 들여다보며 상태가 심상치 않다는 것을 느꼈다.

"너 매일같이 어린애를 보러 다녔구나. 일 주일 이상이나 말이야. 그리고 다른 애들도 걸려 있다면 베스, 너도 옮았는지 몰라. 해너를 불러 올게. 해너는 병이라면 무엇이든 알고 있으니까."

"에이미가 오지 못하도록 해. 에이미는 아직 걸린 적이 없으니까 전염되면 큰일이야. 언니들은 괜찮겠지?"

"걱정 말아. 난 전염되어도 상관없어. 전염되어도 당연해. 제

멋대로 시시한 이야기만 쓰고, 너만 일을 하게 내버려두었어!"

조는 그렇게 중얼거리며 해녀를 부르러 갔다.

경험이 많은 해녀는 순식간에 졸음을 날려 버리고, 이것저것 지시하기 시작했다. 누구나 성홍열 정도는 걸릴 수 있고 치료만 잘하면 죽는 일은 없다고 조를 안심시켰다. 조는 그럴 거라고 크게 한숨을 쉬고, 메그를 부르러 해녀와 같이 이층으로 올라갔다.

"자, 이제부터 할 일을 일러 주겠어요."

해녀는 베스의 병세를 조사하고 여러 가지를 묻고 나서 이렇게 말했다.

"우선 뱅크즈 선생을 불러서 진찰해 봅시다. 처음의 조치가 중요하니까요. 그리고 에이미 양이 전염되지 않도록 마치 백모님 댁에 잠시 보내도록 해요. 그리고 두 사람 중 어느 쪽이든 집에서 하루 이틀 베스 양을 간호해 주세요."

"물론, 내가 있겠어. 제일 맏이니까."

걱정스러운 얼굴로 양심의 가책을 느끼며 메그가 말했다.

"아니, 나야. 베스가 앓게 된 것은 내 탓이야. 어머니에게는 내가 심부름 다니겠다고 해놓고, 지키지 않았으니까."

조가 단호한 어조로 말했다.

"곤란하군요. 한 사람만 있으면 돼요. 베스 양, 어느 쪽 언니에게 부탁할까요?"

해녀가 물었다.

"조가 좋아요."

베스가 만족스러운 듯 조에게 머리를 기댔기 때문에 이 문제는 그것으로 해결되었다.

"난, 에이미에게 말하고 올게."

메그가 말했다. 거절당했기 때문에 기분은 좀 나빴지만 조만큼 병간호를 좋아하지는 않았기 때문에 오히려 안심했다.

에이미는 받아들이려 하지 않았다. 마치 백모님 댁에 가느니 차라리 성홍열에 걸리는 편이 낫겠다며 맹렬히 반대했다. 아무리 타이르고 달래도 막무가내였기 때문에 메그는 어떻게 해야 좋을 지 해너에게 물으러 갔다.

그 사이 로리가 응접실로 들어와 쿠션에 얼굴을 묻고 흐느껴 울고 있는 에이미를 발견했다. 에이미는 위로받을 생각으로 이야 기를 전부 들려 주었다. 로리는 호주머니에 손을 찌르고 잠자코 휘파람을 불면서 방을 왔다갔다할 뿐이었지만, 양미간을 찌푸리 는 모습이 무엇인가 깊이 생각하고 있는 것 같았다. 이윽고 에이 미의 옆에 앉더니, 특유의 달래는 어조로 설득하기 시작했다.

"자, 잘 듣고 모두가 말하는 것을 듣는 거야. 울어선 안 돼. 내 가 세운 멋진 계획을 들어 봐. 넌 마치 아주머니 댁으로 가는 거 야. 그러면 내가 매일 마차를 태워 주거나 산책을 데리고 다닐게. 틀림없이 재미있을 거야. 여기서 우울하게 지내는 것보다 훨씬 나을걸."

"그러나 방해물 취급당하고 쫓겨나는 일 따윈 난 싫어요."

에이미는 몹시 화가 나서 말했다.

"바보군. 네가 전염되지 않게 하기 위해서잖아. 설마 너도 병 을 앓고 싶지는 않겠지?"

"그거야 싫죠. 하지만 이미 옮았을지도 몰라요. 왜냐하면 난 요즘 베스와 함께 있었는걸요."

"그거 봐. 그러니까 전염되지 않도록 지금 당장 가야 해. 조심만 하면 괜찮을 거야. 만약 앓는다고 해도 훨씬 가볍게 치르고 넘어갈 거야. 될수록 빨리 가는 것이 좋을걸. 성홍열은 가벼운 병이 아니니까."

"그러나 마치 백모님 댁은 너무 심심하고, 게다가 아주머니는 까다로워요."

에이미는 풀이 죽어 말했다.

"내가 매일 찾아가서 베스의 상태를 알려 주고, 여기저기 데리고 놀러 다닐게. 마치 아주머니는 날 좋아시고, 나도 될 수 있는 대로 잘 대해 드리고 있어. 그러니 우리가 무엇을 하든 무턱대고 혼내지는 않으실 거야."

"팩이 끄는 마차로 데려다 주겠어요?"

"응, 절대로 거짓말은 안 해."

"정말 매일 와 주겠어요?"

"그럼 물론이지."

"베스가 나으면 바로 데려와 주고?"

"일 분도 늦지 않고 데리러 갈 거야."

"그리고 연극에도 데려가 주고?"

"연극이 있으면 몇 번이고."

"그래요…… 그러면 저어…… 가겠어요."

에이미는 마지못해 승낙했다.

"오, 착해라! 메그에게 시키는 대로 하겠다고 말해."

로리는 칭찬의 표시로 에이미의 등을 가볍게 두드려 주었다. 그런데 에이미로서는 시키는 대로 하는 것보다 이렇게 어린애 취급당하는 것이 더 기분이 상했다.

큰 변화가 일어난 뒤, 메그와 조가 이층에서 뛰어내려왔다. 에이미는 아주 점잔을 빼며 마치 큰 희생이라도 하는 듯이 만약 의사가 베스의 병이 확실하다는 진단을 내리면 그때 가겠다고 약속했다.

"베스는 어때요?"

로리가 물었다. 베스를 특별히 아끼는 로리는 밖으로 드러내지는 않았지만 마음속으로 근심하고 있었다.

"어머니의 침대에 누워 있어요. 기분이 좀 나아진 것 같지만 어린애가 죽었기 때문에 언짢아하고 있어요. 해너는 아마도 그냥 감기일 거라고 하지만 어쩐지 걱정스러운 얼굴을 하고 있기 때문에 나도 걱정이 돼요."

메그가 대답했다.

"세상살이란 참 괴롭군요."

조는 초조한 듯 머리를 쓸어올렸다.

"하나의 어려움이 지나가면 또 다른 어려움이 닥쳐 오고. 어머니가 계시지 않으니까 의지할 것이 아무것도 없어요. 난 정말 어떻게 해야 할지 모르겠어요."

"그렇다고 고민만 하는 것은 조에게 어울리지 않아요. 자, 어머니에게 전보를 쳐달라든가, 무엇이든지 시키세요?"

로리가 물었다.

"바로 그거예요, 문제는……."

메그가 말했다.

"베스가 정말 아프다면 알려야겠죠. 그러나 해너는 알리지 말래요. 어머니는 아버지의 곁을 떠날 수 없으니까 걱정만 끼치게 되는 거라나요. 베스도 곧 나을 것이고, 해너는 모든 것을 잘 알고 있어요. 어머니도 해너와 잘 상의하라고 말씀하셨으니까 일단 해너의 말을 따르려고 해요. 하지만 어쩐지 불안해서……."

"으흠, 난 모르겠어요. 의사의 진찰을 받아 보고 우리 할아버지에게 물으면 어떨까요?"

"그게 좋겠어요. 조, 빨리 뱅크즈 선생님을 모셔 와."

메그가 일렀다.

"어쨌든 의사 선생님이 오시기 전에는 아무것도 결정할 수 없겠군요."

"조는 집에 있어도 돼요. 내가 이 집의 심부름꾼이 될 테니까."

라고 말하며 로리는 벌써 모자를 집어들었다.

"로리는 바쁘지 않아요?"

메그가 물었다.

"오늘 공부는 벌써 끝났어요."

"휴가중에도 공부해요?"

조가 물었다.

"이웃 사람들의 행동을 본받고 있을 뿐이에요."

말을 마치기가 무섭게 로리는 방을 뛰쳐나갔다.

"저 사람은 믿음직스러운 데가 있어."

조는 울타리를 뛰어넘어 가는 로리의 뒷모습을 보며 만족스러워했다.

"그래, 사내애치고는."

그런 것에는 별 흥미가 없는 듯이 메그가 어딘가 맥없는 대답을 했다.

뱅크즈 선생이 와서 베스에게도 역시 성홍열 징후가 보이지만, 만약 걸렸다고 해도 가볍게 끝날 것이라고 했다. 하지만 후멜 일가의 이야기를 듣더니 곤란한 얼굴을 했다. 그래서 에이미를 즉시 격리시키도록 명령하고 예방 약을 주었다. 에이미는 실랑이 끝에 조와 로리를 따라 요란하게 떠났다.

마치 백모님은 보통때처럼 쌀쌀맞은 태도로 맞았다.

"오늘은 무슨 용건으로 왔지?"

안경 너머로 눈을 흘끔거리자 백모님의 의자 뒤에 있던 앵무새 폴리가 울부짖었다.

"나가요. 사내애가 올 데가 아니야."

로리는 창가로 물러나고, 조는 자세하게 이유를 설명했다.

"역시 예상대로군. 가난한 사람들에게 쓸데없는 참견을 하니까 이렇게 되는 거야. 에이미는 머물러도 괜찮아. 그 대신, 아픈 게 아니니까 잔일을 도와 주어야 해. 그런데 안색을 보니 금세라도 앓을 것 같군. 울지 말아라. 코를 훌쩍훌쩍하는 건 질색이야."

에이미는 당장이라도 울음을 터뜨릴 것 같았다. 하지만 로리가 살그머니 앵무새의 꼬리를 잡아당겼기 때문에 깜짝 놀란 폴리가 "이크, 큰일났다!" 하고 우스운 투로 외치자, 에이미는 울기는커녕 웃음을 터뜨리고 말았다.

"어머니에게서 소식은 있니?"

노부인이 무뚝뚝하게 물었다.

"아버지의 상태가 훨씬 좋아지셨대요."

조는 애써 부드럽게 말했다. 하지만 마치 백모는,

"오, 그래. 글쎄, 오래 끌지는 않겠지. 마치는 몸이 약한 사람
이니."

라고 심술궂게 비아냥거릴 뿐이었다.

"하하, 죽다니 어림도 없어. 코담배라도 어때, 안녕, 안녕!"

폴리는 횃대 위를 팔짝팔짝 뛰어다니며 꽥꽥 울부짖었고, 주인
의 모자를 발톱으로 긁어댔다. 로리가 뒤에서 꼬리를 잡아당겼기
때문이다.

"닥쳐, 이 주책없고 늙어빠진 새야! 조, 넌 어서 돌아가. 저런
말 많고 쓸모없는 사내애와 함께 늦게까지 돌아다니는 건 좋은
일이 아니야."

"닥쳐, 이 주책없고 늙어빠진 새야!"

폴리는 이렇게 외치고 단번에 횃대에서 내려와, 이 말에 배를
움켜쥐며 웃는 '말 많고 쓸모없는 사내애'를 쫓으러 날아갔다.

'그래, 참기 힘들겠지만 한 번 해 보는 거야.'

아주머니 댁에 홀로 남게 된 에이미는 이렇게 생각했다.

"나가, 괴물아!"

폴리가 다시 울부짖었다. 이 지독한 말을 듣고, 마침내 에이미
는 흐느껴 울기 시작했다.

# 어두운 나날

베스는 결국 성홍렬을 앓게 되었고, 모두의 예상보다도 상태가 훨씬 좋지 않았다. 메그와 조는 병에 대해서는 아무것도 몰랐고, 로렌스 노인은 나이가 너무 많아서 병문안을 금지당했다. 뱅크즈 선생은 할 수 있는 데까지 애써 주었지만 워낙 바쁜 사람이기 때문에 환자를 일일이 챙겨 줄 수 없었다. 결국 대부분의 것은 우수한 간호사로 변신한 해너의 손에 맡겨졌다.

메그는 킹 씨 댁의 아이들에게 전염되는 일이 없도록 그곳에 가는 것을 중단하고 가사 일을 돌보고 있었는데, 한편으로 어머니에게 편지를 쓸 때 베스의 병에 대해 아무 말도 하지 못하는 것이 몹시 괴롭고 꺼림칙했다. 어머니에게 거짓말을 하는 것은 좋지 않다고 생각되었지만, 엄마는 해너의 말을 들으라고 했고, 그 해너가 지금 어머니가 걱정한다고 알리지 못하게 하는 것이다.

조는 잠시라도 베스 곁에서 떠나려 하지 않았지만 그것은 환자를 지켜 보는 것보다 그리 힘든 일은 아니었다. 베스는 참을성 있게 가만히 고통을 이기며, 의식만 또렷하면 애써 얌전히 있었다. 그러나 곧 열이 높아지면서 쉰 소리로 띄엄띄엄 지껄이기도 하고, 이불 위에서 피아노를 치듯 손가락을 움직이기도 했으며, 완전히 부어서 소리도 나지 않는 목으로 노래를 부르려고 했다. 옆에 있는 사람의 얼굴을 구별하지 못하고, 이름을 틀리게 부르기도 했으며, 어머니를 부르며 울고 매달리기도 했다. 조는 겁을 먹었고, 메그는 사실을 어머니에게 알리는 것이 어떻겠느냐고 했다. 그러자 해너도 이제,

"그 일을 생각해 봅시다. 아직 그렇게 위험한 것은 아니지만."
하고 말했다.

때마침 워싱턴에서 온 편지는 모두의 걱정을 점점 더하게 했다. 아버지의 병세가 다시 악화되어 당분간 돌아오기 어렵겠다는 사연이었다. 집안은 점점 어두워졌다. 죽음의 그림자가 감돌기 시작했고 자매들의 마음도 무거워졌다. 메그는 혼자 앉아서 자주 눈물을 흘렸다. 돈으로 살 수 있는 어떤 값비싼 것보다도 훨씬 귀중한 사랑, 평화, 건강 등 인생의 참된 행복에 대해 자기가 지금까지 얼마나 많은 혜택을 받아 왔는가를 뼈저리게 느꼈다. 조는 어두컴컴한 방에서 귀여운 동생이 병에 시달리는 것을 내내 지켜보고, 가슴에 스며드는 듯한 소리를 들으며, 베스가 모두에게 얼마나 깊이 사랑받고 있는지, 또 그녀의 마음 씀씀이로 가정이 얼마나 행복했는지, 다른 사람들을 위해 살아가는 베스의 성품이 얼마나 소중한지를 절실히 깨달았다. 베스가 행한 미덕이 부나 외모의 아름다움보다도 더욱 사랑하고 존중해야 할 것이라고 깨

달은 것도 이때였다.

한편, 홀로 떨어져 있는 에이미는 빨리 집으로 돌아가고 싶어 안달이었다. 자신도 베스를 위해 무언가 하고 싶었고, 앞으로는 어떤 일이든지 힘들고 귀찮아하지 않을 것 같았다. 지금까지 게 을리했던 일을 베스가 얼마나 많이 해주었는가를 생각하고 정말 자신이 나빴다고 후회를 했다.

로리는 잠시도 가만히 있지 못하고 유령처럼 마치 가에 나타났 다 사라졌다 했고, 로렌스 노인은 언제나 황혼의 한때를 즐겁게 해 주던 소녀를 생각하고 괴로워한 나머지 그랜드 피아노를 잠가 버렸다. 모두들 베스의 얼굴이 보이지 않아 허전해했다. 우유집 도, 빵집도, 식료품상도, 푸줏간에서도 베스 양은 어떠냐고 물어 왔다. 불쌍한 후멜 아주머니도 자기의 부주의를 사과하러 왔고, 돌아가는 길에 죽은 민녀를 위한 흩옷을 얻어 갔다. 근처 사람들 은 물론 여러모로 베스를 가장 잘 알고 있었던 사람들도, 내성적 인 베스가 그처럼 많은 친구를 갖고 있는 데 몹시 놀랐다.

베스는 낡은 인형 조안나와 베개를 나란히 하고 침대에 누워 있었다. 고열로 의식이 희미해졌을 때에도 이 의지할 곳 없는 인 형을 잊은 적이 없었다. 고양이도 부르고 싶었지만 병을 옮겨서 는 안 되겠다고 생각하고 데려오라고 하지 않았다. 기분이 좀 가 라앉을 때는 조에게 전염되지나 않을까 하고 걱정하거나 에이미 에게 보낼 정다운 전갈을 부탁했다. 어머니에게도 몇 번이나 종 이와 연필을 갖다 달래서 '베스가 아버지를 잊어버렸다고는 생각 하지 말아 주세요' 하고 한 마디라도 쓰려고 했다.

그러나 마침내는 의식이 혼미해져 정신을 차리는 때가 거의 없어져 버렸다. 몇 시간이나 침대 위에서 이리저리 뒤척이며 앞뒤가 맞지 않는 말을 했고, 깊은 잠에 빠지기도 했지만 깨어났을 때에도 상태가 조금도 좋아지지 않았다. 뱅크즈 선생은 하루에 두 번 왕진했으며, 해너는 밤낮으로 간병을 했으며, 메그는 언제든지 전보를 칠 수 있도록 전보 용지를 준비해서 서랍 안에 넣어 두었다. 조는 베스 옆에서 잠시도 떠나려 하지 않았다.

차가운 바람이 불고 눈이 내려 모두에게 겨울이 왔다고 생각하게 하는 날이었다. 그날 아침 뱅크즈 선생은 베스를 오랫동안 살펴보고 그 뜨거운 손을 잠시 잡았다가 놓으며, 목소리를 낮춰 해너에게 말했다.

"마치 부인이 부군 곁을 떠날 수만 있다면 곧 오시는 게 좋겠어요."

해너는 말없이 고개를 끄덕였지만 입술에는 경련이 일고 있었다. 메그는 이 말을 듣는 순간 갑자기 온몸에 힘이 빠져 의자에 푹 주저앉았다. 조는 한순간 새파랗게 질린 얼굴로 서 있다가 응접실로 달려가 전보 용지를 움켜쥐고 외투를 대강 챙겨 입고는 허둥대며 눈보라 속으로 뛰쳐나갔다. 얼마 후 돌아온 조가 현관에서 외투를 벗고 있는데, 한 통의 편지를 들고 뛰어온 로리가 마치 씨의 병환이 호전되었다는 소식을 알렸다. 조는 그것을 고마운 마음으로 읽었지만 가슴을 짓누르는 답답함은 어쩔 수가 없었다. 이 비통한 얼굴을 보고 로리가 물었다.

"왜 그래요? 베스가 나빠졌어요?"

"어머니에게 전보를 쳤어요."

조는 신을 벗으려고 힘껏 잡아당기면서 슬픈 목소리로 말했다.

"잘했어요, 조. 조의 생각이에요?"

로리는 조를 의자에 앉히고 손이 떨리고 있는 것을 보더니, 귀찮은 신을 대신 벗겨 주었다.

"의사가 그러는 편이 좋겠대요."

"아니, 설마 그렇게까지 중태는 아니겠지?"

"중태예요. 벽지의 포도잎을 비둘기니 어쩌니 하는 소리도 하지 않고, 이제는 우리들도 알아보지 못해요. 예전의 베스 같지가 않아요. 이렇게 어려운데 도와 주는 사람이 아무도 없어요. 어머니도 아버지도 계시지 않고, 하느님도 너무 멀리 계셔서, 내 눈에 보이지 않는 것 같고……."

가엾게도 조는 눈물을 줄줄 흘렸고, 어둠 속을 더듬으며 걷는 것처럼 막연하게 손을 내밀었다. 로리는 그 손을 꼭 잡아 주고 목멘 소리로 겨우 이렇게 말했다.

"내가 있잖아. 조, 나를 붙잡아요!"

조는 말도 나오지 않았지만, 그의 말대로 꼭 붙잡으며 의지했다. 꼭 잡아 주는 가까운 사람의 따뜻한 손이 슬픔으로 고통받는 가슴을 달래 주었고, 고통 속에서 자기의 유일한 지주인 신의 손으로 이끌어 주는 것 같았다. 로리는 무언가 위로의 말을 하고 싶었지만 이 자리에 알맞는 말이 떠오르지 않았다. 그래서 조의 숙여진 머리를 마치 부인처럼 가만히 쓰다듬어 주었다. 로리가 할 수 있는 일로는 이것이 최상의 방법이었다. 어떤 웅변보다도 이러는 편이 훨씬 조의 마음을 누그러뜨렸다. 조는 이 무언 속에 담겨진 동정을 느끼고, 우정이 베풀어 주는 기분 좋은 위로를 말없이 받아들였다. 실컷 울고 난 후 개운해진 기분으로 얼굴을 들었을 때는 감사의 빛이 넘쳐 있었다.

"로리, 고마워요. 이제는 괜찮아. 외롭고 불안하지도 않아요. 어떤 고통도 참을 수 있을 것 같아요."

"최선의 경우만을 생각하면 기운이 날 거야. 조, 어머니도 곧 돌아오시고, 그러는 사이에 모든 일이 잘 해결되겠죠."

"아버지가 좋아졌다니 기뻐요. 어머니도 이제 안심하고 돌아오실 수 있을 테니까. 아, 여러 가지 재난이 한꺼번에 닥쳐 온 것 같아. 가장 무거운 것을 내가 짊어진 것 같은⋯⋯."

조는 눈물 젖은 손수건을 무릎 위에 펼쳐 놓고 한숨을 내쉬었다.

"메그는 힘이 되지 않나요?"

로리는 화나는 듯 물었다.

"아니요, 언니도 열심히 하고 있죠. 그러나 언니는 나만큼 베스를 사랑하고 있지 않아요. 베스가 없어졌다고 해서 나처럼 허전해하지는 않을 거예요. 베스는 말이죠, 내 양심이에요. 그러니까 베스를 단념할 수 없어요. 아무리 해도 그것만은 안 돼요."

조는 젖은 손수건에 얼굴을 묻고 희망을 완전히 잃은 듯이 다시 울어댔다. 지금까지 신통하게도 눈물 한 방울 흘리지 않고 참고 지냈던 것이다. 로리도 눈물을 닦았다. 목구멍으로 넘어오는 것을 참느라 입술을 꼭 깨물고 있었기 때문에 한참 동안 입을 열 수 없었다. 사내답지 못할지도 모르지만 로리로서도 어쩔 수 없었고, 그 마음씨는 아름다웠다. 이윽고 조의 흐느끼는 소리가 가라앉자 로리는 밝은 목소리로 말했다.

"베스는 죽지 않을 거예요. 그렇게 착하고 귀여운 애를 신이 벌써 불러 갈 리 없어."

"훌륭하고 착한 사람만 죽는 거예요."

조가 낮은 목소리로 말했다. 그러나 이제 울음은 그쳤다. 로리의 말을 그대로 믿을 수는 없었지만 얼마간 기분이 좋아졌기 때문이다.

"가엾게도 몹시 지쳐 있군요. 불안해하다니 조답지 않아요. 잠깐 기다려요. 내가 곧 기운을 북돋아 줄 테니."

로리는 계단을 두 단씩 뛰어올라갔다. 조는 베스의 작은 갈색 스카프에 피로한 얼굴을 묻었다. 그 스카프는 베스가 책상 위에 놓아 둔 채로 그대로 있었다. 그곳에 마력이라도 숨겨져 있었는지 그 주인공의 상냥하고 순진한 마음이 조의 마음속으로 스며드는 것 같았다. 로리가 포도주를 가득 따른 컵을 가지고 오자, 조는 싱긋 웃으며 그것을 받아쥐고는 힘있게 말했다.

"건배, 귀여운 베스의 건강을 빌며. 로리야말로 명의예요. 게다가 위로 잘하는 좋은 친구이고. 어떻게 보답하죠?"

조는 로리의 상냥한 말에 고민하던 마음도 가라앉고 몸도 포도주로 기운이 났다.

"오늘 밤에 계산서를 보내겠어요. 하지만 먼저 포도주보다 더 조를 기운나게 할 것을 주겠어요."

로리는 무엇인가 감추고 있는 듯이 히죽히죽 웃고 있었다.

"뭔데요?"

조는 호기심에 한순간 슬픔도 잊고 외쳤다.

"사실은 어제 조 어머니에게 전보를 쳤는데 부르크 선생님으로부터 출발했다는 회답이 왔어요. 그러니까 틀림없이 오늘 밤 도착하실 거예요. 어때요, 내가 한 일, 잘한 거지요?"

로리는 이 말을 하더니 얼굴을 붉히며 마음의 동요를 나타냈다. 로리는 자매들을 혹시라도 실망시키거나 앓고 있는 베스에게 말해서는 안 되겠다고 생각하고 이 계획을 지금까지 비밀로 해 두었던 것이다.

조는 로리가 말을 끝마친 순간, 별안간 두 팔로 상대의 목을 감싸 안아서 놀라게 했다. 그리고 너무나 기뻐서 소리를 질렀다.

"어머, 로리. 오, 엄마! 아아, 기뻐!"

이번에는 울지 않았지만 히스테릭하게 웃으며 몸을 떨면서 로리에게 매달렸다. 전혀 예상하지 못한 소식이었기 때문에 조는 좀 흥분했다.

로리는 속으로 놀랐지만 침착하게 행동했다. 조의 등을 어루만져 위로해 주고, 마음이 진정되는 것을 기다리면서 수줍지만 한두 번 키스를 했다. 순간, 조는 정신이 번쩍 들었다. 난간을 붙잡으면서 로리를 가만히 떠밀고, 숨을 헐떡이며 말했다.

"어머, 안 돼요. 로리에게 매달릴 생각은 없었는데, 미안해요. 하지만 해녀가 그렇게 반대했는데도 로리가 전보를 쳐 주다니, 너무 기뻐서 달려들지 않을 수 없었어요. 경위를 모두 말해 줘요. 그리고 포도주는 다시 먹이지 말아요. 그런 행동을 취한 것은 포도주 탓이니까."

"난 상관없어요."

로리는 비뚤어진 넥타이를 바로 잡으면서 웃고 있었다.

"사실은 이렇게 된 거예요. 난 더 이상 참을 수가 없었어요. 할아버지도 그랬고. 해녀가 너무 권력을 휘두르는 것 같아서 어떻게든 어머니에게 알려야겠다고 생각했죠. 만약 베스에게…… 그러니까, 그 무슨 일이 생긴다면 어머니는 우리를 책망할 것임에 틀림없을 것이고 어머니께 알리기에는 지금이 가장 좋은 때라고 할아버지까지 말씀하셨기 때문에 어제 우체국으로 달려간 거예요. 지난번 의사가 머리를 갸우뚱했을 때, 내가 전보를 칠까 하고 말했다가 해너에게 아주 호되게 꾸지람을 들었잖아요? 무조건 야단치는 데는 난 도저히 참을 수 없어요. 그래서 그냥 저질러 보자고 마음속으로 결정한 거죠. 어머니는 틀림없이 돌아오실 거예요. 마지막 열차가 두 시에 도착하니까 내가 마중나갈 거예요. 조는 어머니가 돌아오실 때까지 모르는 척하고 베스에게는 비밀로 해 둬요."

"로리, 로린 천사 같아요. 뭐라고 감사해야 좋을지 모르겠어요."

"다시 한 번 매달려도 좋아요. 아주 기분 좋던데."

로리는 장난스러운 표정을 지었다. 이 두 주일 동안에 그런 얼굴을 하는 것은 처음이었다.

"이제 싫어요. 할아버지가 오시면 로리 대신으로 매달릴 거예요. 날 놀리지 말고 빨리 집에 가서 쉬어요. 한밤중에 일어나지 않으면 안 되잖아요? 로리, 정말 고마워요."

조는 방문을 향해 뒷걸음질치며 외쳤다. 그러곤 곧장 부엌으로 뛰어들어가 조리대 위에 걸터앉아 그곳에 웅크리고 있던 고양이에게,

"아이 기뻐, 아이 기뻐!"

라고 계속 되뇌었다. 로리는 스스로 아주 잘한 일이라고 뿌듯해

하면서 집으로 돌아갔다.

조가 이 반가운 소식을 알려 주자 해너도 마음을 놓는 듯했지만 그래도 이렇게 덧붙였다.

"쓸데없는 짓을 잘하는 애군요. 그러나 문제삼지 말아요. 이렇게 된 바에는 마님이 빨리 돌아오시는 것을 기다리는 수밖에."

메그도 기뻐했지만 조처럼 날뛰지는 않았으며, 그 회답을 읽고 깊은 생각에 잠겼다. 그 동안 조는 병실을 깔끔히 정돈했고, 해너는 뜻밖의 손님을 위해 파이 두 개를 서둘러 만들었다.

상쾌한 바람이 집 안을 지나간 것 같고, 조용한 방 안에 밝은 기운이 감돌았다. 베스의 작은 새는 다시 지저귀기 시작했고, 창가에 있는 에이미의 화분에는 장미꽃이 반쯤 피어 있었다. 난롯불까지도 전에 없이 활활 타는 듯했다. 메그와 조는 시선이 마주칠 때마다 창백한 얼굴에 미소를 띠고, 서로 격려하듯 꼭 껴안으며 말했다.

"어머니가 돌아오셔, 어머니가 돌아오신단 말이야."

이렇게 모두가 기뻐하고 있는 것을 외면하고 베스만이 혼수 상태인 채 희망과 기쁨, 불안이나 위험을 모르고 누워 있었다. 보기에도 몹시 가슴 아픈 광경이었다. 장밋빛이었던 얼굴은 완전히 변해서 살아 있는 것같이 보이지 않았고, 통통하던 손은 야위어 힘이 없었으며, 항상 미소를 머금던 입술은 굳게 다문 채였고, 예쁘게 손질돼 있던 머리카락도 지금은 베개 위에 풀어 흐트러져 있었다. 이런 상태로 베스는 하루 종일 침대 위에 누운 채 가끔 눈을 뜨면 물을 찾는 것이 고작이었다. 그것도 입술이 말라 있었기 때문에 거의 알아들을 수 없었다. 하루 종일 조와 메그는 베스

옆을 떠나지 않고 하느님과 어머니의 도움을 기다리며 기도드리고 있었다.

눈은 계속 내렸고, 심한 바람이 불고, 시간은 안타까울 정도로 느리게 지나갔다. 그래도 이제 밤이 되었다. 시계가 칠 때마다 베스의 양옆에 앉은 자매들은 눈을 빛내며 얼굴을 마주보았다. 구원의 손길이 다가오고 있었기 때문이었다. 의사는 좋아지든 나빠지든 아마도 밤중에 병세가 바뀔 거라며 그 무렵에 다시 오겠다고 하고 돌아갔다.

해녀는 지쳐서 침대 발치에 있는 소파에 누워 정신없이 자고 있었다. 로렌스 노인은, 집에 돌아왔을 때 마치 부인의 걱정스러운 얼굴을 보기보다는 상대하기 어려운 포병대를 만나는 편이 나을 것이라고 생각하면서 응접실을 왔다갔다하고 있었다. 로리는 쉬는 척하며 난로 앞에 요를 깔고 누워 있었지만, 걱정스러운 눈빛으로 난롯불을 바라보고 있었다. 그럴 때 로리의 까만 눈은 아름다울 만큼 곱고 맑았다.

이날 밤은 소녀들에게는 일생 동안 잊을 수 없는 밤이었다. 이제 졸음이 오는 정도가 아니었다. 불침번을 하고 있는 두 사람은 이런 때에 누구나가 느끼는, 그 어쩔 수 없는 무력함을 뼈저리게 느꼈다.

"만약, 하느님이 베스를 구해 주신다면 난 다시는 불평 같은 거 하지 않겠어."

메그는 정색을 하고 말했다.

"하느님이 베스를 구해 주신다면 난 일생 동안 신을 사랑하며 섬기겠어."

조도 언니처럼 힘주어 말했다.

"마음이란 것이 없었으면 좋을 텐데, 이렇게 아프니까 말이야."

잠시 후에 메그는 한숨을 쉬었다.

"인생이 이렇게 괴로운 일이 자주 일어나는 것이라면, 난 어떻게 살아갈지 자신이 없어."

조는 완전히 힘이 빠진 듯했다.

이때 시계가 열 시를 알렸다. 두 사람은 자신들도 모르게 베스를 보았다. 베스의 창백한 얼굴이 좀 변한 것 같았다. 집안은 쥐 죽은 듯 고요하고 들리는 것은 오직 침묵을 깨뜨리는 가벼운 바람 소리뿐이었다. 해녀는 지쳐서 자고 있었기 때문에 베스에게 찾아든 불길한 그림자를 본 사람은 이 둘뿐이었다. 한 시간이 지났다. 로리가 기차 역으로 떠난 것 외에는 아무 일도 일어나지 않았다. 또 한 시간이 지났다. 아직 아무도 오지 않았다. 눈보라 때문에 늦는 것은 아닐까, 도중에 사고라도 난 것은 아닐까, 최악의 경우를 상상하며 워싱턴에서 커다란 불행이 일어난 것은 아닌가 하고, 가엾은 두 자매는 불안과 걱정으로 잠시도 마음이 편할 수 없었다.

두시가 지났을 때, 창 너머로 고요한 눈에 덮인 바깥 경치를 바라보던 조는, 침대 쪽에서 무슨 소리가 나자 뒤돌아보았다. 메그가 어머니의 안락의자 앞에 무릎을 꿇고 앉아 두 손으로 얼굴을 가리고 있었다.

'베스가 죽은 거야. 메그는 내게 말하는 게 두려운 거야.'

조는 그렇게 생각하고 두려움으로 몸에 냉수를 뒤집어쓴 것같이 소름이 끼쳤다.

조는 즉시 자기 의자로 돌아갔다. 흥분한 조의 눈에는 큰 변화가 일어난 것같이 비쳤다. 베스의 귀여운 얼굴은 열로 신음하던 고통의 빛도 완전히 사라져 버렸고, 창백하고 온화하게 최후의 잠이 든 것 같았다. 조는 울거나 슬퍼하고 싶지도 않을 정도였다. 자매 중에서 제일 좋아하는, 이 귀여운 동생 위에 몸을 굽히고, 그 축축한 이마에 진심어린 키스를 하고 가만히 속삭였다.

"잘 가, 베스, 안녕!"

이 기척에 잠이 깼는지, 해녀가 얼른 일어나 침대로 달려가서 베스를 바라보며 손목을 쥐어 보고 입술과 귀에 손을 댔다. 그러고 나서 앞치마로 얼굴을 가리고 의자에 주저앉아, 몸을 흔들며 엉엉 울면서 말했다.

"열이 내렸어요. 편히 자고 있어요. 몸에 땀이 나고 호흡도 편해지고요. 고마운 일이야. 신의 덕택이지! 이제 되었어요, 정말로……"

두 사람은 이 기쁜 소식을 도저히 믿지 못했지만, 뱅크스 선생이 왔으므로 틀림없이 그렇다는 것을 알게 되었다. 보통 때는 별로 웃지 않던 선생도 이때만은 싱글싱글 웃었다. 의사는 두 사람에게 아버지 같은 웃음을 보이며 이렇게 말했다.

"이제 괜찮아. 아가씨는 이것으로 고비를 넘기게 될 거야. 집안을 조용히 하고 잘 재우도록 해요. 그렇지, 눈을 뜨면 먼저 먹일 것은……"

무엇을 주라는 그 다음 말은 아무도 듣고 있지 않았다. 두 자매는 어두운 현관으로 살그머니 나가 계단에 앉아서 서로를 꼭 끌어안았다. 너무 기뻐 가슴이 벅차 올랐고 아무 말도 나오지 않았다. 충실한 해너로부터도 키스와 포옹을 받으러 방에 돌아오니까, 베스는 언제나와 같이 한쪽 손을 뺨 밑에 대고 자고 있었다. 그 불안한 그림자도 가시고 호흡도 조용해져서 바로 지금 푹 잠든 것 같았다.

"이제 어머니마저 돌아오신다면!"

겨울 밤이 조금씩 밝기 시작했을 때 조가 말했다.

"이것 봐."

메그는 반쯤 피기 시작한 흰 장미를 손에 들고 다가왔다.

"이 장미 말이야, 베스가 만일…… 그 먼 곳으로 가 버리는 일이 생긴다면 내일 손에 쥐어 주어야 하지 않을까 생각했어. 그것이 밤 사이에 피었구나. 내 꽃병에 꽂아 여기 놓아 두겠어. 이 애가 눈을 뜨면 맨먼저 이 예쁜 장미와 어머니의 얼굴을 볼 수 있도록 말이야."

메그와 조는 이 길고 슬펐던 불침번을 끝내고 퉁퉁 부은 눈으로 밝아 오는 하늘을 바라보았다. 지금까지 본 것 중에 가장 아름다운 일출이 두 사람 앞에 펼쳐졌다.

"마치 동화의 나라 같군."

메그는 미소지으며 눈부신 설경을 커튼 뒤에서 바라보았다.

"저 소리 들리지!"

조가 뛰어올랐다. 틀림없이 아래층 출입구의 벨이 울리고 있었다. 그리고 해너의 우렁찬 목소리가 들렸다.

"자, 아가씨들, 어머니가 돌아오셨어요! 어머니예요."

# 에이미의 유언장

집에서 이런 일들이 펼쳐지고 있는 동안, 마치 백모님 댁에 맡겨진 에이미는 하루하루 고난의 세월을 보내고 있었다. 그녀는 태어나서 처음으로, 지금까지 자신이 얼마나 사랑받고 응석을 부렸는지를 깨달았다. 마치 백모님은 응석을 받아 줘 본 경험이 없는데다 그 자체를 아주 나쁜 행동이라고 생각하고 있었다. 그러나 그녀도 이 귀엽고 예절바른 소녀가 무척 마음에 들어서 상냥하게 대해 주려고 노력했다. 하지만 백모님은 슬프게도 생각을 아주 잘못하고 있었다. 세상에는 주름투성이 얼굴에 백발이라도 마음만은 젊어서 아이들의 작은 근심이나 기쁨을 함께 느끼고, 아이들을 편하게 해 주고, 재미있는 놀이 속에서 현명한 교훈을 일깨워 주며 사이좋게 지내는 노인들도 있다. 그런데 이 백모님은 그렇게 태어나지 않았기 때문에 그저 규칙이라든가 명령이라든가 자기의 딱딱한 격식이나 길고 싫증나는 이야기 따위로 에이미를 몹시 괴롭혔다. 그녀는 에이미가 언니 조보다도 순수하고 마음씨가 착한 것을 알고 지금까지 응석받이로 커서 나빠진 버릇을 최대한 고쳐 주기로 마음먹었다. 그래서 에이미를 늘 곁에다 두고 육십 년 전에 자신이 배운 방식대로 가르치기에 열중했다. 그러나 그것은 에이미의 의기를 완전히 상실시켜 버리는 것이었다. 마치 조그만 빈틈도 없는 거미줄에 걸린 파리처럼 손발도 움직일 수 없는 가엾은 처지가 되어 버렸다.

매일 아침은 찻잔을 씻는 것부터 시작되었다. 그 다음 예스러운 수저, 땅딸막한 은제 찻주전자, 유리 식기 등을 윤이 나도록 닦아야만 했다. 그 다음에는 방을 청소하는 것인데 이 일 또한 힘들었다. 마치 백모님은 티끌 하나도 놓치지 않았지만, 가구는 모두 다리가 오이처럼 휘었고 두툴두툴한 문양이 많기 때문에 생각처럼 깨끗이 되지 않았다. 그리고 폴리에게 먹이를 주고 강아지의 털을 빗겨 주며, 그 밖에 물건을 가져오거나 하인에게 용건을 전하러 가기 위해 하루에도 몇 차례씩 계단을 오르내리지 않으면 안 되었다. 백모님은 다리가 많이 불편했기 때문에 언제나 큰 의자에 앉아 별로 움직이지 않았다. 이것저것 귀찮은 일들이 끝나면 이번에는 자기 공부를 해야 했고, 그러고 나서 겨우 한 시간쯤 운동하거나 놀도록 허락되었다.

로리는 약속대로 매일 찾아와서 백모님을 설득하여 에이미를 데리고 나와 산책하기도 하고 마차에 태우기도 하며 즐거운 시간을 보내 주었다. 점심 식사 뒤에는 큰 목소리로 책을 읽어 드렸는데, 백모님이 한 페이지도 채 듣기 전에 잠들어 버리면 대체로 한 시간쯤 낮잠을 자고 있는 동안 꼼짝하지 않고 앉아 있어야만 했다. 그 다음에는 아플리케나 타월의 가장자리에 수를 놓는 일이 주어졌다. 에이미는, 마음속은 평온하지 않았지만 겉으로는 얌전하게 바느질을 계속했고, 어두컴컴해질 무렵에야 가까스로 해방되어 저녁 식사 때까지는 잠시나마 마음대로 할 수 있었다. 가장 참을 수 없는 것은 저녁 식사 후였다. 마치 백모님이 자기 젊었을 때의 추억담을 길게 늘어놓기 시작하는 것이다. 너무나도 지루했기 때문에 에이미는 언제나 한시라도 빨리 잠자리로 도망치려고 했다. 잠자리에서 자신의 괴로운 운명을 한탄하고 슬퍼하고 싶었지만, 막상 누우면 눈물 한두 방울 흘리기도 전에 잠들어 버리곤 했다.

만약 로리와 늙은 하녀 에스터가 없었다면 에이미는 도저히 이 절망의 나날을 헤쳐 나가지 못했을 것이다. 앵무새마저 그녀를 화나게 했다. 폴리는 에이미가 자기를 애지중지하지 않는 것을 곧 알아차리고 그 보복으로 심한 장난을 쳐서 괴롭혔다. 에이미가 다가오면 머리카락을 잡아 당기고, 집을 청소해 주면 빵과 우유를 뒤집어서 굶겨 주고, 주인이 끄덕끄덕 졸기 시작하면 강아지를 지분거려 짖게 했고, 손님 앞에서 에이미를 몹시 욕하거나 했다. 그런 식으로 이 늙어빠진 새는 기회가 있을 때마다 지나치게 심한 행동을 했다. 개 역시 에이미를 참을 수 없게 했다. 살은 뒤룩뒤룩 쪘고, 처치 곤란한 놈으로 씻겨 주려고 하면 으르렁거리거나 짖어댔다. 그리고 무엇인가 먹고 싶으면 벌렁 자빠져 네 다리를 쳐들고 괴상한 짓을 하는데, 이런 짓을 하루에도 열 번 이상이나 되풀이했다. 요리사는 신경질적이고, 늙은 마부는 귀머거리였으며, 유일하게 이 작은 아가씨에게 관심을 가져 주는 것은 에스터 한 사람뿐이었다.

에스터는 프랑스 여자로 마치 백모님을 '마담'이라고 불렀는데, 이 주인과는 오랫동안 함께 살아 왔기 때문에 백모님은 에스터가 없으면 꼼짝할 수 없었다. 그래서 이 노부인을 오히려 지배하고 있을 정도였다. 진짜 이름은 에스텔이었지만 백모님이 그 이름을 바꾸라고 일렀기 때문에 종교적인 문제에 있어서는 간섭하지 않는다는 조건으로 에스터라고 바꿔 버렸다. 에스터는 '아가씨(마드모아젤)'가 마음에 들었기 때문에 마담의 레이스를 다림질할 때 에이미가 옆에 있으면 프랑스에서 살 때 있었던 신기한 이야기들을 들려주어 에이미를 즐겁게 했다. 또 넓은 집안을 마음대로 다니게 하고 큰 의상, 벽장이나 오래된 상자에 들어 있는 신기하고 예쁜 것들을 많이 보여 주었다. 에이미가 가장 기뻐한 것은 인도제 장식장인데, 색다른 서랍이나 작은 칸막이 그리고 몰래 숨기는 곳이 가득했고, 그 속에 온갖 종류의 장신구가 들어 있었다. 아주 값비싼 것도 있고 신기한 것도 있었는데 전부 고전적인 느낌이 들었다. 이것들을 손에 들고 잘 살펴보기도 하고, 깔끔히 정리하기도 하는 것이 에이미의 큰 즐거움이었다.

에이미는 그중에서도 특히 보석 상자가 마음에 들었다. 그 속의 벨벳 쿠션 위에는 사십 년 전에 마치 백모님이 미인이었던 시절, 몸을 장식했던 물건들이 그대로 놓여 있었다. 백모님이 사교계에 처음 나갔을 때 붙인 한 벌의 석류석, 결혼식 날에 아버지가 주신 진주, 애인이 보내 준 다이아몬드, 죽은 사람들을 추억하기 위해 끼는 검은 구슬 반지와 핀, 죽은 친구들의 초상을 끼우고 그 안쪽에 머리털로 만든 수양버들을 넣은 기묘한 로켓 기념물 등도 있었다. 그리고 백모님의 외동딸이 어렸을 때 끼던 팔찌, 많은 아이들이 장난감으로 갖고 놀기도 한 빨간 도장이 붙어 있는 마치 백모님의 회중시계, 그리고 작은 상자에는 결혼 반지 하나만 따로 들어 있었다. 그것은 지금 마치 백모님의 굵어진 손가락에는 들어가지 않았지만, 가장 소중한 보석이라 조심스럽게 간직되어 있었다.

"만약 무엇이든 좋은 것을 가지라면, 아가씨는 어떤 것을 고르겠어요?"

에스터가 물었다. 에스터는 언제나 구경이 끝난 후에 귀중품 상자에 자물쇠를 채우는 역할을 했다.

"글쎄, 다이아몬드가 제일 좋지만, 다이아몬드 목걸이는 없군요. 나한테는 목걸이가 어울리거든요. 가져도 좋다면 이걸로 하겠어요."

에이미는 금과 흑단의 묵주알이 꿰어 있고, 같은 것으로 된 십자가가 달려 있는 것을 황홀하게 바라보았다.

"나도 그것이 제일 마음에 든답니다. 그러나 목걸이로서보다는 묵주로 쓰고 싶어요. 가톨릭 신자에게 잘 어울릴 거예요."

에스터는 그 아름다운 물건을 아쉬운 듯이 찬찬히 바라보았다.

"이걸 에스터의 거울 위에 걸려 있는, 향기 나는 나무로 된 묵주처럼 쓰게요?"

"그래요. 기도드릴 때 이런 훌륭한 묵주가 있으면, 시시한 보석 장식보다는 훨씬 성모님의 마음에 들게 될 거예요."

"에스터 아줌마는 기도 드리는 게 낙인 것 같아요. 언제나 기도를 마치고 나올 때면 차분하고 안심한 표정이니까요. 나도 그렇게 되었으면 좋겠어요."

"아가씨가 가톨릭 신자라면 정말 마음의 위로를 받을 수 있을 텐데. 그러나 그런 것은 할 수 없고, 그렇죠? 이렇게 하면 어떨까요. 매일 혼자서 꼼짝하지 않고 묵상하고 기도드려 보세요. 내가 이 집으로 오기 전에 섬기던 마님은 좋은 분이었는데, 종종 그렇게 하셨어요. 걱정되는 일이 있을 때는 작은 교회에 가서 마음을 위로받았어요."

"나도 그렇게 한다면 괜찮을까요?"

에이미는 물었다. 에이미는 외로움을 참을 수 없었기 때문에 무엇에라도 의지하고 싶었다. 게다가 베스가 옆에서 주의를 줄 때와는 달라서 요즘에는 성경을 읽는 것도 자주 잊어버리게 되었다는 것을 깨달았다.

"그거야 무엇보다 좋은 일이죠. 원한다면 화장하는 작은 방을 적당히 꾸미겠어요. 마님에게는 아무 소리 말고 있어요. 마님이 낮잠이라도 주무실 적에 그리로 가서 혼자 조용히 생각하기도 하고, 신에게 언니를 지켜 주십사 하고 기도드리면 좋을 거예요."

에스터는 진정으로 신앙심이 깊었고 그저 입으로만 말하는 사람이 아니었다. 갑자기 찾아든 불행 때문에 괴로워하는 자매들에게 깊은 애정을 가지고 진심으로 동정하고 있었다. 에이미는 이 제안에 마음이 끌렸고, 자신을 위해서도 좋을 것이라고 생각하고 에스터의 방 옆에 있는 작은 방을 고쳐 달라고 부탁했다.

"이렇게나 많은 멋진 것들은 마치 백모님이 돌아가시면, 그 다음엔 어떻게 될까?"

에이미는 번쩍번쩍 빛나는 묵주를 가만히 제자리에 놓고 보석들을 하나하나 챙기며 말했다.

"아가씨나 언니들이 물려받게 될 거예요. 난 그렇게 알고 있어요. 마님이 그렇게 생각하고 계시고, 유언장에도 내가 입회했으니까요. 틀림없이 그럴 거예요."

에스터는 작은 목소리로 살짝 속삭이고 싱긋 웃었다.

"아, 멋있어! 하지만 지금 주신다면 더 좋을 텐데."

에이미는 다이아몬드를 다시 한 번 보면서 말했다.

"아가씨는 이런 것들을 걸치기에는 아직 어려요. 제일 먼저 결혼하는 분이 이 진주를 갖게 될 거예요. 마님이 그렇게 말씀하셨어요. 아가씨가 집으로 돌아갈 때는 아마 이 작은 터키 구슬 반지를 주실 거예요. 아가씨가 예절바르고 행동이 귀엽다고 마님이 감탄하고 계시는걸요."

"그럴까요? 이런 예쁜 반지를 가질 수 있다면 좀더 착한 애가 되겠어요. 이건 키티 브라이언트 것보다도 훨씬 좋은 거예요. 나도 백모님이 아주 좋아요!"

에이미는 그 푸른 구슬 반지를 껴 보고 기뻐하며, 무슨 일이 있어도 이것을 손에 넣어야겠다고 마음먹었다.

이날부터 에이미는 아주 얌전해졌다. 노부인은 이것을 자기 교육이 훌륭한 성과를 거두었기 때문이라고 생각하고 크게 만족하고 있었다. 에스터는 약속대로 작은 방을 에이미의 교회로 꾸며 주었다. 조그마한 테이블과 발판을 마련하고, 빈 방에서 한 폭의 그림을 가져다 걸어 주었다. 그림은 대단지는 않았지만 다행히도 적당하게 잘 어울렸고, 게다가 노부인은 알지 못하는 일이었지만 만약 눈치챈다고 해도 별일 없다는 것을 잘 알기 때문에 잠시 빌린 것뿐이었다. 그 그림은 아주 값비싼 세계 명화의 복제품이었다. 에이미의 민감한 눈은 즉시 아름다움에 끌렸고, 성모님의 상냥한 얼굴을 바라보고 있으면 싫증나는 일이 없었다. 그 얼굴에서 어머니가 생각났고, 어머니에 대한 그리움이 가슴에서 끓어올랐다. 테이블 위에 작은 성경과 찬송가를 놓고, 꽃병에는 로리가 가져다 주는 예쁜 꽃을 언제나 가득 꽂았다. 에이미는 매일 이곳에 와서 혼자 좋은 일을 생각했고, 언니를 지켜 달라고 신에게 기도 드렸다. 에스터에게 까만 구슬에 은 십자가가 달린 묵주를 받았는데, 그것은 걸어 둔 채 사용하지는 않았다. 신교도가 기도 드릴 때에 이런 것을 사용해도 좋은지 잘 몰랐기 때문이다.

이 귀여운 소녀는 진심으로 이 일을 하고 있었다. 가정이라는 안전한 둥지를 떠나서야, 비로소 자기가 의지할 따뜻한 손이 애타게 필요해진 것이다. 아버지 같은 사랑으로 작은 아이들을 꼭 감싸 주시는 신에게로 향하는 것은 본능적인 행동이었다. 지금 에이미는 자신의 처지를 분명히 깨달았고, 자신을 억제해 가는 데에 어머니의 도움을 바랄 수 없는 것이 슬펐다. 그러나 평소부터 신에게 의지할 것을 가르침받았기 때문에 가야 할 길을 발견해서 스스로 믿고 가려고 열심이었다. 그래도 에이미는 아직 어린 순례자였기 때문에 자기가 짊어지고 있는 짐이 무거워 견딜 수 없었다. 에이미는 먼저 자기를 잊고 밝은 마음을 가지기로 마음먹었다. 그리고 보는 사람이 있든 없든, 칭찬해 주는 사람이 있든 없든, 올바른 행동을 해서 스스로 만족할 수 있도록 힘썼다.

그렇게 해서 진짜 좋은 인간이 되기 위한 첫 번째 시도로, 마치 백모님이 한 것처럼 유언장을 만들기로 마음먹었다. 만약 앓거나 죽거나 했을 때 자기가 갖고 있는 것들이 공평하고 아낌없이 분배될 것을 원했기 때문이다. 에이미로서는 자질구레하지만 백모님의 보석과 마찬가지로 소중한 보물들을 모두 줘 버린다는 것은 생각만 해도 가슴이 아플 정도였다. 어느 날 쉬는 시간을 이용해서 에이미는 이 중요한 서류를 될수록 정성들여 작성했다. 에스터에게 몇 가지 법률 용어를 배웠고, 그 사람 좋은 프랑스 태생의 부인이 서명까지 해주었기 때문에 에이미는 마음을 놓았다. 그리고 로리에게 또 한 사람 증인이 되어 달라고 부탁할 작정으로 그것을 소중히 간수해 두었다.

그날은 비가 왔으므로 에이미는 삼층 넓은 방에서 놀기로 하고 폴리를 데리고 갔다. 그 방에는 고풍스러운 옷이 가득 들어 있는 옷장이 있었는데, 거기서 놀아도 좋다고 에스터가 허락했다. 에이미는 색바랜 금빛 비단옷으로 치장하고 큰 거울 앞을 왔다갔다 하며, 요란하게 인사를 해 보거나, 치맛자락을 끌며 걸을 때마다 나는 비단 스치는 소리를 즐겼다. 이날도 그 놀이에 열중했기 때문에 로리가 벨을 울리는 것도 듣지 못했고, 살그머니 엿보고 있는 것도 알지 못했다. 부채를 펄럭이며 핑크빛 큰 터번을 감은 머리를 뒤로 젖힌 에이미는 정색을 하고 사뿐히 걷고 있었는데, 파란 비단 상의에 노란 페티코트와 핑크 터번은 실로 기묘한 배합이었다. 게다가 굽 높은 구두는 조심해서 걷지 않으면 안 되었다. 나중에 로리가 한 말인데, 어쨌든 그것은 우스꽝스런 구경거리였다. 에이미의 뒤로는 폴리가 열심히 흉내내며 따르고 있었다. 가끔 멈춰서서는,

"어때, 훌륭하지! 나가, 괴물아! 닥쳐! 키스해 줘. 하하하!"

라고 울부짖기도 하고 웃기도 했다.

'여왕님'의 기분을 상하게 할까 봐 로리는 터지는 웃음을 겨우 참으며 문을 노크했고, 정중히 맞아들여졌다.

"이것을 치울 때까지 앉아서 잠시 기다려 주시지 않겠어요? 아주 중대한 일로 상의할 게 있어요."

훌륭한 차림을 자랑하고 나서 폴리를 구석으로 내쫓은 뒤, 에이미는 이렇게 말했다.

"저 새는 정말 난처해요."

에이미는 핑크빛 터번을 머리에서 벗겨 내면서 계속 말했다. 그 동안 로리는 의자 위에 말을 타듯 앉아 있었다.

"어제 백모님이 낮잠 주무실 때 난 아무 소리도 내지 않으려 하고 있는데, 폴리가 새장 속에서 울부짖고 소란을 피우지 않겠어요. 그래서 꺼내 주러 갔죠. 그때 새장 속에 거미가 있었어요. 내가 그것을 막대로 콕콕 찔렀더니 책상 밑으로 들어갔어요. 폴리가 쫓아가서 몸을 굽혀 책상을 들여다보며 그 우스운 말투로 '나와요. 응, 산책하는 데 데려가 줄 테니까' 어쩌고 하면서 한쪽 눈을 찡긋하는 게 아니겠어요? 난 웃음을 터뜨렸어요. 그랬더니 폴리가 더러운 욕지거리를 하는 바람에 백모님이 깨셨고, 둘 다 꾸지람을 듣고 혼났어요."

"그래서 거미는 초대를 고맙게 받아들였나?"

로리는 하품을 하면서 말했다.

"글쎄, 거미가 기어 나오니까 폴리는 몹시 놀라 백모님 의자 위로 도망쳤어요. 내가 거미를 뒤쫓고 있으니까, '잡아라, 그놈을 붙잡아라! 붙잡아라!' 하고 소리지르는 거예요."

"거짓말 말아, 와아!"

앵무새는 아우성치며 로리의 발을 쪼았다.

"네가 내 것이라면 목을 비틀어 버릴 거야, 이 늙어 빠진 놈아."

로리가 주먹을 휘둘러 보이자, 폴리는 고개를 갸웃하며,

"할렐루야, 정말 어처구니없다!"

정색을 하고 울부짖었다.

"자, 이제 되었어요."

에이미는 벽장을 닫고 호주머니에서 종이 한 장을 꺼냈다.

"이걸 읽어 주세요. 법률에 맞는지 틀리는지, 혹시 틀린 곳이 있으면 알려 줘요. 난 말이에요, 이것을 꼭 준비해 두어야겠다고 생각했어요. 사람의 목숨이란 언제 어떻게 될지 모르는 거 아니에요? 게다가 죽은 후에 원망 듣는 건 싫으니까."

로리는 입술을 꼭 깨물고 웃음을 참으며, 사뭇 진지한 표정으로 그 서류를 읽었다. 그리고 이해하기 어려운 문장을 훑어 보며, 감탄할 정도로 진지한 표정으로 이 서류를 읽어 내려갔다. 거기에는 이렇게 쓰여 있었다.


〈나의 유언장〉

나, 에이미 커티스 마치는 진심으로 내가 소유하고 있는 재산 모두를 물려줍니다. 다시 말하면,

1. 아버지에게는 내가 그린 것 중 가장 좋은 그림 · 스케치 · 지도 그 밖에 회화류 전부, 액자를 포함해서 백 달러도 좋을 대로 써 주세요.

2. 어머니에게는 나의 옷 전부(단 호주머니 달린 파란 에이프런은

제외), 내 초상과 메달을 애정과 함께 드립니다.

3. 그리운 마거릿 언니에게 터키 구슬 반지(만약 내가 얻게 된다면), 비둘기 그림이 그려져 있는 녹색 상자, 깃장식용 진짜 레이스, 그리고 작은 동생의 기념물로서 언니를 그린 스케치.

4. 조에게는 가슴 핀(밀랍으로 고친 봉황), 청동 잉크병—뚜껑은 조가 없었습니다—그리고 나의 가장 소중한 석고로 만든 토끼, 이것은 내가 조의 작품을 불태워 버린 사과의 뜻에서입니다.

5. 베스에게는(만약 나보다 오래 산다면) 나의 인형과 작은 화장대, 부채, 린네르 칼라, 병이 나았을 때 신을 수 있게 되면 내 새 슬리퍼. 헌 인형인 조안나를 업신여겨 죄송합니다. 여기서 사과 드립니다.

6. 친구이며 이웃인 디어 도어 로렌스에게는 나의 칠기로 된 종이 끼우개와, 목이 없다고 놀렸지만 찰흙으로 세공한 말을, 고난을 당할 때 친절하게 대해 준 보답으로 내 그림 중에서 가장 마음에 드는 것을 가지세요. 노트르담이 제일 좋다고 생각합니다.

7. 존경하는 은인 로렌스에게는 뚜껑에 거울이 붙은 보랏빛 상자. 이것은 펜을 넣어 두는 통으로 적격입니다. 가족 일동, 특히 베스에 대해 베푼 친절에 깊이 감사 드리며 죽은 소녀를 회상하는 기념물이 될 것입니다.

8. 친한 친구 키티 브라이언트에게는 푸른 비단 앞치마와 금빛 구슬 반지를 키스와 함께 보냅니다.

9. 해녀에게는 갖고 싶어하던 아플리케 전부. 그것으로 나를 회상해 주세요.

나의 소중한 소유물 일체를 여기서 처분했으므로 모두들 만족하고 죽은 자를 책하지 말아 주십시오. 나는 모든 사람을 용서하고, 최후 심판의 나팔이 울릴 때 다시 여러분과 만날 수 있으리라고 믿고 있습니다.

1861년 2월 20일

이 유언장에 서명하고 봉인합니다.

에이미 커티스 마치

입회인 에스터 바르르

디어 도어 로렌스

마지막으로 로리의 이름은 연필로 쓰여 있었기 때문에, 에이미는 로리에게 잉크로 정식 서명하고 법대로 봉인해 달라고 부탁했다.

"어떻게 이런 생각을 했지?"

로리는 진지하게 물었다. 에이미는 넓고 빨간 끈, 봉랍, 가는 초, 잉크 병을 로리 앞에 늘어놓았다. 에이미는 경위를 설명하고는 걱정스럽게 물었다.

"베스의 병세는 어때요?"

"아, 말하지 않는 것이 좋았을걸. 입 밖에 낸 이상 말하겠는데, 지난번 몹시 중태일 때가 있었어. 그래서 베스는 조에게 말했대. 피아노는 메그에게, 고양이는 네게, 조안나는 조에게 준다고 했대. 조라면 조안나를 자기 대신에 귀여워해 줄 것이라고. 줄 것이 그것뿐이라고 슬퍼하며 나중 사람들에게는 머리털, 그리고 우리 할아버지에게는 특별한 애정을 드린다고 말했다는 거야. 베스는 유언장 같은 건 생각도 하지 않았어."

에이미의 유언장에 서명을 하고 봉함을 하는 로리의 눈에서 굵은 눈물 방울이 종이 위로 뚝뚝 떨어졌다. 에이미의 얼굴에는 무엇인가 고민하는 모습이 나타나 있었지만 그저 이렇게 말했다.

"유언장에 추신 같은 건 붙일 수 없나요?"

"그야, 있지. '추가 유언서'라고 하지."

"그러면 내 것에도 추가시켜 주세요. 나의 곱슬머리 전부를 잘라 친구들에게 주라고 해요. 그만 깜빡 잊었어요. 그래도 그렇게 하고 싶어요. 머리를 다 자르면 보기 흉하겠지만 상관없어요."

로리는 에이미의 최후의, 그리고 최대의 희생을 흐뭇하게 생각하고 그것을 첨가했다. 그 후 한 시간쯤 놀이 상대가 되어 주었고, 에이미가 겪고 있는 여러 가지 시련에 큰 관심을 보였다. 로리가 돌아갈 때, 에이미는 로리를 붙잡고 입술을 떨면서 소리를 죽여 물었다.

"베스는 정말 위험한가요?"

"아무래도 그런 것 같아. 그러나 될 수 있는 한 희망을 가져야 해. 울어선 안 돼."

로리는 오빠와 같은 태도로 에이미의 어깨에 손을 얹었다. 그것이 에이미에게는 큰 위안이 되었다.

로리가 돌아가자 에이미는 자기의 작은 교회로 들어가 황혼의 희미한 빛 속에 홀로 앉아서 베스를 위해 기도드렸다. 눈물이 끊임없이 흘러내렸고 가슴은 슬픔으로 아팠다. 상냥한 작은 언니를 잃을 바엔 터키 구슬 반지가 백만 개 있어도 아무런 위안이 되지 않을 것이라고 절실하게 생각했다.

# 고백하는 이야기

어머니와 딸들이 만났을 때의 모습을 어떤 말로 여러분에게 설명해야 좋을지 나는 알 수 없다. 그와 같은 한때를 갖는 것은 참으로 즐거운 일이지만, 그것을 글로 나타내기란 아주 어렵다. 그래서 나는 이 집안에 진정 행복이 넘쳐흘렀다는 것과 메그의 아름다운 소망이 이루어졌다는 것만 여기서 말하고 나중은 독자 여러분의 상상에 맡기려고 한다.

베스가 회복으로 향하는 긴 잠에서 깨어났을 때 제일 먼저 눈에 띈 것은 그녀가 바라는 대로 예쁜 장미꽃과 그리운 어머니의 얼굴이었다. 몸이 무척 쇠약해져 있었기 때문에 이것이 도대체 어떻게 된 일일까 하고 어리둥절해서 그저 미소지을 뿐이었다. 그리고 자기를 안아 주는, 사랑에 넘치는 어머니의 팔에 몸을 기대고서야 소망이 이루어졌음을 깨달았다. 베스는 또다시 정신없이 잠들어 버렸지만, 자면서도 어머니의 손을 꼭 쥐고 놓지 않았

362

고, 어머니도 그 야윈 손을 놓으려 하지 않았다. 딸들은 어머니를 보살피기에 바빴고, 해너는 기쁜 마음을 보일 수 있는 것은 이것 밖에 없다고 생각하고는 여행에서 돌아온 마님이 깜짝 놀랄 만한 맛있는 아침 식사를 그릇에 담았다.

메그와 조는 효도하는 뜻으로 열심히 어머니의 심부름을 하면서 아버지의 차도와 부르크 선생이 뒤에 남아 간병해 주겠다고 약속한 것, 폭설로 기차가 연착한 것, 피로와 걱정과 추위로 몹시 지쳐 도착했을 때 로리가 밝은 얼굴로 마중을 나와 있어 얼마나 반가웠는지 몰랐다는 둥, 나직하게 들려 주는 어머니의 이야기를 듣고 있었다.

그날은 참으로 편안하고 즐거운 날이었다. 세상 사람들 모두 밖으로 나가 눈을 기뻐하는 것처럼 밖은 환히 빛났으며 집안은 고요했다. 병간호로 지쳐서 모두 잠들어 있어 마치 안식일 같았다. 해너는 입구를 지키면서 꾸벅꾸벅 졸고 있었고, 메그와 조는 무거운 짐을 죄다 벗어 놓았다는 안도감으로 편안히 침대에서 자고 있었다. 마치 부인은 베스의 침대 곁을 잠시도 떠나지 않았다. 큰 의자에서 몸을 쉬며 몇 번이고 일어나 구두쇠가 다시 되찾은 보물을 애지중지하듯, 귀여운 아이를 바라보기도 하고, 만져 보기도 하고, 가만히 안아 보기도 했다.

그 무렵 로리는 에이미를 위로하려고 서둘러 달려가 실로 멋지게 모든 사실을 설명했는데, 마치 백모님이 에이미보다 오히려 코를 훌쩍거리며 이때만은 '그러니까 내가 뭐라고 했어'라는 잔소리를 한 번도 하지 않았다. 에이미는 그때 아주 훌륭한 모습을 보였다. 틀림없이 교회에서의 좋은 생각이 결실을 맺기 시작했기 때문일 것이다. 에이미는 즉시 눈물을 그치고 어머니를 만나고 싶은 마음을 꾹 참았다. 로리는 '훌륭한, 작은 숙녀답다'고 말하며 칭찬했고, 노부인도 마음으로는 그것에 찬성했다. 폴리까지 감동을 받아, '착한 애야', '이리 나와라, 산책 가자'라고 상냥한 말투로 추근거렸다. 에이미는 밖으로 나가 눈으로 빛나는 겨울을 즐기고 싶었지만, 로리가 몹시 졸리는 것을 억지로 참고 있는 모습이어서 소파에서 쉴 것을 권하고, 자기는 그 사이에 어머니에게 편지를 썼다. 오랜 시간이 걸려 편지를 끝내고 방으로 돌아오자, 로리는 다리를 죽 뻗고, 양팔을 머리 밑에 괴고 정신 없이 잠들어 있었다. 마치 백모님은 커튼을 전부 내리고 그냥 가만히 앉아 있었는데 신기하리만치 친절했다.

한참 후 두 사람은 로리가 밤까지 깨어나지 않는 것이 아닐까 하고 걱정하기 시작했다. 사실, 어머니가 그곳에 나타났기 때문에 너무 기뻐 에이미가 큰소리를 지르지 않았다면 로리는 밤까지 일어나지 않았을 것이다. 그날도 거리나 그 근방에는 모름지기 행복한 소녀로 붐볐을 것이다. 그래도 어머니의 무릎에 기대어 여러 가지 힘들고 괴로웠던 일을 호소하고, 어머니에게서 상냥하고 웃는 얼굴로 위로를 받는 에이미만큼 행복한 아이는 없을 것임에 틀림없다. 어머니와 딸은 작은 교회로 걸어갔다. 에이미가 어째서 이 방이 교회가 되었는가를 설명했고, 마치 부인은 막내딸의 얘기를 진지하게 들어주었다.

"참, 에이미, 엄마는 그걸 아주 좋은 일이라고 생각해."

어머니는 먼지투성이 묵주나 낡아빠진 성경, 상록수로 테두리를 장식한 아름다운 그림을 둘러보고는 말했다.

"분하거나 슬퍼질 때 마음을 가라앉힐 수 있는 장소를 갖고 있는 것은 참으로 좋은 생각이야. 우리가 살아가는 동안에는 참으로 괴로울 때가 많이 있어. 그래도 신에게 도움을 청하면 언제든지 극복할 수가 있단다. 너도 이제 그런 것을 깨달은 모양이구나."

"네, 엄마. 집으로 돌아가면 큰 벽장 구석에 내 책과 저 그림을 놓아 둘 작정이에요. 그래서 지금 저 그림을 옮겨 그리고 있어요. 여인의 얼굴은 너무 아름답기 때문에 잘 그려지지 않지만 어린아이는 쉬운 편이에요. 난 저 그림이 아주 좋아요. 예수님도 어린아이일 때가 있었다고 생각하니 멀리 떨어져 있는 사람 같지 않고 마음이 편해져요."

에이미가 미소짓는 어린 예수를 가리킬 때, 마치 부인은 그 손에서 무언가를 발견하고 싱긋 웃었다. 부인은 아무 말도 하지 않았지만, 에이미는 눈치를 채고 잠시 입을 다물었다가 정색을 하고 말했다.

"엄마에게 얘기하려고 했는데 잊어버렸어요. 백모님이 말이죠, 오늘 이 반지를 제게 주셨어요. 방으로 불러서 키스해 주며 이 반지를 끼워 주시고, 내가 자랑스럽다고, 언제나 옆에 두고 싶다고 하셨어요. 이 터키 구슬 반지는 너무 커요. 그래서 빠지지 않도록 이 이상한 반지 끼우개를 주셨어요. 내가 끼고 싶지만…… 괜찮을까요, 엄마?"

"아주 예쁜데. 그러나 에이미, 그런 장식을 끼기에는 아직 좀 빠르지 않을까."

마치 부인은, 집게손가락에 하늘색 보석을 여기저기 박은 반지와 두 개의 아주 작은 금으로 된 것이 꼭 물려 기묘하게 보이는 반지 끼우개를 낀, 통통하고 귀여운 손을 보았다.

"허세부리지 않겠어요. 그저 예뻐서가 아니라 언젠가 이야기에 나온 팔찌를 낀 여자아이처럼 어떤 일을 기억하기 위해서 이 반지를 끼고 싶어요."

"잊지 않도록이라니, 마치 백모님을 말이니?"

어머니는 웃으면서 물었다.

"아니에요. 이기적인 사람이 되지 않기 위해서예요."

에이미가 아주 진지했기 때문에 어머니는 웃음을 그치고 이 귀여운 생각에 귀를 기울였다.

"난 요즘 내 자신의 '나쁜 버릇'이란 것에 대해 많이 생각해 봤어요. 그러고 보니까 그중에서 가장 큰 것이 이기주의였어요. 베스 언니는 이기주의자가 아니에요. 모두 베스 언니를 사랑하고 죽으면 큰일이라고 걱정하고 있어요. 내가 만약 앓는다면 모두들 그 절반도 걱정해 주지 않을 거예요. 게다가 나는 그렇게 착한 애가 아닌걸요. 나도 많은 친구들로부터 사랑을 받고 싶고, 없을 때면 그리워지는 아이가 되고 싶어요. 열심히 노력해서 베스 언니와 같이 되고 싶어요. 하지만 혼자 마음속으로 정한 것은 잊어버리기 쉬워요. 그래서 언제나 상기시켜 주는 것을 지니면 결심을 더욱 잘 기억할 수 있으리라고 생각했어요. 그렇게 하는 것이 어떨까요?"

"응, 좋겠지. 그러나 엄마는 벽장 구석에 놓인 그림이 반지보다도 더 좋구나. 그래도 반지를 끼렴. 그리고 힘껏 해 봐. 엄마는 네가 틀림없이 잘 하리라고 생각해. 진정 마음속으로 착해지길

원한다면 벌써 그것으로 반은 시작한 거나 마찬가지야. 자, 엄마는 베스에게로 돌아가야 해. 기운 내렴. 오래지 않아 함께 모여 지낼 수 있게 될 테니까."

그날 밤 메그가 아버지에게 어머니가 여행에서 무사히 돌아온 것을 알리기 위해 편지를 쓰고 있을 때, 조는 살그머니 베스의 방으로 들어갔다가 어머니를 보자 무엇인가 난처한 기색으로 머리카락을 쓸어 올리면서 잠시 서 있었다.

"왜 그러니, 조?"

마치 부인은 무슨 문제가 있으면 털어놓으라는 듯이 손을 내밀면서 물었다.

"엄마, 하고 싶은 얘기가 있어요."

"메그에 대해?"

"어떻게 그렇게 금방 아세요? 네, 언니에 대해서예요. 별일 아닐 수도 있지만 신경쓰여 견딜 수 없어요."

"베스가 자고 있으니까 작은 소리로 말하렴. 엄마에게 모두 털어놔 봐. 모파트 댁 아들이 온 것은 아니겠지?"

마치 부인은 약간 엄한 목소리로 물었다.

"천만에요. 그런 사람이 온다면 집 안에 들여놓지도 않고 쫓아버릴 거예요."

조는 어머니의 발끝에 앉았다.

"지난 여름, 메그는 로렌스 댁에서 장갑을 떨어뜨렸어요. 그러나 한 짝밖에 돌아오지 않았어요. 우리는 그것을 까맣게 잊고 있었는데, 부르크 씨가 그걸 갖고 있다고 로리가 알려 주는 거예요. 조끼 호주머니에 항상 지니고 있었는데, 한번은 떨어뜨려서 로리

가 놀려 주었더니, 부르크 씨가 메그를 좋아하지만 아직 어리고,
자기는 가난하므로 말을 하지 못하겠다고 고백했대요. 정말 큰일
났죠?"

"넌 메그도 부르크 씨를 좋아한다고 생각하니?"

마치 부인은 걱정스러운 듯 물었다.

"어머! 난 연애라든가 그런 시시한 건 몰라요!"

조는 흥미와 경멸이 묘하게 뒤섞인 것 같은 이상한 표정으로
큰소리를 질렀다.

"소설에서는 그런 처지에 놓인 여자애들이 깜짝 놀라거나, 얼
굴이 빨개지거나, 멍청해지거나, 야위기도 하고 바보같이 되기도
하죠. 하지만 메그 언니에게는 그런 증세가 전혀 없고, 보통 사람
처럼 꼬박꼬박 밥 먹고, 마시고, 잘 자고 있어요. 내가 그 사람
말을 할 때도 정면으로 날 보고 내 시선을 피하지 않아요. 하기는
로리가 애인 어쩌구 하면 조금은 얼굴을 붉히긴 하지만……. 난
로리에게 그런 소리를 해서는 안 된다고 했지만 그는 듣지 않아
요."

"그럼, 메그는 존에게 전혀 관심이 없는 거니?"

"누구요?"

"부르크 씨 말이야, 엄마는 이제 존이라고 부르고 있어. 병원
에서 가깝게 지내다 보니 그렇게 부르는 버릇이 붙어 버렸어. 그
사람도 그러는 편이 좋다고 해."

"어머, 엄마는, 벌써 그 사람 편이군요. 아버지를 위해 애써 주
셨으니까 그 사람을 쫓아버리지 않고, 만약 메그가 마음에 든다
고 하면 결혼시킬 작정이죠? 비겁해요. 그 사람이 아버지에게 아

첨하고 엄마를 도와 준 것은 모두 엄마를 구슬리기 위해서예요."

조는 몹시 성이 나서 머리칼을 또 잡아당겼다.

"조, 그렇게 화내는 게 아니란다. 존은 로렌스 씨의 부탁을 받고 엄마와 같이 가게 된 거야. 게다가 아버지 시중을 들어 주었기 때문에 우리도 그 사람이 좋아졌어. 그 사람은 메그에 관해서도 솔직하고 훌륭한 태도로 남자답게 전부 고백했단다. 메그를 사랑하고 있지만 결혼을 신청하기 전에 아주 살기 좋은 집을 갖고 싶다는 거야. 그리고 그저 메그를 사랑하는 것과 메그를 위해 일할 수 있는 것만을 허락해 달라고 했어. 그리고 될 수 있는 대로 메그가 자기를 사랑할 수 있는 권리도 허락해 달라고 했어. 그 사람은 참 훌륭한 청년이야. 그래서 우리도 그 사람이 말하는 것에 귀를 기울이지 않을 수 없었단다. 그러나 언니는 아직 어리기 때문에 약혼하는 것은 허락하지 않을 작정이야."

"물론 안 돼요. 그런 일을 하면 어리석어요. 생각한 대로 재난이 일어나고 있어요. 위험하다는 건 느끼고 있었지만 생각보다 훨씬 더 나쁘군요. 내가 언니와 결혼해서 함께 살 수 있다면 좋으련만."

이 엉뚱한 생각에 마치 부인은 자신도 모르게 웃어 버렸지만, 곧 진지한 얼굴로 말했다.

"이봐, 조, 엄마는 널 믿고 털어놓은 거지만 메그에게는 아직 아무 말도 하지 말아라. 존이 돌아오면 두 사람을 주의 깊게 잘 살펴보자. 그러면 존에 대한 메그의 마음을 잘 알 수 있을 거야."

"틀림없이 언니는 언제나 주위에서 떠돌고 있는 그 예쁜 눈을 보고 그 사람의 마음을 발견할 거예요. 그렇게 되면 만사 끝장이에요. 언니는 아주 다정한 마음을 가지고 있으니까 누구든 언니를 정다운 눈으로 보면 금세 양지바른 곳에 놓아 둔 버터처럼 녹아 버릴 거예요. 언니는 그 사람에게서 오는 짧은 보고를 어머니에게서 온 편지보다도 몇 번이나 되풀이해서 읽는걸요. 내가 그걸 놀리기도 하고 꼬집기도 했어요. 게다가 다갈색 눈을 좋아하고, 존이란 이름도 어감이 나쁘지 않다고 생각하니까 틀림없이 그 사람을 좋아할 거예요. 그렇게 되면 우리의 평화도, 재미있는 일들도, 즐거운 단란함도 끝장이에요. 오, 난 잘 알고 있어요. 두 사람은 사이좋게 집안을 돌아다니고, 우리는 방해를 해서는 안 되니까 사양하며 자리를 피해 주지 않으면 안 될 거예요. 언니는 그 사람한테만 열중하게 될 거고, 그러면 언니에게는 내가 전혀 필요하지 않을 거예요. 부르크 씨는 틀림없이 어떻게든 돈을 모아서 언니를 데려가고 우리 가족에게 구멍을 내버릴 거예요. 오, 정말 우리는 어째서 남자로 태어나지 못했을까요. 남자라면 그런 귀찮은 일은 없을 텐데."

조는 무릎 위에 턱을 얹고 그곳에 있지도 않은 존에게 괘씸하다는 듯이 주먹을 휘둘렀다. 마치 부인은 한숨을 쉬었다. 조는 구원이라도 받은 듯이 고개를 들었다.

"엄마도 싫으신 거죠? 아, 다행이야. 그 사람 쫓아 버려요. 그리고 언니에게만 모른 척하고 있으면 지금까지처럼 행복하게 지낼 수 있을 거예요."

"한숨을 쉬어서 미안하다, 조. 너희들이 모두 남자와 가정을 갖게 되는 것은 당연하고 옳은 일이야. 다만, 엄마는 될수록 오랫동안 딸들을 옆에 두고 싶은데 이렇게 빨리 너희를 떠나 보내야 한다는 것이 좀 아쉬울 뿐이야. 메그는 아직 열일곱이고, 존이 그 애를 위해 집을 만들기에는 앞으로 몇 년이 걸릴 거야. 아버지도 나도 그 애가 스무 살이 되기 전에는 어떤 형태로든 약속이나 결혼은 시키지 않기로 했어. 만약 그들이 서로 좋아한다면 기다릴 수 있을 것이고, 기다려 보면 그것이 진정한 애정인지 아닌지를 알게 될 거야. 메그는 착실한 애니까 존의 마음에 상처를 주지는 않을 거야. 예쁘고 마음이 고운 애니까. 그 애를 위해 모든 것이 잘되면 좋겠는데……."

"엄마, 언니를 돈 많은 사람과 결혼시키고 싶으세요?"

어머니의 목소리가 그곳에서 끊기자 조는 물었다.

"조, 돈이란 좋은 것이고, 도움이 되는 것이야. 엄마는 딸들이 돈 때문에 곤란을 받거나, 돈에 너무 욕심을 갖는 것을 원치 않아. 존이 좋은 직업을 갖고 착실히 생활해서 빚지지 않고, 메그를 행복하게 할 만큼의 수입이 있기를 바랄 뿐이란다. 엄마는 딸들이 굉장한 재산이나, 상류의 지위나, 명성을 얻는 것은 바라지 않아. 하기는 만일, 지위와 돈이 참된 애정과 인격과 함께라면 그것을 받아들이고 너희들의 행운을 기뻐하겠지. 하지만 엄마의 경험에 의하면, 참된 행복이라는 것은 매일같이 빵을 얻기 위해 일하고, 다소 부자유스러워도 검소한 가정에서 맛보는 일이 훨씬 많은 거란다. 나는 메그가 검소하게 자기 생활을 시작해 준다면 그것으로 만족이야. 틀림없이 메그는 좋은 사람의 마음을 사로잡아 풍요롭게 될 것이라고 믿고 있어. 그것이 재산보다 훨씬 가치 있는 거야."

"엄마, 잘 알았어요. 나도 그렇게 생각해요. 하지만 난 언니한테 실망했어요. 왜냐하면 말이죠, 엄마, 난 언니가 로리와 결혼해서 일생을 호화롭게 지낼 수 있도록 해주려고 몰래 계획하고 있었어요. 그렇게 되면 얼마나 좋을까요?"

조는 밝은 얼굴로 어머니를 바라보았다.

"로리는 그 애보다 나이가 어리잖아."

마치 부인이 말하니까 즉시 조가 말했다.

"아주 조금이에요. 게다가 로리는 나이에 비해 어른스럽고 키도 크거든요. 그럴 생각만 있다면 태도도 어른처럼 될 수 있어요. 게다가 부자고, 친절하고, 착한 사람이어서 모두에게 사랑받고. 정말 내 계획이 틀어진 게 아쉬워요."

"로리는 아직 어린애인데다, 메그에게는 무리라고 생각해. 그리고 아직 빈둥거리고 있기 때문에 아무도 그 애를 믿을 수 없어. 멋대로 계획 같은 건 하지 말아라. 결혼은 시간과 그 사람들의 마음에 맡겨 두면 되는 거야. 그런 일에 참견은 금물이야. 괜히 우정을 해치지 말거라. 참, 네가 자주 말하는 '로맨틱하고 어리석은 일' 따위는 머리에 떠올리지 않는 게 좋아."

"네, 알겠어요. 그러나 조금만 손을 보면 똑바로 자랄 것을 그렇게 하지 않아서 구부러지게 하는 것이 난 싫어요. 머리에 다리미라도 얹어 놓고 그것으로 모두 성장하는 것을 막을 수 있다면 좋겠어요. 그러나 꽃망울은 장미가 되고, 새끼 고양이는 어미 고양이가 되니, 오! 유감이에요."

"다리미와 고양이가 어떻게 됐어?"

메그가 다 쓴 편지를 손에 들고 들어오면서 물었다.

"시시한 얘기를 했을 뿐이야. 난 잘 거야. 언니는 나중에 와."

조는 용수철처럼 구부렸던 팔다리를 폈다.

"아주 깨끗이 잘 썼구나. 존에게도 엄마가 안부 전한다고 말해
줘."

마치 부인은 편지를 잠깐 들여다보고, 메그에게 되돌려 주면서
말했다.

"엄마는 그 사람을 존이라고 부르고 계신가요?"

메그는 순진한 눈으로 싱긋 웃으면서 말했다.

"응, 그래. 그 사람이 우리들에게 마치 자식같이 행동해 주고,
우리도 그가 아주 좋은걸."

마치 부인은 딸의 태도를 주의 깊게 살폈다.

"기뻐요. 그분은 아주 외로워 보이거든요. 안녕히 주무세요,
엄마. 엄마가 집에 계시니까 마음이 놓여요."

메그는 조용히 대답했다.

어머니가 그때 딸에게 한 키스는 정말 정다웠다. 딸이 가 버리
자 마치 부인은 만족스러우면서도 무언가 아쉬운 듯이 혼자 중얼
거렸다.

"그 애는 아직 존을 사랑하고 있지 않아. 그러나 오래지 않아
사랑하게 될 거야."

# 로리의 장난과 조의 중재

다음날 조는 울적한 얼굴을 하고 있었다. 가슴에 비밀을 가지고 있기 때문에 답답했고, 아무래도 무엇인가 심각한 표정이 되어 버린 것이다. 메그는 재빨리 눈치챘지만 굳이 물어 보지 않았다. 이런 경우 조를 다루는 가장 좋은 방법은 무엇이든 반대로 나가야 한다는 것을 잘 알고 있기 때문이다. 묻지 않으면 틀림없이 조 편에서 죄다 이야기해 줄 것이라고 생각했다. 그러나 조는 전혀 그런 기색을 나타내지 않았기 때문에 메그는 놀랐다. 게다가 그날의 조는 자기가 마치 언니의 보호자나 되는 듯한 태도로 굴었기 때문에 끝내 메그는 화를 냈고, 그러면 마음대로 하라면서 일부러 점잔 빼는 태도로 아무 말도 하지 않고 어머니를 돕기만 하고 있었다.

이렇게 해서 조는 아무도 상대해 주지 않아 외톨이가 되어 버렸다. 마치 부인이 베스의 간병역을 맡아, 지금까지 집에만 틀어박혀 있던 조에게 휴가를 주었기 때문이다. 에이미도 없었으므로 놀 상대라고는 로리밖에 없었지만, 지금은 로리가 왠지 두려웠다. 아무튼 로리는 못 말릴 정도로 꼬치꼬치 캐묻기 때문에 비밀을 들킬 염려가 있었다.

사실 조가 두려워하고 있던 대로였다. 이 장난꾸러기 소년은 조가 비밀을 가지고 있는 걸 알아차리고는 즉시 그것을 캐내기 위해 조를 곤경에 빠뜨렸다. 기회가 있을 때마다 재치있는 말을 걸어 오고, 선물을 보내기도 하고, 놀리고, 위협하고, 꾸짖고, 그러고는 일부러 모른 척하는 표정으로 안심하게 해서 자신도 모르게 털어놓도록 꾸미거나, 다 알고 있으니까 별로 알고 싶지 않다는 식으로 말하기도 했다. 마침내는 끈덕지게 물고 늘어져 그 비밀이 메그와 부르크 선생에 관계되는 것임을 알아내고서야 만족했다. 그리고 자기 선생인 부르크가 비밀을 털어놓지 않은 데에 분개해서, 이렇게 자기가 무시당한 이상 한번 보복을 해주리라고 머리 속으로 일을 꾸미기 시작했다.

한편 메그는 아버지의 귀가를 앞두고 아버지를 맞을 준비에 열중하고 있었다. 그러다가 갑자기 하루하루가 지나면서, 전혀 메그답지 않게 변해 버렸다. 누가 말을 걸면 깜짝 놀라고, 쳐다보면 얼굴을 붉히고, 말없이 앉아 겁먹은 눈초리로 바느질을 하고 있었다. 어머니가 물어도 아무것도 아니라고 대답하고, 조가 물어도 내버려두라고만 할 뿐, 그 이상 아무 말도 하지 않았다.

"언니가 아무래도 느끼고 있는가 봐요, 연애에 대한 것을. 분명히 그 징조가 나타나고 있어요. 안절부절못하고 화만 내고, 밥도 먹지 않고, 밤에 잠도 자지 못하고 구석에서 멍청히 울적해하고 있는걸요. 요전에는 언니가 그 사람에게서 받은 노래를 부르고 있는 것도 들었어요. 그러고 나서 엄마가 부르는 것처럼 '존'이라고 하며 양귀비꽃처럼 새빨개졌어요. 어떡하면 좋겠어요?"

조는 어떤 수단이라도 동원할 태도였다.

"기다려보는 도리밖에 없지. 가만히 혼자 내버려두는 거야. 상냥하고 다정하게 대해 주어야 해. 아버지가 돌아와 계시면 모든 일이 잘 해결될 테니까."

어머니는 이렇게 대답했다.

"메그, 편지야. 완전히 봉인되어 있어. 이상한데! 로리는 내 것에는 이렇게 한 일이 없는데."

그 다음날 조는 작은 우체국에서 우편물을 배달하며 말했다. 그리고 마치 부인과 조가 각기 자기 일을 열심히 하고 있을 때 메그가 큰소리를 질렀고, 고개를 들어 보니까 메그가 겁먹은 얼굴로 편지를 뚫어지게 보고 있었다.

"왜 그래? 메그."

어머니는 놀라 외치며 다가갔고, 조는 언니의 마음을 산란하게 한 그 편지를 낚아채려고 했다.

"어머, 아니에요. 그 사람이 보낸 게 아니에요. 그런데 이봐, 조, 어째서 넌 이런 지독한 짓을 하니?"

메그는 가슴이 터지기나 한 듯 양손으로 얼굴을 감싸고 울음을 터뜨렸다.

"내가? 난 아무 짓도 하지 않았어! 언니, 무슨 소리를 하는 거야?"

조는 어안이 벙벙해서 되물었다. 메그의 온화했던 눈은 분노로

번뜩였다. 메그는 꼬깃꼬깃해진 편지를 호주머니에서 끄집어내
조를 향해 홱 던지고 힐책하듯 이렇게 말했다.

"네가 썼어, 이 편지. 그리고 그 못된 사내애가 도와 준 거야.
정말 너희들은 우리 두 사람에게 이런 비열하고 지독한 짓을 잘
도 하는구나."

조는 어머니와 함께 낯선 필적으로 쓰여진 그 편지를 읽느라
정신없었기 때문에 언니의 외침은 거의 듣지 않고 있었다. 편지
에는 이런 사연이 쓰여 있었다.

너무나 사랑하는 마거릿 양.

저는 이제 더 이상 마음을 억제할 수 없습니다. 그리고 그
곳으로 돌아가기 전에 저의 운명을 알아야겠습니다. 아직 양
친에게 이야기하지는 않았지만 우리가 서로 얼마나 사랑하
고 있는지를 아신다면 틀림없이 허락해 주시리라고 생각합
니다. 로렌스 씨는 제가 좋은 일자리를 얻는 데에 힘이 되어
주실 것입니다. 그렇게 되면 나의 사랑하는 님이여, 당신은
저를 행복하게 해주시겠죠? 그러나 아직 집안 식구들에게는
아무 말도 말아 주시고, 그저 로리를 통해서 한마디 저를 격
려해 주시기 바랍니다.

당신에게 모든 것을 바치고 있는 존으로부터

"어머, 저 악당! 내가 엄마와의 약속을 지키려고 얘기해 주지
않으니까 이런 보복을 한 거예요. 아주 혼내 줘야겠어요! 이곳으
로 끌고 와 사과시키겠어요."

조는 큰소리로 외쳤다. 마치 벌이라도 세울 것 같은 기세였다. 그러자 어머니는 조를 제지하고 평소에는 별로 보이지 않는 엄한 얼굴로 이렇게 말했다.

"가만 있어, 조. 먼저 너부터 자기 입장을 밝혀야 해. 넌 자주 장난을 했으니까. 이번에도 도와 주었지?"

"어머, 너무 심해요! 엄마는 참, 누가 이런 짓을 해요! 이런 편지를 본 적도 없어요. 맹세코 몰라요."

조의 어조가 너무 진지했으므로 두 사람은 조의 말을 믿기로 했다.

"만약, 내가 도와 주었다면 더 능숙하게 썼을 거예요. 무엇보다도 부르크 씨의 인품으로 봐서 이런 것을 쓸지 쓰지 않을지, 알 만하잖아요."

조는 더럽다는 듯이 편지를 집어던지며 말했다.

"그런데 그분의 글씨 같은데?"

메그는 손에 든 다른 편지와 비교하면서 중얼거렸다.

"메그, 설마 너 답장을 보낸 것은 아니겠지?"

마치 부인이 다급하게 물었다.

"보냈어요, 엄마!"

메그는 수치심을 참지 못해 다시 얼굴을 감쌌다.

"아아, 큰일났다! 그 못된 애를 끌어다가 자백시키고 혼내 줘야겠어. 도저히 화가 나서 참을 수 없어."

조는 문 쪽으로 다시 뛰쳐나가려고 했다.

"그만둬. 이 일은 엄마한테 맡겨. 생각보다 사태가 좋지 않은 것 같으니까. 자, 마거릿, 자초지종을 모두 말해 보렴."

마치 부인은 메그 옆에 앉아서, 한 손으로는 조를 뛰어나가지 못하게 말리면서 말했다.

"처음 그 사람의 편지는 로리를 통해서 받았어요. 로리는 아무것도 모르는 것 같은 얼굴을 하고 있었어요."

메그는 부끄러워 고개도 들지 못한 채 이야기하기 시작했다.

"처음에는 아주 난처했어요. 엄마에게 즉시 말하려고 했지만 엄마가 부르크 씨를 아주 좋은 분이라고 말씀하신 것을 생각하고 이, 삼 일 비밀로 해 두어도 꾸짖지 않으시리라고 생각했어요. 하지만 그건 어리석은 생각이었어요. 엄마, 용서해 주세요. 어리석은 짓을 해서 벌을 받은 거예요. 부끄러워서 두 번 다시 그분을 만날 수 없어요."

"그래서 넌 뭐라고 답장했니?"

마치 부인이 다그쳐 물었다.

"그저, 아직 내가 너무 어리고 어머니에게 비밀 같은 것은 갖고 싶지 않으니까 아무쪼록 아버지에게 말씀해 주시라고, 그리고 친절은 깊이 감사하고 있다고, 당분간은 친구로서 그 이상은 되지 않도록 하자고 회답했어요."

그 말을 들은 마치 부인은 과연 내 딸이다 싶은 듯 미소짓고, 조는 손뼉을 치며 좋아서 외쳤다.

"언니는 생각 깊은 인간의 본보기인 캐럴라인 퍼시에게도 뒤지지 않을 정도야. 그리고 어떻게 되었어?"

"그분이 전혀 다른 필체의 편지를 보내서는 '그런 러브레터 따위는 쓴 기억이 없고, 틀림없이 장난 좋아하는 동생 조가 내 이름을 일부러 사용했을 것'이라고 했어. 친절하고 정중한 편지였지만 얼마나 부끄럽든지 땅 속으로 꺼지고 싶은 심정이었어."

메그는 절망한 나머지 어머니에게 기댔고 조는 로리를 욕하면서 방 안을 빙빙 돌고 있었다. 그러다 갑자기 발을 멈추고 두 통의 편지를 들고 찬찬히 비교하더니 딱 잘라 말했다.

"내 생각인데, 부르크 씨는 이 두 통의 편지에 대해 전혀 모르는 것 같아. 둘 다 로리가 쓴 거야. 내가 비밀을 밝히지 않으니까 내게 큰소리쳐 보려고 언니에게 편지를 쓴 거야."

"비밀 같은 것 갖지 말고 엄마한테 얘기해 봐, 조. 그래서 일이 커지지 않도록 하는 거야. 나도 그랬으면 좋았을걸."

메그는 경고했다.

"하지만 그렇게는 안 돼! 이건 엄마한테 들은 비밀이니까."

"조, 이제 됐어. 메그는 내가 위로할 테니 가서 로리를 불러 와라. 어디까지가 사실인지 알아봐서 이런 장난을 즉시 중단시키도록 해야겠어."

조가 나간 다음 마치 부인은 메그에게 부르크 선생의 속마음을 차분히 이야기해 주었다.

"그런데 네 생각은 어떠니? 네게 그가 집을 마련해 줄 때까지 기다릴 만한 애정이 있니? 그렇지 않으면 지금은 약속하지 않고 그냥 두겠니?"

"난 너무 놀라서, 애인이고 뭐고 당분간은 생각하고 싶지 않아요. 난 어쩌면 평생……."

메그는 치밀어오르는 분노 때문에 목소리를 떨었다.

"만약 존이 아직 이런 어리석은 일에 대해 전혀 모르고 있다면 말하지 말아 주세요. 그리고 조나 로리에게도 입을 열지 않도록 해주세요. 이제 속거나, 괴로움을 당하거나, 바보 취급 당하고 싶지 않아요! 너무들 해요!"

평소에는 온순한 메그가 이렇게 화를 내며 이 못된 장난 때문에 자존심에 상처 입은 것을 보고, 마치 부인은 아무에게도 말하지 않고 앞으로도 주의할 것을 약속하며 메그를 위로했다.

로리의 발소리가 현관에서 들리자 메그는 즉시 서재로 도망쳤고, 마치 부인이 혼자서 범인을 면접했다. 조는 혹시라도 로리가 오지 않을까 봐 어떤 용무인지 알려 주지 않았지만, 그는 부인의 얼굴을 보는 순간 모든 것을 깨닫고 모자를 만지작거리며 머뭇거리고 서 있었다. 때문에 그가 곧 범인이라는 것이 더욱 확실해졌다.

조는 방 밖으로 나가 있으라는 명령을 받았지만 죄인이 도망칠지도 몰라 현관 복도에서 감시병처럼 왔다갔다하고 있었다. 방안에서는 이야기 소리가 삼십 분쯤 높아지기도 하고 낮아지기도 하며 들려왔는데, 어머니와 로리 사이에 어떤 일이 있었는지 딸들은 알 수 없었다.

딸들을 불러들였을 때 조는 어머니 옆에서 진정으로 후회하는 얼굴로 서 있는 로리를 보고 금세 용서해 주고 싶은 마음이 들었지만, 그것을 얼굴에 나타내지는 않고 아직 성나 있는 척했다. 메그는 로리의 진심에서 우러나온 사죄를 받아들이고, 부르크 선생이 이 장난을 전혀 모른다는 사실을 확인하고는 겨우 안심했다.

"절대로 이 일을 부르크 선생에게 말하지 않겠습니다. 제발 용서해 주세요. 진심으로 미안하게 생각하고 있습니다. 그 표시로 무슨 일이든 하겠습니다."

로리는 진심으로 부끄러워하고 용서를 빌었다.

"용서해 주겠어요. 하지만 정말 신사답지 못한 행동이에요. 난 로리가 이렇게 음험하고 못된 짓을 하리라고는 생각하지 못했어요."

메그는 마음의 동요를 숨기기 위해 상대방을 나무라는 엄한 태도를 취하고 있었다.

"정말 변명의 여지가 없을 만큼 못된 짓이었어요. 한 달쯤 메그가 상대해 주지 않아도 할 수 없습니다. 그러나 절 용서해 주시는 거죠?"

로리는 듣는 사람의 심금을 울리는 어조로 양손을 맞잡고 진심으로 용서를 바라는 태도였기 때문에, 그런 어처구니없는 일을 저질렀는데도 그에게 찡그린 얼굴로 대할 수 없었다. 메그는 사죄를 받아들였고, 마치 부인도 엄하게 대하려 했지만 로리가 명예를 손상받은 소녀 앞에서 납거미처럼 되어 어떤 벌을 받아서라도 자기 죄를 속죄하겠다고 하자 얼굴을 누그러뜨리지 않을 수 없었다.

그 동안 조는 이 정도에서 마음이 움직여 양보해서는 안 된다고 일부러 새침한 표정으로 외면했다. 로리는 한두 번 조를 흘끔거리며 살피다가 용서해 줄 기미를 보이지 않자 약이 올랐는지 마치 부인과 메그의 이야기가 끝날 때까지 등을 돌리고 있었다. 그리고 조에게는 고개만 끄덕했을 뿐 한 마디도 하지 않고 나가 버렸다.

로리가 가고 난 다음, 금세 조는 좀더 상냥한 태도로 대했더라면 좋았을걸 하고 후회했다. 메그와 어머니가 이층으로 올라가 버리자 외톨이가 된 듯한 느낌이 들어 쓸쓸해졌고 로리가 보고 싶었다. 그래서 돌려줄 책이 있다는 핑계로 이웃의 큰 저택으로 달려갔다.

"로렌스 씨 계세요?"

이층에서 내려오는 하녀에게 조는 물었다.

"네, 계십니다만, 지금은 누구도 만나지 않으시겠대요."

"왜요? 몸이 편찮으신가요?"

"아뇨. 아가씨, 로리 도련님과 다투셨어요? 도련님은 무슨 일 인지 모르겠지만 기분이 나쁘고, 할아버지는 크게 화가 나 계세 요. 무서워서 곁에 접근할 수 없을 정도예요."

"로리는 어디 있어요?"

"방에 틀어박혀서 아무리 노크해도 열어 주지 않아요. 식사 준 비도 다 되었는데 어떡하면 좋을지 모르겠어요. 아무도 내려오시 지 않아요."

"그러면 내가 가 보겠어요. 나라면 두 사람 다 무섭지 않으니 까."

조는 이층으로 올라가 로리의 작은 공부방 문을 세차게 두드렸 다.

"그만둬! 그만두지 않으면 문을 열고 혼내 줄 거야."

젊은 신사는 짜증섞인 목소리로 대답했다. 조는 계속 두드렸 다. 결국엔 문이 확 열리고, 로리가 깜짝 놀라 머뭇거리는 사이에 조는 방안으로 들어갔다. 로리가 정말 화가 나 있는 것을 보고, 그를 다루는 법을 잘 알고 있는 조는 매우 후회하는 듯한 얼굴을 하며 무릎을 꿇고 정중하게 말했다.

"아까 심술궂게 굴어 미안해요. 화해하러 왔어요. 화해해 줄 때까지 돌아가지 않겠어요."

"이제 됐어요. 일어나 조. 그런 어리석은 흉낸 집어치워요."

로리는 무뚝뚝하게 대답했다.

"고마워요. 그러면 일어나겠어요. 그런데 왜 그러죠? 몹시 화났으니 말이에요."

"날 잡고 흔들었어. 정말 참을 수 없어!"

로리는 분함을 참을 수 없다는 듯 큰소리로 말했다.

"누가 그런 짓을 했어요?"

"할아버지가. 만약 그게 다른 사람이었다면 난……."

몹시 화가 난 로리는 오른손에 힘을 주어 때리는 시늉을 했다.

"그런 건 아무것도 아니잖아요. 나도 로리를 노상 잡아 흔드는데 그때는 태연했잖아요."

조가 달래듯 말했다.

"무슨 소리! 조는 여자고 게다가 장난이었잖아요. 하지만 남자는 용서하지 못해, 절대로."

"어쩌다 그런 거예요?"

"조의 어머니에게 무슨 용건으로 불려갔는지 그 까닭을 말하지 않는다고 해서 그랬어요. 난 아무에게도 말하지 않겠다고 약속했기 때문에 그 약속은 깨고 싶지 않았어요."

"어떻게 다른 방법으로 할아버지를 납득시킬 수는 없었어요?"

"안 돼요. 할아버지에게는 거짓말이 절대로 통하지 않으니까 속임수도 소용없어요. 메그에 대한 걸 얘기하지 않고 될 수 있다면 내가 나쁜 짓을 했다고 말하겠는데 그걸 할 수 없으니……. 할아버지가 목을 붙잡을 때까지는 참고 있었어요. 그러다 도저히 참을 수 없어 방을 뛰쳐나오고 말았지요. 울컥하면 내가 무슨 짓을 할지도 모르니까."

"그건 나빠요. 틀림없이 할아버지도 후회하고 계실 거예요. 자, 아래로 내려가서 화해해요. 나도 같이 가 줄 테니까."

"싫어! 조금 장난했다고 해서 설교를 들어야 하고, 주먹으로 얻어맞거나 하고 싶지는 않아. 메그에게 잘못한 것은 후회하고 있어요. 그러니까 사내답게 사과했잖아요. 하지만 내가 잘못이 없는데도 사과를 해야 하는 건 싫어요!"

"할아버지는 모르고 계시잖아요."

"날 그냥 믿어 주면 되는 거예요. 이렇게 어린애 취급 말고 말이에요. 조, 아무리 설득해도 소용없어요. 나 자신의 일은 내가 해결할 수 있어요. 언제까지나 남의 보살핌을 받지 않아도 혼자서 잘 해 나갈 수 있다는 걸 할아버지에게 알려 주겠어요."

"로리는 화를 잘 내는 사람이군!"

조는 한숨을 쉬었다.

"그러면 이 소동을 어떻게 처리할 작정이죠?"

"당연히 할아버지가 먼저 사과해야죠. 그리고 무슨 일이 있어도 내가 말할 수 없다고 하면 그냥 믿어 주시면 되는 거예요."

"농담 아니에요? 그렇게는 안 될걸요."

"그렇다면 밑으로 내려가지 않으면 그뿐이지."

"이봐요. 로리. 잘 생각해서 이 일은 그냥 잊어버려요. 내가 가서 잘 설명해 줄 테니까. 로리, 언제까지나 방 안에만 있을 수도 없는 거 아니겠어요? 그러니까 이런 허세는 집어치우세요."

"어차피 여기 오래 있지는 않을 거예요. 도망쳐서 어딘가로 여행을 가는 거죠. 할아버지도 외로워지면 틀림없이 생각을 굽히실 거예요."

"그건 그렇지만 집을 나가 할아버지를 걱정시키는 일은 나빠요."

"설교 같은 건 집어치워요. 워싱턴에 가서 부르크 선생님을 만나야겠어요. 그쪽은 번화가니까 기분 전환을 위해 실컷 놀아 버릴 거예요."

"그것만은 멋지군요! 나도 도망가고 싶은데."

조는 로리를 지도하는 역할은 깡그리 잊어버리고, 워싱턴의 활기에 찬 군대 생활을 상상해 보았다.

"같이 가요! 조는 아버지를, 나는 선생님을 만나 깜짝 놀라게 해주는 거예요. 그럼 유쾌한 장난이 될걸. 우리는 걱정 말라고 편지를 남겨 놓고 지금 당장 떠나요. 돈이라면 나한테 충분히 있어요. 아버지를 만나러 가는 거니까 조에게도 좋고 아무것도 나쁠 거 없어요."

잠시 동안, 조는 이 음모에 가담할 듯했다. 무모하기도 했으나, 조의 기호에 딱 맞는 계획이었다. 조는 집에 틀어박혀 있는 것에 이제 싫증이 나서 무언가 변화를 원했고, 아버지를 만난다고 생각하니 야영의 진지와 병, 자유, 재미있는 것 등이 뒤섞여 조의 마음을 유혹했다. 이런저런 생각에 잠겨 창 밖을 바라보는 조의 눈은 동경으로 몹시 빛나고 있었다. 그러나 그 눈이 맞은편의 낡은 집에 멎자, 조는 슬픈 얼굴로 이래서는 안 되겠다는 듯 고개를 저었다.

"만약 내가 사내였다면 함께 도망쳐서 놀랍고 즐거운 일을 맛보았을 거예요. 불행하게도 여자로 태어났으니 품행을 바르게 하고 집에 있어야 해요. 로리, 유혹하지 말아요. 이건 정말 어처구니없는 계획이에요."

"그러니까 재미있는 거죠."

로리는 끝까지 고집을 부리며 멋대로의 기분이 되어 어떻게든 자기를 얽매고 있는 것을 부숴 버리고 벗어나고 싶다는 생각을 버리지 않았다.

"이제 그만!"

조는 손으로 귀를 막아 버렸다.

"어차피 얌전한 모습을 하고 언제나 품위 있게 행동해야 하는 것이 내 운명인걸요. 난 단념하겠어요. 그리고 내가 여기에 온 목적은 생각만 해도 뛰어오르고 싶어지는 이런 제안을 들으러 온 게 아니에요."

"메그라면 이 제의를 받고 열이 식을 것 같은 얘기를 할지도 모르지만 조는 보다 용기가 있을 거라고 생각했는데."

로리는 체념하지 않고 자꾸만 부추겼다.

"나쁜 사람이군요! 입 다물어요! 나까지 끌어들이지 말고 자기 잘못이나 반성해요. 만일에 할아버지께서 목덜미를 잡고 흔든 것을 먼저 사과하면 가출은 그만두겠어요?"

조는 정색을 하고 물었다.

"글쎄, 하지만 그건 좀 어려울걸요."

로리는 은근히 화해하고 싶었지만 문제는 심한 자존심이었다.

"난 아이들 시중을 잘 드니까 노인한테도 마찬가지일 거야."

조는 중얼거리면서, 턱을 괴고 몸을 굽혀 철도가 그려진 지도에 열중하고 있는 로리를 남기고 방을 나왔다.

"들어와요."

조가 문을 두드리자 로렌스 노인의 목소리가 오늘따라 더욱 퉁명스럽게 들려왔다.

"저예요. 책을 돌려 드리러 왔어요."

조는 상냥하게 말하며 들어갔다.

"무슨 읽고 싶은 책이라도 있니?"

노신사는 울적하고 성난 모습을 애써 숨기려는 것 같았다.

"네, 할아버지. 사뮤엘(사뮤엘 존슨. 영국 문학자. 1709~1784)이 아주 좋아졌기 때문에 제 이 권도 빌리고 싶어서요."

조는 전에 로렌스 노인이 재미있다고 권하던 보즈웰(영국 변호사, 1740~1795)의 《존슨전》(존슨의 좌담을 기록한 전기)의 다음 권을 빌려서 이 노인의 마음을 달래려고 했다.

로렌스 노인이 존슨에 대한 책이 있는 쪽으로 이동 사다리를 굴리고 갈 때 일그러진 눈살이 조금은 펴진 것 같았다. 조는 성큼성큼 올라가서 꼭대기에 앉아 책을 찾고 있는 척하면서, 방문하게 된 목적을 어떻게 꺼내야 좋을지 궁리하고 있었다. 로렌스 노인은 조가 뭔가 할말이 있다는 것을 재빠리 알아차렸다. 대여섯 번 방안을 터벅터벅 왔다갔다하다가 느닷없이 말을 꺼냈기 때문에 조는 놀라서 손에 들었던 《라세라스》(1759년 존슨의 저서. 인간 사회의 허영을 풍자한 것)를 바닥에 떨어뜨려 버렸다.

"우리 집 애가 도대체 무슨 짓을 했지? 감싸 주지 않아도 좋아. 그 애가 돌아왔을 때의 태도로 미루어 뭔가 나쁜 짓을 저질렀다는 것을 알 수 있었어. 그런데 녀석이 고집만 부리고 자백을 안 해. 화가 나서 쥐고 흔들어 주었더니 이층으로 달아나서 문을 잠가 버렸어."

"사실 로리는 나쁜 짓을 했어요. 그러나 우리가 용서해 주었어요. 그리고 모두가 그 일은 입 밖에 내지 않기로 약속했어요."

조는 하는 수 없이 입을 열었다.

"그건 안 되지. 너희들같이 마음이 착한 아가씨들과의 약속 때문에 다른 누군가를 속인다는 건 절대로 안 돼. 나쁜 짓을 했으면 사내답게 자백하고 벌을 받아야지. 자, 말해 봐, 조. 이걸 그대로 둘 수는 없어."

로렌스 노인은 무서운 얼굴을 하고 엄한 목소리로 재촉했다. 조는 그 자리에서 도망치고 싶었지만 사다리의 꼭대기에 앉아 있었고, 로렌스 노인은 마치 사자가 통로를 막고 있는 것처럼 그녀의 발 아래 서 있었기 때문에 움직일 수도 없었으므로, 부득이 용기를 내지 않으면 안 되었다.

"하지만 정말로 말씀드릴 수가 없어요. 어머니가 절대 이야기해서는 안 된다고 말씀하셨어요. 로리는 벌써 고백했고 충분히 벌도 받았어요. 우리는 로리를 감싸 주기 위해서가 아니라 다른 사람을 위해 침묵을 지키고 있는 거예요. 만약 할아버지까지 이일에 관계하시면 문제가 아주 복잡해져요. 그러니까 제발 할아버지, 그대로 내버려둬 주세요. 한편으로는 우리들도 잘못한 게 있으니까요. 오늘 일은 모두 끝났으니까 그런 것은 잊어버리시고 《램블러》(1750년부터 1752년 사이의 존슨의 평론을 실은 간행물)에 대해서든가 무언가 재미있는 얘기를 해요, 할아버지."

"《램블러》 같은 건 아무래도 좋아! 자, 내려와서 분별없는 우리 애가 배은망덕한 일이나 건방진 짓을 하지는 않았는지 모두 얘기해 줘야겠다. 만약 너희들이 그렇게 친절히 대해 주는데도 그런 짓을 했다면 내가 그냥 두지 않을 테니까."

이 위협은 상당히 무섭게 들렸지만 조는 그 말에 놀라지 않았다. 이 성급한 노신사는 손자에게 입으로는 별말을 다해도 손가락 하나 대지 않는다는 것을 조는 잘 알고 있었기 때문이다. 조는 노인의 말에 따라 얌전하게 사다리에서 내려와서 메그는 관련시키지 않고 될수록 장난스럽고 가볍게, 그래도 골자는 빼놓지 않고 말했다.

"흐흠, 그럼 그 애가 입을 열지 않는 것은 약속 때문이지 고집 때문이 아니란 말이지? 그렇다면 용서해 주지. 그 애는 고집이 너무 세서 다루기 힘들단 말이야!"

로렌스 노인은 머리카락을 싹싹 비비며 말했기 때문에, 마치 머리는 강풍이라도 만난 듯 흐트러져 버렸다. 그렇지만 이마에 잡혔던 주름은 안심한 듯 펴졌다.

"저도 고집불통이에요. 하지만 로리는 왕이나 군대나 말이 총동원되어도 꼼짝 않다가, 친절한 한 마디의 말에는 쉽게 넘어가요."

조는 계속해서 난처한 짓을 저지른 자기 친구를 위해 유리한 이야기를 하려고 애썼다.

"조는 내가 그 애에게 상냥하게 대하지 않는다고 생각하니?"

"아니, 그런 게 아니에요. 할아버지는 때로는 지나치게 상냥하세요. 그러나 로리가 할아버지를 애태울 때는 좀 성급하신 편이

390

에요. 그렇지 않은가요?"

조는 모든 것을 거리낌없이 말해 버리기로 결심했기 때문에 이렇게 딱 잘라 말했다. 좀 떨리기는 했지만 태연한 척 가장하고 있으니까 이 노신사가 안경을 소리나게 테이블 위에 놓고서,

"틀림없이 네 말대로야! 난 그 애를 사랑하고 있어. 그러나 그 애는 더 이상 참을 수 없을 정도로 날 애태우고 있지. 이대로 가면 끝내는 어떻게 될지 모르겠어."

하고 솔직히 말했기 때문에, 조는 뜻밖의 일에 놀라는 한편 마음을 놓았다.

"로리는 가출할지도 몰라요."

조는 이렇게 말해 버리고 순간 잘못했다고 후회했다. 조로서는 그저 로리가 너무 구속받고 있는 것이 보기에 안쓰러워서 이제 좀 고삐를 늦춰 달라고 부탁할 작정이었던 것이다.

로렌스 노인의 불그스레한 얼굴이 별안간 창백해졌다. 노인은 테이블 위에 있는 아름다운 남자의 초상화를 괴로운 듯 바라보더니 의자에 털썩 주저앉아 버렸다. 그 그림은 젊었을 때 가출해서 오만한 노인의 의지를 꺾고 결혼했던 로리 부친의 초상이었다. 조는 틀림없이 할아버지가 옛날 일을 상기하고 슬퍼하는 것이라고 생각하고 괜한 말을 했다고 속으로 후회했다.

"하지만 로리는 여간한 일 아니고는 가출하지 않을 거예요. 그저 가끔 공부하기 싫어지면 그렇게 말하고 위협하는 것뿐이겠죠. 저도 가끔 그러고 싶어질 때가 있어요. 특히, 머리를 잘라 버린 요즈음에는요. 만약 우리 둘이 없어지면 '두 소년'의 행방을 찾는 광고를 내서 인도행 기선을 뒤지시면 될 거예요."

조가 이렇게 말하고 웃었기 때문에 로렌스 노인은 이것이 모두 농담이라고 생각하고 마음을 놓는 모습이었다.

"말괄량이 아가씨군. 네가 그런 말을 하다니 어처구니없구나. 나에 대한 존경이나 훌륭한 가정 교육은 도대체 어디다 던져 버렸니? 정말 아이들이란 할 수 없군! 언제나 고생의 원인이 돼. 그렇다고 해서 아이들이 없으면 또 곤란하고 말이야."

노인은 기분이 좋아져서 조의 뺨을 꼬집기도 했다.

"자아, 가서 그 애를 식사하러 아래로 데리고 와 주지 않겠니? 이제 괜찮다고 하고 말이야. 할아버지에게 일부러 지은 비장한 표정은 그만하라고 해라. 보기 싫으니까."

"로리는 듣지 않을 거예요. 말할 수 없다고 했는데도 할아버지가 자기를 믿어 주시지 않았다고 몹시 화가 나 있어요. 잡고 흔들었기 때문에 비뚤어진 모양이에요."

조는 여기서 비장한 표정을 지어 보이려고 했으나, 별 효과 없이 로렌스 노인은 웃어 버렸다. 그러나 조는 그것으로 자신이 이 싸움에서 이겼다고 생각했다.

"그건 나도 후회하고 있단다. 내게 똑같이 하지 않은 것을 오히려 감사해야 할 정도야. 도대체 나더러 어떻게 하라는 거냐, 그 애는?"

노인은 다소나마 자신의 성급함이 부끄러운 듯 말했다.

"제가 할아버지라면 사과장을 쓰겠어요. 로리는 그것을 받기까지는 내려오지 않겠다고 하면서 워싱턴에 대해 말하기도 하고, 아주 토라져 있어요. 그러니까 형식적으로라도 사과장을 주면 자기가 어리석었다는 것을 깨달을 것이고 마음이 개운해져 내려올 거예요. 써 주실 거죠? 로리는 장난을 좋아하니까 그렇게 하는 편이 말로 하는 것보다 나을 거예요. 제가 가져가서 할아버지에게 효도해야 한다는 것을 일깨워 줄게요."

로렌스 노인은 조의 얼굴을 흘끔 보고는 탁자 위에 놓인 안경을 쓰면서 천천히 말했다.

"넌 아주 영리한 애구나. 그러나 너나 베스한테는 그렇게 조종당해도 좋아. 자, 어서 종이를 가지고 와라. 이런 어리석은 일은 빨리 끝내는 게 좋아."

그 짧은 편지는 한 신사가 자신과 동등한 상대에게 뭔가 큰 모욕을 준 후에 사과할 때의 문구로 쓰여 있었다. 조는 로렌스 노인의 머리에 키스하고는 계단으로 뛰어올라가 사과장을 문 밑으로 밀어 넣었다. 열쇠구멍을 통해 얌전해지라든가, 예절바르게 행동하라든가, 도저히 할 수 있을 것 같지 않은 행위까지도 두세 마디 충고했다. 그리고 문이 잠겨져 있었기 때문에 뒷일은 편지의 효과에 맡기고 조용히 그 자리를 떠나려는데, 로리가 계단 난간을 타고 미끄러져 내려가 아래에서 그녀를 기다리며 진지한 표정으로 기다렸다.

"조, 참으로 착한 사람이야! 할아버지에게 몹시 당하지 않았어요?"

로리는 웃으며 물었다.

"아니요. 할아버지는 부드럽게 대해 주셨어요."

"이곳 저곳에서 꾸지람을 듣고, 조마저 용서해 주지 않았기 때문에 이제 될 대로 되라는 기분이었어요."

로리는 변명처럼 말했다.

"그런 식으로 말하면 안 돼요. 자, 새 페이지를 열고 다시 시작하는 거예요. 당신은 착한 사람이니까."

"난 항상 새 페이지만 들추면서 언제나 그걸 더럽히고 있지요. 마치 옛날 연습장을 더럽힌 것처럼 말이에요. 그게 너무나 여러 번 반복되니까 끝이라는 게 없는 것 같아요."

그는 슬픈 표정으로 말했다.

"자, 밥 먹으러 가요. 그러면 기분이 좋아질 거예요. 남자들이란 배가 고프면 불평이 많아 귀찮아져요."

조는 그렇게 말하며 현관으로 향했다.

"그건 우리 남성을 모욕하는 거예요."

로리는 에이미의 틀린 것 투성이의 말투를 흉내냈다. 그러고 나서 작은 검은 구름이 걷혀 버렸다고 모두들 생각했다.

한편 장난은 진짜 효과가 있었다. 설사 딴 사람들이 잊었다고 해도 메그만은 잊을 수 없었기 때문이다. 메그는 두 번 다시 '그 사람'에 대해 입을 열지 않았지만 항상 그 사람을 생각했고, 그 생각은 전보다도 심해져 꿈에서까지 보는 일이 많아지고 있었다.

언젠가 조가 우표를 찾기 위해 언니의 책상을 뒤지고 있을 때 '존 부르크 부인'이라고 갈겨 쓴 종이 쪽지를 발견했다. 조는 자기도 모르게 괴로운 신음 소리를 내며 그 쪽지를 불 속에 던져 버렸지만, 어쨌든 로리의 장난으로 인해 마음속 깊이 슬픈 날이 더욱더 빨리 다가온다는 것을 느끼지 않을 수 없었다.

# 즐거운 들

폭풍이 지나간 뒤의 개인 날씨처럼 그로부터 수주일 동안은 아주 평화로웠다. 아버지와 베스의 병세는 차츰 회복되었고, 아버지는 내년 초에는 돌아올 수 있을 것이라고 얘기했다. 베스도 서재 소파에 하루 종일 앉아 있을 정도가 되었다. 처음에는 고양이들과 놀다가 오래지 않아 인형옷을 만들기도 하며 혼자서 놀게 되었다. 전에는 그렇게도 부지런하게 일했던 손발이 굳어지고 힘도 빠졌기 때문에 매일 집안을 산책하는 것은 조가 굳센 팔로 도와주고 있었다. 메그는 귀여운 동생을 위해 흰 손을 까맣게 만들거나 불에 데기도 하며 정성껏 요리를 만들었다. 에이미는 반지의 맹세를 충실히 따라 될수록 많은 보물들을 언니들이 억지로 받도록 해서 참으로 멋있는 귀가 모습을 보여 주었다.

크리스마스가 다가오자 모두들 예전처럼 갖가지 기발한 계획들을 생각해 냈다. 그중에도 조는 이번 크리스마스는 예년과는 달리 특별히 기쁘니까 축하도 특별해야 한다며 실현 불가능한 어처구니없는 제안을 해서 가족들을 크게 웃겼다. 로리도 조처럼 불가능한 것을 시도하는 부류라서, 만약 마음대로 해도 된다면 '화롯불을 피우고 불꽃을 올리며 개선문을 만들 텐데' 하고 말했다. 여러 번 언쟁을 되풀이한 끝에 이 꿈 같은 일만 생각하는 두 사람은 마침내 모두에게 무시당해 맥이 빠진 얼굴로 돌아다녔다. 그래도 두 사람만 있을 때에는 서로 뭔가를 상의하면서 큰소리로 웃기도 하는 것으로 보아 그 맥풀린 얼굴도 별로 믿을 수 없었고, 무슨 꿍꿍이속인지 확실히 알 수 없었다.

드물게 따뜻한 날이 오, 육 일 계속되며 멋진 크리스마스를 예고했다. 해너는 일찍부터 올해 크리스마스야말로 보기 드물게 좋은 날씨가 될 것이라는 걸 피부로 느끼고 있었는데 이 예언대로 된 것이다. 모두들 모든 일이 대성공으로 끝날 것임에 틀림없다고 생각했고, 제일 먼저 아버지에게서 이제 곧 모두 함께 할 수 있을 것이라는 편지가 왔다. 베스도 그날 아침 전에 없이 아주 기분이 좋아져서 어머니가 선물로 준 부드럽고 새빨간 모직 실내복을 입고 조와 로리가 주는 선물을 보러 창가에까지 의지해서 갔다.

남들을 깜짝 놀라게 하고 싶어 견딜 수 없어 하는 두 사람은 자기들의 명예를 건 듯 솜씨를 보였다. 마치 장난꾸러기 작은 요정처럼 남들 몰래 밤새 움직여서 재미있고 놀라운 것을 마법처럼 만들어 낸 것이다. 마당 가운데에는 굉장히 큰 눈아가씨가 서 있었다. 호랑이가시나무 관을 쓴 채 한쪽 손에는 과일과 꽃이 가득 들어 있는 바구니를 들고, 또 한 쪽 손에는 새 악보를 말아 들었다. 무지개라고 해도 속을 것 같은 모포를 차가운 어깨에 걸치고,

입술에는 핑크빛 기다란 종이도 드리워져 있었다. 거기에는 다음과 같은 크리스마스 노래가 쓰여 있었다.


산(山) 소녀가 베스에게 드림

여왕인 베스에게 은총 있으라!
그대를 괴롭히는 자 없고
그저 튼튼하게, 편안히
행복 있으라고 빈다.
오늘 좋은 날, 크리스마스에

꿀벌인 그대여, 받으시오.
맛있는 과일, 여기 있나니
꽃 향기는 그 코에
노랫가락은 잘 울리는
피아노를 위해, 또다시
따뜻한 모포 그 발에

그대여 보아라, 이 초상
라파엘 2세가 화필을 들고
심혼 기울여 그린
인형 조안나의 모습이야말로
참으로 아름답고 꼭 닮아

이 솜씨를 칭찬해 주오.

야옹 부인의 꼬리를 장식하는
빨간 리본을 잡아요.
또 아름다운 언니 메그
손수 만든 아이스크림
그 모양은 흡사
통 속인 몽블랑

눈아가씨 그 가슴속에
만든 두 사람 다 같이
몰래 간직해 둔 깊은 사랑
그것을 받아라. 알프스의
아가씨와 함께 보낸다.

조, 로리로부터

그것을 보고 베스가 얼마나 웃었는지 모른다. 로리는 그 선물들을 하나하나 운반하느라 몹시 바쁘게 뛰어다녔고, 조는 아주 우스운 연설을 하며 그 물건을 건네 주었다. 베스는 흥분이 가라앉자 휴식을 위해 조에게 이끌려 서재로 가서 '산 아가씨'가 보내 준 맛있는 포도를 받아먹으면서 만족한 모습으로 말했다.
"나 지금 너무 행복해서 가슴이 벅차. 아버지만 여기 계시다면 한 방울의 행복도 더 필요없어."

"나도 그래."

조는 오랫동안 갖고 싶어했던 《안디인과 신트램》이 들어 있는 호주머니를 두드렸다.

"정말 나도 그래."

에이미는 어머니에게서 받은 예쁜 액자에 들어 있는 성모 마리아와 어린 그리스도의 판화를 찬찬히 바라보면서 언니들의 흉내를 내며 말했다.

"물론 나도 그래."

이번에는 메그가 큰소리로 말했다. 메그는 생전 처음으로, 로렌스 노인이 꼭 받아 달라고 해서 받은 비단옷의 은빛 주름을 쓰다듬고 있었다.

"엄마도 참으로 기쁘단다."

마치 부인도 기쁜 표정으로 남편에게서 온 편지를 쥐고 베스의 생글생글 웃는 얼굴을 보면서 전에 딸들이 가슴에 달아 준 회색과 금빛, 밤색과 갈색의 네 사람의 머리카락으로 만든 브로치를 손으로 만지작거리고 있었다.

그날 그날을 바쁘게 일하지 않으면 안 될 이 세상에도, 때로는 즐거운 전설에 나오는 것 같은 일이 일어나서 큰 위안을 주는 법이다. 모두들 행복해서 이제 한 방울밖에 행복이 들어갈 틈이 없다고 말한 지 삼십 분 후에 그 한 방울이 찾아왔다. 로리가 응접실의 문을 열고 머리를 들이밀었다. 그리고 억제하려고 해도 숨길 수 없는 흥분과 기쁨 때문에 목소리까지 이상해져서 목이 멘 소리로 이렇게 말했고, 모두들 튕기듯 자리에서 일어났다.

"마치 댁의 여러분에게 또 크리스마스 선물이 왔습니다."

말을 마치자마자 로리는 밖으로 나가 버리고, 그 대신 눈 있는 데까지 목도리를 감은 키 큰 남자가 또 한 사람의 팔에 기대어 나타났다. 그 남자는 무엇인가 말하고 싶은데 아무리 해도 목소리가 나오지 않는 것 같았다.

와 하고 모두가 달려간 것은 말할 필요도 없었다. 한참 동안의 소동이 있었다. 도저히 믿기지 않는 일이 일어난 것이다. 마치 씨는 귀여운 네 쌍의 팔에 껴안겨 모습도 보이지 않았다. 조는 창피하게도 정신이 멍해져서 벽장 앞에서 로리의 간호를 받는 형편이었다. 부르크 선생은 흥분에 겨워 메그에게 키스해 버리고, 알아들을 수 없는 말로 변명을 하고 있었다. 새침데기 에이미도 의자가 뒤집어진 채 일어나지도 못하고 아버지의 장화에 매달려 울음을 터뜨렸다. 그것은 모두의 마음을 울리는 애처로운 광경이었다. 가장 먼저 흥분을 가라앉힌 마치 부인은 한쪽 손을 올리고 모두를 제지했다.

"조용히! 베스를 잊어선 안 돼."

그러나 벌써 늦었다. 서재의 문이 쓱 열리더니 귀엽고 빨간 실내복이 입구에 나타났다. 환희가 그 힘없는 손발에 힘을 준 것이다. 베스는 아버지의 품 안으로 곧바로 달려갔다. 나중은 어떻게 되든 그런 것은 이제 아무래도 좋았다. 모두의 마음에는 기쁨이 넘치고, 지난날의 괴로움을 모두 잊어버린 채 그저 지금 이 순간의 즐거움만이 남았다.

그러나 모두가 꿈처럼 황홀해 있지만은 않았다. 마음속의 웃음은 모두에게 제정신이 들게 했다. 해너가 부엌에서 이곳으로 달려왔을 때 칠면조를 불에서 내려놓는 것을 잊어버렸다고 문 뒤에서 훌쩍훌쩍 울고 있었기 때문이다. 울음소리가 그치자 마치 부인은 부르크 선생에게 남편을 성심껏 돌봐 준 데 대한 인사말을 했고, 마치 씨를 쉬게 해야 한다고 생각한 부르크 선생은 로리를 데리고 허둥대며 돌아갔다. 아버지와 베스는 나란히 안락의자에 앉아 쉬면서 이런저런 이야기로 끝이 없었다.

마치 씨는 모두를 깜짝 놀라게 하고 싶었던 것과 날씨가 좋아져서 의사가 돌아가도 좋다고 허락해 준 이야기, 부르크 선생이 진심으로 친절하게 대해 준 것, 참으로 훌륭하고 존경할 만한 청년이라는 것 등을 이야기했다.

여기서 잠시 이야기를 멈춘 마치 씨는 난롯불을 거칠게 휘젓고 있는 메그 쪽을 보고 부인에게 도대체 어떻게 된 일이냐고 묻는 듯이 눈을 찔끔했다. 마치 부인은 가만히 머리를 끄덕여 보이고 별안간,

"뭐라도 드시지 않겠어요?"

하고 물었다. 도대체 왜 이 두 사람이 이런 행동을 취했는지 그 이유는 독자 여러분의 상상에 맡기겠다. 이 두 사람의 모습을 본 조는 그 이유를 깨닫고 화난 얼굴로 포도주와 소고기 스프를 가지러 가려고 문을 탕 닫고 중얼거렸다.

"난 갈색 눈을 가진 존경할 만한 청년 같은 건 아주 싫어!"

그날 모든 사람들 앞에 차려진 크리스마스 식사는 지금까지 한 번도 먹어 본 적이 없는 성대한 만찬이었다. 해너가 뱃속에 여러 가지를 다져 넣고 누르스름하게 구워 많은 장식을 붙인 칠면조는 아주 대단한 것이었다. 건포도가 든 푸딩은 너무 맛있어서 입에 넣으면 그냥 녹아 버렸다. 젤리도 아주 맛있게 되어 에이미는 꿀

단지에 들어간 벌처럼 정신없이 먹었다. 모든 것이 순조롭게 잘 되었기 때문에 그저 신의 덕택이라고 해너가 말했다.

"마님, 전 참 허둥댔어요. 푸딩을 칠면조와 바꿔 굽지 않은 것도, 칠면조 뱃속에 건포도를 넣지 않은 것도 기적일 것입니다. 칠면조를 자루에 넣어 익히지 않았다는 게 이상할 정도니까요."

로렌스 노인과 그 손자도 이 만찬에 초대되었다. 부르크 선생도 함께 왔는데, 조가 무서운 얼굴로 그를 계속 노려보았기 때문에 로리는 재미있다고 생각했다. 두 개의 안락의자가 테이블 맨 윗자리에 놓여졌고, 그곳에 아버지와 베스가 앉아 닭과 작은 과일을 조심스럽게 먹고 있었다. 일동은 건강을 축원하면서 건배하고, 이야기꽃을 피우기도 하고, 노래를 부르거나, 나이 많은 사람이 흔히 말하는 추억담을 말하기도 하며 즐거운 한때를 보냈다. 썰매 놀이를 하자는 이야기도 나왔지만 딸들이 아버지 곁에서 한시도 떨어지려 하지 않았기 때문에 손님들은 일찍 돌아갔다. 주위가 컴컴해질 무렵, 이 즐거운 일가는 난로에 둘러앉았다.

"참, 바로 일 년 전이야. 우리는 초라한 크리스마스를 맞았기 때문에 투덜거리며 불평했지. 생각나?"

많은 이야기를 주고받고 잠시 침묵을 지키고 있을 때 조가 입을 열었다.

"돌아보면 즐거운 일 년이었어."

메그는 난로를 응시하면서 미소지었다. 마음속으로는 훌륭한 태도로 부르크 선생과 응대할 수 있었던 것을 기뻐하고 있었다.

"난 아주 괴로웠어."

생각이 많은 듯 반지의 빛을 뚫어지게 바라보면서 에이미가 말했다. 아버지 무릎 위에 앉아 있던 베스도 속삭였다.

"괴로웠던 일도 다 지나가서 기뻐, 아버지도 돌아오시고……."

"너희들 귀여운 순례자들에게는 고통스런 여행길이었겠지. 특히 후반은 더 그랬을 거야. 그러나 너희들은 용기 있게 잘 극복했어. 그러니까 각자의 무거운 짐은 이제 저절로 굴러떨어지리라고 아버지는 생각한다."

마치 씨는 자기 주위에 모여 있는 정다운 네 얼굴을 보고 아버지다운 만족한 마음을 보이면서 말했다.

"아버지, 어떻게 그걸 알고 계세요? 엄마가 말씀하셨어요?"

조가 물었다.

"자세히 듣지는 않았지만 짚이 흔들리는 상태로 바람의 방향을 아는 거야. 게다가 오늘 내가 발견한 것도 몇 개인가 있어."

"어떤 거예요? 알려 줘요, 아빠."

하고 말하면서 메그는 아버지 바로 옆에 앉았다.

"여기 하나."

아버지는 의자 팔걸이에 놓인 메그의 손을 잡고 거칠어진 집게 손가락, 화상을 입은 손등, 손바닥에 박힌 못을 보여 주었다.

"나는 이 손이 하얗고 매끈했던 무렵을 잘 기억하고 있단다. 네가 가장 신경을 쓰던 것이 어떻게 하면 이 손을 아름답게 해 두는가였지. 그 무렵의 손도 아주 예뻤지만 내게는 지금이 훨씬 더 아름답구나. 상처 속에서 아버지는 작은 역사를 볼 수 있기 때문이야. 남에게 잘 보이고 싶은 허영심 따위를 신에게 제물로 바친 거지. 이 굳어진 손바닥은 화상뿐만 아니라 더 좋은 것을 익히게 해 주었고, 손가락을 바늘에 찔리면서 만들어 낸 옷은 틀림없이 오래오래 가리라고 생각해. 한 땀 한 땀마다 착한 마음씨가 담겨 있기 때문이야. 귀여운 메그, 아버지는 하얀 손이나 사치스러운 옷차림보다 가정을 행복하게 만드는 여인다운 솜씨를 훨씬 더 존중해. 아버지는 이 근면하고 귀여운 손이 참으로 자랑스러워. 그리고 이 손을 너무 빨리 놓고 싶지 않구나."

만약 메그가 오랫동안 참을성 있는 수고에 대해 보상을 바라고 있었다면 힘껏 잡아 준 아버지의 손과 '수고했다'라고 말해 주는 듯한 미소 속에서 그것을 발견했을 것이다.

"조는 어때요, 아빠? 무언가 칭찬해 주세요. 언니는 정말 열심히 일했고, 내게도 잘 대해 주었어요."

베스는 아버지의 귓가에 대고 속삭였다. 아버지는 싱긋 웃고 볕에 그을린 얼굴에 드물게 온순한 표정을 짓고 맞은편에 앉아 있는 키 큰 딸을 찬찬히 보았다.

"아직 머리는 짧지만 일 년 전에 두고 간 '아들'은 아주 변해 있구나. 칼라에 예쁘게 핀을 꽂고 구두 끈도 단정히 매며, 휘파람을 불어대거나 이상한 말투도 쓰지 않고, 전처럼 소파에 뻗고 눕지도 않으니 말이다. 간호하느라 신경을 써서 안색이 좋지 않기는 하지만 아버지는 그런 것을 보는 것이 아주 기뻐. 표정은 훨씬 얌전해지고 큰소리도 지르지 않으며, 뛰어 돌아다니지 않고 태도도 조용해졌어. 어머니같이 한 작은 아이를 돌봐 준 것도 아버지는 몹시 기쁘단다. 장난꾸러기 딸이 없어져 쓸쓸하기는 하지만 그 대신 착실하고, 믿을 수 있고, 마음씨 고운 숙녀가 된다면 그것으로 만족이야. 내가 아는 한 워싱턴을 아무리 뒤져도 내 착한 딸이 보내 준 이십 오 달러로 살 만한 가치 있고, 아름다운 것은 아무것도 없었다는 거야."

조는 칭찬을 기대하지는 않았지만 난로 불빛에 드러난 야윈 얼굴이 장미빛으로 물들고 그 날카로운 눈에는 눈물이 괴었다.

"자, 이번에는 베스 차례야."

에이미는 자기 차례가 기다려졌지만 얌전히 기다리며 말했다.

"베스는 너무 야위어 작아졌기 때문에 많은 말을 할 수가 없구나. 너무 말하면 빠져나가 도망칠 것 같으니까 말이야. 그런데 전보다 더 수줍음을 타게 된 것 같아."

쾌활하게 입을 연 아버지는 하마터면 이 아이를 잃을 뻔했다는 것을 생각하고는 꼭 껴안고 뺨을 비볐다.

"베스, 아버지는 무사히 널 되찾았어. 설령 무슨 일이 있어도 두 번 다시 그런 일을 일어나지 않도록 할 거야."

잠시 모두 조용히 앉아 있었다. 아버지는 발언저리의 낮은 의자에 앉아 있는 에이미를 내려다보고 윤기 흐르는 머리를 정답게 쓰다듬어 주면서 말했다.

"에이미는 아까 식사할 때 닭발을 뜯었지? 오후에는 어머니의 심부름을 다녔고. 오늘 밤은 메그에게 고정된 자기 자리를 양보해 주고, 누구에게나 참을성 있고 명랑하게 시중들어 주더구나. 또 떼를 쓰거나 거울만 들여다보는 일도 없어지고, 손가락에 끼고 있는 예쁜 반지에 대해서 한 마디도 하지 않았어. 자신의 일보다 남의 일을 먼저 생각하고, 마치 찰흙 인형을 만드는 것처럼 주의 깊게 자기 인격을 형성하려고 하는 것을 알 수 있어서 아버지는 아주 기뻤단다. 에이미의 품위 있는 모습도, 자존심은 세지만 자기만이 아니고 남을 위해서도 생활을 아름다운 것으로 만드는 재능을 지닌 귀여운 딸을 남에게 자랑하고 싶어지는구나."

칭찬을 받은 에이미는 고맙다고 하며 반지에 대해 얘기했다.

"베스, 넌 무얼 생각하고 있어?"

조가 물었다.

"나, 오늘 《천로역정》을 읽었어. 수많은 어려움을 극복하고 크리스찬과 호프풀 두 사람이 일 년 내내 꽃이 피어 있는 즐거운 들에 이르러 바로 지금, 우리와 마찬가지로 여행의 목적지로 가기 전에 쉬는 대목 말이야."

베스는 이렇게 대답하고, 아버지 팔에서 빠져나와 천천히 피아노 쪽으로 갔다.

"이제 노래 부를 시간이에요. 저는 제 자리에 앉겠어요. 순례자들이 듣는 양치기 소년의 노래를 부를게요. 아버지를 위해 제가 작곡했어요. 아버지는 그 노래의 가사를 좋아하시니까요."

그리고 베스는 작은 피아노 앞에 앉아 조용히 건반을 치며 두 번 다시 듣지 못하게 되지나 않을까 하고 모두들 걱정했던 그 부드럽고 아름다운 목소리로 노래 부르기 시작했다. 베스에게 아주 잘 어울리는 예스러운 노래였다.

낮은 곳에 있는 자는
떨어질 염려 조금도 없고
마음이 교만해지는 일 없다
마음이 가난한 자 항상 신을 길잡이로 받든다.

나는 충만하게 가진 자

어쨌든 적든 많든
나 여전히 애써 구하는
충만한 마음 줄 것이다.

하늘 나라 찾아가는 여행자에게
보물이 많으면 무거운 짐이다.
이 세상 것은 보잘것없어
그쪽에서 행복을 찾아내는 것은
참으로 우리에게 좋은 길이다.
언제나 변치 않는 좋은 길이다.

# 마치 백모님, 문제를 매듭짓다

여왕벌 주위에 모이는 꿀벌처럼 어머니와 딸들은 다음날도 아버지 주위를 떠나지 않았다. 모든 것을 내동댕이치고 새 병자에게 달라붙어 눈도 떼지 않고 줄곧 옆에서 이야기에 귀를 기울이고 있었다. 병자는 이런 친절의 총공세를 받아 금세 죽게 될지도 모를 정도였다. 아버지는 베스의 소파 옆에 있는 큰 의자에 기대고 다른 세 아가씨들은 그 옆을 둘러싸고, 해너는 가끔 그립던 주인 나리를 엿보러 불쑥 얼굴을 내밀거나 했다. 모두의 행복은 이제 아주 충만해 있었다.

그런데 무언가 아쉬운 것이 있었다. 아무도 그것을 입 밖에 내진 않았지만 언니들은 그것을 느끼고 있었다. 마치 부부는 메그를 볼 때 걱정스러운 듯 서로 얼굴을 마주보았다. 조는 별안간 심각한 표정으로 부르크 선생이 잊고 현관에 두고 간 우산에 주먹을 휘두르기도 했다. 메그는 왜 그런지 멍해서 부끄러운 듯 가만히 있다가 벨이 울리면 깜짝 놀라기도 하고, 존이라는 이름이 누군가의 입에 오르면 얼굴이 빨개졌다.

"모두들 뭐 기다리는 거라도 있는 거야? 침착성이라곤 전혀 없고 이상해. 아버지도 돌아와 계신데."

에이미마저 그렇게 말했다. 베스는 어째서 이웃 사람들이 전처럼 놀러오지 않는가 하고 순진하게도 이상스럽게 생각했다.

오후에 로리가 지나가다 창가에 있는 메그를 보고 눈 위에 한쪽 무릎을 꿇고, 가슴을 두드리며 머리를 쥐어짜는 시늉을 하다가 손을 내밀어 무엇인가 기원하는 모습을 해 보였다. 메그가 이상한 흉내내지 말고 저리 가라고 하니까 손수건을 꺼내 마치 눈물을 닦는 듯한 동작을 하며 아주 희망을 잃은 듯 비실비실 모퉁이를 돌아갔다.

"저 엉터리가 왜 저런 짓을 할까?"

하고 메그는 모르는 척 웃으면서 말했다.

"언니의 존이 지금 저 상태라는 거야. 가슴 아프지?"

조는 경멸하는 투로 말했다.

"나의 존, 어쩌고 하지 말아. 그런 말 들을 이유도 없고, 사실도 아니니까."

그러나 메그는 그 이름의 여운이 좋았던지 다시 말했다.

"이봐, 조, 날 난처하게 만들지 마. 그 사람 좋아하지 않는다고 했잖아. 무엇을 내세워 얘기할 필요는 없는 거야. 그저 친구로서 지금까지와 마찬가지로 지내면 되는 거야."

"그렇게는 안 될걸. 그런 얘기가 이미 나왔으니까. 게다가 로리의 장난이 언니의 기분을 아주 망쳐 버렸어. 나뿐만 아니라 어

머니도 그렇게 생각하고 계셔. 언니는 전과 아주 달라졌어. 내게
서 떨어져 어디로 가 버린 것 같아. 언니를 난처하게 만들 생각은
전혀 없어. 그러기는커녕 사내처럼 참을 작정이야. 하지만 빨리
결말이 났으면 좋겠어. 우물쭈물 기다리는 건 싫어. 그러니까 만
약 결혼할 작정이라면 빨리 결정해 버려."

"하지만 그 사람이 아무 말도 않는데 내 쪽에서 어쩔 수 없잖
아. 또 내가 너무 어리다고 아빠가 말씀하셨으니까. 그 사람도 말
하지 않으리라고 생각해."

메그는 허리를 굽히고 일을 하면서 묘한 미소를 띠었다. 너무
어리다는 점에서는 아버지의 의견에 찬성할 수 없다는 듯 보였다.

"만약 그 사람이 말을 끄집어내면 딱 잘라 '싫어요' 라고 하지
못하고, 어떻게 해야 좋을지 몰라 울어 버리거나 빨개져서 그 사
람이 하라는 대로 할 게 뻔해."

"난 네가 생각하는 것처럼 어리석지도, 겁쟁이도 아니야. 나도
해야 할 말은 알고 있어. 뜻밖에 당해도 당황하지 않도록 다 계획
하고 있는걸. 언제 무슨 일이 일어날지 모르잖아. 그래서 난 빈틈
없이 준비해 두고 싶은 거야."

조는 자기도 모르는 사이에 보여 준 메그의 여유 있는 모습을
보고 무의식중에 미소짓지 않을 수 없었다. 그 모습은 때로는 빨
갛게 또는 옅게 뺨을 물들이는 아름다운 빛깔과 마찬가지로 메그
에게 잘 어울렸다.

"그게 어떤 건지 내게 알려 주지 않겠어?"

조는 언니에 대한 존경을 되살리며 물었다.

"알려 줄게. 넌 열여섯 살이고, 이제 내가 털어놓는 얘기를 들

어도 좋은 나이야. 나의 경험이 언젠가는 너에게도 도움이 될 거야."

"그런 일은 없을 거야. 남이 그런 문제로 안달하고 있는 것을 보는 건 재미있지만 나 자신은 시시해서 할 수 없어."

조는 생각만 해도 어처구니없다는 듯한 얼굴을 했다.

"그렇게 단정만은 할 수 없는 거야. 만약 네가 누군가가 아주 좋아지고, 그 사람도 널 좋아하게 되면 말이야."

메그는 혼자말을 하며 평소처럼 오솔길 쪽으로 눈길을 주었다.

"그 사람에게 뭐라고 대답할 것인지 얘기해 준댔잖아."

조는 금세 언니의 작은 공상을 깨뜨렸다.

"응, 침착하게 딱 잘라 말할 작정이야. '감사합니다. 부르크 선생님, 정말 친절하시군요. 하지만 아버지께서도 그런 약속을 하기에는 제가 아직 너무 어리다고 생각하십니다. 그러니까 이제 아무 말씀 마시고 지금처럼 친구로 지내요' 하고 말이야."

"그건 너무 딱딱하고 차가워. 언니는 도저히 그렇게 말할 수 없고, 그 정도로는 그 사람이 만족하지 않을 거야. 만약 그 사람이 책에 나오는 실연한 사람들처럼 행동하면 언니는 그 사람의 마음에 상처를 입히기가 싫어서 틀림없이 항복할걸."

"어머, 그렇지 않아. '난 단단히 마음을 결정하고 있어요' 하고, 당당히 밖으로 나가 버릴 거야."

그리고 메그가 일어나 당당히 나가는 장면을 연습하려는 순간 현관에서 발소리가 들려 왔다. 메그는 허둥지둥 제자리로 돌아가서 정한 시간에 바느질을 끝내지 않으면 큰일이라도 난다는 듯이 서둘러 바느질을 시작했다. 조는 갑자기 변한 언니의 태도에 웃음이 나왔지만 누군가가 문을 두드렸기 때문에 도무지 사람을 맞는 태도와는 거리가 먼 무서운 얼굴을 하고 문을 열었다.

"안녕하세요. 저어, 우산을 가지러 왔습니다. 그리고 아버님의 병세도 궁금해서요."

부르크 선생은 상기된 두 얼굴을 보고 좀 당황해하며 말했다.

"우산은 건강하십니다. 아버지는 우산꽂이에 있습니다. 가지고 오죠. 그리고 우산께 당신이 오셨다는 걸 알리고 오겠습니다."

당황한 조는 우산과 아버지를 혼동해서 말해 버렸다. 그리고 메그가 아까처럼 말을 하고 당당하게 행동할 수 있는 기회를 주기 위해 방을 빠져나갔다. 조가 나가자 메그는 문 쪽으로 걸어가면서 꺼질 듯한 작은 목소리로 말했다.

"어머니가 만나고 싶어하세요. 좀 앉으세요. 모셔 오겠습니다."

"가지 말아 주세요, 마거릿. 제가 두렵습니까?"

부르크의 감정이 상한 것같이 보이자 메그는 자기가 뭔가 실례되는 행동을 했음에 틀림없다고 생각하고 얼굴이 온통 빨개졌다. 그에게서 지금까지 마거릿이라고 불린 적이 없었지만, 막상 불리고 보니 정말 자연스럽고 정답게 들린다는 데에 내심 놀랐다. 그래서 친하고 허물없다는 것을 보여 주기 위해 격의없는 태도로 손을 내밀며 감사의 말을 꺼냈다.

"아버지께 그렇게 친절히 대해 주셨는데 어째서 당신을 두려워하겠어요? 어떻게 감사의 인사를 드려야 할지 모르겠기에 그러는 것뿐이에요."

"그러면 제가 어떻게 인사 드려야 좋을지 말해 볼까요?"

부르크는 메그가 내민 작은 손을 두 손으로 꼭 잡고 다갈색 눈에 애정을 담아 메그를 내려다보았다. 메그는 가슴이 두근거려, 그 자리에서 도망치고 싶었지만 한편으로는 부르크의 이야기를 듣고 싶은 마음을 억제할 수 없었다.

"아니, 제발 얘기하지 말아 주세요. 제가 듣지 않는 편이……."

메그는 겁먹은 듯한 얼굴로 손을 빼려고 했다.

"당신을 난처하게 하려는 것은 아닙니다. 그저 메그, 조금이라도 제게 호의를 갖고 계신지 어떤지를 알고 싶습니다. 저는 당신을 진심으로 사랑하고 있습니다."

부르크는 상냥하게 말했다.

지금이야말로 침착하고 훌륭하게 의사 표시를 할 때였다. 그런데 메그는 그렇게 하지 않았다. 불시에 당해도 말할 수 있도록 전부터 준비해 온 말은 모두 잊어버리고 그저 고개를 숙이며,

"전 모르겠어요."

라고 대답할 뿐이었다. 그것도 아주 가냘픈 목소리로 말했기 때문에 존은 이 바보 같은 짧은 대답을 듣기 위해 몸을 굽혀야만 했다.

존에게는 이런 대답이라도 일부러 허리를 굽히고 들을 만한 가치가 있었던 것 같다. 만족스러운 그 두툼한 손에 감사하는 마음을 담아 메그의 손을 꼭 잡고, 설득하지 않으면 물러서지 않겠다는 어조로 말했다.

"그러면 어디 한번 생각해 봐 주시지 않겠습니까? 난 그걸 꼭 알고 싶습니다. 제 사랑에 언제쯤 응답이 올지 알기 전에는 아무리 노력해도 일할 기분이 들지 않습니다."

"전 아직 너무 어려요."

메그는 더듬거리며 대답했다. 어째서 이렇게 가슴이 두근거리는지 이상하면서도 오히려 그 기분을 즐기기도 했다.

"기다리겠습니다. 그 사이 당신도 날 좋아하게 될지 모르니까요. 그 공부는 몹시 어려운 것일까요?"

"그야, 그럴 마음의 준비만 된다면, 별로……."

"메그, 제발 그렇게 해줘요. 제가 기꺼이 가르쳐 드리겠습니다. 게다가 그건 독일어보다도 쉬울 테니까요."

존은 그녀의 말을 가로막듯 말하고, 다른 한쪽 손도 잡아 버렸기 때문에 메그는 존이 들여다보는 얼굴을 이제 숨길 수 없었다.

부르크의 목소리는 아주 처량하고 간청하는 듯이 들리기도 했지만, 메그가 힐끗 그를 보니까 눈은 정답고 즐거운 듯하며 성공을 의심치 않는 자신만만한 미소를 띠고 있었다. 이것이 메그를 자극해 버렸다. 그녀는 언젠가 애니 모파트가 가르쳐 준, 여인이 교태를 부리거나 남자의 마음을 유혹하는 장난끼어린 방법들이 생각났다. 아무리 어리다 해도 남성을 휘어잡아 보고 싶은 욕망이 느닷없이 일어난 것이다. 메그는 이상하게 가슴이 울렁거리고, 끝내는 어떻게 해야 좋을지 몰라 그저 내키는 대로 양손을 빼더니 토라진듯 말했다.

"그런 것 배우고 싶지 않아요. 제발 저쪽으로 가서 절 혼자 있게 해 주세요."

가엾게도 부르크는 지금까지 이렇게 언짢아하는 메그를 본 적이 없었다. 아까까지 공중에서 꿈꾸고 있던 아름다운 성이 귓전에서 소리를 내며 무너지는 기분에 몹시 당황했다.

"그것, 진심으로 하시는 말입니까."

성큼성큼 걸음을 옮기는 메그를 뒤쫓으면서 부르크가 물었다.

"네, 진심이고말고요. 이런 일로 괴로워하고 싶지는 않아요. 아버지도 그럴 필요가 없다고 말씀하셨어요. 아직 빠르고 나도 싫어요."

"언젠가 마음이 달라질 것이라고 생각하면 안 되겠습니까? 전 기다리겠습니다. 그리고 많은 시간이 흐를 때까지 아무 말도 않을 테니까 메그, 절 조롱하지 말아 주십시오. 당신은 그런 짓을 할 사람이 아니라고 생각하고 있었는데……."

"제발 이제 제 생각 같은 건 하지 말아 주세요. 그러는 편이 저도 고마워요."

연인을 약올리고 자기가 얼마나 힘이 있는가를 시험해 봄으로써 만족감을 느끼며 메그가 말했다.

부르크는 안색이 창백해져서 메그가 동경하는 소설의 남자 주인공 처럼 보였다. 그러나 소설 속의 인물과는 달리 이마를 치거나 방안을 빙빙 돌지 않고 그저 침통한 표정으로 메그를 응시하며 서 있을 뿐이었다. 너무도 괴로워 보였기 때문에 메그는 무의식중에 동정심이 일어났다. 만약 이 절박한 상황에 마치 백모님이 절름거리며 들어오지 않았다면 두 사람 사이에 어떤 일이 일어났을지 알 수 없었다.

노부인은 바람쐬러 밖에 나왔다가 우연히 만난 로리로부터 조카가 돌아왔다는 사실을 듣고 조카를 만나기 위해 마차로 즉시 달려왔다. 가족들은 안쪽에서 모두 바쁘게 일하고 있었고, 그들을 깜짝 놀래 주자고 살그머니 집안으로 들어온 것이다. 두 사람은 백모님을 보고는 몹시 놀랐다. 메그는 마치 유령이라도 본 것처럼 펄쩍 뛰고 부르크는 허둥지둥 서재로 달아나 버렸다.

"아니, 이거 도대체 어떻게 된 거야."

노부인은 새파랗게 질려 도망가는 젊은 남자와 얼굴이 새빨개진 아가씨를 번갈아 보고 지팡이를 내리치며 큰소리로 말했다.

"아버지의 친구예요. 오실 줄은 몰랐어요. 전혀 예상하지 못했기 때문에……."

메그는 속으로 이제 설교가 시작될 것이라고 생각하며 말했다.

"그건 알고 있는데 말이야."

마치 백모님은 의자에 앉았다.

"그런데 그 아버지 친구라는 사람이 도대체 무슨 말을 지껄였길래 널 모란꽃처럼 빨개지게 한 거야? 무언가 좋지 않은 일이 있군. 자, 무슨 일이지? 내게 말해 봐."

백모님은 또다시 지팡이로 마루를 탕 쳤다.

"저어, 우리는 그저 이야기하고 있었을 뿐이에요. 부르크 씨는 우산을 가지러 왔어요."

메그는 대답하면서 내심 부르크가 우산을 갖고 요령있게 집을 나가주었기를 바랐다.

"부르크라고? 그 애의 가정교사 말이지. 오, 잘됐어. 나도 다 알고 있단다. 조가 너희들 아버지의 편지를 읽어 줄 때, 무심코 잘못 입을 벌린 적이 있었지. 그때 다 실토받았단다. 너 설마 벌써 승낙한 건 아니겠지, 응?"

마치 백모님은 어처구니없다는 듯이 큰소리로 말했다.

"쉿! 그분에게 들려요. 어머니를 불러 드릴까요?"

416

메그는 아주 난처해서 말했다.

"아니, 아직 괜찮아. 그보다 네게 할말이 있다. 그래, 너 그 부르크인가 하는 남자와 결혼할 작정이냐? 만약 그럴 작정이라면 내게서 땡전 한푼이라도 받을 생각은 하지 말아라. 알겠니? 그걸 잊지 말도록 해. 잘 생각해야 할 거야."

노부인은 협박하듯 말했다. 마치 백모님이란 사람은 아무리 얌전한 사람이라도 반발심을 일으키게끔 하는 이상한 일을 잘하고, 또 그것을 즐거움으로 삼고 있었다. 그리고 마음씨 곱고 착한 사람에게는 일부러 심술궂게 굴고는 했다. 메그처럼 젊고 사랑을 하고 있을 때에는 특히 그렇게 되기 쉬운 것이다. 만약 마치 백모님이 존 부르크의 청혼을 받아들이라고 했다면 메그는 틀림없이 그럴 생각이 없다고 말했을 것이다. 그런데 덮어놓고 좋아하지 말라고 명령했기 때문에 메그는 금세 생각을 바꿔 버렸다. 애정과 심술이 뒤엉켜 곧장 결정해 버린 것이다. 그녀는 아까부터 흥분하고 있었기 때문에 평상시에는 볼 수 없는 기세로 노부인에게 대담하게 반항했다.

"전 제가 좋아하는 사람과 결혼하겠어요. 백모님 돈 같은 건 아무쪼록 백모님이 좋아하는 분에게 드리세요."

메그는 굳은 결심을 내보이는 듯 가볍게 머리를 끄덕였다.

"이거 참 놀랍군! 남이 모처럼 충고해 주고 있는데 그렇게 말하는 게 아니야, 응? 이제 후회할 거야. 애정으로 결합되어도 가난하게 살면 원만할 수 없다는 걸 깨달았을 때는 이미 늦어."

"그러나 호화로운 생활을 하고 있어도 애정이 없는 사람들보다 불행하지는 않을 거예요."

메그는 반박했다.

마치 백모님은 안경을 쓰고 메그를 뚫어지게 바라보았다. 메그가 이런 생각을 보여준 것은 처음이었기 때문이다. 메그는 이제 뭐가 뭔지 알 수 없었다. 갑자기 용기가 솟은 것 같기도 하고 남에게 의지하지 않을 자신이 생긴 것 같기도 했다. 기꺼이 존의 편을 들고, 그를 사랑할 권리를 분명히 주장하고 싶었던 것이다.

마치 백모님은 이야기의 시작이 서툴렀다는 것을 깨닫고 잠시 입을 다물고 있다가 이번에는 될수록 부드럽게, 방법을 달리해서 말했다.

"메그, 마음을 가라앉히고 내가 하는 말을 잘 들으렴. 난 친절을 베풀어 말하는 거야. 출발을 잘못해서 네 일생이 엉망으로 되는 걸 보고 싶지는 않단다. 넌 좋은 곳에 시집가서 식구들을 도와주지 않으면 안 돼. 부자에게 시집가는 것이 네 임무야. 이것을 잘 명심해야 한다."

"아버지도 어머니도 그런 생각은 전혀 하지 않고 계세요. 설사 가난하다 해도, 두 분 다 존을 좋아하고 있어요."

"네 부모란 사람들은 어린애만큼도 세상물정을 모른단다."

"그래서 더 좋아요."

메그는 확고히 말했다. 마치 백모님은 그 말은 듣지 못한 척하고 설교를 계속했다.

"그 부르크라는 가난한 사내, 부잣집 친척이라도 있니?"

"아뇨, 없어요. 그러나 진정한 친구들은 많아요."

"친구들만 믿고 살아갈 수는 없어. 특히 돈 문제가 생기면 친구들은 금세 차가워진다는 것을 이제 알게 될 거야. 그 남자, 직업은 있겠지?"

"아직 없어요. 그러나 로렌스 씨께서 도와 줄 거예요."

"그런 건 오래 가지 못해. 제임스 로렌스라니, 그런 변덕쟁이 영감을 믿을 게 뭐람. 내가 하는 말을 들으면 일생 편하게 살아갈 수 있는데 왜 그런 돈도, 지위도, 직업도 없는 남자와 결혼해서 지금보다 고생하려고 하는 거야? 넌 좀더 분별력이 있다고 생각했는데."

"일생의 반을 기다린다고 해도 이보다 좋은 결혼은 없어요. 존은 좋은 사람이고 현명하며 재능이 있어요. 일에 대한 뜨거운 열의도 갖고 있고요. 틀림없이 잘 하리라고 생각해요. 게다가 그분은 끈기가 있고 용감하기까지 해요. 모두들 그분을 좋아하고 존경하죠. 나도 그분이 좋아해 주는 것을 자랑으로 생각하고 있어요. 나야말로 이렇게 가난하고 나이도 어리고 어리석은데요."

열을 올리며 말하는 메그의 모습은 더욱더 아름답게 보였다.

"그 남자는 네게 돈 많은 친척이 있는 걸 알고 있는 게 분명해. 그래서 너를 좋아하는 거야."

"백모님, 참 별말씀을 다 하시는군요. 존은 그런 비열한 인간이 절대 아니에요. 그런 식으로 말씀하신다면 전 이제 더 이상 백모님 말씀을 듣지 않겠어요."

메그는 이 노부인의 지나친 억측에 발끈해서 격렬한 어조로 말했다.

"나의 존은 돈을 위해 결혼하는 그런 사람이 아니에요. 나도 그래요. 우리는 일할 작정이에요. 그리고 때를 기다리겠어요. 가난 따위는 두렵지 않아요. 지금까지 행복했고, 앞으로도 그 사람과 함께라면 틀림없이 행복할 거라고 믿어요. 그분은 나를 사랑해 주시고, 나도……."

메그는 여기까지 말하고 입을 다물었다. 별안간 아직 자기는 마음을 정하지 않았음을 상기하고, 아까 '나의 존'을 보고 돌아가 달라고 말한 것과 어쩌면 부르크가 이 모순투성이의 말을 밖에서 듣고 있을지도 모른다는 생각이 머리에 떠올랐기 때문이다.

마치 백모님은 매우 격노했다. 백모님은 이 아름다운 아가씨에게 굉장한 결혼을 시키려고 나름대로 마음먹고 있었는데 예상이 완전히 빗나간데다, 이 아가씨의 행복한 얼굴이 이 외톨이 노부인으로 하여금 슬프고 심술궂은 마음이 들게 한 것이다.

"그래, 그렇다면 난 이 일에서 손을 일체 떼겠어. 넌 버릇없고 고집불통이야. 자신은 모르겠지만 이런 어리석은 짓을 해서 큰 손해를 보게 될 거야. 이제 돌아가야겠다. 네 생각에는 실망했어. 네 아빠 만날 기력도 없어졌다. 결혼해도 네게는 아무것도 주지 않을 테니 그렇게 알고 있어. 네 부르크인가 하는 친구가 잘 돌봐 주겠지. 이것으로 너와는 절연이야."

메그의 눈앞에서 탕 하고 문을 닫은 마치 백모님은 잔뜩 화가 나서 마차로 돌아가 버렸다. 게다가 노부인은 이 아가씨의 용기마저 함께 앗아가 버린 것 같았다. 어떻게 해야 할지 마음을 정하지 못하고 있는 동안에 메그는 부르크에게 안겨 있었다. 부르크는 단숨에 말했다.

"본의 아니게 들었습니다. 메그, 날 감싸 주어 고마워요. 또 마치 백모님 덕택에 당신이 날 조금은 좋아하고 있다는 것을 알게 되었습니다."

"백모님이 당신을 헐뜯을 때까지 내가 당신을 얼마나 좋아하는지 몰랐어요."

메그는 자기 마음을 털어놓았다.

"전 돌아가야 할까요? 아니면 이대로 여기서 행복을 맛보아도 될까요?"

부르크는 물었다. 여기서 다시 미리 준비해 둔 거절의 말을 하고 당당히 방을 나갈 기회가 왔지만 메그는 이제 그런 건 생각하지도 않았다.

"네, 존. 좋아요."

메그는 상냥하게 허락하고 부르크의 조끼에 얼굴을 묻었다. 조를 만날 면목을 잃게 된 것이다.

마치 백모님이 돌아간 지 십 오 분쯤 지나 조는 살그머니 아래로 내려가 잠시 응접실 문 앞에서 발을 멈추었다. 귀를 기울여 보았지만 아무 소리도 나지 않고 조용했기 때문에 만족한 듯 혼자 머리를 끄덕이며 히죽 웃고 혼자 중얼거렸다.

"언니가 계획대로 쫓아 버린 거야. 이렇게 해서 일은 끝났어. 이제 재미있는 이야기를 듣고 많이 웃어 줘야지."

그런데 가엾게도 조는 웃기는커녕 그곳에서 전개되는 광경을 보고 멍한 채 입도 눈도 크게 벌리고 입구에 못박혀 버렸다.

적을 패배시킨 것을 크게 축하하고, 그 보기 싫은 연인을 쫓아 버린 강심장의 소유자인 언니를 칭찬할 작정으로 왔는데, 이게 웬일인가! 그 적이 태연히 소파에 앉아 있고, 마음이 굳센 언니는 그자의 무릎 위에 착 올라앉아 차마 눈뜨고 볼 수 없는 만큼 고분고분한 태도로 있으리라고는 미처 생각지 못한 것이다. 실로 조에게는 뒤통수를 세게 얻어맞은 것 같은 충격이었다. 머리에 냉수를 쫙 뒤집어쓴 것같이 오싹했다. 이 형세의 역전은 참으로 조의 숨통을 막아 버렸다. 이상한 소리가 나자 두 연인은 뒤돌아보고 우두커니 서 있는 조를 발견했다. 메그는 벌떡 일어나 부끄러운 듯이, 그러나 자랑스러운 표정을 지었다. 조가 언제나 말하는 '그 남자' 쪽에서는 큰소리로 웃어대고 몹시 놀라고 있는 신참자에게 키스하고 침착하게 말했다.

"우리의 동생, 우리를 축복해 주십시오."

정말 엎친 데 덮친 격이었다. 조는 무턱대고 손을 내젓고 한 마디도 없이 방을 뛰쳐나가 버렸다. 계단을 뛰어올라가 방으로 뛰어들자마자 비통한 소리를 질러서 병자를 놀라게 했다.

"저, 누군가 빨리 밑에 가 보세요! 존 부르크가 심한 짓을 하고 있는데 메그도 그걸 기뻐하고 있어요."

마치 부부는 급히 방에서 나갔다. 조는 침대에 몸을 던지고 엉엉 울고 아우성치면서 베스와 에이미에게 무서운 사건을 들려 주었다. 그런데 동생들은 그것을 유쾌하고 재미있는 사건이라고 생각했기 때문에 조는 두 사람으로부터 조금도 위로받지 못했다. 그래서 혼자 다락방에 틀어박혀 쥐들에게 자기 고민을 호소하는 수밖에 없었다.

그날 오후 응접실에서 어떤 일이 일어났는지는 아무도 모른다. 그곳에서는 많은 이야기가 오고 갔고 평소 말없이 얌전한 부르크도 자기의 소원을 분명히 밝히며 장래의 계획을 이야기했다. 모든 것을 자기 마음대로 정하는 그 웅변과 열의에 마치 부부도 참으로 놀랐다.

부르크가 메그를 위해 마련하고 싶다는 낙원에 대해 아직 자세한 이야기가 채 끝나기 전에 차 마시는 시간을 알리는 벨이 울렸다. 그는 아주 자랑스러운 듯이 메그를 식탁으로 데리고 갔는데, 두 사람이 너무나 행복해 보여 조도 질투나 우울한 기분은 없어졌다. 에이미는 존의 진심어린 사랑과 메그의 훌륭한 태도에 감동되어 멀리서 두 사람에게 미소지어 보였다. 마치 부부는 흐뭇함에 젖어 정답게 한 쌍을 바라보고 있었는데, 과연 그 모습은 마치 백모님이 이 부부를 어린애처럼 세상 물정 모르는 사람들이라고 한 것과 아주 잘 들어맞았다. 많이 먹는 사람은 없었지만 모두 행복해 보였고, 마치 가(家) 최초의 로맨스가 시작된 탓인지 오래된 식당까지 놀라울 정도로 아주 빛나 보였다.

"메그 언니, 앞으로 즐거운 일이 일어나지 않는다고 말 못할 거야."

에이미는 앞으로 그리려고 하는 이 두 사람의 포즈를 어떻게 그릴까 생각하면서 말했다.

"그래, 물론 말 못하게 되었어. 그런 말 하고 나서 참 많은 일이 일어났어! 일 년도 더 된 것 같아."

메그는 식사 같은 평범한 것은 별로 염두에 없고, 훨씬 멀리 꿈나라에 가 있었다.

"슬픔의 뒤를 이어 기쁨이 오는 것 같아. 엄마에게는 그 전환이 이제 시작된 것 같구나."

마치 부인이 말했다.

"어느 가정이든 여러 가지 사건이 많은 해가 가끔 있는 법인데, 우리에게는 지난 일 년이 그랬어. 그러나 결국 순조롭게 끝나는군."

"내년도 좋은 해이기를……."

조가 중얼거렸다. 조로서는 눈앞에서 메그가 남에게 열중해 있
는 것을 보는 것이 참으로 괴로운 일이었다. 조는 아주 소수의 사
람을 깊이 사랑하는 성미여서 어떻게든 그 애정을 잃거나 그것이
강조되는 것을 몹시 두려워했다.

"저는 내후년이 더욱 좋은 해가 되었으면 합니다. 만약 계획을
실행하기까지 내가 살아 있다면 반드시 좋은 해가 되도록 해 보
이겠습니다."

부르크는 이제는 무슨 일이든 불가능한 것이 없다는 듯한 얼굴
을 하고 메그에게 미소지어 보였다.

"그건 너무 오래 기다리는 거라고 생각하지 않나요?"

결혼식을 고대하고 있는 에이미가 말했다.

"그 준비가 끝날 때까지 배워 두어야 할 일이 잔뜩 있어. 그러
니까 내게는 오히려 짧은 기간이야."

메그는 전에 없이 상냥하고 침착하게 대답했다.

"메그는 그저 기다리고 있기만 하면 됩니다. 필요한 것들은 제
가 떠맡습니다."

존은 그 시작으로 메그가 떨어뜨린 냅킨을 주워 주었다. 그것
을 보더니 조는 다시 못마땅해져서 머리를 저었는데, 마침 그때
현관에서 탕 하고 문이 닫히는 소리가 들리자 안심한 표정으로
혼자 중얼거렸다.

"오, 로리가 왔어. 이제 좀 그럴듯한 대화를 할 수 있을 거야."

그러나 그것은 조의 잘못된 생각이었다. 활기 있고 들뜬 걸음

으로 들어온 로리는 '존 부르크 부인을 위해'라고 쓴 커다란 혼례용 꽃다발을 안고 있었다. 스스로 자기의 멋있는 솜씨로 이 사건이 잘 결말났다고 생각하고 있는 듯했다.

"부르크 선생님은 반드시 성공하실 거라고 생각했어요. 언제나 그러니까요. 마음먹으면 하늘이 무너져도 관철하고야 말죠요."

로리는 꽃다발을 내밀며 축하의 말을 했다.

"칭찬해 주어서 고마워. 앞날의 좋은 징조로 그 말을 받아들이겠어. 그리고 결혼식에는 꼭 참석해 줘."

부르크는 지금은 어떤 사람에 대해서도, 아니 장난꾸러기 학생 로리에게도 온화한 마음으로 대하게 되었다.

"설사 지구 끝이라도 가겠어요. 조의 얼굴을 보는 것만으로도 긴 여행을 할 값어치가 있으니까요. 그런데 조, 조는 별로 기쁜 얼굴을 하고 있지 않군. 왜 그러죠?"

로리는 조의 뒤를 쫓아가면서 물었다. 모두 로렌스 노인을 맞아 응접실로 간 것이다.

"나, 그 결혼 인정하고 싶지 않아요. 하지만 그냥 참기로 했어요. 그러니까 한 마디도 불평하지 않아요."

조는 얼굴을 찡그리며 좀 떨리는 목소리로 말했다.

"메그를 남에게 주어야 한다는 게 얼마나 괴로운 일인지 로리는 모를 거예요."

"전부 주는 건 아니죠. 반만이지."

로리는 위로하는 표정으로 말했다.

"이제 다시는 전처럼 될 수 없어요. 내 단짝을 잃어버렸는걸요."

조는 한숨을 쉬었다.

"하지만 내가 있잖아요. 도움이 될지는 잘 모르겠지만. 조, 난 일생 조의 편이 거예요. 맹세코 그렇게 하겠어요."

로리는 정색을 하고 말했다.

"잘 알고 있어요. 정말 고맙게 생각해요, 로리. 로리는 언제나 나의 큰 위안이에요."

조는 감사하는 마음으로 손을 잡았다.

"자, 이제 울적한 건 집어치워요. 모두 잘 해나가고 있잖아요. 메그는 행복하고, 부르크 선생은 이제 곧 직장을 얻을 것이고, 할아버지도 돌봐 줄 것 같아요. 메그가 자신이 꾸민 사랑스러운 집에 사는 것을 보는 것도 틀림없이 즐거울 거예요. 메그가 시집 가도 우리들은 얼마든지 즐겁게 지낼 수 있어요. 내가 오래지 않아 대학에 가니까, 함께 외국으로 가요. 어딘가 재미있는 곳으로 여행을 가는 거예요. 이런 게 조의 위안이 되지 않을까요?"

"그래요, 위안이 될 거예요. 그러나 삼 년이 지나는 동안 무슨 일이 일어날지 모르잖아요."

조는 생각에 잠겼다.

"그건 그렇지요. 삼 년 후에 우리들이 어떻게 되어 있을지 알고 싶지 않아요? 난 궁금한데."

로리가 말했다.

"난 알고 싶지 않아요. 무언가 슬픈 것을 볼지도 모르니까. 지금은 모두 행복한 것 같지만 이 이상 행복해진다고는 아무래도 생각할 수 없어요."

조는 방 안을 천천히 둘러보았다. 그 눈은 점차 생기있게 빛나기 시작했다. 방 안은 즐거운 기운으로 가득 차 있었다. 그것은 내일의 행복이 약속되어 있기 때문이다.

아버지와 어머니는 나란히 앉아 이십 년 전에 시작된 두 사람의 로맨스의 제 일 장을 마음에 되새기고 있었다. 에이미는 두 사람만의 아름다운 세계에, 모두에게서 떨어져 있는 연인들을 생각하고 있었다. 이 아름다운 세계의 빛에는 어린 화가로서는 도저히 옮길 수 없을 아름다움이 있어 두 사람의 얼굴을 빛내고 있었다.

베스는 소파에 누워서 늙은 친구인 로렌스와 즐거운 담소를 나누고 있었다. 로렌스 노인은 베스의 귀여운 손을 잡고, 베스가 걷고 있는 평화의 길로 이끌어 주는 힘이 있기나 한 것처럼 그 손을 꼭 잡고 있었다.

조는 가장 잘 어울리는 사색적인 표정으로 제일 좋아하는 낮은 의자에 앉아 있었다. 그리고 로리는 그 의자 등받이에 기대고 턱을 조의 머리와 가지런히 한 채, 깊은 우정을 담고 미소 지으며 두 사람이 비치고 있는 거울 속의 조에게 고개를 끄덕여 보였다.

이렇게 해서 메그, 조, 베스, 에이미가 즐겁게 모여 있는 장면으로 막이 내린다. 그런데 다시 막이 오를지 어떨지는 이《작은 아씨들》이라는 가정극의 제 일 막을 여러분이 어떻게 맞아 주시는가에 따라 결정될 것이다.

# 작품 해설

# 작품 해설

《작은 아씨들(Little Women)》처럼 감수성이 예민한 수많은 소녀들에게 널리 읽힌 소설도 드물다. 등장 인물이 여성 중심이기 때문에 여성들에게는 물론, 여학교 연극부 등에서 즐겨 각색, 상연되고 있으며, 오늘날 젊은 여성이라면 거의 모르는 사람이 없을 정도로 널리 알려진 작품이기도 하다.

그렇다고 내용이 유달리 흥미진진하거나 충격적인 것도 아니다. 처음 읽을 때는 오히려 지루한 느낌마저 들기도 한다. 지나치게 평범한 사실적인 내용인데다 판에 박은 듯 성서에서 인용한 설교조의 말을 늘어놓는 어머니, 그렇지만 조용히 어머니를 따르는 딸들, 마치 단란한 가정의 단면을 묘사한 한 폭의 그림 같은 홈드라마가 과연 현대 여성들의 사고에 받아

들여지는지 의문의 여지가 있다.

　그러나 이상하게도 읽을수록 누구나 다 알고 있는 이 평범한 이야기, 이렇다 할 큰 사건도 없을 뿐 아니라 경제적으로 궁핍해서 보기에도 안타까운 가정을 그린 이 작품이 독자를 사로잡는 매력은 어디에서 오는가? 그것은 오직 작자의 일관된 신념과 풍부한 애정이 감응한 탓이 아닐까.

　이 소설에는 전부라고는 할 수 없지만 작자 올컷 여사 자신의 신변에서 일어나는 사건들이 일부 포함되어 있다. 특히 네 자매는 올컷 여사의 자매들이 모델이다. 예컨대 작품 중에서 마치 부인이 아버지의 간호를 위해 워싱턴으로 가고 그 사이에 가난한 후멜 가를 방문하던 베스가 그 집에서 성홍열에 감염되어 위독한 상태에 빠지는데, 그녀는 올컷 여사의 바로 아래 누이동생 엘리자베스가 모델로, 결국 그녀는 이 병으로 요절하고 만다. 그리고 가장 발랄하게 묘사된 둘째 딸 조는 작가의 분신이라고 할 수 있다.

　올컷이 23세 때 《꽃 이야기》를 처녀 출판한 이래 약 15년 만인 36세 때 간행된 《작은 아씨들》의 시대 배경은 미국의 남북 전쟁이다. 남북 전쟁은 남부 흑인 노예의 해방을 주장하는 북부와, 이를 반대하는 남부가 서로 싸운 전쟁으로, 동북부의 사람들, 그중에서도 작가나 사상가들은 인도주의의 입장에서 온갖 열정을 가울여 노예 해방을 부르짖었다.《톰 아저씨의 오두막》을 쓴 스토 부인도 그중 한 사람이다.《작은 아씨들》속에도 앞에서 언급한 소설에 대한 이야기가 나오고 있다.

백 년 전에 씌어진 이 소설은 발표 당시 열광적인 인기를 끌었지만 현재는 시대가 변했기 때문에 현대인의 사고와 맞지 않는다고 배격할 사람도 있을지 모른다. 그러나 미국은 말할 것도 없고 세계의 여러 나라가 지나친 물질 문명의 영향을 받아 인간 본연의 모습을 잃어 가고 있는 이 시점에서 이 작품이야말로 인류애의 정신을 새삼 인식시키고 있다.

부모와 자식 간의 사랑, 형제간의 우애, 남녀간의 애정, 친구간의 우정, 동포애 등 사랑에도 갖가지 형태가 있지만 그 근본이 되는 것은 인류애에 바탕을 둔 깊은 동정심일 것이다. 이런 마음가짐은 누구나 어릴 때부터 애정어린 가정에서 자라야만 그 효력을 발휘할 수 있다. 그런 뜻에서도 이 이야기를 단순히 줄거리만 쫓아 읽을 것이 아니라 각자 개성을 달리하는 네 소녀의 일상 행동과 사고방식을 통해 작가가 말하고 싶은 점을 음미하고 이해할 필요가 있다.

루이자 메이 올컷은 1832년 11월 29일, 미국 펜실베이니아 주의 조그마한 마을에서 태어났다. 아버지 에이모스 올컷은 미국의 위대한 철학자 에머슨과 절친한 사이였다. 에머슨은 미국 독립 후 국력이 증대해짐에 따라 미국 국민의 마음이 물질 문명으로 기울어져 가는 것을 우려했다. 이런 에머슨과 가까이 사귀고 있던 올컷 씨가 에머슨과 같은 사고방식을 지니게 된 것은 당연한 귀결이라 보아야 하겠고, 그로 인해 가족들이 경제적으로 무척 어려운 고비에 처해 있었던 것도 이해할 만한 일이다.

이런 아버지와는 달리 어머니 올컷 부인은 상식가이면서 사려 깊고 무엇보다도 모성애가 강한 여성이었다. 작자 올컷 여사가 성격이 다른 부모 밑에서 자라면서 쌍방의 장점만을 이어받고 성장한 사실은 이 소설을 한번 읽어 봄으로써 곧 짐작할 수 있을 것이다.

# 작가 연보

1832년  11월 28일, 미국의 펜실베이니아에서 가까운 곳에 있는 저맨타운에서의 올컷 가의 둘째 딸로 태어남.

1834년  올컷 가는 보스턴에서 가까운 콩코드로 이사하여, 아버지 브론슨은 이상주의 교육을 위한 사설 학원 템플스쿨을 설립.

1835년  여동생 엘리자베스가 태어남.

1839년  아버지의 사설 학원이 지나치게 이상주의에 치우쳤기 때문에 경영이 곤란해져서 폐교.

1840년  막내 여동생 메이가 태어남.

1843년  아버지가 다시 사업에 실패하자 올컷 가는 고생스러운 생활에 접어듦.

1845년  지금까지는 집에서 아버지에게 교육을 받아 왔으나

비로소 애너와 루이자는 학교에 다님. 비로소 희곡을 쓰기 시작함.

1848년 집안 살림을 돕기 위해 집의 헛간에 사설 학원을 차림. 이 학원에 다니며 공부한 학생은 주로 아버지의 친구인 사상가 에머슨의 아이들이었음. 그때 에머슨의 딸을 위해 동화《꽃 이야기》를 집필.

1851년 보스턴으로 이사한 집안을 위해 가정교사와 삯바느질 등을 하며 열심히 생활하는 중에도 틈틈이 창작 공부에 힘씀.

1855년 동화《꽃 이야기》를 출판.

1856년 여동생 엘리자베스와 메이가 성홍열에 걸림.

1858년 3월, 엘리자베스 사망.

1860년 언니 애너가 결혼함. 루이자는 소설《분노》를 쓰기 시작.

1861년 노예 해방 문제를 둘러싸고 미국 남부와 북부가 대립되어 싸운 남북 전쟁이 벌어짐. 루이자는 소설《성공》을 쓰기 시작.

1862년 어릴 때부터 흑인 노예를 동정하고 있던 루이자는 북군의 종군 간호사를 지원.

1863년 장티푸스에 걸려 돌아옴. 종군했을 때의 경험을 엮은《병원 스케치》가 출판되어 호평을 받음.

1864년 《변덕》출판.

1865년 어릴 때부터 꿈꾸던 유럽 여행을 떠나 이듬해 여름까지 여행을 계속함. 링컨 대통령이 암살됨.

1868년 《작은 아씨들》을 완성하여 출판함.

1869년 《착한 아내들》,《속 작은 아씨들》을 출판. 그 후 잇따라 소설을 발표함.

1877년 콩코드에서 어머니 사망.

1879년 여동생 메이가 딸을 낳은 후 사망.

1888년 3월 4일에 아버지가 사망하자 그 뒤를 따르듯 3월 6일에 루이자도 사망함.

**윤영춘**

• 일본 메이지학원 고등부 영문과 · 니혼대학 법문학부 졸업
• 동국대학 강사 역임
• 경희대학 교수 및 동대학 학장 역임
• 저서 : 《무화과》·《하늘은 안다》(시집) 및 《행복은 너의 것》
　　　(에세이집), 《현대 중국 시선》, 《현대 중국 문학사》 등
• 역서 : 《임어당의 생애와 사상》, 《임어당 에세이선》, 《장개석
　　　전기》, 《시경》 등

| 판 | 권 |
|---|---|
| 본 | 사 |
| 소 | 유 |

밀레니엄북스 12

# 작은아씨들

초판 1 쇄 발행 | 2003년 3월 10일
초판 7 쇄 발행 | 2012년 7월 24일


지은이 | 루이자 메이 올컷
옮긴이 | 윤 영 춘
펴낸이 | 신 원 영
펴낸곳 | (주)신원문화사


주　소 | 서울시 영등포구 당산동 121-245 신원빌딩 3층
전　화 | 3664-2131~4
팩　스 | 3664-2130

출판등록 | 1976년 9월 16일 제5-68호

＊잘못된 책은 바꾸어 드립니다.

ISBN　89-359-1097-X　03840